Rohrkrepierer

Konrad Lorenz

Rohrkrepierer

Eine Jugend auf St. Pauli

Roman

EDITION TEMMEN

Für Ellmer

Phantomschmerzen

»Komm, lass uns Ratten jagen.«
»Weißt du nicht, was heute ist?«
»Ja, und? Denkst du, die Ratten wissen das auch?«
»Quatsch. Aber es reicht doch, wenn wir es wissen. Selbst in Stalingrad haben sie am Heiligen Abend aufgehört, sich gegenseitig abzuknallen, sagt mein Vater.«
Sagt sein Vater ... Scheißvater!
Wie ein Gespenst kommt der nachmittags die Straße rauf, den alten, langen Armeemantel über die Schultern geworfen, damit er die Krücken verdeckt. So läuft hier doch keiner mehr rum, und es sind so einige Väter im letzten Jahr aus Russland zurückgekommen. Als Erstes lassen die doch ihre stinkigen Armeeklamotten verschwinden, bis auf die Säufer vielleicht, die im Schauermannspark rumhängen und nicht wahrhaben wollen, dass der Krieg nun schon eineinhalb Jahre vorbei ist.
»Ab!«, wirft er Ewu zu, wenn er vorbeihumpelt.
Und Ewu lässt mitten im Spiel den Ball fahren und stratzt nach Hause, um ihm sein Tagwerk vorzulegen.
Mal ehrlich, was ist denn das für ein Vater, der seinen Sohn täglich 100 Zigaretten drehen lässt und ihm für jede, die er nicht astrein abliefert, einen mit dem Gürtel überzieht?
»Was schenkst du deiner Mutter?«
»Ein Heft mit Filmschauspielern, die sie mag, selbst gesammelt und eingeklebt.«
»Echt gute Idee.«
»Und du?«
»4711. Und deiner Oma?«
»Ich dachte an ein paar Zigaretten. Da wollt ich mal mit dir drüber reden.«

»Das wird nix, nicht heute. Tut mir leid, ehrlich, aber heute drehe ich 200. Das ist neuer Rekord, Weihnachtsrekord! Ich hab schon 127. Deshalb muss ich auch machen, dass ich nach Hause komm. Willst du mit?«
Ich überlege: Vielleicht kann ich ja doch noch ein paar Zigaretten abstauben. Das wäre sonst ganz schön blöd, denn ich hätte tatsächlich kein Geschenk für meine Oma. »Und dein Vater?«, hake ich nach.
Sein Vater kann Besuch nicht ausstehen. Einmal hat er Ewu in meiner Gegenwart angefahren: »Lass deinen Kumpel gefälligst verschwinden, bevor ich nach Hause komme. Du weißt doch, warum.«
»Warum?«, hab ich Ewu an der Tür gefragt.
»Weil ...«, er boxte mich bedauernd in die Seite, »das musst du verstehen. Der hat die Schnauze voll, wenn er nach Hause kommt.«

Ewu legt seine Armeeuhr frei und deckt sie mit der rechten Hand ab, um das Zifferblatt leuchten zu sehen. »Krücke kommt noch nicht«, sagt er.
Ich sehe ihn erschrocken an.
»Denkst du, ich weiß nicht, dass ihr ihn Krücke nennt? – Krücke kommt erst in zwei Stunden und vierzig Minuten.«

Im Flur riecht es nach Kohl und kaltem Rauch. Man spürt, dass nicht oft geheizt wird. Wir kommen an der Sonntagsstube vorbei. Ich kenne sonst keinen, der so etwas hat.
Eine Sonntagsstube wird nur an Sonn- und Feiertagen benutzt. Böse Zungen behaupten, auch an »Führers Geburtstag«. Aber Bertha, meine bei uns wohnende Großmutter, sagt: *»Bei den'n bestimmt nich mehr, wo doch Uwes Vadder sein Bein für den Endsiech hergegeben hat.«*
Ewu erzählt gerne, dass in der Sonntagsstube eine nagelneue Sofagarnitur stehe, mit vier roten Kissen. Auch ein Grammofon

sei drin. »Reich mir die Hand, mein Leben«, singt er und verdreht dabei die Augen. »Der Ofen ist immer vorbereitet: ein Streichholz und zack!«
Den Schlüssel für die Sonntagsstube aber hat Krücke. »Es ist die Gewohnheit«, sagt der, »die alles kaputt macht.«

Wir bewegen uns, als hätten wir Angst, jemanden aufzuwecken. Dabei ist keiner zu Hause. Ewus Mutter kommt erst gegen sieben. Sie arbeitet in der Heißluftmangel, unten bei uns im Haus. Und Krücke kommt um Viertel nach fünf. »Da kannst du die Uhr nach stellen«, sagt Ewu, »wenn du eine hättest.«
In der Küche ist es wärmer: Es ist noch Glut im Herd. Auf dem Tisch liegen Ewus Utensilien: Tabak, ein Jutesack, Zigarettenpapier, die Zigarettenmaschine und ein Vergrößerungsglas. Die Küchenlampe hat einen Sprung, der wie ein Streifen Lametta schimmert.
»Und wo ist euer Tannenbaum?«
»Oh Tannenbaum ...«, singt Ewu. »Na, wo schon.« Er deutet in Richtung Sonntagsstube.
Jetzt fängt er mit dem Zigarettendrehen an. Er hat es mir schon ein paar Mal erklärt: Auf den Feuchtigkeitsgrad und die Feinheit des Tabaks kommt es an, und vor allem auf das Fingerspitzengefühl des Tabakdrehers. Dabei hält er einem seine Wurstfinger unter die Nase.
Ewu macht eine Wissenschaft daraus. Wer aber würde das nicht tun, wenn ihm bei einer Fehlerquote von mehr als zehn Prozent Prügel drohen?
»Ratsch – ratsch!«
Die erste Zigarette ist fertig. Ewu betrachtet sie durch das Vergrößerungsglas. Auch sein Vater kuckt sich jede einzelne Zigarette an. Dann nimmt er sie zwischen Daumen und Zeigefinger und dreht sie an seinem Ohr. »Sie muss knistern wie eine brennende Kerze«, sagt der. Die schlechten kommen in seine selbst

geschnitzte Zigarettendose. Da passen zehn Stück rein. In den Deckel hat er zwei Bärenkrallen eingelassen. Als er die Dose mal vergessen hatte, durfte ich sie in die Hand nehmen: echte Krallen von einem russischen Braunbären, über vier Zentimeter lang, »Uooohhh!«

Zehn schlechte Zigaretten ergeben die Ausfallquote, die sich Ewu leisten kann. Für jede darüber kriegt er eins übergezogen.

»Denn so funktioniert das Leben«, sagt Krücke, »je eher man das kapiert, umso besser.«

»Ratsch – ratsch!«

»Lass mich auch mal.«

»Wie oft soll ich dir das noch sagen: die Quote! Mein Arsch ist müde.«

»Für heute hast du das Soll doch verdoppelt, da könn' doch auch doppelt so viele daneben ...«

»Sag mal, spinnst du? Heute ist Weihnachten! Heute darf überhaupt nix danebengehen. Mein Vater traut mir das nicht zu, das weiß ich. Der wird Bauklötze staunen, das sag ich dir! Solche Augen wird er machen!« Ewu glotzt durch eine mit Daumen und Zeigefingern gebildete Brille.

»Ich will doch nur ein paar für meine Oma drehen. Die sieht das nicht so eng.«

»Mal sehn. Vielleicht nachher, wenn ich damit durch bin.«

»Ratsch – ratsch!«

Nach der sechsten Zigarette verziehe ich mich auf den Flur.

»Aber nix anfassen!«, ruft er mir nach.

Was gibt's denn hier schon anzufassen? Den verbogenen Schirmständer neben der Haustür vielleicht? Oder die abgetragenen Frauenhüte an der Garderobe? Der ovale, hinter einer abgeplatzten Mahagoniverkleidung verrutschte Spiegel wirft mir meine Aber-nix-anfassen-Grimasse zurück.

»Ratsch – ratsch!«

»Noch 67!«

Doch in diesem düsteren, kohlkalten Flur gibt es tatsächlich etwas, was ich anfassen möchte. Schon seit einem Jahr möchte ich den Türdrücker zum Sonntagszimmer berühren, will ihn ganz vorsichtig runterdrücken, so wie jetzt, mit beiden Händen, Millimeter für Millimeter.
»Ratsch – ratsch!«
Fast gleichzeitig rufen wir: »Noch 66!« Dabei stemme ich mich gegen die Tür, und die ... verdammt! Sie gibt nach!
Ich schiele zur Küche hinunter und husche hinein.
Ein süßlicher Desinfektionsgeruch schlägt mir entgegen. Das schmale Fenster, das zum Treppenhausschacht zeigt, lässt nur wenig Licht einfallen. Es dauert eine Weile, bis sich meine Augen daran gewöhnt haben: keine Sofagarnitur, kein Tannenbaum.
In der Ecke liegt eine Matratze. Seitlich, an ihrem Kopfende, steht eine Batterie Flaschen. Neben dem Ofen erhebt sich ein großer, schwarzer, undefinierbarer Haufen. Ich schleiche näher ran: Steinkohlen, einfach so auf die Dielen geschüttet. Über dem Ofen hängt Wäsche. Die Leine ist über Eck von Wand zu Wand gespannt. Nein, es ist gar keine Wäsche, es sind Tücher und Binden. Und von ihnen geht dieser widerliche Gestank aus.
»Ratsch – ratsch!«
»Noch 65!«
Ich sage lieber nichts. Ewu könnte bemerken, woher meine Stimme kommt.
In diesem Augenblick höre ich, wie ein Schlüssel in das Schloss der Wohnungstür gestoßen wird. Mit zwei großen Sätzen stehe ich schon fast im Flur. Doch da springt die Haustür auf, und ein kleiner, dicker Tannenbaum wird von Krückes einem Bein in hohem Bogen in den Flur gebolzt.
Erschrocken weiche ich ins Zimmer zurück und stelle mich hinter die Tür.

Plötzlich ist es ganz still. Ewus Vater hat die offene Zimmertür entdeckt. Sie beginnt leicht zu vibrieren, als er den Flur heraufgestakt kommt. »Uwe!?«
»Papa!?« Ewus Stimme klingt erschrocken.
Krücke lässt die Gummikapsel seines einen Stockes gegen die Zimmertür fliegen, bis sie zur Wand einen rechten Winkel bildet. »Uwe?«
Ich halte die Luft an.
»Bin in der Küche!«
»Warst du in meinem Zimmer?«
»Wie denn – ohne Schlüssel?«
»Das will ich dir auch geraten haben!« Sein stoßweiser Atem steht genau neben meinem rechten Ohr.
»*Denn in mein' Zimmer hat keiner was zu such'n!*«
Kurz darauf fliegt der kleine, fette Tannenbaum an mir vorbei und rollt neben den Kohlenhaufen. »Brennholz«, sagt Krücke so leise, als gälten die Worte mir. Knallend zieht er die Tür ins Schloss und sucht endlos lange nach dem Schlüssel. Erst im zweiten Versuch trifft er das Schlüsselloch und schließt um.

Ich lasse mich langsam an der Wand runterrutschen, denn genau das ist mein Zustand: Ein Zeitlupensturz in das Nichts, die Verdammnis, in der es keinen Heiligen Abend gibt, in der der Weihnachtsmann ein Russland-Heimkehrer und der Christbaum Brennholz ist.
Es gab Zeiten, da hab ich Ewu um seinen Vater beneidet. Besser einen Vater *mit 'nem abben Bein*, habe ich gedacht, als gar keinen. Aber dann fing das mit den Zigaretten an. Und da war ich mir nicht mehr so sicher.
Wenn ich den Kopf an die Tür lege, kann ich jedes Wort verstehen.
»Hast du wieder Schmerzen?« In Ewus Stimme liegt ein leichtes Zittern.

»Falsche Frage.«
»Heute hast du doch bestimmt ein gutes Geschäft gemacht.«
Ewu lässt so etwas wie Festtagstrotz aufkommen.
»Du meinst wegen – ha, ha – wegen Weihnachten?«, fragt Krücke und hüstelt ein Lachen, als habe Ewu einen schlechten Witz gemacht.
Seit Kurzem denke ich, dass ich ohne Vater besser dran bin, jedenfalls ohne einen solchen wie Krücke. Man kann sich den ja auch nicht aussuchen. Meiner ist mit einem Minensucher untergegangen. Ich kenne ihn gar nicht, das heißt, ich war noch so klein, dass ich mich kaum an ihn erinnern kann.
Meine Mutter spricht nicht darüber, aber meine Großmutter hat mir erzählt, dass ein Schreiben vom Zweiten Admiral der Nordsee gekommen ist. Ich stelle mir den wie Bismarck vor, der in Generalsuniform über dem Küchensofa hängt. Und dass mein Vater so was wie ein Kapitän gewesen sein muss, (»dein Vater fuhr in der Maschine«) Kapitän in der Maschine, sonst hätte uns doch bestimmt nicht der zweite Admiral geschrieben – oder?
Meine Großmutter kennt den Wortlaut auswendig: »Nach den heldenmütigen Kämpfen an der Küste Frankreichs, gibt es zu meinem Bedauern für das Überleben Ihres Gatten wenig Hoffnung, da sein Schiff verschollen ist.«

So schnell gibt Ewu nicht auf: »Hast du auch an den Weih…«
»Hast du dies, hast du das! Hast DU die Quote erfüllt!?«
»Du bist ja viel zu früh gekommen.«
»Ja und? Wie viele noch?«
»65.«
»Hast du 65 gesagt!?«
»Ratsch – ratsch!«
»64!«
»Das lohnt sich ja für dich!« Wieder dieses atemlose Lachen.

»Du kannst nämlich aufhören damit. Der Rest ist geschenkt, meinetwegen zu Weihnachten.«
Jetzt klingt Ewus Stimme erschrocken: »Wie – wieso?«
»Wieso, wieso! Weil Weihnachten ist – was weiß ich!«
»Verstehe ich nicht.«
»Die Amerikanischen überschwemmen den Markt. Jeder will nur noch Amerikanische rauchen. Und die machen den Markt kaputt.«
Stille.
Ich presse mein Ohr an die Tür: nichts, kein Laut. Und dann, nach einer ganzen Weile wie ein Protestschrei: »Ratsch – ratsch!«
»Du sollst damit aufhören! Verstehst du nicht? Wir werden sie nicht mehr los!«
Wieder dauert es eine Ewigkeit, bis ich etwas höre. Diesmal ist es ein leises, regelmäßiges Schnarchen: Ewus Vater ist auf dem Küchenstuhl eingeschlafen.
»Ratsch – ratsch!«
»Sach ma, bissu bekloppt!?« Krücke schreckt auf und schlägt auf den Tisch. *»Aus! Vorbei, hab' ich gesacht!«* Der Stuhl fällt um, und die Zigarettendrehmaschine scheppert über die Fliesen. Ewu fängt an zu weinen.
»Hör auf zu heulen!« Krückes Stimme verliert an Schärfe. »Heute ist Weihnachten, heute wird nicht geheult!«
Ewus Schluchzen wird lauter.
»Sei doch froh, dass wir diese beschissene Zigarettendreherei an den Nagel hängen – nein, viel besser, an den Tannenbaum! Ha! Was sagst du dazu: Halleluja! In Ermangelung eines passenden Christbaumschmucks nehmen wir Zigaretten! Ha – ha – ha – ist das nicht gut? Oh, Tannenbaum, oh Tannenbaum, wie grün sind deine Kippen …«
Ich bin nicht ganz sicher, aber ich glaube, Ewu lacht auch, dann weint er wieder und beides gleichzeitig, wenn das überhaupt geht, aber es hört sich so an.

Nicht lange, dann höre ich wieder regelmäßiges Röcheln. Und als ich merke, dass Ewu durch die Küche schleicht, schießt mir mit jedem Schnarcher seines Vaters neuer Lebensmut in die Glieder.

Dann schließt Ewu vorsichtig die Tür auf.

Sein Gesicht ist noch etwas verschmiert, aber es zeigt schon wieder das typische Ewu-Grinsen. »Ich hab doch gewusst, dass er einen Tannbaum besorgt«, flüstert er. »Allein, wie er den hier reingepfeffert hat.«

Wir wollen beide loslachen und pressen erschrocken die Hand vor den Mund. Ewus Linke umschließt einen Haufen Zigaretten. »Tannenbaumschmuck«, sagt er, »für deine Oma.«

»Grüß Gott«

»Nun sei kein Frosch und spring!«

Ewu hat gut reden. Er hat nicht lange gezögert, hat einen kurzen, heftigen Anlauf genommen, hat für die letzten zwei Schritte den Mauervorsprung genutzt, und zack, war er auf der anderen Seite. Dort holt er sich jetzt die Belohnung und lümmelt sich auf das alte Sofa von Köppkes. Es steht im zweiten Stock, ein Symbol aus der gemütlichen Vorkriegszeit, weithin sichtbar wie in einem Puppenhaus.

Ich stehe auf der gleichen Etage am Rande der gegenüberliegenden Wohnung. Die Wände des Treppenhauses sind entfernt, als seien sie sorgfältig abgetrennt worden, von oben bis unten. Nur der kreisrunde Schutthaufen am Fuße dieses Einschnittes weist auf das Werk einer hochgegangenen Mine hin.

»Du darfst nicht runterkucken!«

Zu spät. Neugierig leuchten die Gesichter der anderen herauf. Sie drängen sich hinter der stehen gebliebenen Flurwand der Parterrewohnung. Dort kann man sie von der Straße aus nicht sehen.

Natürlich ist das Betreten der Trümmer für uns Kinder verboten. So ist es doch mit allen Dingen, die Spaß machen, selbst mit dem »Schwanzbaden« in der Elbe. Der halbe Stadtteil aber besteht aus Ruinen, in denen es was zu entdecken gibt. Man darf sich nur nicht erwischen lassen.

Ich habe schon mal ein Silberkettchen gefunden und Heiner einen goldenen Ehering.

»Da oben sieht man uns doch bis nach Altona«, habe ich zu bedenken gegeben.

»Ja und? Das ist doch grade der Witz!« Ewu gefällt sich mal wieder in der Rolle des Draufgängers.

Mir reicht es schon, wenn die von da unten heraufstarren. Ich mache drei Schritte rückwärts in den Raum hinein. Sicher schließen Fiete und Theo, genannt »Teufelauch«, die mit mir in dieselbe Schulklasse gehen, schon Wetten darüber ab, ob ich mich traue oder nicht. Aber das Wichtigste, ja, der eigentliche Grund dafür, dass ich hier oben überhaupt stehe und zittere, ist SIE! Sie steht auch da unten.
Sie wohnt im selben Haus wie ich, im ersten Stock bei ihrer Großtante, der »Galionsfigur«. Ihre Eltern sind bei einem Luftangriff ums Leben gekommen. Sie hat wie durch ein Wunder überlebt. Das heißt, das eigentliche Wunder ist sie selbst, ein blitzschnell um die Ecke fegendes Wunder, mit wippenden Zöpfen und lachendem Gesicht. Hier gibt es keine, die so adrett und so strahlend daherkommt. Sie ist irgendwie anders, anders angezogen und anders gelaunt. Und wenn sie an einem vorbeischießt, dann sagt sie – und dabei hat sie einen ganz komischen Tonfall: *»Grüß Goatt!«*
Was? Wen soll ich grüßen?

Natürlich haben wir mit den Jungs darüber geredet. Für Ewu war die Sache klar: Mit der gespreizten Hand hat er vor seinem Gesicht rumgefächert.
Viele, die durch die Bomben verschüttet worden sind, haben einen Schatten. Jeder kennt »Ba«, den Mann, der durch die Straßen läuft und »Ba!« brüllt, »Baaaa!«
»Sie hat bestimmt keinen an der Marmel«, widersprach ich. Und Klinge, dessen Mutter aus Süddeutschland stammt, kam mir zu Hilfe: »So wie man bis vor Kurzem noch überall mit ›Heil Hitler‹ Adsche gegrüßt hat, lassen die da unten den Lieben Gott grüßen, ehrlich.«
»Die sagt immer Grüß Gott?«
»Na, klar, was denn sonst?«
»Ha! Die lassen da unten echt den lieben Gott grüßen? Kennen die den denn näher?«

»Näher – wieso näher?«
»Ich lasse doch nur einen grüßen, den ich näher kenne.«
»Adsche hat ja auch keiner näher gekannt, sonst hätte man ihn doch nicht die Karre in' Dreck fahren lassen, oder?«
»Aber den hat man immer mal Reden schwingen hören.«
»Kannst du den lieben Gott auch.«
»Im Volksempfänger?«
»Quatsch! In der Kirche!«
»Wieso? Ist der auch da, wenn du immer hinmusst?«
Klinge, der eigentlich Jürgen Klingbiel heißt, ist ein regelmäßiger Kirchgänger. Das tut er aber nicht freiwillig, sondern seine Mutter verdonnert ihn, jeden Sonntag in den Kindergottesdienst zu gehen. Manchmal spaziert er aber auch nur durch das Portal hinein (das kann seine Mutter vom Fenster aus sehen) und kommt an der Seite wieder raus, um mit uns das Kinderkino zu besuchen. Kürzlich hat ihn der Diakon vermisst und verpfiffen. Nun muss er wieder ein paar Sonntage in der Kirche absitzen.
»Natürlich isser da, das is ja SEIN Haus. Du muss' dir vorstell'n, wenn 'er Pasta ausse Bibel vorliest, liest er dem lieben Gott ausse Hand.«
Klinge kennt sich da aus, das merkt man.
Ich kenne auch jemanden, der aus der Hand lesen kann: Frau Schlüter, in der Wohnung unter uns. Die hat ganz gelbe Finger vom Rauchen. Manchmal kommt sie zum Kaffee zu meiner Oma rauf. Man hört sie vorher schon rumhusten, wenn sie die Treppen hochastet. Entweder legt sie meiner Oma die Karten oder sie liest ihr aus der Hand.
Meine Oma sagt dann hinterher immer so was wie: »Wenn ich das alles schon früher gewusst hätte ...« Damit meint sie das Pech, das sie in ihrem Leben mit den Männern gehabt hat.

Ich bin daraufhin sogar einmal mit Klinge in die St. Pauli-Kirche gegangen. Klinge war aber nur ein zusätzlicher Anstoß, der eigentliche Grund war SIE. Ich hatte nämlich herausgefunden, dass auch sie sonntagmorgens oft die Kirche besucht. Ich dachte, der liebe Gott würde mich vielleicht dafür belohnen, wenn ich statt ins Kinderkino in den Kindergottesdienst ginge, und ich könnte auf dem Rückweg mit ihr reden.

Aber sie war nicht da.

Ich ärgerte mich, weil ich im Kino eine Fortsetzung von »Tom Mix, Rächer der Betrogenen« gegen die Geschichte des Jesuskindes eingetauscht hatte und weil wir, die zehn, zwölf anderen Kinder und ich, in dieser Riesenkirche so erbärmlich froren. Dann aber dachte ich daran, dass SIE das ja auch über sich ergehen lassen würde. Da riss ich mich zusammen und hauchte mir die gefalteten Hände warm.

Als wir das Vaterunser beteten, musste ich plötzlich an meinen Vater denken, der ja hoffentlich auch im Himmel war. Ich sagte: »Vater«, und noch einmal ganz leise in meine gefalteten Hände hinein: »Papa«.

Neben mir saß Klinge. Er hat dunkle, ruhelose Mäuseaugen, die immer auf der Suche sind. Früher dachte ich, er sucht vielleicht nach seinem Vater. Der ist auch abhanden gekommen, aber schon vor dem Krieg. Wenn man ihn danach fragt, wird er wütend und zischt: »Was weiß denn ich, bin ich Jesus?«

Als ich »Papa« sagte, hat er mich ganz komisch von der Seite angesehen. Ich murmelte: »Dschumbaleia, meine Eier sind im Pfandhaus …«, so, als sei mir dieses Lied gerade in den Sinn gekommen.

Er grinste und gab mir mit dem Ellenbogen einen Stoß.

Ich fragte ihn leise, ob man eigentlich auch in den Himmel komme, wenn man gar nicht in die Kirche gehe.

Er ließ seinen unruhigen Blick durch das Kirchengewölbe wandern.

»Der sucht jetzt den lieben Gott«, dachte ich. »Und meine Frage ist ihm viel zu blöd.«

Doch dann murmelte er von oben herab: »Kommt ganz darauf an.«
»Worauf denn?«
»Was man für ein Leben führt, natürlich.«
»RUHE!« Der Diakon, ein langer, dünner Hecht, starrte böse zu uns rüber. Dann fuhr er mit der Auslegung seines Bibelwortes fort: »Denn wenn wir mit unserem Hass, unserer Unversöhnlichkeit wie mit einer Gewehrkugel auf einen vermeintlichen Feind zielen, so kommt diese Gewehrkugel garantiert zurück und trifft uns in unserer Seele.«
Klinge flüsterte noch leiser zu mir: »Kugeln können nicht zurückfliegen, die können höchstens im Gewehr stecken bleiben und hochgehen, dann knallen sie dir als Rohrkrepierer ins Gesicht.«
»Aber der Herr Jesus Christus hat unser aller Schuld, wenn wir sie uns denn bewusst machen und bereuen ...«, hörte ich den Diakon wie aus der Ferne sprechen, als ich wieder an meinen Vater denken musste. »Was der wohl für ein Leben geführt hat?«, überlegte ich. Dann fiel mir aber ein, dass man im Krieg ja gar kein richtiges Leben führen kann, sondern eher das Gegenteil. Ob die Gewehrkugel gegen den Feind vielleicht doch irgendwie zurückfliegen kann?
Das Singen gefiel mir am besten, vor allem, wie dabei dem langen Diakon der Adamsapfel rauf- und runtergerutscht ist.
Am Ende gab er jedem Kind die Hand. Meine wollte er gar nicht wieder loslassen. Ich bekam einen Schreck, weil ich dachte, der liebe Gott hätte ihm vielleicht gesteckt, warum ich wirklich da war.
»Dich hab ich hier noch nie gesehen«, sagte er.
»Ich wollte ... wollte nur mal kucken.«
»Nach dem lieben Gott?«
»Auch ...«
»Vielleicht hast du ihn noch nicht entdeckt. Dann solltest du es noch mal versuchen.« Endlich ließ er meine Hand wieder los.

Ich haute sofort ab.
»Würde ihn bestimmt freuen!«, rief er hinter mir her.

Man bekommt SIE einfach viel zu selten zu sehen. Und wenn, dann schrillt nach kürzester Zeit der Kontroll- und Rückruf ihrer Tante, der »Galionsfigur«, durch die Straße.
Diesen Spitznamen hat ihr Ewu verpasst. »Ihr müsst mal drauf achten, wie die geht«, er schipperte vor uns auf und ab, »die läuft nicht, die segelt!«
Tatsächlich lassen sich ihre kleinen Schritte unter der langen Schürze nur erahnen. »Zuerst kommt der Vorbau, dann lange Zeit gar nix.« Seine Arme deuteten eine starke Verdrängung an. »Die ist so tittenlastig wie eine mit allen Wassern gewaschene Galionsfigur!«
Jedenfalls treibt es sie mit kurzen, abstehenden Armen, dicken Brillengläsern und einem farblosen Kopftuch alle fünf Minuten vor die Haustür. Dann richtet sie ihr rundes, besorgtes Gesicht in den Himmel und schreit: »Liiiiiieselotte!«
Wie oft habe ich Lieselotte in meinen Tagträumen imponieren wollen, habe mich vor der Galionsfigur aufgepflanzt und habe gesagt: »Nun lassen Sie mal das Mädchen in Ruhe. Wir spielen hier Kibbel-Kabbeln, sehen Sie das denn nicht?« Dann habe ich das Schlagholz vielsagend in meine Handfläche klatschen lassen. »Das ist nicht gefährlich, solange man damit auf den Kibbel haut!«

Jetzt starrt Liselotte zu mir rauf. Mein Gott! Noch nie hat sie ein solches Interesse für mich gezeigt. Mit einem einzigen Sprung kann ich mich aus der Lage eines Missachteten, eines Namenlosen, in den Mittelpunkt ihres Lebens katapultieren. Es ist – Schicksal, und es gibt kein Zurück mehr!
Ich gehe in Startposition. Das Herz schlägt mir bis zum Hals. Ich werde es wie Ewu machen: drei Schritte auf den Dielen und

zwei auf dem Mauervorsprung. Ewu geht schon in die nächste Klasse, er ist größer, aber auch schwerer als ich. Also muss ich das mit mehr Schwung ausgleichen. Bei diesem Sprung kommt es auf den letzten Berührungspunkt und auf den Anlauf an: fünf Schritte.

Die vorderen Dielen hat Ewu vor seinem Sprung vom Mauerschutt befreit. Ich nehme mit den Augen Maß, hole tief Luft und ...

eins – zwei – drei – vier ...

»Liiiiiiieselotte!«

Der Schrei kommt von der Straße und steigt vor mir aus dem Schacht empor wie ein schadenfroher Flaschengeist. Ich kann nicht mehr abbremsen, komme unsauber auf die Mauer, versuche mit dem letzten Schritt auszugleichen und rutsche nach rechts ab.

»Jungchen!«

Ich finde mich am Fuße des Schutthaufens wieder, am Ende einer Schleifspur, die den Aufprall und Verlauf meines Hinunterrutschens markiert.

»Jungchen, was machst du denn für Sachen?« Das runde Gesicht der Galionsfigur hängt über mir wie ein tröstlicher Mond.

Daneben leuchten die aufgerissenen Augen von Lieselotte: dunkelblau, mit braunen Einsprengseln. Jetzt wechseln sie die Farbe, braun überwiegt.

Von hoch oben höre ich Ewus Stimme: »Lebt er noch!?«

Die Galionsfigur fährt empor und schreit: »Kommst du da endlich runter, du Bengel? Da siehst du mal, wie gefährlich das ist!«

Mein rechter Oberschenkel schmerzt. Ich öffne die verschrammten Beine und entdecke an der Innenseite, dort, wo die kurze Hose aufhört, einen klaffenden Riss in der Haut.

Die Stahlseele eines stehen gebliebenen Betonsockels hat meine Flugbahn gekreuzt. Die Wunde blutet kaum, aber aus ihrer fleischlichen Tiefe leuchtet erschreckend bleich der Knochen.

Ich muss weinen.
Die Galionsfigur greift mir unter Arme und Beine, hebt mich auf wie eine Puppe.
Ich fühle mich auch wie eine Puppe, eine Marionetten-Puppe, die von ihren Fäden abgeschnitten worden ist.
»Nun weine nicht, ist doch alles halb so schlimm.« Sie drückt mich fest an ihren Busen und stolpert hinter Lieselotte her, die uns aus dem Trümmerlabyrinth hinausführt.
Auf der Straße wird die Galionsfigur zielstrebiger. Neben uns rennt Lieselotte, in gebührendem Abstand folgen die anderen Kinder. Bald hebt und senkt sich ihr Busen, ich hebe und senke mich mit, wie auf dem wogenden Meer, in den Armen der Galionsfigur eines Kahns zur Rettung Schiffbrüchiger und solcher, die aus der Takelage gefallen sind.
Wie eine zarte Sirene passt sich mein Gejammer dem Wellengang an.
Die Frauen von der Heißluftmangel kommen auf die Straße gelaufen, darunter auch Ewus Mutter.
»Abgestürzt«, stößt die Galionsfigur hervor, »in der Ruine! Ihr Filius, Frau Schlichting, klettert immer noch da oben herum.«
Ewus Mutter rennt los und ruft so laut sie kann: *»Uuuwee! Ihr sollt doch nich inne Trümmer spiel'n! Komm sofort da raus, oder ich sach's dei'm Vadder!«*
Wir kreuzen in wogender Eile die Fahrbahn. Das Gesicht der Galionsfigur hat einen tiefroten Glanz angenommen, ihre Augen scheinen noch größer, noch entschlossener hinter den dicken Brillengläsern hervorzutreten.
Auf der anderen Straßenseite ergreift Lieselotte meine Hand. An Weinen ist nicht mehr zu denken.

Die Praxis von *»Herrn Dokter«* liegt in der Antonistraße 3, zweiter Stock, links.

Lieselotte ist vor uns die Treppe raufgesprungen, hat Sturm geläutet und hält uns jetzt die Tür auf.
Auf den letzten Stufen kommt die See von vorn, haushoch. Die Galionsfigur ächzt und stöhnt, sie hat mit massivem Luftmangel zu kämpfen. Ich bin weggerutscht, die Auf- und Abbewegung hat sich unter die Wasserlinie verlagert, kopfüber hänge ich jetzt unter ihrem linken Busen.
Ich habe wieder angefangen zu jammern, verzweifelter, denn ich spüre, dass ich keine zerbrochene Puppe, kein Bündel Mensch mehr darstelle. Ich bin eine Last, ein Fender, an dem sich die Galionsfigur festklammert, komme, was da wolle, und sei es, mit ihm in die Tiefe gerissen zu werden!
Vielleicht – so schießt es mir durch den nach unten hängenden Kopf – ist das ja meine Bestimmung, ein Sturz in die Tiefe.

Als wir endlich in die Praxis taumeln, überschaut der Doktor sofort die Situation. Er entreißt mich der tödlichen Umarmung, befiehlt Frau Stubbe, der Arzthelferin, sich um die kollabierende Galionsfigur zu kümmern, und trägt mich in sein Behandlungszimmer.
Ich weiß mich jetzt in guten, starken Händen, daher höre ich sofort mit dem Weinen auf. Nicht umsonst wird der Doktor von uns auch »der Boxer« genannt. Er hat eine schiefe Nase. Teufelauch schwört, dass er in einem seiner Praxisräume einen Punchingball entdeckt habe! Der Doktor – so stellen wir uns seither vor – boxt in jeder Mittagspause ein paar Runden, um dem Übel der Welt trainiert entgegentreten zu können. In unseren Augen ist er als guter Faustkämpfer so etwas wie der Tom Mix von St. Pauli. Ohne Ansehen der Person, der Herkunft und der Nationalität behandelt er jeden, der es in seinen Augen nötig hat. Auch bei der Beschaffung von Medikamenten oder Hilfsmitteln gilt er als einfallsreich.
Ihm fehlt eigentlich nur noch ein Wunderpferd wie »Toni«.

Aber Teufelauch meint, ein Tom Mix in einer Trümmergegend wie unserer wäre besser mit einem Drahtesel bedient.
Der Boxer stellt mir keine Fragen, macht mir keine Vorwürfe. Hosen runter, waschen, desinfizieren, spritzen, klammern und ein Verband, der sich sehen lassen kann.
Nach einer halben Stunde bin ich so gut wie neu.
Nur auftreten darf ich noch nicht. Im Wartezimmer sitzt Arthur Pusback, der Kohlenmann. Der wird mich so, wie er sonst die Kohlensäcke auf die Dachböden schleppt, nach Hause tragen.
»Tweefoftig«, sagt er und legt beim Grinsen zwei Zahnlücken frei.
»Oder wollen Sie's noch mal versuchen?«, wendet sich der Boxer an die Galionsfigur.
Die winkt ab. Von ihrer wogenden Entschlossenheit ist nicht viel übrig geblieben. Bekümmert fächert ihr Lieselotte immer noch mit einer Zeitung Luft unter die Nase.
Noch einmal ergreift der Doktor das Wort. Und wenn er die Stimme erhebt – das Wartezimmer ist voll, auch ein paar Kinder sind da: die Witte-Brüder und ein Mädchen vom Pinnasberg –, dann verstummen alle und horchen auf.
»Die Ruinen sind für unsere Kinder tabu, strengstes Tabu. Es ist ja nicht nur wegen der Einsturzgefahr, unter den Trümmern liegen auch noch diverse Blindgänger.« Er legt mir die Hand auf den Kopf. »Der hier hat noch mal Glück gehabt.« Dann beugt er sich runter, weist auf meinen Verband und zeigt mit Daumen und Zeigefinger einen Abstand von etwa fünf Zentimetern: »So ein Stück weiter rechts, und man hätte seine Nachkommenschaft auf der Liste der Kriegsopfer verewigen können.«

Zu Hause, nachdem die Erleichterung das Donnerwetter abgelöst hat, darf ich in der Stube auf dem Sofa liegen, Illustrierte bekucken und bis abends um neun Radio hören.
Am zweiten Tag schon halte ich es nicht mehr aus: Ich muss runter, auf die Straße, muss meinen Verband vorzeigen, der

mich auf hundert Meter als den Überlebenden eines halsbrecherischen Piraten-Enter-Sprungs ausweist.
Vor allem aber muss ich mit IHR sprechen. Ich habe mir vorgenommen, ihre Hand zu ergreifen, ganz selbstverständlich, so, wie sie es bei mir getan hat, mit ihr in den Schauermannspark zu gehen und ihr dort die entscheidende Frage zu stellen: an oder ab. Dann, wenn sie »an« gesagt hat, woran es für mich keinen Zweifel gibt, will ich mit ihr am Sonntag in die Kirche gehen, am nächsten ins Kinderkino, immer abwechselnd. Und wenn es mal wieder meinen Lieblingsfilm »Die Kinder von Mara Mara« gibt, will ich sie dazu einladen.
Oh ja, ich habe alles geplant, denn ich weiß, was man mit einer Freundin macht. Ich habe mich aber auch gefragt, woher ich das eigentlich weiß, denn ich hatte ja noch nie eine.
Bestimmt habe ich mir was bei Tom Mix abgekuckt. Ich habe aber auch an meine Mutter denken müssen, die bei jeder Gelegenheit behauptet, ihr fehle zwar der Schulabschluss, aber sie habe – und die sei viel wichtiger – Herzensbildung. Die muss ich dann wohl geerbt haben.

Der Erste, dem ich auf der Straße begegne, ist Heino. Er rennt an mir vorbei, schwenkt eine Milchkanne und ruft: *»Inne Talstraße gib's Milch!«* Dann dreht er sich noch mal um, zeigt auf meinen Verband und kreischt: *»Lütt Stück daneb'n is auch voabei!«*
So ein Blödmann!
Die anderen treffe ich auf dem Bolzplatz. Den haben wir selbst hergerichtet: von den Trümmern befreit und mit klein geschlagenen Mauersteinen eingeebnet.
Sie spielen auf ein Tor. Demonstrativ stelle ich das lädierte Bein auf die Steine, die den Pfosten markieren. Lieselotte ist nicht dabei.
»Mitspielen is wohl noch nich, wah?«, stellt Fiete fest, der im Tor steht.

Ich schüttle den Kopf.
»Kanns'u denn überhaup' ma' wieder 'n Ball treten?«
Ich mache ein besorgtes Gesicht. Bevor ich dazu mehr sagen kann, schreien die anderen: *»Pass'och auf!«*
Fiete hat einen flachen Ball reingelassen. »Scheiße!«, flucht er leise vor sich hin.
»Acht zu sechs!«, ruft Ewu und schaut auf seine Armeeuhr. »Wechseln! Klinge geht rein.«
Fiete überlässt Klinge den Ball. Für einen Augenblick stehen sie alle um mich rum, spucken auf den Boden und scharren mit den Schuhen, so, als wollten sie noch irgendwas loswerden.
»War 'n guter Sprung«, sagt Klinge und lässt den Ball auf den Boden knallen, »was du aber auch für ein Schwein gehabt hast!«
Er grinst jetzt. Auch die anderen ringen mit dem Lachen, als er Daumen und Zeigefinger hochreckt und einen Fünf-Zentimeter-Abstand anzeigt: »Nur so'n Stück daneben!«
Sie prusten los, knicken vorn zusammen, schlagen sich gegenseitig auf die Schultern.
Ich weiß nicht, was los ist. Worüber lachen sie? Lachen sie mich aus?
»Hee!« Ewu geht dazwischen. »Nun kriegt euch mal wieder ein! Das ist nicht zum Lachen. So ein Sturz ist gefährlich, lebensgefährlich – hat der Boxer auch gesagt, stimmt's?«
Er spricht mir aus dem Herzen: »Genau!«
»Zeig doch mal den Verband.«
Ich bin erleichtert, winkele das Bein ab und zieh den Aufschlag meiner kurzen Hose hoch.
Ewu tritt näher ran. Auch er nimmt mit Daumen und Zeigefinger Maß, sicher, um die beeindruckende Breite des Verbandes hervorzuheben.
»So 'n Stück weiter rechts ...«, sagt er, dabei verändert sich sein Gesichtsausdruck, er kreischt mit Eunuchenstimme, »und du hättest Rühreier gehabt!«

Ich mach auf der Stelle kehrt und humple davon. Die haben sie doch nicht alle!
Klinge ruft mir nach: *»'n Veerdel und 'n Achtel, 'n Diddel inner Schachtel!«*
Noch lange höre ich ihr Gelächter und Gekreische hinter mir. Ich werde in der nächsten Zeit wohl besser eine lange Hose anziehen.

Zwei Tage später drückt mir meine Mutter einen Blumenstrauß in die Hand und sagt: »Du gehst jetzt da runter und bedankst dich. Keine Widerrede!«
Ich will ja gar nicht widersprechen. Ich hab schon selbst daran gedacht und vor allem an die gute Gelegenheit, mit Lieselotte zu reden. Es kommt nur so plötzlich. Ich geh noch mal schnell auf die Toilette. Im Spiegel übe ich den Gesichtsausdruck von Tom Mix, wenn er Toni, sein Wunderpferd, ruft, um zu der Ranch seiner Angebeteten rüberzureiten.
Plötzlich habe ich DIE Idee. Tom Mix bringt ihr immer was Kostbares mit: einen Muff aus dem Fell eines selbst erlegten Waschbären oder einen Indianerschmuck. Ich werde ihr das Silberkettchen schenken, das ich in den Trümmern gefunden habe. Es ist in der Spitze meines linken Ersatzschuhs versteckt. Ich lass es in meiner Jackentasche verschwinden.
Mein erstes Klingeln ist zu zaghaft.
Beim zweiten Mal drücke ich so lange auf den Knopf, bis ich es nicht mehr aushalte: Lieber Gott, lass Lieselotte an die Tür kommen.
Die Haustür beginnt zu zittern, als jemand den langen Flur heraufgestapft kommt. Ich kann mir schon denken, wer das ist.
Sie trägt auch zu Hause das farblose Kopftuch und stößt ihr brillenloses, rundes Galionsgesicht zu mir herab: »Ach, du bist's, Jungchen!« Sie erschnuppert den Blumenstrauß. »Ist der etwa

für mich? Das hätte doch nicht nötig getan, also wirklich …«, nimmt ihn mir aus der Hand und macht Anstalten, die Tür wieder zuzudrücken.
Ich habe noch gar nichts gesagt und rufe: »Frau Piotrowsky!«
Wir erschrecken beide über meine Lautstärke. Etwas pikiert blinzelt sie durch den Türspalt zu mir herab.
Ich sage immer noch viel zu laut: »Ich wollte mich noch dafür bedanken, dass Sie mich gerettet … ich meine, zum Arzt geschleppt … und … ist vielleicht die Lieselotte zu Hause?«
Sie zögert. »Es hapert zwar mit den Augen«, grummelt sie, »aber schwerhörig bin ich noch nicht.« Dann macht sie die Tür wieder auf. »Komm rein!«
Ich geh hinter ihr her. Die Dielen knarren, es riecht nach Bohnerwachs. Der Flur macht eine Kurve und stößt auf die Küche: zwei Stühle, ein Tisch, der Unterbau eines Küchenschrankes. Von der Decke baumelt an einem losen Kabel bis kurz über dem Tisch eine nackte Glühbirne. Hier unten fällt nur wenig Licht durch das Fenster aus dem Treppenhausschacht.
»Setz dich!« Sie lässt Wasser in einen Becher laufen, nimmt die Zeitung und das Vergrößerungsglas vom Tisch und stellt die Blumen neben die 40-Watt-Beleuchtung. »Margeriten?«
»Ja«, sage ich, obgleich ich gar nicht sicher bin.
Ihre Bewegungen sind bedachtsam, fast zögerlich. »Möchtest du einen Tee, einen Pfefferminztee?« Ihre Stimme klingt jetzt wieder freundlicher.
»Gern.« Ich hoffe inständig, dass Lieselotte bald auftaucht.
Sie tastet einen neuen Becher aus dem Schrank. »Was macht das Bein? Tut's noch weh?«
Ich schüttle den Kopf.
Sie riecht an einer Tüte, bröselt die Blätter in ein Sieb und stellt Becher und Sieb vor mir auf den Tisch. »Tut's noch weh?«, wiederholt sie ihre Frage.
»Manchmal ein bisschen.«

»Das hätte ja auch schwer danebengehen können.«
Jetzt geht das wieder los.
Mit dem Wischlappen vom Ausguss ergreift sie den Wasserkessel, der auf dem Herd steht, und hält ihn mir unter die Nase: »Du musst dir selbst aufgießen. Hab wieder meine Brille verlegt.«
Ich lass das Wasser in die Tasse gluckern, bis die Teeblätter im Sieb aufschwimmen.
Sie stellt den Kessel auf den Herd zurück und lässt sich mit einem Seufzer neben mir auf dem Stuhl nieder. »Es ist nämlich so. Die Lieselotte gehört hier einfach nicht her, sie ist hier, bei mir, nicht gut aufgehoben, nicht sicher, verstehst du?«
Ich verstehe nichts und will auch nichts verstehen. Ich will mit Lieselotte sprechen!
»Ich kann diese Verantwortung nicht weiter übernehmen. Sie kommt aus einer anderen Welt. Ihr Vater ist ... war – begütert, sehr begütert.«
Begütert? Das Wort kenne ich nur vage. Mein Großonkel Franz fährt als Privatchauffeur, sein Chef muss begütert sein. »Einmal ein betuchtes Tier, immer ein betuchtes Tier«, sagt Onkel Franz von dem, wenn er bei uns ist. Und meine Großmutter, seine Schwester, erzählt mir hinterher, dass er selbst gern mal ein betuchtes Tier sein würde. »Wer aber würde das nicht?«, fragt sie.
»Auch lässt er sich lieber Großonkel statt Onkel nennen, weil das eher an Großunternehmer oder Großwildjäger erinnert«, sagt sie, »aber Franz heißt die Kanaille! Das brüllte schon unser versoffner Vater, bevor er ihn verdrosch. Er hat's nicht leicht gehabt, der Franz, deshalb tun wir ihm den Gefallen.«
Wenn Großonkel Franz Leerlauf hat, kommt er manchmal auf einen Sprung bei uns vorbei. Und wenn er wieder wegmuss, dürfen meine Freunde und ich bis zur Reeperbahn mitfahren. Dann ist er in ihren Augen tatsächlich ein »betuchtes Tier«. Wer

sonst kutschiert in diesen Tagen mit einem Opel-Kapitän durch die Gegend?
»55 PS«, schwärmt Ewu, »130 Spitze!«

»Und ich frage mich schon die ganze Zeit, auch wenn ich ihre letzte Verwandte bin – oder gerade deshalb: Was hat ein Mädchen wie die Lieselotte bei einer so alten Schachtel wie mir, in einem so schrecklichen Umfeld wie dem hiesigen, verloren?«
»Dem Hiesigen« kenne ich auch nicht. »Was ist denn so schrecklich?«, möchte ich sie am liebsten fragen, »und was ist das Hiesige?«
»Dein Sturz hat mir nun endgültig die Augen geöffnet. Er war der letzte Tropfen, der das Fass zum Überlaufen gebracht und mich zum Handeln gezwungen hat. Es hätte ja auch die Lieselotte sein können, die da aus dem zweiten Stock …« Sie greift nach meinem Haar, erwischt mich am linken Ohr und tätschelt es. »Ich glaube, dir ist immer noch nicht bewusst, was für ein Glück du gehabt hast.«
Glück? Unauffällig rücke ich meinen Stuhl aus ihrem Bewegungsradius. Was weiß die denn von meinem Glück?
»Jedenfalls kommt Lieselotte jetzt in eine Klosterschule. Sie ist schon auf dem Weg dahin. Das Rote Kreuz macht das. Auf die ist Verlass, die haben sie ja auch hergebracht.«
Der Tee ist lauwarm, nach Pfefferminz schmeckt er auch nicht.
»Wo ist denn das?«, frage ich. Ich fühle das Silberkettchen in meiner Jackentasche.
»Da, wo sie herkommt.«
»Wo kommt sie denn her?«
»Aschaffenburg.«

Ungefähr ein Jahr später treffe ich Lieselotte noch mal wieder. Ich renne die Treppen rauf und überhole sie.
»Grüß Goatt!«, ruft sie hinter mir her.

Ich fahre herum und kann nicht glauben, was ich sehe: Sie ist über einen Kopf größer als ich und trägt die Haare jetzt kurz.
»Wie geht's?«, fragt sie.
Ich starre sie an.
»Was macht das Bein?«
»Welches Bein?«, denke ich und bringe wieder nichts raus. Sie ist so groß, so anders!
Dann erst weiß ich, was sie meint, zögere viel zu lange mit der Antwort und springe wie zum Beweis der völligen Wiederherstellung meines Beines die Treppen weiter rauf.
Erst als die Tür hinter mir ins Schloss fällt, sage ich leise – und fast treffe ich ihren Tonfall: *»Grüß Goatt!«*

Schocktherapie

Meine Mutter ist heute mit einem blauen Auge nach Hause gekommen, so einem richtig schillernden Veilchen, das die ganze Augenhöhle einnimmt.
Vorher hatte sie einen ihrer »Anfälle«. Den kriegt sie fast jeden Nachmittag, immer so zwischen halb fünf und fünf Uhr.
Das heißt, genau genommen fängt es schon früher an. Kurz nach vier sagt sie – und dabei hat sie bereits diese Unruhe in den Augen: »Komm, lass uns aus dem Fenster kucken!«
Früher hätte sie das nicht zweimal zu mir sagen müssen. Was gibt es Schöneres, als mit einem Kissen unter dem Bauch über die Fensterbank zu lehnen und auf die Nachbarschaft hinabzublicken. Aus dem dritten Stock hat das Leben und Treiben auf dem Paulsplatz die Vorhersehbarkeit einer Miniaturwelt. Oder besser: Es ist der Blick auf ein Mensch-ärgere-dich-nicht-Spiel, auf dem die Figuren wie der Blumenhändler Hinrichsen und der Fahrradmann Britz, ja, sogar der Trödler Loritz rausgeflogen sind und wieder ganz von vorne anfangen müssen.
Die Vorhersehbarkeit ist es, auf die meine Mutter setzt. Ich bin da nur der Lückenbüßer, ein Alibi für ihre nachmittägliche Anteilnahme. In Wirklichkeit liegt sie auf der Lauer – ihre Augen verraten es – nach etwas Ungeregeltem, etwas Abstrusem, das eigentlich undenkbar ist und das zum größten Teil ihrer Einbildung entspringt.
Sowie das Objekt dieser Vorhersehbarkeit auftaucht, bekommt sie etwas Flatterhaftes, Atemloses: »Ich besorg mal schnell 'n paar Zigaretten für Oma!« Und weg ist sie.
Zigaretten für Oma?
»Dook, Dok, Dok, Dok!«, ruf ich halblaut hinter ihr her, weil ich weiß, worum es ihr wirklich geht.

Wetten, sie geht gar keine Zigaretten holen? Dafür müsste sie auf den nächsten Schwarzmarkt Ecke Reeperbahn und Talstraße gehen. Natürlich kommt sie ohne Zigaretten wieder.
»Dook, Dok, Dok, Dok!«
Für mich ist es eine Katastrophe: Meine Mutter ist nicht mehr meine Mutter. Sie ist, wie meine Großmutter Bertha sagt, ein kopfloses Suppenhuhn, das sich dreimal am Tag umzieht, endlos lange vor dem Spiegel hockt und regungslos hineinstarrt.
Wenn ich auch darin auftauche, sieht sie mich nicht. Nein, sie sieht ja nicht mal sich selbst! Es ist, als habe sie getauscht, und das Spiegelbild, das sie ja nur reflektiert, seitenverkehrt, ohne jeden eigenen Willen, das ist sie.
»Dook, Dok, Dok, Dok!«
Meine Großmutter ruft aus der Küche: »Hör auf damit! Ein Suppenhuhn reicht mir!«
Aber ich will nicht aufhören, so lange nicht, wie sie nicht damit aufhört, hinter unserem Doktor herzurennen: »Dook, Dok, Dok, Dok!«

Dabei kann der am wenigsten dafür.
Er ist unser Hausarzt. Und nicht nur das: Da es weit und breit keinen anderen gibt, ist er der Hausarzt aller. Ich bin mir aber nicht mehr sicher, ob das auch noch für uns zutrifft, jetzt, da es meine Mutter auf ihn abgesehen hat.
Was er wohl denkt, wenn sie tagtäglich während der Hausbesuche seinen Weg kreuzt. Zufall? So viele Zufälle kann es doch gar nicht geben.
Vielleicht schließt er mit sich selbst schon Wetten darüber ab, ob sie ihm heute aus einer der Seitenstraßen, einem der Hauseingänge oder einem der leeren Geschäfte vor die Füße läuft.
Sie macht dann ihr Das-ist-aber-mal-'ne-Überraschung-Gesicht und haucht (etwas anderes kann und will ich mir nicht vorstellen): *»Schön'n Tach auch, Herr Dokter.«*

Meine Oma sagt: *»Das musste ja ma passiern, sie war noch nie verliebt, nich ma' in dein' Vadder.«*
An meinen Vater kann ich mich nicht erinnern.
»Du warst ja noch ein Hosenschieter, als sie ihn zu den Fahnen riefen.«
Meine Mutter spricht nicht darüber. Bertha ist es, die mir ab und zu was über ihn erzählt: »Dieser Brief vom ›Zweiten Admiral der Nordsee‹ an deine Mutter, das war ein Formschreiben! Das muss man sich mal vorstellen: Da wurde nur der Name eingesetzt. Ein tausendfaches Formschreiben über das heldenmütige Absaufen und Verrecken unserer Jungs im Ärmelkanal. Und all diese Schreiben endeten mit ›Heil Hitler!‹, als ob man vom Krieg und von Adsche die Schnauze noch immer nicht voll gehabt hätte!
Dabei hätte das gar nicht passieren dürfen. Eigentlich war dein Vater ja bei der Handelsmarine. Schlimm genug, dass er in der Maschine fuhr, denn die kommen immer als Letzte raus, wenn so ein Kahn absäuft.
Doch irgendwer hat ihn beim Oberkommando der Marine angeschissen, hat denen gesteckt, dass er bei den Kommunisten war, früher, auf der Werft. Da haben sie ihn strafversetzt, auf einen Minensucher. Das war ein umgebauter Fischkutter, also ein Himmelfahrtskommando. Aber das haben wir erst viel später kapiert. Dein Vater hat nix davon erzählt, um uns keine Angst einzujagen. Deine Mutter und ich, wir waren ja so was von blöd damals. Politik hat uns nicht die Bohne interessiert. Dabei war das eine Politik, Heil Hitler!, die uns um unsere Söhne, unsere Töchter um ihre Männer und euch um eure Väter gebracht hat.
Und es ist immer noch nicht überstanden. Das kannst du an deiner Mutter sehen, die sich erst jetzt einen Teil von der Pubertät zurückholt. Dass sie aber so spät dran ist, das hätte ich nicht für möglich gehalten. Außerdem ist der Doktor doch

viel zu alt für sie. Verheiratet ist er auch, hat sogar zwei Töchter. Vielleicht sucht sie ja so was wie eine Vaterfigur? Da konnte ich allerdings, bis auf die kurze Geschichte mit dem Herrn Schmeling, nicht mit dienen.«

Ich verstehe ungefähr die Hälfte und denke daran, wie meine Mutter heute mit einem blauen Auge nach Hause kam und Rotz und Wasser heulte.
Bertha nahm sie gleich in die Arme und setzte sich mit ihr auf das Küchensofa. Sie dachte wohl (was ich auch dachte): »Nun ist Herrn Doktor der Kragen geplatzt.«
Als meine Mutter dann aber schluchzend erzählte, was tatsächlich passiert ist, sprang meine Oma auf und rief: *»Sach ma, bissu 'n Quiddje, oder bissu hier groß geword'n. Na ja, so richtig groß geworden bissu ja wohl immer noch nich!«*
Dann holte sie das Brotmesser. »Wie kann man nur so blöd sein!«, und drückte es meiner Mutter auf das geschwollene Auge.

St. Pauli ist in dieser Zeit eine Stätte des Aufbruchs und der Überlebensstrategien. Wer auf die Lebensmittelkarten angewiesen ist, dem gesteht die Militärregierung täglich 1200 Kalorien zu. Ein britischer Besatzungssoldat dagegen bekommt 5000 Kalorien. Das schreit geradezu nach einer ausgleichenden Gerechtigkeit. Und so kommt es, dass es neben den offiziellen, professionellen Prostituierten noch mal so viele Amateur-Nutten im Stadtteil gibt.
Eine ihrer einfallsreichen Kontaktstellen ist die Haltestelle Hafenstraße der Straßenbahnlinie Nr. 31. Da stehen zwei, drei Mädels wie zufällig rum, wobei für den St. Paulianer an Haltung, Kleidung und Gehabe, vor allem aber an der Tatsache, dass sie nicht in die Straßenbahn einsteigen, der Fall klar ist.
Auch über die Dreirad-Kastenwagen, die plötzlich auf gleicher Höhe unten an der Kaimauer parken, wundert sich niemand.

Als wir eines der Mädels mit einem Straßenbahn-Freier (manche fahren dann doch tatsächlich auf dem gleichen Fahrschein mit der über- oder überübernächsten Bahn weiter) auf einen der dreirädrigen Kastenwagen zugehen sehen, da bewegen sich Fietes, Ewus und meine Beine wie von selbst in die gleiche Richtung.
Doch dann taucht vor uns ein Angler auf, der sich nicht wie ein Angler aufführt. Er droht, seine Angel, die gefährlich zitternd über unseren Köpfen hängt, als Peitsche einzusetzen, *»… wenn ji nich op de Stell joon Moors ut de Gefohrenzoon bewegen deit!«*
»Welche Gefahrenzone?«, fragt Fiete und schaut sich nach allen Seiten um.
»De wies ik die glieks, du Rotzlümmel!« Der Angelhaken schaukelt dicht an Fietes Gesicht vorbei.
Ewu ist schon auf dem Rückzug. »Zwei Dreiiggen A 200«, sagt er geringschätzig zu den beiden Tempo-Kastenwagen, »12,5 PS das Stück.«

Bei einbrechender Dunkelheit wird die »Kontaktstelle Hafenstraße« sogar noch erweitert, denn nun kommen die Besatzungssoldaten in ihren Jeeps vorbeigefahren.
Manchmal gibt es unter den sechs oder sieben Frauen Unstimmigkeiten, weil sie sich über ihre Standorte nicht einigen können. Dann kommt der Angler aus einem der Kastenwagen rübergestiefelt, schnappt sich eines der Mädels und schreitet mit ihm die Straße ab: drei Schritte in der Länge, zwei Schritte in der Breite, davon einen auf die Fahrbahn. *»Dat kann doch nich to swöör sien!«*, schimpft er und schlägt ihm die flache Hand vor die Stirn. *»Geit dat nich in eure Köppe rin? Sünd wi hier villicht inne Klippschool?«*
Auf diesem abgeschrittenen Terrain (einer Vorstufe zum späteren Autostrich) können die Mädels nun machen, was sie wollen. Aber sie machen nicht viel, sie stehen da nur rum. Es

sind die Soldaten, die die Motoren aufheulen lassen und mit Nylonstrümpfen und Zigaretten rumwedeln.
Ist man sich einig geworden, dirigieren die Mädels den Jeep zum Fischmarkt runter, möglichst dicht an die Kaimauer.
Da kommst du vom Wasser aus nicht ran. Und willst du von hinten anschleichen, so sehen sie dich schon von weitem, weil alles flachgebombt ist und viele der stehen gebliebenen Ruinen schon weggeräumt worden sind.
Angeblich ist auch schon mal ein Jeep in den Bach gerollt.
»Was glaubst du wohl«, will Ewu wissen, »wie so was passieren kann?« Natürlich liefert er die Antwort gleich mit: »Du darfst nie vergessen, die Handbremse anzuziehen, wenn du so einen Airborne-Jeep auf Schwingungen bringst.«

Ist meine Mutter nun unterwegs, um die Wege des Doktors zu kreuzen, kommt sie automatisch auch an der Straßenbahnhaltestelle Obere Hafenstraße vorbei.
Ich kann mir schon vorstellen, was passiert ist: Als sie an dem Boxer vorbeistolziert und ihr »Schönen-Tach-auch-Herr-Doktor« haucht, ist der mit den Gedanken ganz bei einem seiner Patienten, er sieht und hört nix. Ein Tag aber ohne die Kenntnisnahme ihres Doktors, und sei es auch eine noch ganz flüchtige, ist für meine Mutter ein verlorener.
Die beiden Nutten stehen am Rande der Straßenbahnhaltestelle und klönen miteinander. Meine Mutter geht ganz dicht an ihnen vorbei und zischt ihnen zu: »Wann wascht ihr euch eigentlich mal, ihr Schweine?«
Das war gestern.
Heute ist meine Mutter nicht mal in die Nähe des Doktors gekommen. Zu dritt haben sie sie abgefangen und in einen Hausflur gezerrt. Zwei haben sie festgehalten, und die dritte hat ihr mit der Faust – Dong-Dong! (das sind die Worte meiner Mutter) – zweimal aufs rechte Auge gehauen.

Ich verdrücke mich auf den Korridor, denn über Dong-Dong muss ich losprusten, ich kann gar nicht anders.
Bertha folgt mir bald und macht sorgfältig die Küchentür hinter sich zu. »Vielleicht kommt sie ja jetzt wieder zur Besinnung«, flüstert sie, »dann könnten wir den Mädels sogar dankbar sein.«
Ich schau sie ungläubig an.
Sie macht ihre großen Kulleraugen, die, von denen meine Mutter immer sagt, dass sie damit früher die Männer verrückt gemacht hat. »Das war aber nur ihr Kennenlerntrick«, sagt meine Mutter dann. »Später hat sie ihnen so lange den Kaiser-Wilhelm-Bart gezwirbelt, bis sie ihr hörig waren.«
Beim ersten Mal kannte ich das Wort noch nicht: »Hörig?«, fragte ich. »Konnten die dann besser hören?«
»Jauu!«, jubelte meine Mutter. »Genau! Die konnten die Glocken im Himmel läuten hören!«

»Du glaubst mir nicht, das sehe ich dir doch an«, sagt meine Großmutter, »aber so was gibt es, ehrlich! Dafür hat man sogar einen Namen. Ich komm nur nicht drauf.«
»Dong-Dong?«, frage ich und kichere wieder los.
Bertha bleibt ernst und sagt mehr zu sich als zu mir. »Tatsache ist doch, dass sie in einer Pubertäts-Klemme steckt, die zehn Jahre zu spät kommt, oder?«
»Hmmm.«
»Meinetwegen kannst du das auch Dachschaden nennen. Jedenfalls wirkt bei so etwas ein Schlag an den Kopf manchmal Wunder.«
Ich muss wieder lachen.
»Das ist medizinisch bewiesen!«
»Dong-Dong!«, kichere ich.
»Also gut, wir fragen den Doktor.«
Ich höre auf zu lachen. »Du meinst ...?«

»Der muss sich doch damit auskennen. Außerdem ist er der Grund für den ganzen Schlamassel.«
»Für Dong-Dong?« Ich halt mir die Hand vor den Mund.
»Für die Klemme.«
»Und wie willst du das machen? Ich mein, willst du in seine Praxis gehen?«
»Nee, den treffen wir hier.«
»Hier?«
»Ja! Hier im Haus. Du willst doch dabei sein?«
»Und Mama?«
»Die soll am besten auch mit dabei sein!«
»Das will sie bestimmt nicht, nicht mit dem Auge.«
»Sie muss ja nicht wissen, dass er kommt.«
Als ich mir vorstelle, was mich da erwartet, vergeht mir das Lachen.
»Was für einen Tag haben wir heute?«, will meine Oma wissen.
»Dienstag.«
»Übermorgen können wir ihn treffen. Und dann fragen wir ihn – Selbstheilung! Ja, so heißt das, glaube ich. Wir fragen ihn einfach nach einer Selbstheilung.«

Meine Großmutter ist der Haus-Vize. Als solcher muss sie jeden Freitag den Eingangsbereich vom Treppenhaus feudeln. Das hat sie kurzerhand auf den Donnerstagnachmittag vorverlegt. Ich muss ihr dabei helfen.
Jeden Donnerstag besucht der Doktor Frau Schlüter, die vergilbte Kartenlegerin aus dem zweiten Stock.
Wenn du an ihrer Tür vorbeikommst, hörst du garantiert ihr Husten. Manchmal klingt es so qualvoll, dass du denkst, sie macht es nicht mehr lange. Aber so hustet sie nun schon fünf Jahre. Und irgendwie hast du dich daran gewöhnt, sodass du sogar den Rhythmus dieses ewigen Gebells auf deine Sprünge überträgst, mit denen du die Treppen überwindest.

Ich wuchte die Ascheimer vor die Tür, damit Bertha freie Bahn für den Besen hat. Die Ascheimerecke ist der Schwachpunkt des Treppenhauses. Schon höre ich sie fluchen: »Was sind das nur für Dreckschweine in diesem Haus, die immer und immer wieder alles danebenschmeißen müssen!«
»Lass mich das machen!« Ich stürze mich mit Handfeger und Schaufel in die Mülleimerecke. Als ich die zweite Schaufel Dreck nach draußen in einen der Eimer bringe, kommt die rechtslastige Figur des Doktors um die Ecke. Am liebsten würde ich hinter einem der Mülleimer wegtauchen, aber er hat mich schon entdeckt.
»Tüchtig, tüchtig«, lacht er.
Ich werde rot, verdammt.
»Er hilft mir!«, ruft Bertha aus der Tiefe des Flures und kippt einen halben Eimer Wasser auf dem Boden aus. Im nächsten Augenblick lässt sie den Schrubber über die Fliesen tanzen, dass es nur so spritzt. *»Klein' Moment noch, Herr Dokter!«*
Sofort stellt der Boxer die schwere Tasche ab, als habe er nur darauf gewartet, sie loszuwerden. »Kein Problem, Frau Schmeling. Kleine Pause ist doch gut.«
»Das Beste anne Arbeit sind doch die Pausen!« Sie hält mit dem Schrubben inne. *»Wer sich nich ab und zu 'ne Pause gönnt, hat den eigentlichen Sinn vonne Arbeit nich kapiert, stimm's oder hab ich Recht, Herr Dokter?«* Sie stellt den Schrubber an die Wand, wischt sich die Hände an der Schürze trocken und kommt, eine nasse Fußspur hinterlassend, an die Eingangstür, deren Flügel weit offen stehen. *»Und wissen Se, was noch 'ne Steigerung vonne Pause is?«*
Der Dokter blickt sie fragend an. Er hat den Haarkranz eines Geistlichen und die lachenden Augen eines Menschenfreundes. Seine schiefe Nase aber ist oben genauso breit wie unten. Ich würde ihn so gerne mal fragen, ob er wirklich boxt.

»Die Steigerung is 'ne Zigarettenpause, Herr Dokter.« Bertha fischt ihre Zigaretten aus der Schürzentasche und bietet ihm eine an.

»Das kann ich wohl nicht abschlagen«, sagt er.

»Könn' schon, Herr Dokter, aber sollten Se nich, von wegen der Steigerung der Lasterhaftigkeit.«

Bertha gibt ihm mit einem Streichholz Feuer und blinzelt mir zu.

Er macht einen vorsichtigen Zug und betrachtet eingehend die Zigarette: »Chesterfield?«

»Viel Auswahl gibt's ja nicht.«

Ohne Übergang fragt er: »Und was macht der Ischias?«

»Alte Frau mit Teer beschmiert, mit Federn überzogen, den Besenstiel in Arsch gesteckt und in die Luft gehoben!«

Sie lachen beide. Doch der Dokter bekommt einen Hustenanfall und geht etwas in die Knie. Es ist, als verbinde ihn und meine Oma eine Art Kumpanei, und sie würde ihm gleich auf den Rücken schlagen.

Trotzdem ist da ein Gefühl in mir, als habe sie nicht nur die Zigaretten, sondern auch eine Lunte angezündet.

»Was machen die Töchter, Herr Doktor?«

»Schwier...«, er hustet wieder und klopft sich mit der Faust auf die Brust, »schwieriges Alter!«

»Wem sagen Sie das, besonders, wenn dieser Scheißkrieg alles durcheinander gebracht hat. Ich habe da mal eine Frage.«

Wieder will ich am liebsten hinter den Ascheimern verschwinden.

»Selbstheilung, Herr Doktor, das ist doch so ein Wort aus Ihre Branche. Haben Sie das mal erlebt, ich mein, dass ein Patient so ganz von selbst gesund geworden ist und Sie gar nicht wussten, wieso?«

Der Dokter sieht sie überrascht an. Er hält die Zigarette so weit von sich entfernt, als wüsste er nicht, wohin damit. »Wohl eher nicht«, sagt er nach einem Augenblick. »Wie kommen Sie darauf, Frau Schmeling?«

»Na, ja, ich kenn da eine Frau, der ist die Tür an den Kopf geflogen, und schlagartig waren all ihre Beschwerden wie weggeblasen.«

»Was waren denn das für Beschwerden?«

»Na eben Beschwerden wie …« meine Oma nimmt einen tiefen Zug aus der Zigarette, »wie schwache Nerven und …«, sie streift die Asche an dem Schlüssel ab, der aus dem Haustürschloss ragt, »und überhaupt … so eine Schwäche für …«, sie schaut hoch, macht ein Fischmaul und stößt den Rauch senkrecht unter die Decke, »für Hirngespinste und so.«

»Das klingt ja eher nach einer psychischen Störung.«

»Richtig! Die hatte einen echten Hau, Herr Doktor. Und dann läuft sie gegen eine Tür und ist wieder normal. Gibt's das?«

Jetzt zieht der Doktor an seiner Zigarette. »Es gibt ja Dinge zwischen Himmel und Erde, Frau Schmeling, die gibt's gar nicht.« Bei jedem Wort quillt ihm der Rauch aus dem Mund. »Wenn ich Sie wäre, dann würde ich nicht alles glauben, was da so erzählt wird. Außerdem erinnert mich das eher an eine Schocktherapie.«

»Das isses!«, ruft Bertha begeistert. »Ich kam nur nicht darauf, Herr Doktor: Schocktherapie! Wie ist es damit, kann die so einen echten Knall heilen?«

Der Dokter betrachtet wieder eingehend seine Zigarette: »So etwas gibt's, Frau Schmeling, aber nicht, wie Sie es schildern, nicht mit der Holzhammer-Methode.« Wieder nimmt er vorsichtig einen Zug. »Es ist eher ein innerer Schock, denn es handelt sich ja auch um ein inneres Ungleichgewicht.« Und wieder strömt ihm der Rauch aus dem Mund. »Als Auslöser ist durchaus ein aufrüttelndes Erlebnis denkbar, aber ein Schlag an den Kopf …«

Ich weiß jetzt, wie das kommt: Er macht gar keine Lungenzüge!

»Ein Schlag an den Kopf, Frau Schmeling, bewirkt eher das Gegenteil, nämlich dass eine äußere Gleichgewichtsstörung hinzukommt, die die innere überlagert, aber nicht aufhebt.«

»Verstehe!« Wichtig kneift Bertha die Augen zusammen und zieht an der Zigarette. Tatsächlich verstehen wir nichts.

Der Dokter macht zwei Schritte auf mich zu, ich erschrecke. Er grinst mich an und klopft die Zigarettenasche in einen der offenen Ascheimer.

»Noch was, Herr Dokter!« Bertha geht in die zweite Runde.

Und plötzlich tut er mir leid, der Doktor. Trotz seines Wissens wirkt er so ahnungslos, so ungeschützt. Seinen Wintermantel hat er bis oben hin zugeknöpft. So läuft doch kein Boxer rum!

»Meine Tochter hat sich das Auge gestoßen, würden Sie sich das mal ansehen?«

»Jetzt gleich?«

»Das wäre nett.«

Erleichtert drückt er die Zigarette an der Innenwand des Ascheimers aus.

»Wäre vielleicht am einfachsten, wenn sie kurz mal runter kommt, nicht?« Bertha greift zur Klingelleiste und drückt anhaltend auf unseren Klingelknopf.

»Ich kann doch auch rauf...«

»Lassen Sie nur, Herr Doktor, die kommt runter.« Meine Großmutter tritt in den Treppenhausflur und horcht hinauf.

Oben wird die Kette abgestreift und die Tür aufgemacht. »Jaaaa!?«

Ich kann meine Mutter bis hier draußen hören.

»Schahaatz!? Rate mal, wer hier unten auf dich warten tut!«

Meine Oma sagt sonst nie Schatz zu meiner Mutter, höchstens Schieter, wenn sie sich gerade mal nicht in den Haaren liegen.

Eine lange Zeit bleibt es still, dann ruft meine Mutter: »Keinen Schimmer!«

»Dann komm doch mal runter!«

Wieder dauert es eine kleine Ewigkeit, bis meine Mutter antwortet: »Ich … ich möchte nicht, nicht heute!«
»Nun komm schon, ist eine Überraschung!«
Es scheint, als überlege sie. Dann kommt sie tatsächlich ein paar Stufen weiter runter, ganz langsam, man kann hören, wie zögerlich sie die Schritte setzt.
Jetzt ist sie wieder stehen geblieben: »Mir ist nicht danach! Ehrlich! Du weißt doch, warum!«
»Aber darum geht es doch, Schatz, es geht um dein Auge!«
Der Dokter steht die ganze Zeit unbeweglich in der Tür und lauscht, genauso wie ich.
Jetzt ist die Stimme meiner Mutter erschrocken und so leise, dass ich sie nur erahnen kann: »Wieso?«
»Wieso! Wieso!« Meine Großmutter wird ärgerlich. »Nun komm endlich runter!«
»Ich komm erst, wenn du mir sagst, wer da ist!«
Der Dokter hält es nicht mehr aus: »Ich bin's, der Doktor! Ich möchte mir mal Ihr Auge ansehen!«
Noch bevor er ausgesprochen hat, beginnt die alte Holztreppe unter den hinaufhetzenden Schritten meiner Mutter zu donnern. Den dramatischen Schlusspunkt aber – rumms! – markiert unsere ins Schloss geworfene Wohnungstür.

Die nächsten Tage sind hart. Sie reden nicht miteinander, und ich stehe irgendwo dazwischen. Das heißt, eigentlich stehe ich meiner Oma näher. Doch die betrachtet die Sache plötzlich aus einer anderen Perspektive. »Das ist nun der Dank!«, jammert sie. »Dabei wollt ich doch nur ihr Bestes. So ein blaues Auge ist nicht ganz ungefährlich, da kann man blind von werden.«
Und meine Mutter zischt mir zu: »Glaub ihr kein Wort! Das war eine Falle! Sie wollte mich als einäugiges Monster vorführen. Und ausgerechnet bei IHM.« Sie fängt sogar an zu schluchzen. »Meine eigene Mutter! Aber ich hab sie durchschaut, die olle Hexe!«

Ich darf um alles in der Welt keine Partei ergreifen, nicht in dieser Lage, sonst heißt es gleich wieder: »Der Junge sagt auch ...« Und dann hänge ich plötzlich zwischen den Fronten und werde mit der Frage bombardiert: »Wen hast du eigentlich lieber?«

Nach zweieinhalb Tagen ist es endlich vorbei. Meine Großmutter kocht Falschen Hasen, der zu dieser Zeit auch Falsche Katze genannt wird, ein Lieblingsgericht meiner Mutter. Nachmittags geht die mit Sonnenbrille zum Schwarzmarkt und besorgt drei Stücke Kuchen.

Bei meiner Mutter fängt nun wieder alles von vorne an: endlose Sitzungen vor dem Spiegel (noch endloser, wegen des blauen Auges), der nachmittägliche Blick aus dem Fenster (mit Sonnenbrille) und – »Dook, Dok, Dok, Dok!« – der kopflose Aufbruch.

Doch da ist etwas, was mir nicht aus dem Kopf will: Es ist durchaus denkbar, so höre ich immer wieder die Worte des Doktors, dass ein aufrüttelndes Erlebnis das innere Ungleichgewicht meiner Mutter aufheben und sie in eine normale Frau zurückverwandeln kann, in eine Mutter, wie sie sich gehört, wie sie auch meine Freunde haben.

Ich führe keine gezielten Überlegungen, keine Planungen durch, es beschäftigt mich einfach. Ganz plötzlich, als wir, meine Mutter, meine Oma und ich, in der Küche beim Mittagessen sitzen, überkommt mich die Idee.

Es gibt Kohlsuppe. Ich stochere darin rum, denn ich weiß sofort, dass ich diese Idee umsetzen muss, noch bevor der nächste Löffel in meinem Mund verschwindet. Es ist also Pflicht und Kür in einem, als ich den Löffel aus der Hand lege, mich zurücklehne und sage: »Mir ist da vorhin was Dummes passiert. Ich denk, ich erzähle es euch lieber mal, bevor ihr das von jemand anderem hört.«

Ich bin selten so offen, eigentlich nie. Meine Oma unterbricht

überrascht ihren Kauvorgang, meine Mutter fixiert mich argwöhnisch über ihren Löffel hinweg, den sie gerade zum Mund führt.
»Wir machen immer mal Mist auf dem Schulweg, quatschen die Mädchen blöde von der Seite an ...«
Der Löffel bleibt vor dem Gesicht meiner Mutter stehen. Sie fährt sich mit der Zunge über die Lippen und wartet.
»Na, ja, vor mir gingen zwei ältere Mädchen vom Albrecht-Thaer-Gymnasium, da hab ich hinter ihnen hergerufen ...«
Wieder mache ich eine Pause.
Meine Großmutter hat runtergeschluckt und sagt vorwurfsvoll: »Deine Suppe wird ganz kalt.«
»Nun lass ihn doch mal ausreden!«, fährt meine Mutter sie an.
Schnell mache ich weiter, damit sie sich nicht noch in die Wolle kriegen: »Ich hab ihnen zugerufen«, dabei drehe ich den Kopf weg, denn es ist mir etwas peinlich, so was zu sagen: »Hallo, Frolleins, heute schon geschissen!?«
Die Reaktion hält sich in Grenzen. Meine Mutter steckt ihren Löffel in den Mund, und meine Großmutter sagt: »Bravo! Und ich hab immer gedacht, du gehörst nicht zu diesen primitiven Lümmeln!«
»Dann haben die sich umgedreht und ...« Ich atme schwer.
»Und?«, wiederholt meine Mutter gelangweilt.
»Ich schwör's dir, ich hätt's nicht gesagt, wenn ich gewusst hätte, dass ...«
»Kalt schmeckt die Suppe doch überhaupt nicht«, mault meine Großmutter.
»... dass das die beiden Töchter von unserem Doktor waren.«
Meine Mutter verschluckt sich, spuckt einen Teil der Suppe in den Teller zurück, springt auf und rennt aus der Küche. Ihr Löffel, der auf die Fliesen gescheppert ist, verklemmt sich unter der Tür. Meine Oma starrt mich ungläubig an und sagt, jedes einzelne Wort betonend: »Das – hast – du – dir – ausgedacht!«

Ich springe auch auf und laufe hinter meiner Mutter her.
Sie hat sich im Schlafzimmer eingeschlossen, ich höre sie hinter der Tür schluchzen.
»Mama!«, will ich rufen, »das stimmt doch gar nicht. Das hab ich mir nur ausgedacht!« Doch ich bleibe stumm. Ich lasse mich mit dem Rücken an der Wand auf die Flurdielen runterrutschen und merke nicht, dass auch mir die Tränen über das Gesicht laufen.

Ein Wunder

Und dann geschieht ein Wunder.
Nicht, dass ich an Wunder glaube, aber die unterschiedlichsten Leute: Die Frauen von der Heißluftmangel, der Milchmann aus der Langen Straße, die Galionsfigur von unten aus dem Haus und vor allem meine Großmutter sind davon überzeugt.

An den nächsten Tagen existiere ich für meine Mutter nicht. Sie übersieht mich einfach, mich, ihr einziges Kind, ihren »großen Buttje«.
Wenn ich ihr nach dem Mittagessen mein Diktatheft zur Unterschrift vorlege, schiebt sie es zu Bertha rüber. Und wenn ich sage: »Nur drei Fehler!«, steht sie auf und geht raus.
Was sie wohl machte, wenn ich dreißig Fehler hätte, oder besser, wenn ich von einem Laster platt gefahren im Hafenkrankenhaus läge?
Gut, sie kuckt jetzt nachmittags nicht mehr aus dem Fenster. Dafür aber rennt sie gleich auf die Straße, direkt aus dem Schlafzimmer raus, in das sie sich vorher eingeschlossen hat, um sich das blaue Auge wegzupudern.
Scheiß Schocktherapie! Der Doktor hat doch überhaupt keine Ahnung! Und Boxen? Niemals hat der geboxt!
Es scheint, als wenn das Huhn in meiner Mutter durch das aufrüttelnde Erlebnis nur noch verzweifelter, noch kopfloser geworden ist. Und ich habe keinen Zugang mehr zu ihm, nicht mal den eines – Dook, Dok, Dok, Dok – Lästermaules.

Gerade hat sie wieder ihren Anfall gekriegt und ist auf die Straße gerannt. Auch meine Großmutter geht runter. »Ich kuck mal eben in Briefkasten!«, ruft sie, schon fällt die Tür ins Schloss.

Ich sitze am Küchentisch und mache Schularbeiten.
Plötzlich klingelt es Sturm. Als ich die Haustür aufreiße, ist meine Oma schon wieder oben und stößt atemringend hervor: »Ein Wunder! Es ist – ein Wunder!« Dabei wedelt sie mit einer rosaroten Postkarte rum.
Die knallt sie auf den Küchentisch und schreit: »Da, lies! Lies!!« Ihre Aufgeregtheit überträgt sich auf mich, die vielen Angaben auf der Karte beginnen vor meinen Augen zu tanzen, als sie kreischt: »Das ist Kriegsgefangenenpost!« – dabei reißt sie mir die Karte wieder aus der Hand – »und unterm Englisch steht's auch ganz klein auf Deutsch, hier!« Die Karte ist dreigeteilt, aus dem mittleren Abschnitt liest sie jetzt vor: »›Leicht verwundet‹: durchgestrichen, ›schwer verwundet‹: durchgestrichen, ›krank‹: durchgestrichen, ›befinde mich wohl‹: nicht durchgestrichen!«
Sie nimmt mich in die Arme, tanzt mit mir durch die Küche und jubelt: »Er lebt! Dein Vater lebt und befindet sich wohl! Mein Gott, es ist ein Wunder, er lebt!«
Atemlos lässt sie sich auf den Stuhl fallen und kämpft mit den Tränen. Dann winkt sie mich zu sich ran, noch näher, flüstert mir ins Ohr, und ich denke, warum sagt sie das nicht laut, nicht normal: »Und nun bringst du diese Post ganz fix zu deiner Mutter.«

Wie kopflos renne ich durch die Straßen, doch ich finde sie nicht.
Teufelauch kommt mir entgegen.
»Hast du meine Mutter gesehen?«
Er schüttelt den Kopf. »Was ist denn los?«
Ich hetze weiter. Für Erklärungen habe ich jetzt keine Zeit.
Der Boxer! Na klar, wenn ich den Doktor auftreibe, ist auch meine Mutter nicht weit. Mit dieser Erkenntnis komme ich an Kaisers Eck vorbei und gehe hinein.

Drei Mann sitzen am Tresen, zwei kenn ich vom Sehen. »Ist der Doktor schon vorbeigekommen?«, frage ich sie.
Ihr Würfelbecher knallt auf die Theke. *»De Dogder? De verkehrt hier nich.«*
»Ich meine doch draußen, auf der Straße.«
»Jung! Dat interessiert doch keen een!« Wieder beschreibt der Würfelbecher einen halben Kreisbogen und knallt auf die Platte.
»Hässu dat sehn? Soo gehöört sik dat: Paasch!«
Frau Kaiser kommt aus der Küche, einen Wäschekorb vor dem Bauch. Sie sieht immer aus, als sei sie gerade beim Frisör gewesen. *»Düsse Subköppe mussu nich frogen, de häbt doch Kronkorken ob de Ogen.«* Sie wuchtet den Korb auf einen Barhocker, die Frisur zittert. *»De Herr Dogder is drüben, inne Dree. Ik heb em ringohn un noch nich wedder rutkomm sehn. Is wat mit Oma?«*
Ich schüttle den Kopf.
Sie streicht mir über das Haar. Ihr sorgenvolles, aufgedunsenes Gesicht passt nicht zu ihrer Frisur.
»Düssen Subköppen«, sagt einer der Männer, *»verdanksu ümmerhin dien Utkomm!«*
Sie kreischt auf. Auch dieses heisere Lachen, das mich bis auf die Straße begleitet, passt nicht zu ihr.

Heiner Lose aus meiner Klasse wohnt in der Drei.
Ich zieh die Haustür auf und keile sie mit der Fußmatte fest. Dann suche ich seine Klingel: Möller … Böckler … Lose. Ob ich mal bei ihm klingle? Quatsch! Warum soll der Boxer ausgerechnet bei denen sein?
Ich setz mich auf die Außentreppe und lass den Blick über den Paulsplatz wandern: Nichts, verdammt! Meine Mutter streift doch sonst immer in der Nähe des Boxers rum.
Es fällt mir schwer zu warten. Immer wieder kucke ich mir die rosarote Postkarte an. Sie sieht etwas mitgenommen aus, so, als sei sie lange unterwegs gewesen. Nicht mal eine Briefmarke

klebt drauf. An der Stelle ist ein Vierkant gedruckt, worin steht: Postage free! Daneben ist so was wie eine Überschrift: Card of capture for prisoners of war.
Alles muss mit ein, zwei Worten ausgefüllt oder als »nicht zutreffend« durchgestrichen werden. Am unteren Rand steht: »Weitere Angaben nicht erlaubt«. Daneben hat mein Vater unterschrieben, eine steile, gut leserliche Unterschrift.
Wie er wohl aussieht? Es gibt ein paar Fotos von ihm, da ist er sehr jung. Auf einem sitz ich mit ihm in unserer Zinkbadewanne in der Küche vor dem Herd. Er kuckt auf mich runter, und ich bin gerade so hoch wie seine angezogenen Beine.

Endlich geht das Licht an, jemand kommt die Treppen runter, es dauert aber eine Ewigkeit.
Dann höre ich eine zweite Person kommen. Sie sprechen miteinander, und ich erkenne die Stimme des Boxers. Die andere ist eine Frauenstimme. Beide sind stehen geblieben.
Ich springe auf und renne die Treppen hoch. Zwischen erster und zweiter Etage sitzt die alte Böckler auf den Stufen. Sie hat ihren Rock hochgeschlagen und drückt sich Dellen in die dicken Beine. Unausweichlich fällt mein Blick auf ihre graue, gestopfte Wollunterhose.
»Wasser, Herr Doktor, sehen Sie, hier auch und hier.«
Der Boxer steht seitlich, mit dem Rücken zu mir. Seine Tasche, quer auf der Stufe, versperrt den Weg.
»Bin auch so kurzatmig in letzter Zeit, so ohne Antrieb.«
Er beugt sich über sie.
»Schaff die Treppen kaum, runter geht's ja noch.«
»Herr Doktor!«, rufe ich, und meine Stimme zittert. »Meine Mutter!« Er wendet den Kopf. »Ich suche meine Mutter, haben Sie sie heute schon gesehen?«
»Ich habe deine Mutter seit Tagen nicht gesehen.«
»Alt werden ist nix, Herr Doktor, müsste verboten werden.

Deine Mutter? Aber die sitzt doch jeden Nachmittag im Schauermannspark und strickt!«
Auf der Stelle mache ich kehrt und springe die Treppen wieder runter. Ich höre noch, wie der Boxer sie beschwört, in seine Praxis zu kommen. »Ich will Ihnen ja keine Angst machen, Frau Böckler, aber wir müssen uns mal Ihr Herz ankucken.«

Ich sehe sie schon von weitem, ihren blonden Hinterkopf, etwas nach vorn gebeugt, so, als würde sie beten.
Eigentlich besteht der Schauermannspark aus einer einzigen Bank, aber einer, die dreißig Meter lang ist. Sie ist ein von Granatsplittern angekratzter, von seiner Holzauflage größtenteils befreiter Betonsockel. Dahinter wuchert Gestrüpp aus den Trümmerresten. Drei Schritte vor der Bank steht ein gusseisernes Gitterwerk, die Löcher mit Draht gestopft, die verbogenen und vorwurfsvoll in die Luft ragenden Schrauben den abgerissenen Handlauf beklagend.
Davor geht es steil hinab zu den Kasematten, dann kommt die Elbe, der Blick auf die Werften, das Mahnmal der eingeknickten Kräne und der Docks in Schieflage. Einige hat die Besatzungsmacht erst vor wenigen Wochen demonstrativ gesprengt.

Sie sitzt am rechten Ende.
Am anderen Ende ist der Stammplatz der Säufer, für die der Krieg – wir verstecken uns manchmal hinter ihnen im Gestrüpp und lauschen heimlich ihrem Gebrabbel – noch lange nicht vorbei ist. Sie schießen manchmal mit eingebildeten Karabinern auf die Möwen oder werfen unsichtbare Handgranaten auf die paar vorbeisteamenden Schiffe.
Wortlos setze ich mich neben meine Mutter und gebe ihr die Postkarte.
Sie legt das Strickzeug zur anderen Seite und liest. Ihre Augen füllen sich mit Tränen. Sie liest noch einmal und stammelt:

»Ich … ich hab's doch geahnt. Was mach ich … mach ich denn hier sonst?«
»Was machst du denn hier?«
Sie zeigt auf den Stoffbeutel, der zu ihren Füßen liegt. »Ich hab die ganzen alten Wollsachen von dir aufgeröbbelt und stricke einen Pullover.« Sie hält das blau und braun gestreifte Vorderteil hoch. »Gefällt er dir?«
Ich nicke.
Nun fängt sie erst richtig an zu weinen: »Der ist ja … ja aber … viel zu groß für dich.«
Plötzlich springt sie auf, stopft Wollsachen und Postkarte in den Beutel, drückt ihn mir in die Hand und sagt: »Komm!«
Zielstrebig eilt sie zum anderen Ende der Bank, dorthin, wo die Säufer sitzen. Ich folge ihr zögernd. Dann erkenne ich in einem von ihnen Onkel Charly.
Onkel Charly hat eine Zeit lang bei uns als Einlogierer gewohnt. Er kannte auch meinen Vater, ist mit ihm zur See gefahren. Manchmal hat er von ihm erzählt: dass der Diesel so laut gewesen sei und dass sie sich, um sich in der Maschine verständigen zu können, eine Zeichensprache ausgedacht haben. Dann machte er mir immer ein paar Zeichen vor: Zylinderköpfe schmieren oder Kujambelwasser holen – das war selbst gemachte Limonade. Dabei verzog er das Gesicht wie ein Clown. Ich mochte ihn sehr.

Als meine Mutter und ich auf Onkel Charly zugehen, fängt der an, mit den Armen zu rudern, um aufzustehen. Es wirkt fast so, als wolle er uns mithilfe der ausgedachten Zeichensprache begrüßen.
Sein Sitznachbar hilft ihm und drückt ihn hoch. Als meine Mutter bei ihm ankommt, steht er schwankend vor der Bank.
»Charly! Ludwig lebt! Er ist in amerikanischer Gefangenschaft. Grad haben wir eine Karte von ihm gekriegt.«

Charly macht einen runden, stummen Mund. Dafür und dass er aufrecht stehen bleibt, braucht er seine ganze Konzentration. »*Was – is'n*«, sagt er schließlich, wobei sein Mund jedes einzelne Wort ausspuckt, »*mit – dei'm – ein – Auge – p'ssiert?*«
»Charly! Hast du nicht gehört? Ludwig lebt!«
Nach einer kleinen Verzögerung verzieht Charly sein Gesicht zum Clownsgrinsen. »Habt … habt ihr das ge-gehört?« Abrupt dreht er sich um und verliert dabei fast das Gleichgewicht. Doch meine Mutter schnappt ihn an den Armen. Er ist über einen Kopf größer als sie.
Sie fängt wieder an zu weinen, er zieht sie zu sich heran, und sie legt den Kopf an seine Brust. Auch Charly beginnt zu schluchzen. Plötzlich reckt er das Gesicht in den Himmel und heult: »Luuuudwig! Luuudwig leeebt!«
Nun kommen die anderen hoch, drei Mann, verwegene, unrasierte Burschen, in alten, schmierigen Armeeklamotten, zwei mit Feldmützen auf dem Kopf. Sie schreien und lachen, klopfen Charly und meiner Mutter auf den Rücken. Zwei von ihnen – ich schwör's – haben Tränen in den Augen.
Schließlich lassen sie sich alle wieder auf die Bank fallen, ein bisschen durcheinander, sodass einer halb auf dem anderen landet. Es braucht seine Zeit, bis sie sich wieder fluchend und kichernd hinsortiert haben.
Meine Mutter fischt eine Schachtel amerikanischer Zigaretten aus dem Beutel in meiner Hand. »Tut mir ein' Gefallen«, sagt sie und gibt Onkel Charly die Zigaretten, »trinkt einen auf Ludwigs Gesundheit!«

Meine Mutter und ich kucken nun wieder fast jeden Nachmittag aus dem Fenster. Wenn die Straßenbahn kommt, stelle ich manchmal meine Lieblingsfrage: »Was würdest du machen, wenn Papa da jetzt aussteigen würde?«
»Aus dem Fenster springen.«

»Mal ohne Scheiß.«
»Ich meine ja vor Freude!«
»Was nützt dir die Freude, wenn du tot bist?«
»Und du? Was würdest du machen?«
»Ich weiß nicht. Ich kenne ihn doch gar nicht.«
»Na gut«, sagt sie. Dann erzählt sie mir was von ihm.

Die Sollbruchstelle

Als mein Vater endlich aus der Gefangenschaft kommt, ist er wunschlos, wunschlos unglücklich. Er streicht durch die Wohnung wie eine vom Aussterben bedrohte Tierart. Gefragt, ob er nicht mal Bratkartoffeln essen wolle – Bratkartoffeln mit Rührei, eines seiner früheren Leibgerichte –, lächelt er dünn und sagt: »Wie ihr wollt.«

»Nein!«, ruft meine Mutter, »wie DU willst!« Schließlich bedarf es zu dieser Zeit einer komplizierten Tausch- und Schieberaktion, um ein solches Essen kochen zu können.

Es scheint, als wenn mein Vater so lange noch nicht angekommen ist, wie ihm die Wünsche fehlen.

An seinen ersten Wunsch kann ich mich deshalb so gut erinnern, weil ich manchmal den gleichen habe. Diesem zarten Pflänzchen eines aufkeimenden, inneren Bedürfnisses bringt meine Mutter nur wenig Verständnis entgegen. »Was für ein Bord?«, will sie wissen.

»Na, ein Bord für meine Sachen.«

»Für was für Sachen?«

Nach drei Jahren ohne ein Lebenszeichen ist mein Vater mit nur einer handtellergroßen, selbst genähten Segeltuchtasche nach Hause gekommen. »Nur ein lüttes Bordsche eben.«

»Dafür gibt es Schränke. Eins, zwei, drei ...«, sie lässt ihm ihre Finger ins Gesicht springen, »vier Schränke haben wir – von den Nachtschränken und der Kommode ganz zu schweigen.«

Später, nachdem mein Vater wortlos das Zimmer verlassen hat, sagt meine Großmutter zu meiner Mutter: »Was bist du so opsternaatsch zu ihm. Das braucht er vielleicht, um sich zu gewöhnen. So ein Bord frisst doch kein Brot.«

»Wir haben aber nun mal kein verdammtes Bord«, sagt meine Mutter. »Und vielen Dank, dass du dich dazwischenstecken musst!«

Als ich am nächsten Tag aus der Schule komme, ist mein Vater nicht da. Es ist das erste Mal, seit er wieder zu Hause ist. Ich glaube, dass meine Großmutter dahintersteckt.
»Er ist auf dem Boden«, sagt sie und rollt vielsagend mit den Augen.
Das Bord, das mein Vater dann ranschleppt, ist etwa einen halben Meter lang und hat ein breites oberes und ein schmales unteres Brett, die durch zwei Seitenbretter miteinander verbunden sind. Es ist seegrün und riecht nach Farbe.
»Furchtbar!«, sagt meine Mutter. Im Wohnzimmer, im Flur, überall, wo es mein Vater demonstrativ an die Wand hält, sagt sie: »Fuuurchtbar!«
Schließlich darf er es in die Küche hängen, über das alte, durchgesessene Sofa, auf dem meine Großmutter allabendlich ihre Übersetzungen verschlingt. Die holt sie sich aus der Kohlhöfen-Bücherei, eine der wenigen, die nicht zerbombt wurden. Übersetzungen müssen es sein, weil sie davon überzeugt ist, dass nur gute Bücher übersetzt wurden. Außerdem – sagt sie – haben durch den Einfallsreichtum der Bibliothekare nur die besten dieser Übersetzungen die Bücherverbrennungen überstanden.

Das hoch über dem Sofa angebrachte Bord meines Vaters übt auf mich eine magische Anziehungskraft aus. Auf der unteren Ablage mache ich Schachteln, Heftchen und kleine, undefinierbare Gegenstände aus, ich kann sie erahnen, wenn ich mich, mit dem Rücken an den gegenüberliegenden Herd gedrückt, auf die Zehenspitzen stelle. Auf dem oberen Brett liegt ein unbestimmbares lang gezogenes Objekt, dessen Kupferenden verräterisch über die Seitenwände hinausragen. Die Hände auf dem Rücken drücke ich mich an der Handtuchstange des Herdes hoch, bis ich nach vorne

kippe. Ich muss unbedingt herausfinden, was für Kostbarkeiten es sind, für die mein Vater extra ein Bord gebaut hat. Ich will sie an meinen messen, an dem Silberkettchen, das inzwischen in einer Streichholzschachtel gelandet ist, dem Taschenmesser, den Zigarettenbildern und den verschiedenen Glassplittern, durch die man die Welt in anderen Farben sehen kann, alles so Dinge, für die ich mir auch ein Bord gewünscht hätte.
Als ich meine Mutter nach den Sachen auf dem Bord meines Vaters frage, sagt sie: »Kinkerlitzchen.«
Und meine Oma antwortet: »Frag ihn doch selbst.«
Aber ich mag ihn nicht fragen. Zu oft bleibt er einem eine Antwort schuldig, ja, man weiß nicht mal, ob er die Frage überhaupt verstanden hat.
»Lass dir doch nich jedes Wort ausse Nase ziehn!«, beschwert sich meine Mutter häufig bei ihm.
Auch sonst ist er mir nicht ganz geheuer.
Manchmal steht er hinter einem, und man fährt zusammen, wenn man sich umdreht, weil man ihn nicht hat reinkommen hören.
»Mussu ein' denn immer so erschrecken!«, stöhnt meine Großmutter.
Dann grinst er entschuldigend und sieht einen mit seinen tief liegenden, müden Augen an, als wolle er sagen: »Aber ich gehöre hier doch her.«
Und genau das ist der Punkt. So, wie er sich benimmt, ist es schwierig, ihn als familienzugehörig zu betrachten, von einem Familienoberhaupt ganz zu schweigen. Er scheint immer noch die Strategie der Unauffälligkeit zu verfolgen, die ihn wahrscheinlich die Kriegs- und Lagerjahre hat überstehen lassen.
»Du bis jetzt wieder zu Hause«, flüstert ihm meine Mutter manchmal zu. »Kuck dir den Jungen an, er hat deine Segelohren.«

Nach etwa einem Monat befinden meine Mutter und meine Großmutter, dass die Eingewöhnungsphase eines Heimkehrers nun beendet sei und dass er sich, so wie all die anderen Familienväter, um die Beschaffung der Kohlen zu kümmern habe. Der Winter steht vor der Tür.

Als ich aus der Schule komme, ist mein Vater zum zweiten Mal nicht da.

»Er ist Kohlen klauen«, sagt meine Großmutter und wiegt den Kopf. »Eigentlich müsste er schon wieder hier sein. Hoffentlich ist da nix schiefgegangen.«

Am Tag zuvor habe ich miterleben können, wie sie ihn auf diese Aufgabe, für die bisher meine Mutter zuständig gewesen war, vorbereitet haben: »Du nimmst die Straßenbahn Richtung Eidelstedt bis Endstation. Die Verschiebegleise liegen linker Hand, zehn Minuten zu Fuß. Du musst dich nur an den Tross der anderen halten. Einen zweiten Mann musst du dir suchen, aber das ergibt sich meist schon in der Straßenbahn. Man kriegt das nur zu zweit hin: Einer muss auf den Waggon klettern, der andere sammelt die runtergeworfenen Kohlen ein. Nachher wird geteilt.«

Mein Vater schwieg.

»Eigentlich ganz einfach«, erklärte meine Mutter weiter, »wenn da nicht die Militärpolizei wäre. Wenn die dich erwischen, bist du die Kohlen mitsamt dem Rucksack los. Und wenn du Pech hast, nehmen sie dich mit. Aber das ist unwahrscheinlich, denn es sind viel zu viele, die Kohlen klauen, sie buchten immer nur drei, vier Leute ein, zur Abschreckung.«

Mein Vater sagte immer noch nichts.

»Frieren ist schlimmer als Bangemachen. Na, was sagst du?«

»Was sein muss, muss sein.«

»Und Mama, ist sie mitgegangen?«

»Nee. Die ist doch froh, dass sie nun keine Kohlen mehr schleppen muss.«

»Und wo ist sie?«

»Dreimal darfst du raten.«

Vor einiger Zeit hat meine Mutter den Schwarzmarkt entdeckt, ein Wirkungsfeld, auf dem sich Wasser in Wein und Steine in Brot verwandeln lassen.
Angefangen hat alles mit einem Kanister Fischöl, den Onkel Kuddel, ein Freund meines Vaters, der auf einem Fischkutter fährt, vorbeigebracht hat. Irgendwie hat sich der in einen halben Sack Zucker verwandelt. Und dann ging es erst richtig los: Unsere Klingel läutete zu jeder Tages- und Nachtzeit. Sogar Holzspielzeug aus dem Erzgebirge wurde bei uns zwischengelagert. Doch ich durfte nicht damit spielen, ja, ich durfte es nicht mal berühren.
»Vor allem darfst du nicht darüber reden, nicht in der Schule, nicht mit Uwe, mit keinem«, beschwor mich meine Mutter, »sonst kommen wir alle ins Gefängnis!«
»Ich auch?«
»Du auch.«
»Aber wieso denn? Ich hab doch gar nix getan.«
»Mitwisserschaft!«

Inzwischen hat es meine Mutter zu einer Schwarzmarktgröße gebracht. Man kommt nun nicht mehr zu uns nach Hause, man kommt direkt zu ihrem Stammplatz auf dem Pferdemarkt. Dort sitzt sie auf einem Klappstuhl wie eine Marktfrau ohne Stand. Die Ware existiert nur in ihrem Kopf. Sie wird woanders gelagert, womit das Risiko der Beschlagnahme bei einer Razzia sehr gering ist. Das Zahlungsmittel sind nun meistens amerikanische Zigaretten. Dafür lässt sich alles, was St. Paulis und Altonas Schwarzmärkte hergeben, im Handumdrehen von zwei, drei Helfern herbeischaffen.
In der Lampenschale unter der Decke unseres Einlogiererzimmers liegen drei, zeitweise vier Stangen Zigaretten, ein Vermögen, wie meine Großmutter betont. Ich weiß nicht, ob sie dabei vor Angst oder Anerkennung flüstert.

Früher, als die ersten Stangen auftauchten, bin ich manchmal dort hineingegangen, habe die Tür hinter mir geschlossen und das Licht angemacht. Lange habe ich auf die verräterischen Schatten der dicken Balken und der paar kleinen Rechtecke hinter dem Milchglas gestarrt. Mit einer solchen Stange Luckies oder Chesterfields stand einem also die Welt offen. Wenn sich meine Mutter und meine Oma mal wieder in den Haaren lagen – endlose Tage wurden von ihren Streitereien versaut –, malte ich mir aus, wie ich damit das Weite suchte, das weite Meer auf einem Frachter.

Doch dann habe ich daran gedacht, dass mein Vater ja bald aus der Gefangenschaft kommen würde. Ich musste da sein, um ihm alles zu erklären. Woher sollte er sonst wissen, dass sie nach einem solchen Krach zwei Tage brauchten, um wieder miteinander zu reden? Und dass man sich in dieser Zeit nicht einmischen durfte, sonst hieß es gleich: »ER sagt ja auch …«, und alles ging wieder von vorne los. Nur dass man diesmal unweigerlich mit reingezogen wurde.

Ich habe mir gewünscht, dass mein Vater, mit solchen Informationen versehen, einen Schlussstrich ziehen, ja, dass er diesem ewigen Gezänk, diesem »Leben auf einem Minenfeld«, wie es meine Großmutter bezeichnete, mit einer Mischung aus Autorität und Humor, mit einer Handbewegung und einem Lachen, ein Ende bereiten würde.

Nun ist er also endlich da. Aber er ist selbst so was Unberechenbares wie eine Mine, nein, wohl eher so etwas wie ein Blindgänger.

Als meine Großmutter an diesem Nachmittag ebenfalls weggeht – wir haben noch Lebensmittelmarken für 25 Liter Milch, und sie will sich in eine jener endlos langen Warteschlangen einreihen –, da ist es endlich so weit. Ich schiebe den Küchentisch an das Sofa, ziehe die Schuhe aus, steige von einem Stuhl

auf den Tisch und lass in aller Ruhe die Schätze meines Vaters durch meine Finger wandern.
Meine Mutter hat recht gehabt: Es ist enttäuschend. Neben ein paar Papieren, dem Sold- und dem Seefahrtsbuch, liegt dort ein Nagel, eine angebrochene Packung amerikanischer Zigaretten, eine halb volle Schachtel Streichhölzer, ein abgegriffenes deutsch-englisches Wörterbuch und ein Bleistiftstummel. Das Bemerkenswerteste ist jenes Gerät auf dem oberen Brett, das links und rechts herausragt. Es besteht aus einem fingerdicken Kupferdraht, der zu einem länglich-stumpfen ›V‹ gebogen worden ist. Die beiden Schenkel erinnern an die Schwingen eines Vogels. Ihr letztes Drittel ist von der Isolierung befreit und das jeweilige Ende auf einer Länge von zwei, drei Zentimetern nach unten gebogen worden. Die untere Spitze des V ist so angefeilt worden, dass sein Querschnitt halbiert ist. Auch dort fehlt die Isolierung.
Ich wiege dieses merkwürdige Stück Kupferdraht noch in meiner Hand, überlege, wofür es wohl verwendet werden mochte, da klingelt es Sturm.
Ich werfe den Draht auf das Bord zurück, springe vom Tisch, stelle mit fliegenden Händen Tisch und Stühle an ihre Plätze, schlüpfe zurück in meine Schuhe und laufe zur Tür.
Doch da ist keiner.
Ich denke an meinen Vater, der wahrscheinlich Hilfe braucht, Hilfe beim Raufschleppen der geklauten Kohlen. Schon dringt eine Männerstimme von unten durch den Treppenschacht herauf: »Kann mal einer runterkommen!?«
Aber das ist nicht die Stimme meines Vaters.
Ich poltere die Treppe runter, immer zwei Stufen auf einmal.
»Kriegen Sie keinen Schreck, es hat einen kleinen Unfall gegeben!«
Da sehe ich ihn. Er liegt im Treppenhausflur auf einer Trage und zeigt sein Alles-halb-so-schlimm-Gesicht. Man hat ihm

die Hosenbeine aufgeschlitzt, Füße und Unterschenkel stecken in zwei riesigen Gipsverbänden. Nur die Zehen kucken noch raus. Die haben etwas Versöhnliches, ähnlich wie am anderen Ende sein Grinsen.

Neben der Trage stehen zwei Männer in kurzen englischen Uniformjacken. Es sind aber Deutsche. »Ist deine Mutter zu Hause?«

Ich schüttele den Kopf.

»Wohnt ihr im Dritten?«

Ich nicke.

»Das schaffen wir nie«, stöhnt der Jüngere. »Das haben wir doch oft genug erlebt: Wir kriegen ihn nicht um die Kurven.«

»Also gut«, entscheidet der Ältere, der eine Glatze hat, »dann eben mit der Affenschaukel.«

Sie weisen meinen Vater an, sich ans Fußende der Trage zu setzen. Mit schmerzverzerrtem Gesicht rutscht er dort hin. Mir geben sie seine Schuhe. Als ich das Gewicht der ausgelatschten Stiefel in meiner Hand spüre, schießen mir plötzlich Tränen in die Augen.

Der Glatzkopf, der einen Fuß auf das andere Ende der Liege gestellt hat, sagt, ich solle mich mal draufsetzen, was ich sofort mit abgewendetem Gesicht mache.

Nun hocken sich die beiden Männer links und rechts hinter meinen Vater und legen ihre Hände – sie haben jeweils das Handgelenk des anderen und das eigene umfasst – auf die Trage. Dann fordern sie ihn auf, sich bei ihnen abzustützen und auf ihre Hände zu setzen.

»Bei drei«, sagt der Glatzkopf und beginnt zu zählen. Gleichzeitig richten sie sich auf.

Aber für drei Mann ist die Treppe zu schmal. Der Glatzkopf muss rückwärts gehen, runtergebeugt wie ein Betender. Der andere zieht die Arme hoch und schiebt mehr, als dass er trägt.

»Langsam!«, ruft der Glatzkopf, »ich leg mich hier gleich hin!«

Wie eine Heiligenstatue schwebt mein Vater nun die Treppe hinauf. Er hat die Augen geschlossen. Die schweißnasse Glatze des Vordermanns hängt dicht unter seinem hochgereckten Kinn. Der Hintere keucht und drückt ihm seinen Kopf in die Seite. Fremdartig wie zwei Elefantenbeine schaukeln die Gipsverbände und die Stofffähnchen der Hosenbeine zwischen ihnen hinauf.

Ich habe die Tränen runtergeschluckt und folge mit fünf, sechs Stufen Abstand.

Auf der zweiten Treppe verliert mein Vater plötzlich die Entrücktheit. Er reißt die Augen auf und schnappt nach Luft wie ein Fisch, der unter der Wasseroberfläche hängt.

Viel zu sehr mit dem Aufstieg befasst, bemerken die Krankenträger nichts davon. Ich sollte ihnen vielleicht zurufen, dass etwas mit meinem Vater nicht stimmt, aber ich habe einen Kloß im Hals, wohl wissend, dass der die Tränen zurückhält.

Dann, gerade hat das torkelnde und ächzende Trägergespann die zweite Zwischenebene erreicht, steigt aus dem Inneren meines Vaters ein lang gezogener Schrei. Ich habe schon viel Geschrei miterlebt – meine Großmutter und meine Mutter sind Meister auf diesem Gebiet –, doch noch nie habe ich einen solch herzzerreißenden Klagelaut gehört. Es ist der Schrei eines waidwunden Seeelefanten. Der bäumt sich auf und beginnt um sich zu schlagen und die Elefantenbeine wie dicke Glockenschlegel gegen die Leiber seiner Träger zu treiben.

»Sag mal, spinnst du!?« Sie tauchen unter ihm weg und lassen ihn auf die Plattform fallen. »Du hast … hast sie wohl nicht mehr alle!« Mit geballten Fäusten stehen sie über ihm. »Wir asten uns hier … hier einen ab, und du, du haust uns was an die Backen!?«

Der Aufprall hat meinem Vater die Stimme verschlagen. Er liegt nun auf dem Rücken und ringt nach Luft, die dicken Hinterbeine wie ein hilfloser Käfer weit von sich gestreckt.

»Das haben wir doch nicht nötig«, schimpft der Glatzkopf

weiter. »Soll er doch sehen, wie er da raufkommt.« Dabei zieht er den anderen mit sich die Treppe hinunter. »Das kann keiner von uns verlangen!«
Mir steigen wieder die Tränen in die Augen.
»Wäre ja noch schöner, wenn wir uns von so einem Kohlenklau auch noch was an die Backen hauen lassen müssen!«
Der Jüngere wendet sich an mich: »Tut mir leid, aber das dürfen wir nicht.«
Ich fühle die Tränen über mein Gesicht laufen.
»Ernsthaft.« Er greift mir in die Haare. »Gewalttätigen Elementen müssen wir aus dem Weg gehen, sagt der Tommy.«
Mein Vater ruft von oben: »Lass! Lass sie! Ist schon gut so.«
Ich ziehe die Tränen durch die Nase hoch und steige mechanisch zu ihm rauf.
Sein ganzer Körper zittert. Mühsam zieht er sich am Geländer hoch und setzt sich auf eine Stufe. »Wein man nicht. Wir kriegen das auch ohne die hin.«
Die Krankenträger haben jetzt den Treppenhausflur erreicht. Den Glatzkopf hört man immer noch schimpfen: dass das nirgendwo steht, in keiner Vorschrift, dass sie sich was an die Backen hauen lassen müssen.
Dann ist es plötzlich still. Nur der schnelle Atem meines Vaters hängt noch im Treppenschacht. »Tust du mir einen Gefallen?«
»Klar.«
»Holst du mir meine Zigaretten?«
Ich lass die Stiefel fallen und spring die Treppe rauf, froh, etwas für ihn tun zu können.
»Mo-ment.«
Ich sehe auf ihn runter.
»Weißt du denn, wo die sind?«
Wie ein Nest kleben seine Haare um eine kahle Stelle des Kopfes.
»Klar!«

Er bekommt die Zigarette nicht aus der Packung, weil seine Hände immer noch zittern. Ich nehme ihm die Schachtel wieder ab, fische die Zigarette raus und gebe sie ihm. Dann probiere ich, ein Streichholz anzuzünden. Beim zweiten Versuch gelingt es mir. Stolz halte ich ihm die Flamme hin.
Seine Lippen sind blau, die Bartstoppeln drum herum wirken wie Rost auf Eisen und lassen seine Backenknochen hervortreten. Meine Mutter hat mir mal erzählt, dass seine Nase gebrochen ist. Nun kann ich auch sehen, wo. Auf Höhe der dunklen Augenringe macht sie einen Schlenker nach links.
Er nimmt einen tiefen Zug und kneift dabei die Augen zusammen. Sein Gesicht erinnert mich an das Foto eines alten Kirgisen aus meinem Buch »Aus der weiten Welt«.
»Du bist ja schon ein ganz schön großer Junge.« Er lässt die Zigaretten-Packung und die Streichhölzer in der Brusttasche seiner Jacke verschwinden. »Wie alt bist du jetzt eigentlich?«
»Ich werd neun.«
»Komm, setz dich zu mir.«
So nah bin ich ihm noch nie gewesen. Ich habe ihn immer nur aus einer gewissen Entfernung beobachtet, so, wie man einen fremdartigen Menschen studiert, bei dem man jederzeit damit rechnen muss, dass etwas passiert.
Ist es nun ja auch.
»Es ist nämlich so«, sagt er, während die Zigarette zwischen seinen Lippen wippt, »seit ich mit dem Minensucher abgesoffen bin, – mit dem Minensucher auf eine Mine gelaufen, ist das nicht 'n Witz?« Er versucht zu lachen, was ihm aber missglückt und einen Hustenanfall auslöst. Er nimmt die Zigarette aus dem Mund. »Das ... das war ja auch nicht witzig, also: Seitdem das passiert ist, kann ich es nicht mehr so gut aushalten, wenn ...«, er schnippt die Zigarettenasche durch das Geländer in den Treppenhausschacht hinunter, »wenn es irgendwo zu eng wird, verstehst du?«

Wieder nimmt er einen Zug. Die Zigarette klebt jetzt in seinem linken Mundwinkel, aus dem rechten kommt der Rauch. »Dann läuft bei mir der Film ab.« Er faltet die Hände unter seinem Oberschenkel zusammen und zieht das eine Gipsbein vorsichtig heran.

»Was denn für ein Film?«, frage ich.

»Das Leben läuft vor einem ab wie ein Film.«

»Das ganze Leben?«

»Ja. Ganz schnell, der Zeitfaktor ist irgendwie …«, auch das andere Bein holt er zu sich heran, »irgendwie aufgehoben.« Dann drückt er sich mit den Armen hoch und setzt sich auf die nächste Stufe.

Auf diese Weise schafft er es bis über die zweite Etage hinweg: sechsundzwanzig Stufen. Ich habe sie mitgezählt, weil ich die Elefantenfüße auf die jeweils vorherige Stufe stellen und festhalten muss, damit sie nicht abrutschen, wenn er sich hochstemmt.

Auf der vorletzten Zwischenebene aber hört er auf. Sein Gesicht ist jetzt so weiß wie die Gipsbeine. Aber das Zittern hat nachgelassen. Die zweite Zigarette kann er sich schon selbst aus der Packung nehmen und Feuer …? Er gibt mir die Streichhölzer, diesmal klappt es beim ersten Versuch. Darüber freuen wir uns beide.

Ich frage ihn: »Was ist denn ein Zeitfaktor?«

»Na, ja«, sagt er und saugt an seiner Chesterfield, »manchmal kommt dir die Zeit doch endlos vor, wenn du auf etwas wartest zum Beispiel. Dann wieder – du sitzt im Kino und siehst dir einen spannenden Film an – vergeht sie wie im Fluge. Dieser Unterschied – auf die Uhr gesehen ist beides gleich lang, du erlebst es aber ganz unterschiedlich –, das ist der Zeitfaktor. Den kannst du nicht messen, nur fühlen.«

»Wieso ist der dann aufgehoben?«

»Du meinst, wenn der Film abläuft?«

Ich nicke.

Er nimmt die Zigarette wieder aus dem Mund. Der Rauch kräuselt sich durch die Geländerstäbe nach oben.
»Stell dir vor, du kuckst dir einen Film über dein Leben an.«
Unten kommt jemand ins Treppenhaus, man hört, wie der langsam die Stufen hochsteigt.
»So ein Film müsste mindestens zwei Stunden dauern, wenn alles gezeigt werden soll. Dein Film aber läuft in nur vier Sekunden ab.«
»So schnell kann ich doch gar nicht kucken.«
»Musst du auch nicht, er läuft ja vor deinem inneren Auge ab.«
»Vor meinem inneren …?«
In diesem Moment taucht meine Oma vor uns auf und bleibt wie angewurzelt stehen. »Wa-was ist denn mit dir passiert?«
Mein Vater macht wieder sein Alles-halb-so-schlimm-Gesicht und sagt: »Bin vom Waggon gesprungen, als die Militärpolizei kam. Hab mir beide Fersenbeine gebrochen.«
Nun muss sich meine Großmutter auch auf die Treppe setzen. Ihr Einkaufsnetz und die Milchkanne sind leer. Sie sagt – es wirkt wie eine Drohung: »Wart man, Mama kommt auch gleich. Ich hab sie unten schon gesehen.«

Als meine Mutter kommt, geht alles sehr schnell.
Zuerst bringt sie ihre Tasche, die ist voll gepackt, nach oben und holt einen Küchenstuhl aus der Wohnung. Dann greifen die beiden Frauen meinem Vater unter die Achseln und heben ihn auf den Stuhl. Meine Großmutter klingelt unten, bei der Galionsfigur. Zu dritt, den Stuhl mit der Lehne in Richtung Stufen gekippt, meine Mutter hinten an den vorderen Stuhlbeinen, meine Großmutter und die Galionsfigur vorn an der Lehne, tragen sie meinen Vater nach oben in unsere Wohnung.
Ich trotte mit seinen Stiefeln hinterher.
Oben machen sie das Bett vom Einlogiererzimmer zurecht, ziehen meinen Vater aus und verfrachten ihn da hinein.

Später, in der Küche, sagt meine Mutter: »Wie kann man denn von so einem Waggon springen? Hast du mal da oben gestanden?«
»Einmal«, sagt meine Großmutter. »Für mich ist das nix.«
»Das ist für keinen was. Wer da aber runterspringt, ist entweder bekloppt oder lebensmüde.«
Erschrocken rollt meine Großmutter mit den Augen.
»Ist doch wahr«, sagt meine Mutter.
»Er ist mit dem Minensucher abgesoffen«, melde ich mich in das Schweigen hinein.
»Woher weißt du das denn? Hat er dir das erzählt?«
Ich nicke.
»Das darf doch nicht wahr sein!« Meine Mutter springt auf. *»Bei uns kricht er das Maul nich auf, aber dem Kind reibt er seine Kriechserlebnisse unner die Nase!?«* Sie reißt die Küchentür auf. »Das werde ich nicht zulassen!«
»Warte!« Meine Großmutter hält sie am Arm fest. »Nun lass ihn doch erst mal zur Ruhe kommen. Der arme Kerl hat sich beide Beine gebrochen. Der braucht jetzt erst mal Ruhe!«
Meine Mutter zögert. »Aber das kriegt er von mir noch aufs Butterbrot, das sage ich dir!« Sie setzt sich wieder an den Tisch.
»Morgen ist auch noch ein Tag«, sagt meine Großmutter. »Er läuft dir ja nicht weg.«
Sie sehen sich an und fangen beide an zu lachen.
»Wenn es nur nicht so traurig wäre«, sagt meine Mutter. »Bis jetzt ist er ja noch keine große Hilfe gewesen. Nur gut, dass es wenigstens auf dem Schwarzmarkt läuft.«
»Sei bloß vorsichtig«, sagt meine Großmutter. »Grade hab ich wieder gehört, dass sie bei der letzten Razzia vier Schieber hopsgenommen haben. Das nützt gar nicht viel, dass du die Sachen jetzt woanders lagerst. Irgendein Neidhammel verpfeift dich immer. Ich hab solche Angst, wenn du da hingehst.«
»Brauchst du nicht. Es gibt ein Warnsystem. Man muss nur auf dem Kiwif sein.«

»Ich könnte das nicht.«
»Da würde ich dir nicht widersprechen.«
»Na, ja, in deinem Alter hatte ich auch noch bessere Nerven.«
»Das ist nicht nur Nervensache, da musst du auch gesunden Geschäftssinn aufbringen.«
»Willst du damit sagen, dass ich den nicht habe?«
»Sonst hättest du doch wohl kaum mit deinem Fischladen Pleite gemacht, oder?«
»Das waren ganz andere Zeiten. Dein Stiefvater ging um die Ecken und hinterließ überall Schuldscheine. Und ich hatte keine Mutter, die alles für mich machte!«
»Was soll das denn heißen?«
»Na, hör mal. Ich halt hier die Wohnung in Schuss, ich koch, ich pass auf den Jungen auf …«
»Der passt auf sich selber auf. Und das bisschen Gekoche …«
»Immerhin leben wir von dem bisschen Gekoche!«
»Ich sag dir mal, wovon wir leben: Wir leben von dem, was ICH vom Schwarzmarkt ranschleppe!«
Offensichtlich läuft es auf einen handfesten Krach hinaus. Ich sage: »Die haben ihn einfach liegen lassen.«
Die Stimme meiner Großmutter wird schärfer: »Und ICH!? Stehe ich etwa nicht stundenlang für einen halben Liter Milch Schlange?«
Meine Mutter sieht mich gereizt an und fragt: »Wer?«
»Die Krankenträger, sie haben ihn einfach fallen lassen.«
»Wie? Wo?«
»Auf der Treppe.«
»Wieso denn?«
»Bei ihm lief der Film ab.«
»Was für ein Film?«
»Der Lebensfilm.«
»Verstehe ich nicht.« Meine Mutter wendet sich an meine Großmutter: »Verstehst du das?«

Grimmig schüttelt die den Kopf. »Das bisschen Gekoche«, mault sie, »kann ich ja auch ganz bleiben lassen.«
»Beim Absaufen mit einem Minensucher läuft vor einem der Film ab«, erkläre ich.
»Hast du das gehört?«, wendet sich meine Mutter wieder an meine Großmutter. »Dem werd ich morgen was erzählen, das sag ich dir! Das ist doch nix für so ein kindliches Gemüt, dieser Scheißkrieg. Schlimm genug, dass wir das alles erleben mussten. Was hat der nur aus dem Mann gemacht: Erst hängt er hier wochenlang rum wie ein Gespenst, und dann stürzt er sich vom erstbesten Waggon runter. Das ist doch nicht normal!« Sie stützt ihren Kopf in die Hände, die halblangen blonden Haare springen durch ihre Finger.
»Es sind ja auch keine normalen Zeiten«, sagt meine Oma.
Nach einer Weile hebt meine Mutter den Kopf. »Ich sag euch mal, was normal ist.« Sie sieht uns mit müden Augen an. »Dass ich jetzt zu Bett gehe, das ist normal.« Sie steht auf und verharrt einen Moment. »Soll ich euch noch was sagen? Irgendwie bin ich froh, dass ich wieder allein schlafe. Ich bin es einfach nicht mehr gewohnt, dass jemand neben mir liegt, und dann auch noch so ein Geisterreiter.« Sie gibt mir einen Kuss. Dann wendet sie sich an meine Großmutter: »Lass den Jungen nicht mehr so lange rummachen. Ich kenne euch doch. Der hat morgen Schule.«
Bertha schüttelt den Kopf: »Natürlich nicht.« Sie sieht zu mir rüber und rollt wieder mal verschwörerisch mit den Augen.

Mein Vater ist nun von der Bildfläche verschwunden, beinahe so, als sei er noch gar nicht aus der Kriegsgefangenschaft aufgetaucht.
Aber ich weiß ja, wo er zu finden ist.
Doch meine Mutter hat mir verboten, allein in das Einlogiererzimmer reinzugehen. »In seinem Zustand«, sagt sie, »kann man

doch nicht sicher sein, dass er dem Jungen wieder was Furchtbares aus dem Krieg erzählt. Der Mann hat doch nix anderes im Kopf.«

Genau solche Geschichten aber sind es, die mich brennend interessieren. Als keiner zu Hause ist – meine Oma steht nach irgendwelchen Lebensmitteln Schlange, meine Mutter hält sich an ihrem zweiten Zuhause, dem Schwarzmarkt, auf – nehme ich meinen ganzen Mut zusammen und klopfe an der Einlogierertür.

Nichts.

Ich klopfe noch einmal. Als wieder keine Antwort kommt, halte ich die Luft an und drücke ganz vorsichtig den Türdrücker runter. »Papa?«

Das klingt komisch.

Wann aber hätte ich das auch schon mal sagen sollen, außer flüsternd in der Kirche? Als er ankam, war es mitten in der Nacht gewesen, ich erfuhr erst am nächsten Morgen von seiner Heimkehr. Dann hat er drei Tage lang durchgeschlafen. Danach ist er, ich weiß auch nicht, wie ein Kirgise durch die Wohnung geschlichen.

»Papa?«

Die Tür geht nach innen auf.

Das Bett steht an der rechten Wand. Gegenüber, also links von der Tür, steht der große Schrank, gleich daneben die Kommode mit der Waschschüssel. Sie reicht bis an das schmale Fenster heran, das auf den Hinterhof hinauszeigt und nur wenig Licht einlässt. Rechtwinklig dazu steht ein altes Sofa, davor Tisch und Stuhl.

Ich stecke den Kopf hinein und drehe ihn so, dass ich hinter die Tür kucken kann. Als sich meine Augen an das Halbdunkel gewöhnt haben, sehe ich ihn, das heißt, ich sehe sein Federbett, das zu einer Seite hoch aufgetürmt ist. Aus der anderen, der tief liegenden Seite, steigt ein leises Röcheln auf.

Ich schlüpfe in das Zimmer hinein und schleiche auf Zehenspitzen an das riesige Stahlbett. Den Bettenberg verursachen die Elefantenbeine, die offensichtlich unter der Bettdecke hoch gelagert werden. Seinen Kopf muss ich also am anderen Ende suchen, irgendwo in den Kissen vergraben. Ich beuge mich weit hinunter, um ihn überhaupt ausmachen zu können. Auf seinem Gesicht liegt die Milde des Schlafes. Es wirkt nicht mehr so gehetzt, so kirgisisch.

Vorsichtig wende ich mich wieder zur Tür, da dringt aus der Tiefe der Kissen ein leises »Popp«.

Schon glaube ich, mich verhört zu haben, aber da ist es noch einmal: »Popp!«, und mit jedem Atemstoß wieder, ein aufgeblähter Mund, wie bei einem Fisch, der Luftblasen an die Wasseroberfläche absetzt, die »Popp!« zerplatzen.

Neugierig beuge ich mich noch einmal über ihn.

Ausgelöst vom nächsten Popp, wie von einem geheimen Mechanismus gesteuert, vibrieren plötzlich seine Nasenflügel. Ich starre noch auf die Nase, da springt beim darauf folgenden Popp das linke Auge auf. Es wird mir unheimlich. Auch das Auge hat etwas Mechanisches, wie bei einer dieser Märchenfiguren im Schaufenster von Spielzeug-Rasch oder Karstadt zu Weihnachten, einer, bei der offenbar das andere Augenlid klemmt.

Dann bemerke ich, dass sein Atem ausgesetzt hat. Nichts bewegt sich mehr in seinem Gesicht, seinem Bett, seinem Leben. Ohne Lidschlag starrt mich das eine Auge an, nein, starrt durch mich hindurch. Ich bin kurz davor, hinauszustürzen und Hilfe zu holen. Er ist wie tot, aber durch diese Einäugigkeit auch irgendwie nur halb, halb tot und halb … Und wenn das ein Glasauge ist?

Ängstlich flüstere ich: »Papa?« Und nach einem reglosen Augenblick noch einmal, ein wenig lauter: »Papaa!?«

Daraufhin geschieht wieder etwas Unerwartetes: Das erstarrte Gesicht löst sich auf und setzt sich aus unzähligen Brüchen und

Falten neu zusammen. Wieder dauert es eine kleine Ewigkeit, bis ich erkenne, dass sich in diesem alten Kirgisengesicht aus Runzeln, Furchen und dem einen starrenden Auge ein schiefes Grinsen verbirgt. Im gleichen Augenblick holt es Luft, stemmt sich hoch, sodass das monströse Bettgestell ächzt und quietscht wie nichts Gutes, und sagt: »Da bist du ja endlich. Hab schon auf dich gewartet.«

Ab jetzt besuche ich meinen Vater immer dann, wenn meine Mutter und meine Großmutter nicht zu Hause sind. Manchmal mache ich meine Schularbeiten bei ihm und lese ihm etwas aus meinem Lesebuch vor.

Er ist nicht sehr gesprächig, aber wenn ich komme, grinst er. Ein Hauch von diesem Grinsen liegt auch noch auf seinem Kirgisengesicht, wenn er wieder eingeschlafen ist.

Beim nächsten Besuch sagt er dann, dass es ihm leidtue, aber er könne schlecht schlafen. Wenn ich da sei, gehe es irgendwie besser.

»Macht doch nix«, sage ich. Ja, ich bin sogar stolz darauf, dass er durch meine Anwesenheit schlafen kann.

Einmal erzählt er mir, dass er früher auch oft auf diesem Sofa, an diesem Tisch gesessen und Schulaufgaben gemacht habe.

»Du?«

»Schulaufgaben für das Technikum. Ich hab hier zur Untermiete gewohnt.«

»Du warst mal Einlogierer bei uns?«

»Eigentlich bin ich das ja heute noch. Damals aber war ich kein Einlogierer in Gips, sondern einer im Glück. Weißt du, dass deine Mutter eine sehr gute Zeichnerin ist? Wir haben da oft gemeinsam gesessen, und sie hat die technischen Zeichnungen für mich gemacht.«

Das ist der Tag, an dem mich meine Großmutter erwischt hat. Obgleich ich die Zimmertür immer offen habe stehen lassen, um zu hören, wenn sich jemand an der Haustür zu schaffen macht, hat mich die neue Erkenntnis über meinen Einlogierer-Vater und meine Zeichnerinnen-Mutter so in Erstaunen versetzt, dass ich nicht rechtzeitig aus dem Zimmer gekommen bin.

»Hör mal«, spricht mich meine Großmutter daraufhin an, »ich hab eigentlich nichts dagegen, wenn du zu deinem Vater reingehst. Ich will nur nichts davon wissen, verstehst du?«

Ich bin erleichtert.

»Und noch was: Er isst zu wenig. Versuch ihn doch mal zu überreden, dass er mehr isst. Ich mach mir langsam Sorgen. Sonst müssen wir den Doktor holen.«

Der kommt eine Woche später.

Abends, in der Küche, gibt meine Oma seine Einschätzung an uns weiter: »Die eingegipsten Beine machen dem Doktor am wenigsten Sorge, aber die Mangelerscheinungen. Wir müssen ihn aufpäppeln, sagt er: Fett, Eiweiß, alles immer ganz vorsichtig und in kleinen Mengen. Sein Körper ist nicht mehr daran gewöhnt. Auf jeden Fall sollen wir ihm Lebertran geben. Erst wenn sich sein körperlicher Zustand verbessert, wird auch alles andere besser, sagt er. In zwei Wochen kommt er wieder vorbei. Ach ja, wir können uns ein Paar Krücken bei ihm abholen, leihweise.«

Meine Mutter sagt nix, dann geht sie zu meinem Vater rein. Meine Großmutter schaut mich vielsagend an.

Als meine Mutter wieder rauskommt, lacht sie. »Keine Angst, den kriegen wir schon wieder auf die Beine«, sagt sie. »An der Quelle saß der Knabe.«

Von jetzt an stehen immer ein paar Dosen mit englischer Aufschrift im Küchenschrank: Corned Beef, Cheese, sogar Brot (Bread) gibt es in Dosen. Auch Schokolade ist da, Kakao, Trockenmilch.

Es ändert sich noch etwas: Meine Mutter muss diese kostbaren Dinge nicht mehr selber ranschleppen, sie werden gebracht. Das läuft immer ähnlich ab: Es klingelt viermal kurz und einmal lang, ein junger Kerl kommt die Treppen raufgewetzt, stellt das Paket in den Flur und verschwindet wieder, ohne ein Wort gesagt zu haben. Sogar Kohlen werden für uns auf den Boden gebracht.
Es ist jedes Mal ein bisschen wie Weihnachten. Die Reaktion meiner Großmutter beim Auspacken schwankt zwischen »das kann doch nicht wahr sein« und »das kann doch nicht gut gehen«.

Wenn ich aus der Schule komme, gehe ich zuerst zu meinem Vater, und wir schlucken beide unseren Lebertran. Wir benutzen den gleichen Löffel, ich zuerst. Dann behalte ich den Lebertran so lange im Mund, bis er auch so weit ist. Bei drei, er zählt mit den Fingern, schlucken wir ihn gleichzeitig runter. Wer das Gesicht verzieht, hat verloren. Meistens macht mein Vater sein verschrumpeltes Kirgisengesicht, und ich verlasse das Zimmer als hartgesottener Sieger.

Eines Nachmittags bollert mein Vater mit der Faust gegen die Tür. Das hat er noch nie getan. Erschrocken flitze ich an sein Bett.
»Ich halt es nicht mehr aus«, stöhnt er, »schnell, hol mir die Kurzschlussschwinge!«
»Die was?«
»Die Kurzschluss… den gebogenen Kupferdraht von meinem Bord!«
Er reißt ihn mir aus der Hand und lässt das Ende in den Tiefen eine seiner Gipsstiefel verschwinden. »Du glaubst ja nicht, wie das juckt!«
Warum sollte ich das nicht glauben? Endlich erfahre ich auch, wofür ein solcher Draht von Nutzen ist.

In der Zeit seiner Gefangenschaft war mein Vater dafür eingesetzt worden, französische Überlandleitungen zu reparieren. Das geschah unter primitivsten Umständen. Seine Mitgefangenen und er wussten nie, ob eine solche Leitung noch unter Strom stand. Einige Männer waren schon durch Stromschläge ums Leben gekommen.
Um nicht dasselbe Schicksal zu erleiden, bauten sie sich solche Kurzschlussschwingen. Die legten sie einfach – dabei durften natürlich nur die isolierten Stellen angefasst werden – auf die parallel verlaufenden, blanken Leitungen. Das war ihre Überlebensgarantie.
Da jeder Kurzschluss, den sie verursachten, bestraft wurde, feilten sie die Spitze der Schwinge an. Diese »Sollbruchstelle« war etwas schwächer als die Sicherungen an den Verteilerkästen. Wenn also noch Strom auf den Leitungen war, dann flog der Kupferdraht an dieser Stelle auseinander, bevor es zu einem echten Kurzen kam.
Die Männer aus der Reparaturgruppe meines Vaters hatten fast alle überlebt. Nur einer nicht, aber der war vom Strommast gefallen.

Ab sofort habe ich ein Lieblingsspiel: Mit der Schwinge, hinten in die Hose gesteckt, klettere ich auf den höchsten Strommast, das Fußende des Bettgestells. An der Innenseite hat mein Vater seine Gipsfüße auf einem der Querholme abgelegt. Vorher habe ich ihm das Federbett unter seine Elefantenbeine gestopft. Letztere stellen jetzt die Überlandleitungen dar.
»Starke Isolation«, gibt er zu bedenken, »also mordsgefährlich! Die Leitungen haben ein paar Tausend Volt. Da ist äußerste Vorsicht geboten, mein Junge. Eine falsche Berührung und du bist nur noch ein Häuflein Asche.«
Es ist der reine Wahnsinn! Ich muss an die äußerste Spitze klettern, damit ich von oben ganz vorsichtig die Kurzschluss-

schwinge erst auf der einen, dann auf der anderen Seite zwischen seinen großen Zeh und den daneben klemmen kann, alles andere ist ja isoliert. Dabei darf ich die blanken Stellen der Schwinge nicht berühren und muss in der Sekunde der Verbindung mit einem Kurzschluss rechnen, der mich glatt vom Mast schleudern kann.

Nichts deutet vorher darauf hin, ob die Leitungen unter Saft stehen oder nicht. Manchmal hängt ein leises Summen in der Luft, aber das kann auch der Wind sein, sagt mein Vater, erst die Überbrückung bringt Gewissheit.

Außerdem habe ich mit ganz unterschiedlichen Arten von Kurzschlüssen zu rechnen. Da ist zum Beispiel der verschleppte Kurze, der erst dann einsetzt, wenn man sich schon wieder sicher fühlt und beim Abstieg ist. Noch unberechenbarer ist der wackelige Kurze, der von einem Wackelkontakt herrührt, also kommt und geht, wann er will. Am heftigsten aber ist der totale Kurze. Der heult durch die Leitungen wie ein Wolf und wirft das Bettgestell so sehr hin und her, dass es anfängt, durch das Zimmer zu wandern.

Der totale Kurze ist der Lieblings-Kurze meines Vaters, denn er lässt ihn seine Lage vergessen. Es ist wie ein Zweikampf zwischen seinen entfesselten Tausend-Volt-Elefanten-Beinen und mir, der ich verkeilt und mit aufgerissenen Augen an der höchsten Stelle des Bettgestells hänge. Schnell habe ich herausgefunden, dass ich nicht die Augen schließen darf, sonst werde ich seekrank.

Es hört so plötzlich auf, wie es begonnen hat. Dann lässt mein Vater aus der Tiefe seiner Kissen vernehmen: »Gute Arbeit.« Oder er sagt es auf Französisch: »Bon Travaiiiii!«

Ich klettere mit leichten Gleichgewichtsstörungen vom Mast und schiebe einen Stuhl neben das Bett. Er schwingt die Elefantenbeine, eines nach dem anderen, über den Bettrand – er trägt ein Nachthemd, das ihm genau bis an die Gipsverbände reicht –

und setzt sich auf den Stuhl. Dann schieben wir das Bett, er im Sitzen, ich im Stehen, wieder in die alte Position zurück.
»Dir ist doch klar«, sagt er, »dass der totale Kurze die totale Herausforderung bedeutet. Wer den beherrscht, den wirft so schnell nichts aus den Latschen, der packt den Stier bei den Hörnern.«
Doch der totale Kurze setzt auch die totale Aufmerksamkeit voraus. So ist es nur eine Frage der Zeit, bis eines Tages, während ich den elektrischen Stier reite, meine Mutter im Zimmer steht.
Sofort reiße ich die Schwinge aus den Zehen meines Vaters und springe vom Bett. »Mama, Mama, sieh mal, das ist eine Kurzschlussschwinge und hier …«, ich halte ihr den Kupferdraht unter die Nase, »hier ist die Sollbruchstelle!«
Sie würdigt mich keines Blickes.
»Hat Papa selbst gebaut. Damit kann man prüfen, ob die Leitungen noch unter Saft stehen, sonst ist es viel zu gefährlich, verstehst du?«
Sie nimmt mir die Schwinge aus der Hand und schiebt mich zur Tür. Doch dann murmelt sie: »Sollbruchstelle …? Was denn für ’ne Sollbruchstelle?«
Ich bin erleichtert, denn ich habe nun doch ihr Interesse geweckt. »An der Sollbruchstelle«, erkläre ich ihr, »fliegt die Kurzschlussschwinge auseinander, wenn noch Strom auf den Leitungen ist.«
Ihr nasser Regenmantel knistert, als sie sich wieder meinem Vater zuwendet. Plötzlich spritzen nach allen Seiten winzige Tröpfchen, und es gibt ein leises, unscheinbares »Klack«. Erst als links und rechts ein Ende des Kupferdrahtes hinter ihrem Mantel hervorlugt, begreife ich, dass sie die Schwinge über das Knie gebrochen hat.
Ich heule auf und renne aus dem Zimmer. In der Küche versucht mich meine Oma zu beruhigen. Aber ich will, verdammt noch

mal, nicht beruhigt werden! »So oft hab ich den totalen Kurzen geritten«, schluchze ich, »und nie, NIE ist die Schwinge auseinander geflogen. Aber sie, SIE muss sich ja überall dazwischenstecken und immer alles kaputt machen, die alte Kaputtmacherin!«
Meine Großmutter nimmt mich in die Arme. Sie riecht nach Tabak und Zwiebeln, was mich mehr beruhigt als ihre Worte: »Das meint sie nicht so, ehrlich, sie will dich doch nur beschützen.«
»Und wovor? Vor Papa!?«

Später kommt auch meine Mutter in die Küche. Die zerbrochene Kurzschlussschwinge wirft sie achtlos auf das Bord meines Vaters. Zwischen Daumen und Zeigefinger der Rechten hält sie einen Schlüssel. »Ab sofort ist seine Tür abgeschlossen!«, sagt sie und schlägt den Schlüsselbart triumphierend in die andere Handfläche. »Und ICH hab den Schlüssel.«
Dann wendet sie sich an meine Großmutter: »Das hätte ich mir ja gleich denken können, dass du meine erzieherischen Maßnahmen mal wieder untergräbst!«
»Ich finde es wichtig, dass der Junge seinen Vater kennen lernt«, hält die dagegen.
»Kennen lernen? Den Scheißkrieg kann er bei ihm kennen lernen! Jetzt genügt es ihm nicht mal mehr, was davon zu erzählen, jetzt werden die Kriegserlebnisse auch noch nachgespielt, damit alles schön echt vom Jungen miterlebt werden kann!«
»Aber das ist doch gar nichts aus dem Krieg, was wir spielen!«, jaul ich auf. »Das ist doch aus der Gefangenschaft.«
»Gefangenschaft, Krieg, ist doch ein und derselbe Scheißdreck! Und ich will nicht, dass du so einen unmenschlichen Scheißdreck kennen lernst, ist denn das so schwer zu verstehen? Schlimm genug, dass dein Vater an nichts anderes denkt.«
Sie lässt den Schlüssel in ihrer Jacke verschwinden. »Da päppelt man den Mann mit der Militärverpflegung auf, steht andauernd mit einem Bein im Gefängnis, und was ist der Dank?!«

»Er ist nun mal dein Mann, in guten wie in schlechten Zeiten«, wirft meine Großmutter ein.

»Ach ja? Und weissu was ich zu mei'm Mann-in-guten-wie-in-schlechten-Zeiten gesacht hab? Wenn er dem Jungen noch EINMAL was vom Kriech vortüdelt, hab ich zu ihm gesacht, dann setz ich ihn vor die Tür, und es is mir scheißegal, wie krank er is!«

»Das hassu zu ihm gesacht?« Meine Großmutter rollt mit den Augen. *»Das kannsu ja gar nich, weil ... ich bin nämmich Hauptmieter vonne Wohnung. Und ich schmeiß ihn bestimmt nich raus, solange er noch nich laufen kann!«*

»Ach, ja? Und wer bezahlt die Miete!?«

»Die übernimmt mit Kusshand auch jemand anderes. Wir haben nämlich Wohnraumknappheit.«

»Habe ich das richtig verstanden? Du würdest lieber mich und den Jungen rausschmeißen als diesen, diesen Geisterreiter von einem Schwiegersohn?!«

»DU bist doch damit angefangen! Ich würde überhaupt niemanden rausschmeißen!«

Ich gehe auf den Flur und schnappe mir meine Jacke von der Garderobe. Das kann nun endlos so weitergehen und wird mit ziemlicher Sicherheit in einem handfesten Krach enden. Ich werfe die Haustür zu und poltere die Treppen runter.

Sofort ist meine Mutter an der Tür: »Seit wann verschwindest du, ohne dich abzumelden!?«

»Seit du die Kurzschlussschwinge kaputt gemacht hast!«, denke ich, gebe ihr aber keine Antwort.

»Um Punkt sieben bist du wieder oben!«

Unten trete ich mit Anlauf gegen den Türdrücker, sodass die Haustür krachend nach außen auffliegt.

Am nächsten Nachmittag, als meine Mutter auf dem Schwarzmarkt ist, sagt meine Großmutter: »Wenn du mich nicht hättest …«, und gibt mir einen Schlüssel. Dann erklärt sie: »Der ist von der Speisekammer, aber er passt auch beim Einlogierer. Das wissen nur du und ich, und so soll es auch bleiben.«

Nachdem mein Vater und ich unseren Lebertran geschluckt haben – ich habe schon gleich das Gesicht verzogen, denn heute ist mir alles vollkommen egal –, sagt er, dass ich das nicht so schwer nehmen dürfe, das mit der Kurzschlussschwinge. »Da waren doch bestimmt ein paar Hundert Volt in der Luft, da musste sie eben auseinander fliegen, das ist doch ihre Bestimmung.«

So hatte ich das noch gar nicht gesehen.

»Außerdem«, fährt er fort, »kann man die Ehe durchaus mit einem Ritt auf dem Strommast vergleichen, und ein Kurzer führt immer wieder zum Krach, wenn man nichts dagegen unternimmt.«

Ich horche auf. »Ihr habt also einen Kurzen?«

»Kann man so sagen.«

»Den totalen?«

»Glaube ich nicht. Die gebrochene Kurzschlussschwinge hat ja gezeigt, dass noch Saft auf der Leitung ist. Also ist auch noch nicht alles zu spät.«

»Was ist denn das für ein Kurzer?«

»Was glaubst du?«

Das geht ja ganz schön hin und her mit den beiden, überlege ich. Und schon habe ich eine Eingebung: »Der wackelige!«, sage ich überzeugt.

»Würde ich auch sagen. Du hast einen wirklich guten Riecher dafür.«

Ich ahnte ja gar nicht, dass das alles zusammenhängt: meine Eltern, der elektrische Strom, der Krach … »Bei Mama und Oma«, sage ich, »ist dann wohl meistens der totale am Laufen … oder nein, wohl auch ein Wackelkontakt?«

»Sehe ich auch so. Und was meinst du, was man da machen kann?«

Wieder überlege ich, aber mir fällt nichts ein. »Den Wackeligen« sage ich, »haben wir ja nie bekämpft.«
»Stimmt. Der ist ja auch so kompliziert wie eine alte Frau im Schnee beim Pissen.«
Ich lache. So was hat er noch nie gesagt.
»Deshalb müssen wir die alte, wackelige Frau reinholen und auf die warme Toilette setzen, sonst holt sie sich einen kalten Arsch und verschleppt den Wackeligen.«
Wieder muss ich lachen, aber ich versteh nicht, was er meint. »Und ... wieso 'ne alte Frau beim Pissen?«
»Das heißt, dass wir den Strom umleiten müssen. Wir lassen den Wackelkontakt außen vor, dann klärt sich das Problem von alleine. Wir müssen nur die Kontrolle behalten, sonst kommen wir vom Regen in die Traufe.«
»In was?«
»Von der wackeligen Frau im Schnee zur wackeligen Frau in den Regen.«
»Beim Pissen«, ergänze ich.

Er braucht Papier und Bleistift, später einen Briefumschlag. Als ich mit meinen Schularbeiten fertig bin, gibt er mir den Brief, den er inzwischen geschrieben hat. Er bittet mich, ihn am nächsten Tag in einer Bar, die in der Kastanienallee, also fast auf meinem Schulweg liegt, vorbeizubringen. »Du übergibst den Brief persönlich, das heißt an den, der auf dem Umschlag steht. Und du erzählst keinem was davon: Oma nicht, Mama nicht, keinem! Versprochen?«
»Versprochen!« Es ist ein echt gutes Gefühl, wenn mein Vater mit mir ein Geheimnis hat, das Geheimnis von der wackeligen Frau im Schnee beim Pissen.

Auf dem Umschlag steht Kaminsky oder Kaschinsky oder so. Die Bar ist eines jener Etablissements, um das man besser einen

Bogen macht. Das sagt einem die Erfahrung, und wenn man die nicht hat, die Erfahrung der Älteren. »Honululu-Bar?«, sagen die, »kannst du vergessen, Abzocker- und Schnarchladen!«
Die Wände sind mit Palmen bemalt, die eher an Peitschenlampen erinnern, denn sie haben nur einen, höchstens zwei Palmenwedel.
Hinter dem Tresen steht eine Frau, die wohl älter ist als meine Mutter. »Kundschaft!«, ruft sie, als ich reinkomme.
Sofort erscheint eine weitere Frau, die gleich wieder kehrtmacht, als sie mich sieht. »Falscher Alarm!«, ruft sie nach hinten und droht der Tresenfrau lachend mit der Faust.
Ich lege meinen Ränzel auf einen der Barhocker, hole das Lesebuch raus, fische den Brief zwischen den Seiten hervor und reiche ihn auf den Tresen.
Die Frau lässt sich beim Gläserpolieren nicht stören, wirft einen Blick auf den Namen und sagt: »Er schläft noch. Ich gebe ihm den nachher, in Ordnung?«
Ich stelle den Ränzel auf den Fußboden, lege die Ellenbogen auf den Barhocker und überlege.
»Ist noch was?«
»Eigentlich soll ich den Brief persönlich überbringen.«
»Dann musst du warten. Ich kann ihn jetzt noch nicht wecken. Ist gestern spät geworden. Willst du eine Brause?«
Ich nicke und klettere auf den Barhocker. Was hätte ich darum gegeben, wenn mich die anderen so hätten sehen können: am Bartresen sitzen und ECHTE Brause vor mir!
Plötzlich fliegt die Tür auf, und eine dunkelblaue Gestalt kommt hereingeplatzt. Sie bewegt sich hektisch, erklimmt einen Barhocker, rutscht wieder runter, sucht mit den Füßen unter dem Tresen Halt und verlangt: »Das Übliche, aber fix!«
Die Barfrau grinst. »Moin, Schimmel!«
Schimmel sagt nichts. Er trägt die typische Kleidung eines Hafenangehörigen, auf dem Kopf einen Elbsegler.

Vor ihm landen eine Flasche Bier und ein gut gefülltes Schnapsglas. Seine geöffnete riesige Hand lässt sein Gesicht verschwinden und bei offenem Mund und auf der Unterlippe lauernder Zunge wieder auftauchen.
Dann umfangen zwei seiner Riesenfinger das Glas wie eine filigrane Kostbarkeit und lassen es mit einer präzisen Bewegung, die von seinem Kopf verlängert und mit einem Ruck beendet wird, in seinem Rachen verschwinden.
Er schüttelt sich, wobei fast gleichzeitig das leere Glas wieder auf dem Tresen landet. Daneben klopft er dreimal mit dem Riesenzeigefinger auf die Platte.
»So schlimm?«, fragt die Barfrau und schenkt das Schnapsglas wieder voll.
»Slimmer!«, sagt Schimmel und lässt den Inhalt mit dieser sauber ausbalancierten Bewegung wieder in seinem Rachen verschwinden.
Das wiederholt sich viermal. Dann greift Schimmel zur Bierflasche und hält sie ein paar Zentimeter über seinen weit geöffneten Mund, sodass etwa die Hälfte ihres Inhaltes, ohne eine einzige Schluckbewegung, in seinem Rachen verschwindet. Nur das Glucksen aus dem Flaschenhals ist zu hören.
»Geit doch nix über'n Lütt-un-Lütt-Fröhstück«, wendet er sich an die Barfrau. *»Is güstern spät worrn, wat? Wie spät wors denn, Elvira?«*
»Später als du denkst.«
»Nu mol unner uns Pastoorschedöchter!«, Schimmel bekommt einen verschwörerischen Tonfall: *»Is nu anne Tied, unnern Tresen tu griepen un mi 'n anstännigen Köm intoschenken, ik kann düssen Zuckerröven-Sprit nich mehr rüken.«*
»Dafür haust du aber ganz schön was weg vom Knolli-Brandy.«
»Dat wor for de Grundlaag, nu kümmt de Geneet. Dat kennsu doch: Veel Geneet un wenig Verdreet!«
»Tut mir leid«, Elvira macht sich wieder an den Gläsern zu

schaffen, »aber den echten Köm darf nur der Chef rausgeben, das weißt du doch.«
Schimmel sitzt jetzt fest auf seinem Barhocker. Er kann sich wieder normal bewegen, sogar umdrehen und die hinteren, leeren Tische fixieren. *»Wo is he denn?«*
Elvira geht nicht auf die Frage ein.
»Segg bloß, de liggt noch inne Koje?«
Plötzlich richtet Schimmel das Gesicht an die Decke und brüllt: *»Kaminsky, oller Horenbock! Komm ruut ut'e Koje, wenn du keen Speelverdarber büs!«* Darüber kann er sich ausschütten vor Lachen und sieht mich von der Seite an.
Elvira wird böse. »Hörst du wohl mit dem Geschrei auf, du Idiot!«, zischt sie. »Noch ein lautes Wort, und ich schmeiß dich raus, das schwör ich dir!«
Eine von den anderen Schönheiten kommt aus dem Nebenraum, um zu sehen, was los ist.
»Helga, du Rassefru!«, ruft Schimmel, *»komm, setz di to mi, ik geev en ut!«*
Doch Helga verschwindet wieder, ohne Schimmel zu be achten.
»Mit deinem Scheiß-Geschrei kannst du keinen Blumentopf gewinnen«, sagt Elvira, »bei keiner von uns.«
Schimmel geht nicht darauf ein, sondern weist auf mich und fragt: *»Seit wann verkeern hier Liliputaner?«*
»Blödsinn«, sagt Elvira und schenkt wieder sein Schnapsglas voll, »das ist mein Sohn.«
»Dien Söhn!?« Schimmel lacht in einer Tonlage, die ihn selbst erschreckt. *»Wenn dat dien Söhn is, denn bün ick sien Vadder.«*
»Das hättest du wohl gern ...«
Er wendet sich an mich: *»Wie oolt büssu, Söhn?«*
»Zehn«, lüge ich.
»Vor teihn Johren wor ik een verdeenstvuller, smucker Lütnant to See!« Schimmel sieht Elvira an. *»Un du?«*

»Vor zehn Jahren?« Sie holt tief Luft und seufzt. »Vor zehn Jahren – warte mal ... da war ich noch im Breisgau. Ich war das vorletzte von sieben Kindern, und wir haben in Emmendingen Spargel gestochen.«

Plötzlich fängt Schimmel an zu singen: *»Veronika, der Spargel wächst ...«* Damit lässt er wieder einen Schnaps in seinem Inneren verschwinden. *»Thaaaa«*, untermalt er das genüsslich. *»Viellicht ...«*, er lacht wieder übertrieben laut, *»wor dat jo richtwiesend, dat mit 'm Spargel.«*

»Möchtest du deine Getränke lieber woanders einnehmen?«

»Emmendingen?«, fragt Schimmel mit weicher Stimme.

Sie nickt.

»Kümmt dor nich de Kees her, du weetst al?«

»Du meinst Emmer-rrrr-dinger.«

»Nich mol 'n Kees?«

»Nicht mal 'n Käse!«

»Denn seggt mi Emmendingen gunnix.«

»Hatte mir auch nie viel zu sagen.«

Die Brauseflasche ist leer, ich frage nach der Uhrzeit.

»Halb eins«, sagt Elvira.

Ich stelle den Ränzel auf den Barhocker und schlüpfe unter die Tragegurte. Ich muss jetzt machen, dass ich nach Hause komme, sonst kriege ich Ärger.

Elvira wedelt mit dem Brief. »Kannst dich auf mich verlassen!«

»Danke!«

»Un segg to diene Modder«, ruft mir Schimmel hinterher, *»dat se stolt op die sin kann, du büss uns reinweg glückt!«*

Elvira zeigt ihm einen Vogel. *»Worüm!?,«* höre ich ihn aufbegehren, als die Tür hinter mir zufällt. *»Duu büssoch domit ...«*

Ich laufe den ganzen Rückweg und dichte laut vor mich hin. Es gelingen mir ein paar echt gute Verse, zum Beispiel: »Schimmel kommt nicht in Himmel, er findet nicht die Bimmel, weil: Trinker sind Stinker.«

Ungefähr eine Woche später klingelt meine Mutter von unten, was sie sonst nie tut, weil ja eine klitzekleine Chance besteht, mich und meinen Vater beim Kriegspielen zu erwischen. Ich bin immer noch nicht gut auf sie zu sprechen und stelle mir manchmal vor, wie ich ihr die Handgranaten-Attrappe (»einundzwanzig, zweiundzwanzig …«) von Ewu zuwerfe. Aber Ewu gibt die nicht aus der Hand, um das Gerücht aufrechtzuerhalten, dass es gar keine Attrappe ist.

Meine Oma horcht ins Treppenhaus hinein und weiß sofort, was los ist: »Sie bringt Besuch mit rauf.«

Dann rennt sie durch die Wohnung, um die Spuren unserer Lebensgewohnheiten in etwas unnatürlich Akkurates zu verwandeln. Sie lässt die Bücher, die rumliegen, im Bücherschrank verschwinden, sammelt die Zeitungen zusammen, um sie zwischen Wand und Allesbrenner zu klemmen, und verpasst den Sofakissen mit der Handkante einen Kniff. Dabei murmelt sie: »Alles ganz schön und sauber …« Am Ende fragt sie mich: »Hast du auch das Einlogiererzimmer wieder abgeschlossen?«

»Na klar!«

Meine Mutter hat einen großen Mann im Schlepptau, einen wie aus den amerikanischen Gangsterfilmen, mit langem Trenchcoat und tief ins Gesicht gezogenem Hut. Sie steuert mit ihm direkt ins Wohnzimmer und signalisiert meiner Großmutter, sie zu begleiten. Mich verbannt sie mit eindeutiger Handbewegung und strengem Blick in die Küche.

Kurze Zeit später kommt auch meine Oma wieder in die Küche gerannt und beginnt, echten Bohnenkaffee zu kochen. Sie ist mit den Gedanken woanders und murmelt ein paar Mal: »Ich weiß nicht, ich weiß nicht …«

»Was weißt du nicht?«, frage ich.

Doch sie antwortet nicht. Erst als sie das heiße Wasser auf den Filter gießt, scheint sie mich zu bemerken. Sie sagt: »Wäre ja zu schön, um wahr zu sein.«

»Was wäre zu schön, um …«
Doch sie ist nicht ansprechbar, stellt drei Tassen, den Zuckerpott und die fast volle Kaffeekanne aufs Tablett und murmelt wieder: »Ich weiß nicht, ich weiß nicht …«
Ich stelle mich ihr in den Weg. »Was weist du nicht!?«
»Wenn ich wüsste, was ich nicht weiß, würde ich doch nicht ich weiß nicht, ich weiß nicht sagen, oder?« Sie sieht mich an, als überdenke sie ihren Satz. »Nun halt mir schon die Tür auf!« Und im Vorbeigehen flüstert sie: »Der nimmt nicht mal den Hut ab. Ich weiß nicht, ich weiß nicht …«
Sie schlurft etwas linkslastig den langen Flur hinunter, betätigt mit dem Ellenbogen den Drücker von der Wohnzimmertür und verschwindet dahinter. Kurz darauf hängt sie die Mäntel meiner Mutter und des Fremden an die Flurgarderobe, und erst danach drückt sie die Tür von innen abweisend ins Schloss.
Ihr Ich-weiß-nicht-Gerede hat mich neugierig gemacht. Auf Zehenspitzen schleiche ich den Flur hinunter und bleibe unentschlossen vor der Stubentür stehen.
Um was zu hören, müsste ich näher ran, ja, müsste sogar das Ohr an die Tür legen. Dann wäre aber die Gefahr, beim Lauschen erwischt zu werden, viel zu groß. Also entschließe ich mich, in dem Schlafzimmer von mir und meiner Großmutter am Ende des Flures zu verschwinden und die Tür angelehnt zu lassen. So kann ich die Stube im Auge behalten und selbst unsichtbar bleiben.
Diese Entscheidung ist goldrichtig, denn schon wird die Stubentür wieder aufgerissen, und meine Mutter kommt raus.
Behutsam schließt sie die Tür hinter sich. Dann macht sie eine plötzliche Drehung und noch eine und eine halbe, bis sie vor der schräg gegenüberliegenden Einlogierertür steht. Dort verharrt sie.
Man sieht ihr an, wie schwer es ihr fällt, keinen Laut von sich zu geben. Ihr ganzer Körper schreit vor Freude. Sie schließt die

Augen, atmet tief durch, wirft den Kopf in den Nacken und – knallt gegen die Tür. Dabei gibt sie einen spitzen Schrei von sich, der wohl eher durch den Schreck, als von dem unerwarteten Widerstand ausgelöst wird.
»Herein!«, hört man meinen Vater von drinnen rufen.
Augenblicklich steht auch meine Großmutter wieder auf dem Flur.
Meine Mutter fasst sich an die Stirn und lächelt entschuldigend. Bertha rollt mit den Augen, steckt den Kopf durch den Türspalt in die Stube zurück und sagt: »'n kleinen Moment noch ...«
»Is och nichs Ernses?«, hört man von dort eine heisere, merkwürdig unnatürliche Männerstimme, die kaum zu verstehen ist.
»Nein, nein, nur ein kleines Missgeschick.« Meine Großmutter schließt die Tür und zischt meiner Mutter zu: »Du selbst hast abgeschlossen, und du selbst hast den Schlüssel an dich genommen!«
Aufgeschreckt beginnt meine Mutter an ihrem Körper herumzuklopfen, stürzt sich auf die Garderobe und krempelt die Taschen ihres Mantels um. »Das darf doch nicht wahr sein«, jammert sie, »ich weiß nicht, wo der Schlüssel abgeblieben ist!«
»Überleg doch mal in Ruhe«, flüstert meine Oma.
»Aber wie kann ich denn ruhig sein? So eine Chance kriegt man nur einmal im Leben. Wir müssen ihn bitten, die Tür aufzubrechen.«
»Wen?«
»Na, ihn!« Meine Mutter zeigt auf das Wohnzimmer. Sie hat jetzt eine deutliche Beule an der Stirn.
»Das geht nicht«, flüstert meine Oma. »Den mag man doch gar nicht ins Gesicht sehen. Der ist doch irgendwie ... irgendwo halb gelähmt oder so. Warte!«
Ich ahne schon, was jetzt passieren wird.
Sie rennt den Flur runter, zieht den Schlüssel aus der Speisekammertür und schließt damit die Tür zum Einlogiererzimmer auf.

Ich bin wütend, aber gleichzeitig hoffe ich, dass die Angelegenheit, um die es hier geht, diesen Verrat rechtfertigen wird. Sie flüstert – auch das kommt mir sehr bekannt vor: »Wenn du mich nicht hättest.«

»Und die dicken Kartoffeln«, wispert meine Mutter zurück, »die wir nun eigenhändig anbauen können, ist das nicht fantastisch?«

»Ich weiß nicht, ich weiß nicht«, murmelt meine Großmutter wieder. Und damit verschwinden beide, jede hinter einer anderen der schräg gegenüberliegenden Türen.

Ich stelle mir vor, dass hinter diesen Türen das Schicksal auf sie lauert, also so was wie ein Lebertran-Orakel oder der totale Kurze. Die Kurzschlussschwinge aber, mit der man ein solches Schicksal hätte beeinflussen können, ist ja nun kaputt.

Meine Mutter lehnt die Tür zum Einlogiererzimmer nur an, weil sie mal fix, wie sie flüstert, zwei Stangen Zigaretten rausholen will. Das sei der Preis, so erklärt sie meinem Vater, während sie auf einen Stuhl klettert und die Zigaretten aus der Lampenschale fischt, den man für einen Schrebergarten mit Laube drüben, auf der anderen Elbseite, in Waltershof, zu zahlen hat.

»Das musst du dir mal vorstellen!«, jubiliert sie. »Ein Stück Land, ach, was sage ich, ein Schrebergartenparadies, in dem wir machen und anbauen können, was wir wollen. Ist das nicht fantastisch?«

Mein Vater antwortet in seiner zurückhaltenden Art, sodass ich wieder auf den Flur schleichen muss, um mitzukriegen, was er sagt.

Er bittet meine Mutter, sich den Vertrag ganz genau anzusehen. »Denn ein Schrebergarten wird ja nicht verkauft, sondern verpachtet. Du zahlst also nur für die Laube und die reingesteckte Arbeit, da finde ich zwei Stangen Zigaretten ganz schön happig.«

So habe ich meinen Vater noch nie reden hören, ich wundere mich über ihn.

Auch meine Mutter scheint überrascht zu sein, denn sie spricht ihn mit seinem Vornamen an, was ich noch nicht von ihr gehört habe. »Ludwig«, sagt sie, »ich finde deine plötzliche Anteilnahme, wie soll ich sagen, entzückend, ehrlich. Wie Phönix aus der Asche steigst du aus deinem Jammertal direkt in das Immobiliengeschäft ein. Doch du kannst mir glauben, ich weiß, was ich tue, ich kenne die Preise. Bei einem Schrebergarten geht es natürlich nicht um den Besitz, sondern allein um das Nutzungsrecht.«

»Also gut«, sagt mein Vater, »du hast wie immer alles im Griff. Dann macht es dir doch sicher nichts aus, eine Stange Zigaretten hier zu lassen, bei mir. Sag ihm, ich hätte gesagt, eine Stange sei genug. Wenn er anderer Ansicht ist, soll er rüberkommen und mit mir reden!«

Nun scheint er meine Mutter echt beeindruckt zu haben, denn ich höre eine ganze Weile nur ihren Atem, und zwar so, als falle es ihr schwer, Luft zu holen.

Von der gegenüberliegenden Seite vernimmt man jetzt das Lachen des Fremden. Sicher hat meine Großmutter einen ihrer Eine-alte-Frau-darf-das-Witze erzählt. Das Lachen klingt dünn und brüchig, aber ein halbseitig Gelähmter kann ja vielleicht auch nur halbseitig lachen.

»Ludwig«, beginnt meine Mutter noch einmal, »dies ist ein Geschäft, wie es einem nur einmal im Leben angeboten wird. Und ich will es nicht versauen, verstehst du!? Ich will nicht, dass jemand anderes UNSER Schrebergartenparadies bekommt. Ich kann dir zig Schieber nennen, die sofort zugreifen würden.«

Ich will gerade wieder hinter meiner Tür verschwinden, da höre ich meinen Vater eindringlich »Warte!« flüstern. »Warte doch mal! Ich habe zwar keine Ahnung von deinen Schiebereien, aber in der Gefangenschaft gab es bei Tauschgeschäften ein ungeschriebenes Gesetz, nämlich den Interessenten niemals, verstehst du, niemals mit zum Warenlager zu nehmen, immer nur umgekehrt, die Ware mit zu ihm!«

Jetzt wird meine Mutter böse. »Wenn ich eines nicht abkann, dann sind das die Klugscheißer, die nix riskieren, aber immer alles besser wissen!« Der Türspalt wird größer. »Ich habe es allein meiner Menschenkenntnis zu verdanken, dass ich auf dem Schwarzmarkt so groß geworden bin.« Sie schiebt sich rückwärts raus, die beiden Zigarettenstangen unter den Arm geklemmt. »Komm du man erst mal wieder auf die Füße, dann kannst du ja selbst auf den Pferdemarkt gehen und alles besser machen!«

Gerade noch rechtzeitig bin ich in meinem Zimmer verschwunden. Doch sie bleibt unschlüssig vor der Wohnzimmertür stehen. Leise flucht sie vor sich hin, dreht sich wieder um und stößt noch einmal die Tür zum Einlogiererzimmer auf. »Glaub man nicht«, zischt sie, »dass ich dir recht gebe! Bei Bedarf gibst du mir die Stange sofort zurück, ohne Wenn und Aber, klar?«

»Natürlich!«

Damit steuert sie mit nur einer Stange Zigaretten das Wohnzimmer an und verschwindet darin mit einem Hüftschwung, dem man die Überzeugungskraft schon ansieht, mit der sie jetzt auftreten muss.

Endlich kann ich mal eine echte Schieberei miterleben. So ähnlich habe ich mir das auch immer vorgestellt: Die Waren werden so lange hin und her geschoben, bis sie gleich, das heißt gleich lang, gleich schwer, also gleich erstrebenswert sind.

Die Frage ist, was wird der halbseitig lachende Mann zu nur einer rübergeschobenen Stange Zigaretten sagen? Einen Garten kann man zwar nicht verschieben, aber das Papier, auf dem er aufgezeichnet worden ist. Papier ist ja geduldig. So kann man bestimmt auch ein Grundstück einer Stange Zigaretten anpassen.

Plötzlich höre ich meinen Namen. Und noch einmal: »Kalle!«, ein unterdrückter Hilferuf meines Vaters. Woher aber weiß er, dass ich hier bin?

Als ich ins Einlogiererzimmer komme, sitzt er am Bettrand und gebietet mir, mich auf seinen Nacken zu setzen. »Schnell!«, drängt er und beginnt sich schon aufzurichten, bevor ich richtig auf seinen Schultern sitze.

Er stützt sich am Fußende des Bettgestells ab, dort, wo ich den totalen Kurzen abgeritten habe. Offensichtlich gilt es, schon wieder einen Ritt zu bewältigen, diesmal aber ohne Kurzschlussschwinge.

Mit einer Krücke (der Doktor hat ihm zwei davon mitgebracht) hält er die Balance und schiebt sich Stück für Stück zur Lampe rüber. »Die Zigaretten!«, schnauft er, »hol die letzte Stange da runter!«

Als ich sie aus der Schale gefischt habe, dreht er sich um, lässt die Krücke sausen, greift mir unter die Beine, zieht den Kopf ein und wirft mich aufs Bett.

Ich lache und würde am liebsten »noch mal!« schreien. Aber natürlich weiß ich, dass jetzt nicht die Zeit zum Toben ist.

»Die andere Stange liegt am Fußende«, flüstert er. »Steck sie beide in den Bettbezug.« Er zeigt mir den Spalt. »Da hinein, unter das Federbett. Und nun verschwinde, schnell!«

Als ich wieder auf dem Flur stehe, weiß ich sofort, dass etwas Schlimmes passiert sein muss. Es sind die Geräusche, die aus dem Wohnzimmer dringen: Meine Mutter und meine Großmutter weinen, jede auf ihre eigene Art, eine Art, die ich aus Tausenden von weinenden Frauen raushören kann.

Zwischendurch versucht meine Mutter mit schluchzenden Unterbrechungen eine Beschwörungsformel anzubringen. Doch ihre Verzweiflung prallt ab, von dem Fremden, den Wänden, dem Raum, nur an mir, der ich bewegungsunfähig hinter der Tür stehe, bleibt sie hängen.

Dann wird die Tür aufgerissen, und der Fremde kommt raus. Aus der Seitentasche seines Jacketts ragt die eine Stange Zigaretten. Für einen kurzen Augenblick sehe ich in sein Gesicht, es ist schlimmer, als ich es mir vorgestellt habe: Sein rechter Mundwinkel ist runtergezogen, aus dem dunklen, offenen Spalt leuchtet ein Goldzahn. Eine tiefe Furche umspannt diese Seite des Mundes. Darüber kommen viele kleinere Falten, die sich auf der Höhe des Auges bündeln und es so verkniffen erscheinen lassen, als blinzele es in die Sonne. Die Pupille darin aber ist so ruhelos wie die eines gehetzten Tieres.

Das andere Auge ist geschlossen. Überhaupt wirkt jene Gesichtshälfte verrammelt wie die Läden in unserer Straße vor einem Luftangriff. Für eine Verbindung beider Gesichtshälften sorgt ein Oberlippenbärtchen, eines wie Errol Flynn es trägt, nur nicht so frech, sondern eher wie das des Bösen, des Verlierers.

Darüber thront der Hut, der alles zusammenhalten und wohlwollend beschatten soll, der aber wie eine Verkleidung wirkt und das Gesicht als das entlarvt, was es ist, das Gesicht eines Bösen.

Hinter ihm erscheint meine Mutter. Sie ruft: »Ludwig! Du hattest Recht! Er ist vom Zoll und will alles beschlagnahmen!« Dabei schluchzt sie auf.

Meine Großmutter weint still vor sich hin und hält sie an den Schultern.

»Er will mich festnehmen!«, schreit sie erneut auf, »dieses miese …« Ihre Stimme versagt.

»Nu reisen Sie sich ma susamme un wern nich beleidigend«, sagt der Mann, dem das Sprechen schwer fällt: *»Un bidde, backen Sie ihre Sache, aba nur das Nödige.«*

»Und was ist mit dem Jungen?«, jammert meine Mutter und nimmt mich in die Arme. »Was soll aus dem Jungen werden!? Haben Sie überhaupt Familie? Sie haben bestimmt keine Familie! So was wie Sie doch nicht …«

Aber da ist der Mann schon im Einlogiererzimmer verschwunden und hat hinter sich die Tür zugedrückt.

Großmutter schiebt uns den Flur rauf. Ich merke, wie auch mir die Tränen über das Gesicht laufen. In der Küche stehen wir noch einen Augenblick dicht beieinander, ich zwischen den beiden. Die Schürze meiner Oma riecht nach Zwiebeln und umgekipptem Kaffee. Aber ich fühle mich nicht geborgen, im Gegenteil, sie zittert, ja, sie zittern beide, und das ist ansteckend.

Meine Mutter löst sich als Erste, schnieft in ihr Taschentuch und sagt: »Nützt ja nichts, ich mach mich mal fertig.«

Da schließt meine Großmutter ganz schnell von innen die Küchentür ab und sagt: »Ich lass dich nicht gehen, was soll denn aus uns werden ohne dich?« Sie lässt den Schlüssel in ihrer Schürzentasche verschwinden, nimmt die Bratpfanne vom Herd, hält sie mit beiden Händen am Griff fest und legt sie sich mit der fettigen Innenseite auf die linke Schulter.

Es dauert nicht lange, da müssen beide über die Bratpfanne lachen. »Ich sehe schon die Schlagzeile in der Morgenpost«, sagt meine Mutter, »Zivilgreifer bei der Festnahme mit Bratpfanne erschlagen.«

Meine Großmutter schiebt die Pfanne auf den Tisch, im selben Augenblick wissen beide wieder, dass es nichts zu lachen gibt.

Sie lassen sich auf einen Küchenstuhl fallen. »Es ist wie ein böser Traum«, sagt meine Oma.

Ich horche an der Tür. Dann höre ich, wie die Tür vom Einlogiererzimmer zugemacht wird. »Er kommt«, flüstere ich und stelle mich schnell hinter den Stuhl von meiner Großmutter.

»Erst mal muss er ja reinkommen«, sagt die, steht auf und legt sich wieder die Pfanne auf die Schulter, »und dann bin ich ja auch noch da.«

Meine Mutter scheint wieder kurz vor einem Lachanfall zu sein, aber gleichzeitig quellen ihr die Tränen aus den halb geschlossenen Augen.

Wir hören den Mann den langen Flur raufkommen und wagen kaum zu atmen.

Die Zeit steht still.

Der Wasserhahn tropft so laut wie ein Metronom, das den Takt bis zum Finale angibt: Festnahme oder Totschlag.

»Wenn die eine Hälfte von seinem Kopf schon hin ist«, überlege ich, »dann ist das vielleicht ja nur ein halber Totschlag?« Ich habe auf der Straße gehört, dass kürzlich einer von einem Militärgericht fünf Jahre für Totschlag gekriegt hat. »Fünf Jahre«, denke ich, »geteilt durch zwei.«

Ich weiß nicht, wie lange wir so ausgehalten haben, aber niemand hat an der Küchentür gerüttelt, nur die Haustür ist irgendwann ins Schloss gefallen.

Meine Großmutter stellt die Pfanne wieder auf den Herd und sieht meine Mutter an.

»Ludwig?«, fragt meine Mutter.

Schnell schließt meine Großmutter die Küchentür auf, läuft den Flur runter und stößt die Einlogiererzimmertür auf. Fast gleichzeitig stürmen wir hinein.

Mein Vater sitzt aufrecht im Bett und lacht. »Zeig ihnen doch mal, was du versteckt hast«, sagt er zu mir.

Ich hole die beiden Zigarettenstangen aus dem Bettbezug, meine Mutter bekommt wieder einen Heulanfall, aber nicht lange, dann muss sie lachen. Sie umarmt mich und tanzt mit mir durch das Zimmer. Bald gibt sie mich an meine Großmutter weiter und umarmt meinen Vater.

Später, nachdem wir uns alle wieder etwas beruhigt haben, will meine Mutter von meinem Vater wissen, wie er das gemacht hat.

»Wir haben über den Krieg geredet«, sagt er, »das war eigentlich alles.«

Meine Mutter kann es nicht glauben: »Das war alles?«

»Er war auch bei der Marine, ist auch abgesoffen. Manchmal ist es schon genug, wenn man jemanden hat, der zuhören kann und der weiß, wovon man redet.«

Die Sache mit Herrn Arnold

Eigentlich darf ich die Sache mit Herrn Arnold gar nicht erzählen, mein Vater hätte schwer was dagegen. Er wollte mich sogar schwören lassen, dass ich nie ein Sterbenswörtchen über diese Geschichte verlöre.
Als ich aber mit dem »Eimer für alle Fälle« an sein Bett zurückkomme, ist er schon eingeschlafen. Sein unschuldiges Geschnarche legt sich wie ein marineblauer Mantel des Vergessens über diese von sträflicher Überlebensenergie nur so strotzende Sache mit Herrn Arnold.

Nach unserer Heldentat mit den beiden geretteten Stangen Zigaretten zieht mein Vater wieder in das Schlafzimmer meiner Mutter ein. Ihr Verhältnis verbessert sich zusehends. Ich beobachte sogar, dass meine Mutter manchmal neben ihm im Bett sitzt, um seinen Geschichten zu lauschen. Das hat es vorher nicht gegeben. Eigentlich ist sie nur zu ihm gegangen, um ihm ihre Enttäuschung darüber um die Ohren zu hauen, dass er mir mal wieder was über den Krieg erzählt hat. Das scheint nun kein Hindernis mehr zu sein, denn ich darf ihn besuchen, wann immer ich will.
Meine Mutter geht nun auch nicht mehr auf den Schwarzmarkt. Sie dürfe, so meint sie, das Glück, das wir gehabt haben, nicht überstrapazieren. »Außerdem muss man wohl davon ausgehen, dass mich die Zivilgreifer auf dem Kieker haben.«
Meine Oma betont oft und gerne, wie froh sie darüber sei, dass diese ewige Angst um meine Mutter nun ein Ende habe – »wenn ich auch das Corned Beef vom Tommy vermissen tu!«

Bald fängt mein Vater wieder an zu laufen, zuerst an den beiden vom Boxer geliehenen Krücken. Nachdem der ihm die Gipsver-

bände abgenommen hat, nur noch mit einer und mir.
»Ich brauch dich als Begleitschutz«, sagt er, »falls mir mal ein Bein einschläft. Dann musst du es kurzschließen, du weißt schon …« Dabei blinzelt er mir zu.
Ehrlich gesagt, ich weiß nicht so genau, wie er das meint. Aber vorsichtshalber nehme ich bei jedem Spaziergang eine der halben Kurzschlussschwingen mit. Wenn er sie unterwegs aus meiner Hosentasche rauskucken sieht, sagt er: »Dann kann ja nichts mehr schief gehen.«
Unser Bewegungsradius wird von Mal zu Mal größer. Eines Tages, er hat sein, wie er es nennt, bestes und einziges Glencheckausgehjackett angezogen, das ihm aber nur so um den Oberkörper schlottert, stehen wir vor der Honululu-Bar.
Drinnen ist es, als sei ich nach meinem letzten Besuch nur mal kurz um den Block gegangen: Elvira steht hinter dem Tresen, und Schimmel sitzt davor.
Mein Vater sagt, er müsse Herrn Kaminsky sprechen, dringend. Dann bestellt er ein Bier und für mich eine Brause. Wir setzen uns an einen Tisch, seine Krücke lehnt er gegen die Wand.
Elvira holt aus dem Nebenzimmer einen Besen, klettert auf einen Stuhl und stößt mit dem Besenstil viermal unter die Decke.
Mein Vater erklärt mir, dass viermal unter die Decke hauen bedeutet: Wichtiger Besuch ist gekommen.
»Woher weißt du das?«
»Das ist unter den Kreaturen, die übereinander wohnen, so abgesprochen, angefangen bei den Termiten, über die Lemuren bis hin zu den Menschen.«
»Hast du auch schon mal übereinander gewohnt?«
»Wieso, das tun wir doch immer noch.«
»Ach ja. Und warum sind wir wichtig?«
»Das wirst du gleich sehen.«
Elvira bringt die Getränke, sagt zu mir noch mal extra ›Hallo‹ und streicht mir übers Haar.

»Ihr kennt euch?«, fragt mein Vater.
Ich nicke, dabei komme ich mir gleich viel wichtiger vor.
»Er hat doch den Brief vorbeigebracht«, sagt sie.
Schimmel dreht sich auf dem Barhocker halb herum und murmelt: *»Dat hadder, dat hadder, de Dü... Düvelskerl.«*
Elvira verdreht die Augen.
Mein Vater kuckt an die Decke und fragt: »Wie geht's ihm?«
»Verschieden«, sagt Elvira.
»Wokeen is starven?«, will Schimmel wissen.
Elvira rauscht wieder hinter den Tresen und staucht Schimmel zusammen: Er solle sich gefälligst um seinen eigenen Mist kümmern und die anderen Gäste in Ruhe lassen!
»Oho!«, sagt mein Vater und lacht.
In diesem Moment fliegt die Tür auf.
Mein Vater springt auf und wäre ohne Krücke beinahe hingeknallt. Aber der Mann, der reinkommt, fängt ihn auf, sie umarmen sich. Der Mann trägt dunklen Hut und grauen Anzug. Als er mit an unseren Tisch kommt, sehe ich, was ich schon geahnt habe, aber nicht glauben wollte: Er ist der halbseitig Lachende, der Zivilgreifer, der uns besucht und die Stange Zigaretten abgenommen hat.
»Das ist Kalle«, sagt mein Vater zu ihm. Und zu mir: »Und das ist der Herr Arnold. Wir waren zusammen auf dem Minensucher.«
Herr Arnold lacht tatsächlich nur mit dem halben Gesicht, dabei laufen ihm die Tränen aus dem geschlossenen Auge. Er reicht mir die Hand, in der er das Tuch für sein Leck-Auge bewahrt. Ich mag ihm meine nicht geben. Sowieso nicht, denn er ist kein guter Mensch, er ist ganz klar der Böse. Und dadurch, dass er uns was vorgemacht hat, wird er auch nicht besser!
Er sagt: *»Gud, dass wi uns ma rigtig gennlern gönn, ehrlig.«*
Ich kann ihn kaum verstehen, denn es ist offenbar die Lähmung, die ihn beim Sprechen behindert.

Er bestellt den *»Füf-Stene-Gognac«*, und Elvira soll gleich die Flasche mitbringen und eine Packung Zigaretten.
Das Wort Fünf-Sterne-Cognac bringt Schimmel so sehr aus der Fassung, dass er fast vom Barhocker rutscht.
»Gib Schimmi auch ein«, sagt Herr Arnold mit seiner verzerrten Stimme, *»aba nu, wenn er'n Rand häld!«*
Schimmel legt die rechte Hand an die Stirn und brüllt: »Eye, eye, Sir!«
Sie trinken einen Cognac nach dem anderen, und mein Vater muss einschenken, weil Herr Arnold, wie er sagt, *»ein' Tadda hat, ehrlig«*.
Sie trinken darauf, dass sie überlebt haben, und auf das Leben danach, womit sie nach dem Krieg meinen.
Ihnen fallen immer neue Geschehnisse und Menschen ein, auf die sie trinken müssen. Herr Arnold erzählt mir, dass mein Vater ein Held sei, weil er ihn beim Absaufen über Wasser gehalten und gerettet hat.
»Aba«, betont er dann, *»heude wünsch ig mia, dass ig lieba abgesoffen wär, ehrlig!«*
»Du bist eine undankbare Kanalratte!«, sagt mein Vater dann, »darauf trink ich schon mal überhaupt nicht mit dir!«
»Ganalratte is rigdig, aba nich undankba.«
Dann trinken sie auf die anderen Männer, die mit ihnen auf dem Minensucher gefahren und bereits tot sind. *»Oda halbdod«*, sagt Herr Arnold, *»wie ig.«*
Ich verstehe nicht, wieso sie nicht mal über die Sache mit Herrn Arnold als Zivilgreifer sprechen. Sie verhalten sich so, als sei das gar nicht passiert.
Ist es aber, verdammt noch mal! Und meine Mutter, meine Großmutter und ich, wir haben uns vor Schreck fast in die Hose gemacht! Und nicht nur das: Meine Oma hätte sich glatt zu einem Totschlag hinreißen lassen.
Manchmal, wenn ich beim Einschlafen daran denke, über-

kommt mich heute noch das große Zittern. Dafür mag ich den Herrn Arnold nicht, egal, ob er sich nun halb, drei Viertel oder sieben Achtel tot vorkommt! Meinetwegen kann er ganz tot sein, mausetot!

Einmal wird mein Vater verschwörerisch, er senkt die Stimme und sagt, er brauche unbedingt ein Schiff, sonst würde er zu Hause noch durchdrehen.

»Gann ig gud werstehn«, sagt Herr Arnold, *»ehrlig! Die Weiba magen ein' gabutt. Un deine had Mumm inne Gnochen, oda?«*

»Hat sie«, sagt mein Vater, »haben beide.«

»Beide?«

»Mutter und Tochter, du hast sie doch erlebt, *ein Kopp und ein Arsch!«*

Herr Arnold lacht sein halbseitiges Lachen. *»Ig hab ja noch eure Siegaredden. Dafüa besorgen wia dia ein' schön Job im Hafen. He, Schimmi!«*, wendet er sich plötzlich an Schimmel, *»sugen de nich Lüüd aufe Slebber?«*

Ich habe den Eindruck, dass Herr Arnold mit jedem Cognac, den er trinkt, verständlicher reden kann. Bei meinem Vater ist das genau umgekehrt.

Schimmel dämmert: *»Wat? Wo?«* Er dreht sich halb herum.

»Aufe Slebber, sugen se dor nich Lüüd?«

»Wekeen will dat weten?«

»Na, min Fründ hia!«

»Jooo! Op de Seeschlepper!« Schimmel schwankt, dreht sich schnell zurück und hält sich am Tresen fest. *»Op de Seeschlepper bi Fair-Fairplay! He bruk'n Leumund, dat he keen Na-Nazi wor. Domit geit he to Bo-Borchard Shipping, Steinhöft.«*

»Nasis warn wi nig, sons wärn wi nig ob den Minen-Kodder forn, wad Ludwig?«, sagt Herr Arnold. *»Seeslebber, is dad wad for di?«*

»Seeschlep-pepper?«, wiederholt mein Vater, »ein Seeschlep-pep ist genau ins Schwarze ge-getroffen.«
Als der Cognac fast leer ist, will mein Vater aufstehen, aber er kommt nicht mehr hoch. Herr Arnold und Elvira helfen ihm und bringen ihn raus, auf die Toilette.
Ich bleibe mit Schimmel allein. Der redet gegen die Wand hinterm Tresen: *»De-denn bü-bün ik wohl doch nich din Vadder, e-egentlich schood, ne?«*
»Was für'n Glück«, denke ich. Sorge aber macht mir mein echter Vater. Ich frage mich, wie wir wohl nach Hause kommen werden. Da nützt auch die halbe Kurzschlussschwinge nichts mehr.
Elvira kommt zurück, nimmt mich bei der Hand und sagt: »Komm, wir holen für euch ein Taxi.« Und Schimmel droht sie: »Hinter dem Tresen hast du nichts zu suchen, das weißt du!«
Er legt wieder die flache Hand an die Stirn und brüllt: »Eye, eye, Sir!« Dann flüstert er: *»Aver giff mi vö-vörher noch'n lütten vu-vum Fi-Fief-Steerne-Cognac, do-domit ik de Stell-Stellung holen kann.«*

Wir gehen die Davidstraße runter. Beim Vorbeigehen kuckt Elvira immer mal in die Fenster, um im Spiegelbild zu sehen, wie das wirkt, sie mit Kind. Sie denkt wohl, ich krieg das nicht mit.
Ich frage sie: »Warum hat der Herr Arnold immer den Hut auf?«
»Ihm ist ein Stück von der Schädeldecke weggeflogen«, sagt sie, »da hat er jetzt eine Stahlplatte drin.«
Ich muss sofort an Fiete denken. Der hat mal einen ganz starken Magneten in den Trümmern gefunden. Den sollte man wohl besser nicht mit in die Honululu-Bar nehmen, denke ich, »das heißt, warte mal … den schick ich dem Herrn Arnold als Päckchen. Wenn er das auspackt, fliegen ihm der Hut und die Stahl-

platte weg. Auf die innere Verpackung schreib ich: »1-A-Ausrüstung für Zivilgreifer mit Koppschuss!««

Elvira sieht mich von der Seite an und sagt: »Das macht man, um das Gehirn zu schützen.«

»Trägt er den Hut auch im Bett?«

Sie lacht. »Keine Ahnung, frag ihn doch einfach mal.«

Wir gehen nach links, die Reeperbahn runter. Dort warten manchmal Taxis, wenn sie nicht gerade von den Tommies in Beschlag genommen werden. Tatsächlich steht da ein Mercedes, was ich an dem Stern auf dem Kühler erkennen kann. Ewu hätte genau gewusst, was für ein Typ das ist, wie viel PS der hat und so.

Ich darf neben dem Fahrer sitzen. Es ist das erste Mal in meinem Leben, dass ich mit einem Taxi fahre.

Elvira verhandelt mit dem Fahrer. Er ist ein grantiger Typ mit Schippermütze. Sie gibt ihm Geld, auch für unsere spätere Fahrt zum Paulsplatz.

Vor der Honululu-Bar lässt er den Motor laufen und sagt zu mir: »Pass auf, dass keiner das Taxi klaut.« Er und Elvira steigen aus.

Ich überlege, was ich wohl machen würde, wenn einer reingesprungen käme, um mit dem Wagen abzuhauen. Ich würde den Zündschlüssel abziehen und runterschlucken. Ich beuge mich rüber und sehe mir den Schlüssel genau an: Den würde ich so nicht runterkriegen.

Zum Glück kommen die beiden bald wieder raus. Sie haben meinen Vater in die Mitte genommen und seine Arme über ihre Schultern gelegt, sodass seine Füße kaum die Stufen berühren.

Ich muss aussteigen. Sie klappen die Rückenlehnen nach vorn und hieven ihn nach hinten in den Wagen rein. Dort liegt er quer auf den hinteren Sitzen und hat sein Alles-halb-so-schlimm-Grinsen im Gesicht, aber wenig Farbe.

Herr Arnold steht oben auf der Treppe und ruft: *»Du brings' ihn auch ruff, uffe Bude, klor!?«*
»Sachtes' du schon!«, ruft der Fahrer zurück.
Gerade will er losfahren, da kommt Schimmel mit der Krücke aus der Tür. Elvira nimmt sie ihm ab, bringt sie runter und stellt sie mir zwischen die Beine.
»Auch das noch«, sagt der Fahrer. *»Nich nur nachmittags schon voll wie 'n Russki, auch noch schlecht oppe Been.«*
Mein Vater will was sagen, aber es kommt nur ein leises Stöhnen raus, er macht den Mund schnell wieder zu.
»Hauptsache is«, sagt der Taxifahrer und fährt vorsichtig an, *»dein Alter kotzt mir nich 'n Wagen voll.«*
Elvira, die unten steht, und Schimmel, oben, vorm Eingang, winken. Auch Herr Arnold hebt eine Hand.
Das kenne ich nur von den Bahnhöfen aus der Wochenschau im Kino. Ich finde das prima. Ich drehe mich, knie auf dem Sitz und winke so lange, bis ich sie nicht mehr sehen kann. Dabei kucke ich an meinem Vater besser vorbei.

Zu Hause stellt der Taxifahrer meinen Vater erst mal im Treppenhaus ab, weil er den Mercedes, wie er sagt, noch schnell abschließen muss.
Ich bleibe bei meinem Vater und passe auf, dass der nicht wegrutscht.
»Geht schon ...«, beruhigt er mich, »kann nur nix mehr vertra-tragen.«
Der Taxifahrer kommt und kommt nicht zurück.
Als ich rausgehe, ist das Taxi weg.
»Macht nix«, sagt mein Vater. »Das kennen wir do-doch schon, das kriegen wir auch alleine hin, stimmt's?«
Diesmal geht mein Vater vorwärts rauf. Dabei stützt er sich mit den Händen auf der Treppe ab. Als die Stufen aufhören und die erste Zwischenebene kommt, versucht er sich aufzurichten.

Doch er schwankt so sehr, dass er schnell wieder runter auf die Hände geht. Ich möchte ihm das am liebsten nachmachen, aber ich muss ja die blöde Krücke tragen.

Später hab ich das ein paar Mal ausprobiert, auf allen vieren. Das Dumme ist nur, dass man oben den ganzen Dreck an den Fingern hat. Einmal, ein einziges Mal, habe ich die schmutzigen Hände meiner Großmutter entgegengehalten und gesagt: »Sieh mal! Die Treppe muss auch mal wieder gefegt werden.«

Sie hat mich ganz komisch angesehen. Dann hat sie mir Handfeger und Schaufel in die Hand gedrückt und gesagt: »Denn man los!«

Mein Vater fummelt den Schlüssel aus seinem Glencheckausgehjackett, ich schließe die Tür auf. Zum Glück ist keiner zu Hause.

Ich helfe ihm beim Ausziehen, besonders bei den Schuhen. Er will, dass ich mich noch einen Moment an das Ehebett setze.

Sein Gesicht hat wieder etwas Farbe bekommen, überhaupt sieht es nicht mehr so zerknittert aus.

»Du musst mir no-noch was schwören«, sagt er, »nämlich, dass du das bis an dein Lebensende kei-kei'm erzählst, schon gar nicht Mama und Oma.«

»Dass du blau bist?«

»Nein, neiiiiin …« Seine Pupillen gleiten weg, die Augen fallen ihm zu. Er versucht, sie wieder aufzureißen. »Die Sache mit … mit Arnold natürlich … Aber vorher hol' mir schnell noch 'n Eimer, unten mit Wasser drin, du weißt schon.«

Als ich mit dem Eimer zurückkomme, ist er eingeschlafen.

Wir haben über die Sache mit Herrn Arnold nie wieder gesprochen. Ich habe die Schwurhand also nicht erheben müssen, weshalb ich die Geschichte guten Gewissens – sagen wir lieber, der Vollständigkeit halber – erzählen kann, so, wie sie das Leben geschrieben hat.

Genau genommen hat sie ja mein Vater geschrieben, dem Leben vorgeschrieben. Es brauchte seine Zeit, bis ich nicht mehr dem armen Herrn Arnold die Schuld an jenem Trauerspiel von einem Schrebergartenparadies in die Schuhe geschoben habe.

Ein paar Wochen nach unserem Besuch in der Honululu-Bar leiht sich mein Vater den dunklen Anzug von Großonkel Franz für eine Beerdigung auf dem Ohlsdorfer Friedhof. Ich bringe ihn zur Straßenbahn, wohl wissend, dass er zu Hause nur das Allernötigste erzählt hat.
»Arnold hat einen Unfall gehabt«, sagt er.
Ich muss daran denken, dass ich ihm den Tod und den starken Magneten an den Hals gewünscht habe. Das mit dem Magneten war nur so eine Schnapsidee, ich wusste ja nicht mal, ob Fiete den überhaupt noch hatte. Trotzdem habe ich jetzt ein blödes Gefühl. »Was denn für ein Unfall?«, will ich wissen.
»Beim Reinigen seiner Pistole hat sich ein Schuss gelöst.«
»Was denn für eine Pistole?«
»Ist doch egal. Die Frage muss lauten: War es tatsächlich ein Unfall? Arnold wusste genau, wie man mit einer Pistole umgeht. Im Krieg hat man immer dann von einem Unfall gesprochen, wenn ein Selbstmörder ein anständiges Begräbnis haben sollte.«

Gebrannte Kinder

Mein Vater heuert tatsächlich auf einem Seeschlepper von Fairplay an.
Mit dem liegt er in Stadersand oder in Cuxhaven an der Pier. Im Gegensatz zu den Hafenschleppern, die innerhalb des Hafens Schiffe verholen, laufen die Seeschlepper immer nur dann aus, wenn ein Schiff in Seenot gerät und draußen, auf hoher See, auf den Haken genommen werden muss. Für einen einzigen gelungenen Einsatz lohnt sich die Warterei von einem ganzen Jahr.
Die Sache hat nur einen weiteren Haken: Dieses ewige Auf-der-Lauer-Liegen schlägt den meisten Männern auf das Gemüt, sie fangen an zu trinken. Das ist natürlich verboten, weil der Schlepper zu jeder Zeit einsatzbereit sein muss. Also quält sie auch noch ein schlechtes Gewissen, das sie immer wieder wegsaufen müssen.
Wenn sie drei Wochen Trink- und Wartezeit hinter sich gebracht haben und endlich für ein paar Tage nach Hause kommen, schauen sie erst mal bei der Zentrale vorbei. Die liegt in der Hafenstraße, also von den Landungsbrücken aus betrachtet, auf dem Weg zu Frau und Kind. Nur, dass diese Zentrale eine Kneipe ist. Dort genehmigen sie sich noch mal einen ohne ein schlechtes Gewissen, aber nur einen!
Das Lokal heißt »Zur Kuhwerder Fähre« und gehört Hermine, dem »Tageblatt des Hamburger Hafens«. Alle Schlepperbesatzungen gehen bei ihr ein und aus, allein schon, um zu erfahren, was für Einsätze auf sie zukommen. Hermine hat sich ein lückenloses Informationsnetz aufgebaut. Sie weiß nicht nur, welche Schiffe kommen und gehen, sie kennt auch die Namen der Lotsen, der Kapitäne und der Funker. Sie ist besser informiert als die echte Schlepperzentrale, die auf dem Ponton von »Fähre VII« ahnungslos vor sich hindümpelt.

Kommt mein Vater dann endlich nach Hause, so riecht meine Mutter bei der Begrüßung an ihm, da mag er noch so viele Pfefferminzbonbons gelutscht haben, sie hat eine unbestechliche Nase.
Es kann auch passieren, dass meine Großmutter, die ihn meistens mit seinem Lieblingsessen, Bratkartoffeln und Rührei, erwartet, meiner Mutter steckt, ihm sei beim Essen die Gabel aus der Hand gefallen.
Mutter und Tochter verhalten sich, was den Alkohol betrifft, solidarisch, ihre Rivalität wird vom Selbsterhaltungstrieb überdeckt. Mein Vater nennt das »ein Kopp und ein Arsch.«
Der Vater und der vorübergehende Ehemann meiner Großmutter, also der Großvater und der Stiefvater meiner Mutter, haben mit der Sauferei fast die Familie ruiniert und sind selbst daran zugrunde gegangen.
Meine Mutter spricht nie darüber, meine Oma selten. Sie pflegt dann ihre Mutter, also meine Uroma zu zitieren.

Wenn ich »Uroma« höre oder denke, bekomme ich sofort einen Schluckauf.
»Den Schluckauf kriegst du«, sagt meine Großmutter, »weil dein Zwergenfell nicht weiß, ob es lachen oder weinen soll.«
Ich denke dann was anderes, ich denke: »Uroma rüttelt an meinem Innersten, weil ich sie auf dem Gewissen habe!«

Dabei liebte ich meine Uroma. Sie war ein Teil von mir, eine Art Zwilling. Zwischen uns lag die Kleinigkeit eines langen Lebens, ich lernte laufen, sie begann gerade, damit aufzuhören, denn sie stand kurz vor der Mumifizierung.
Wenn sie mich sah und erkannte, sagte sie: »Buddersche, Buddersche«, auf- und absteigend, so, als wollte sie mich ermahnen, es diesmal nicht zu tun.
Doch ich tat es immer, ich konnte nicht anders, denn ich hielt »Buddersche-Buddersche« für eine Brücke, eine Ermutigung.

Begeistert krabbelte ich auf sie zu, richtete mich an ihr auf, bugsierte sie zum Zimmerrand, schubste sie in einen Sessel und hievte mich auf ihren Schoß. Dann begann ich am Daumen zu nuckeln und mir dabei mit der anderen Hand ein Schuhband, das ich eigens für diesen Zweck gefunden hatte, unter der Nase durchzuziehen. Was gab es Schöneres auf der Welt?
Großherzig reichte ich das Band an sie weiter. Auch sie sollte es erleben: das größtmögliche Glücksgefühl, dessen man zu dieser Zeit fähig war.
Wollte sie es aber nicht erfahren oder machte es mir nur ungenügend nach, indem sie zum Beispiel nicht hörbar auf dem Daumen lutschte, fühlte ich mich unverstanden und begann zu brüllen. Sie blieb stumm. Ich aber hatte den längeren Atem. Irgendwann gab sie auf und ließ es doch vernehmen, ihr alle Ungleichheiten und Irrtümer überwindendes »Buddersche-Buddersche.«
Manchmal schlief sie darüber ein, und da unsere beiden Belastungsgrenzen fast deckungsgleich verliefen, folgte ich ihr umgehend.

Mein Vater hatte den Krieg überlebt, Uroma ist durch ihn umgekommen. Die nächtlichen Fliegerangriffe nahmen zu, schließlich kamen die Bomber zweimal die Nacht. Für uns wurde es immer knapper, rechtzeitig den Luftschutzkeller zu erreichen. Meine Großmutter schleppte meine alte Kinderkarre runter, danach Uroma. Meine Mutter war für die Katastrophentasche zuständig und sorgte dafür, dass ich immer in Reichweite ihrer Hand blieb.
Manchmal hatte sie etwas vergessen, zum Beispiel die Lebensmittelkarten, die ja alltäglich im Gebrauch waren.
»Du rührst dich nicht vom Fleck!«, impfte sie mir im Treppenhaus ein und rannte wieder nach oben.
Es waren Nächte, in denen die Menschen ihre Angst vor sich hertrugen wie den Schein einer Taschenlampe. Bei meiner Mutter

kam noch das Aufblitzen ihrer Wut hinzu. Uromas schwaches Glimmen kam aus ihren Augen, die tief in den Höhlen lagen: Staunen und Liebe. Sie konnte über die »Weihnachtsbäume« am Himmel genauso staunen wie ich. Und sie liebte mich in dem Augenblick, in dem sie mich erkannte.

Damit meine Oma sie im Treppenhaus nicht mehr so weit runterschleppen musste, versuchte Uroma, Stufe für Stufe sich am Geländer hinabzuhangeln. Dann war sie zwei Stufen vor der, auf der ich stand. Ihr Greisengesicht mit den weißen Härchen am Kinn und dem lippenlosen Mund war schon zum Greifen nah vor mir.

»Buddersche, Buddersche«, flüsterte sie. Ich streckte meine Hand aus und fasste ihren Arm. Dann stürzte sie.

»Letztendlich«, sagt meine Mutter, »ist sie dran gestorben. Sie konnte nun überhaupt nicht mehr laufen. Also haben wir sie auf die Karre gepackt und dann nix wie ab in den Bunker. Der auf der Reeperbahn – da passten 5000 Leute rein, das muss man sich mal vorstellen! – der war der sicherste … dachten wir.

Über uns waren nun schon die ›Weihnachtsbäume‹ an den Fallschirmen, du weißt ja, die Zielmarkierungen für die Bomben. Dann ging auch noch das eine Rad von der Karre ab, immer dasselbe Rad, hinten rechts. Bertha stopfte es zu Uroma in den Kinderwagen und dann auf drei Rädern nix wie weiter.

In der Bunkereinfahrt war meistens großes Gedränge, aber auch Erleichterung, dass man es rechtzeitig geschafft hatte und gerettet war!

Doch da ging draußen auf der Straße eine Luftmine hoch.

Hinter uns schleuderte die Druckwelle die Menschen in das Gewühl rein. Soldaten, die oben am Luftschacht rumgeknutscht hatten, sprangen mit ihren Mädchen auf die Köpfe der Reindrängelnden. Panik brach aus. Die Menschen, die stolperten, kamen nicht mehr hoch, unsere Karre ging koppheister die Einfahrt runter.

Über 20 Menschen wurden damals totgetreten, davon viele Kinder – und Uroma.«
Ich kann mich nicht mehr daran erinnern. Selbst ihr Tod in diesem Scheißbunker, bei dem ich ja schon etwas älter war, ist aus meinem Gedächtnis gelöscht. Aber immer kommt dieser Schluckauf über mich, diese Erschütterung des Zwerchfells, als erinnerte sich mein Körper, dass mit ihr, meiner Uroma, auch ein Teil von mir gestorben ist.

Wenn es nun also um die Trinkerei geht, zitiert meine Großmutter meine Uroma: »Fünf Jahre hatte ich den besten Ehemann und den Himmel auf Erden, dann ist er mit dem Saufen angefangen.«
Oft kam er blau nach Hause und verprügelte die Familie. Schon im Treppenhaus brüllte er: »Franz heißt die Kanaille!« Da Großonkel Franz immer der Erste war, bekam er das Meiste ab. Es gab noch einen kleineren Bruder: Edu (von Eduard). Der starb an einer Lungenentzündung. Bei seiner Beerdigung fiel mein Urgroßvater in das ausgehobene Grab und brach sich das Fußgelenk. Das war der Anfang vom Ende. Er verlor seine Stellung im Hafen und hing nun den ganzen Tag in den Kneipen rum. Anschließend tyrannisierte er die Restfamilie. Seine Tochter, also meine Großmutter, war die Einzige, die ihn besänftigen konnte. Sie setzte sich auf seinen Schoß und zwirbelte ihm so lange den Kaiser-Wilhelm-Bart, bis er eingeschlafen war.
»Das war das, was deine Oma in ihrem ganzen Leben am besten konnte«, wirft meine Mutter an dieser Stelle gerne ein, »den Männern den Bart zwirbeln. Mein Vater hatte bestimmt auch so einen Kaiser-Wilhelm-Bart, wetten?«
Meine Großmutter verdreht die Augen. Seit jener Bartträger sie und meine Mutter hat sitzen lassen, ist der Kaiser-Wilhelm-Bart für sie gestorben.
Irgendwann tauchte in der bewegten Vergangenheit meiner Großmutter ein glatt rasierter »Herr Schmeling« auf. Der

wurde vorübergehend ihr Ehemann und der Namensgeber meiner damals etwa zwölfjährigen Mutter. Er war ein großer, dunkelhaariger Mann mit stechenden Augen. Es gibt ein Foto von ihm, das ich gerne mit einem leichten Schauder betrachte.
Er kam aus den Kolonien und war es gewohnt, bedient zu werden. Beim Essen bewahrte er sich den besten Bissen immer bis zuletzt. Jedes Mal legte es meine Mutter darauf an, ihm den zu stibitzen. Er nahm es scheinbar gelassen. Doch wenn er mit meiner Mutter alleine war, kniff er sie: für jeden geklauten Bissen einen blauen Fleck, Auge um Auge – so lange, bis meine Mutter die blauen Flecken ihrer Mutter zeigte. Daraufhin wurde der glatt rasierte Herr Schmeling von meiner Großmutter (»sie ist doch noch ein Kind!«) mit dem ältesten Druckmittel der Welt, dem Liebesentzug, noch glatter rasiert.
Typisch war, dass meine Mutter das letzte Wort behielt. »Warum?«, fragte sie sich, »isst er den denn nicht gleich?«, und klaute ihm weiterhin den letzten, besten Bissen.
Eigentlich hat meine Mutter ihr Leben lang versucht, an die letzten, besten Bissen (»sie ist doch noch ein Kind!«) dieser Welt ranzukommen.
Dass der Herr Schmeling Quartalssäufer war, stellte sich erst nach der Eheschließung heraus. Während der Saufphasen verschwand er für Wochen und hinterließ überall Schuldscheine, unrasiert. Als meine Großmutter mit ihrem Fischgeschäft in die Pleite schlitterte, hinterließ er nichts mehr, nicht mal einen Abschiedsbrief.
Mein Urgroßvater und mein vorübergehender Stiefgroßvater sind also Alkoholiker gewesen, meine Großmutter und meine Mutter ihre gebrannten Kinder.

Kommt mein Vater nun nach einer dreiwöchigen Seeschlepper-Wache gar nicht an den Laden, so kann es geschehen, dass eine von den beiden Frauen die Kneipen abklappert, um das

Schlimmste, nämlich den Verlust seines Gedächtnisses und seiner Brieftasche, zu verhindern.
Aber einen Ehemann, der in Begleitung seiner Kumpels eine Sauftour macht, aus der Kneipe rauszuholen und nach Hause zu schaffen, ist eine der größten Herausforderungen, die es in der Nachkriegszeit von den Frauen an der Küste zu bewältigen gibt.
Meistens übernimmt meine Oma diese undankbare Aufgabe, da meine Mutter dafür zu unbeherrscht, zu impulsiv ist. Manchmal, in Sonderfällen, geht auch meine Mutter los. Dann nimmt sie mich mit.
Ein solcher Sonderfall ist es, wenn mein Vater mit Onkel Max, seinem besten Freund, auf Kneipen-Tour geht.
Onkel Max wohnt in der Antonistraße, in dem Haus, in dem der Boxer seine Praxis hat. Er ist ausgebombt und wohnt mit Frau und zwei Töchtern auf nur einem Zimmer zur Untermiete. Gerade werden wieder die alten Busverbindungen eingerichtet, denn er ist Busfahrer und fährt mit seinem »Büssing« die Strecke Hamburg-Lüneburg und zurück.
Es beginnt schon mit der Frage, woher Onkel Max weiß, dass mein Vater wieder zu Hause ist. Sonst lässt er sich nicht bei uns blicken, denn meistens ist meine Mutter nicht gut auf ihn zu sprechen. Er nennt sie: *»Betty-Koketty, die Frau mit de Moodenschau.«*
Das hängt damit zusammen, dass meine Mutter immer mal Modenschau macht, wenn wir Besuch haben.
Manchmal besuchen uns auch *»Max un Käde«*, mein Vater besteht darauf.
»Also gut«, sagt meine Mutter dann, »aber du sorgst dafür, dass er nicht so viel trinkt und dass er nicht den Einarmigen Stehgeiger macht!«
Der Einarmige Stehgeiger ist der Höhepunkt jeder Feier. Onkel Max macht ihn meistens nur viel zu spät, aber einmal habe ich

hinter meiner Tür – ich sollte natürlich lange schon schlafen – mitgehört, und an einem Silvester hab ich ihn sogar mal erlebt. Ich finde den Einarmigen Stehgeiger einmalig, aber meine Mutter hasst ihn. Sie sagt zu Onkel Max: »Wenn du den machst, verlasse ich den Raum! Wo sind wir hier denn, *inner Kaschemme!?*«
Doch irgendwann, wenn sie alle genug getrunken haben, macht er ihn doch, ja, er wird lauthals dazu angestachelt: »Steh-gei-ger! Steh-gei-ger!«, rufen sie im Chor. Meine Mutter rauscht wütend davon.

Gut so, denn bei der besagten Silvesterfeier hätte sie mich wohl kaum zukucken lassen.

Der Einarmige Stehgeiger hat – wie der Name schon sagt – nur einen Arm, und Onkel Max lässt den linken unter seinem Hemd und in seiner Hose verschwinden. Er bewegt die Schulter, damit der leere Ärmel demonstrativ hin und her schaukelt. Dann klemmt er sich eine eingebildete Geige unter das Kinn, und als Geigenbogen führt er einen Kochlöffel oder einen Kleiderbügel über die Saiten. Dabei macht er die Geräusche der Geige nach, und je nachdem, wie viel er getrunken hat, fällt das gequetscht, gejault oder gejodelt aus. Manchmal kann man auch eine Melodie raushören, aber immer sieht und spürt man, wie schwer es ihm fällt, diese Töne aus seiner Geige rauszulocken. Wie ein Luftballon hängt sein Gesicht über den lauschenden Leuten, und wie das Mundstück, aus dem die Luft entweicht, flattern seine Lippen. Irgendwann wird das Publikum unruhig, weil sie denken, nun sei es aber genug, nun könnte er mal eine Pause machen, und dann verstummt er plötzlich.

Dann musst du genau aufpassen, denn was jetzt kommt, geht sehr schnell. Ich jedenfalls war so überrascht, dass ich gedacht habe, ich hätte mich verkuckt.

Um nämlich einen Schluck aus seinem in Reichweite stehenden Bierglas zu nehmen, muss Onkel Max die Hand mit dem Geigenbogen freimachen. Und um das zu bewerkstelligen, hakt er den Kleiderbügel, den Kochlöffel oder was auch immer kurzerhand unter seinen Pimmel, der sich zuvorkommend aus seinem Hosenschlitz geschoben hat und der sich hilfsbereit dafür nach unten krümmt.

Die Gäste sind wie erstarrt, brüllen dann aber los vor Lachen, ehrlich, und ganz besonders kreischen die Frauen, vielleicht, weil sie so was nicht können.

Das heißt, warte ... eigentlich können sie es ja doch, denn natürlich ist es ein Finger von Onkel Max, der Zeigefinger seiner linken Hand.

Wenn nun Onkel Max und Tante Käte bei uns zu Besuch kommen, sind neuerdings auch oft ihre beiden Töchter dabei. Sie werden Engelchen-Eins und Engelchen-Zwei gerufen.

Wir sitzen noch am Kindertisch und trinken echten Kakao, da fragt mich Engelchen-Eins schon leise, wann es denn endlich losgehe.

»Was losgeht?«

»Na, die Modenschau!«

Als wenn sie nur wegen der Modenschau mitgekommen sind.

»Nach 'n paar Gläser Wein«, flüstere ich zurück.

»Das kann ja noch dauern«, mault sie. »Dann lass uns erst mal ›Fang den Hut‹ spielen.« Engelchen-Eins ist zwei Jahre älter als ich und ihre Schwester und eher ein Teufelchen-Eineinhalb: Alles muss nach ihrer Nase gehen, und verlieren kann sie schon mal gar nicht. Bei ihr bin ich echt froh, wenn meine Mutter endlich loslegt.

»Düdeldidüdeldidiiii!«, macht sie von draußen so was wie einen Fanfarenstoß, und schon fliegt die Tür auf. Dann kommt sie in einem ihrer neuen Kleider reinstolziert und dreht und wendet sich wie auf dem Laufsteg. Tante Käte, Onkel Max und die Töchter machen »Ahhh!« und »Ohhh!«, nur mein Vater nicht. Er lächelt gequält. Auch ich warte erst mal ab.

»Ludwig!«, sagt Tante Käte, »ist das nicht toll, was sich die Betty so alles nähen kann?«
Mein Vater nickt, und meine Mutter, die nix von ihm zu hören bekommt, sagt: »Ach der!«, und rauscht wieder raus.
Das Ganze wiederholt sich drei-, viermal, immer mit anderen Klamotten. Da kann auch mal ein Bolerojäckchen von Großonkels Uniformjacke dabei sein. »Schwarz gefärbt«, sagt meine Mutter, »und der Pelzaufsatz von einer Russenmütze.«
»Olé!«, ruft Onkel Max und stößt meinen Vater in die Seite. Der aber sagt immer noch nix. Ich glaube, ihm ist die Sache nicht ganz geheuer.
Mir auch nicht, denn meine Mutter ist wieder so anders, so ähnlich wie in ihrer »Pubertäts-Klemme«. Vielleicht denkt mein Vater auch, die Klamotten sind vom Schwarzmarkt, weil er das ja gar nicht mitkriegt, wenn sie dauernd an der Nähmaschine sitzt. Oft weist meine Mutter auch auf die »Accessoires« hin, wie sie sagt, einen Hut zum Beispiel, der gut zu dem neuen Kostüm passt, oder eine schwarze Tasche zum Bolerojäckchen. »Für drei Schachteln Zigaretten«, sagt sie dann. Oder: »Den Hut hab ich gegen ein Paar Kinderschuhe getauscht.«
»Ludwig!«, sagt Tante Käte wieder, »ist deine Frau nicht echt erfinderisch? Nun sag doch mal. Was die in solchen schweren Zeiten nicht alles auf die Beine stellt!«
Wieder nickt mein Vater, und Onkel Max sagt: »Allerdings! Auf ausgesprochen schöne Beine, das muss der Neid ihr lassen!«
Trotzdem ist meine Mutter nicht gut auf ihn zu sprechen. »Wenn ich schon sein schiefes Grinsen sehe«, sagt sie. »Ich würde nie in einen Omnibus steigen, den der fährt. So eine große Verantwortung und so ein versoffenes Subjekt!« Sie spricht von ihm meistens als »Subjekt«.
Ich hab im Duden nachgesehen. Da steht unter »Subjekt«: denkendes Wesen, Person. Dahinter aber in Klammern: gemeiner Mensch.

Meine Großmutter sagt: »Die sind wie Hund und Katze, weil sie beide dasselbe wollen.«
»Wieso, dasselbe?«, frage ich.
»Dein' Vadder!«

Über Max' Wissen, wann mein Vater Landurlaub hat, gibt es zwei Theorien:
Meine Mutter geht davon aus, dass es meine Oma überall rumerzählt. »Und der Milchmann oder der Schlachter erzählen's Tante Käte«, sagt sie, »ganz einfach.«
»Das ist wieder typisch«, schimpft meine Oma, »mir das in die Schuhe zu schieben! Ich verliere nie ein Sterbenswörtchen über seinen Urlaub. Geht doch keinen was an. Ich weiß aber genau, wie das laufen tut: Ludwig schreibt seinem besten Freund eine Karte, und ab geht die Post!«
Ich denke, beides könnte stimmen. Jedenfalls steht Onkel Max bald nach der Ankunft meines Vaters vor der Tür und fragt: *»Isser Seemann da?«*
Sie umarmen sich, feixen rum miteinander, wie wenn Ewu und ich Blödsinn machen, und weg sind sie.

Nach vier Stunden wird meine Mutter unruhig, nach fünf bis sechs Stunden macht sie sich mit mir auf den Weg.
Wir fangen unten, an der Ecke, bei Kaisers an. Dann ziehen wir die Kreise größer und größer, bis wir irgendwann bei der Kuhwärder Fähre, der »Schlepperzentrale« landen.
Hermine, die dicke Wirtin, sitzt hinter dem Tresen und sagt: *»Weetst du, wat ik vonne Frunslüüt hool, de ehre Keerle ut'n Kroog rutholen?«*
»Ne!«, sagt meine Mutter, *»intressiert mich auch nich!«* Und schon sind wir wieder draußen.
Danach klappern wir die Davidstraße ab, in der jeder dritte Laden eine Kneipe ist. Die sind zu dieser Zeit noch ziemlich

unfertig, mit wackeligen Stühlen und zusammengenagelten Tischen und Tresen. Langsam füllen sie sich mit Gästen, meistens sind es Nutten und englische Soldaten.
»Hey, Blondy!«, ruft einer, »your son?«
Sie nimmt mich bei der Hand.
»Nice boy!«
Manchmal sagt eine Bardame oder eine Nutte: »Hier ist er nicht!«
Draußen erklärt mir meine Mutter: »Keine Bange, die kennen ihn nicht. Die wissen nur, was wir suchen. Vielleicht ist er ja auch schon auf dem Weg nach Hause, und wir laufen just an ihm vorbei.«
»Just?«, frage ich.
»Das heißt ›grade jetzt‹, und das sagt man so.«
»Wo denn?«
»Wie: wo denn?«
»Wo sagt man das?«
»In besseren Kreisen.«
»Wo sind die denn?«
»Wer?«
»Bessere Kreise.«
»Hier jedenfalls nicht. Aber wir haben Herzensbildung und just Zivilcourage!«
»Zivi... was?«
»Wut im Bauch!«

Auch auf der Reeperbahn, in die die Davidstraße einmündet, sind unten, in den Häusern, die nicht weggebombt wurden, viele Kneipen. Ich höre bald auf, sie zu zählen.
Als meine Mutter irgendwann sagt: »Noch drei, dann gehen wir nach Hause«, werden wir fündig. Ich sehe da einen Zusammenhang und denke: »Warum hat sie das bloß nicht schon früher gesagt?«

Es ist ein Kellerlokal. Onkel Max, mein Vater, zwei dicke Männer und ein Schwarzer sitzen an dem einzigen, großen Tisch vor leeren Gläsern.
Als wir reinkommen, ruft Onkel Max: »Betty Koketty, ich hab mich schon gefragt, wo du bleibst!«
Mein Vater sagt: »Das ist MEINE Frau und MEIN Sohn, auf die ist Verlass!«
»Richtig!«, sagt meine Mutter. »Verlass! Sieh zu, dass auch auf dich Verlass ist, sonst verlass ich dich nämlich.«
»Pui, pui …«, sagt Onkel Max.
Und mein Vater: »Nicht vor dem Jungen, Betty, bitte!«
Der Schwarze zieht zwei wackelige Stühle an den Tisch ran. Sie hinterlassen auf dem Steinboden Spuren.
»Setzt euch erst mal hin«, sagt mein Vater, »und dann tu mir einen Gefallen, Betty, bevor du anfängst, rumzumeckern, koste mal.«
»Pui, pui«, sagt Onkel Max wieder, »sie meckert doch nicht, Ludwig, nicht heute, nicht an solch einem Abend lebenswichtiger Entscheidungen!«
»Pui-pui« ist neu, das habe ich bei ihm noch nie gehört.
»Tu mir einen Gefallen«, wiederholt mein Vater, »und koste erst mal, was dir James gleich kredenzen wird.«
James, »der Neger«, schlurft hinter die aus Brettern zusammengezimmerte Theke, wobei er auf dem Boden kleine Staubwölkchen hinterlässt.
Meine Mutter will was sagen …
»Lass dich …«, schneidet mein Vater ihr das Wort ab. »Entschuldige, Liebes, aber lass dich überraschen! Denn ich weiß, du hast eine … eine sehr sensible Zunge!«
»Pui, pui«, macht Onkel Max wieder.
Es zischt und gluckert hinter dem Tresen, und Onkel Max und mein Vater machen die Gesichter und Gesten eines Clowns, der die Ohren spitzt und sich wie verrückt auf was freut.
Ich muss lachen.

Dann kommt James um das Thekenende rumgelatscht und serviert meiner Mutter auf einem silbernen Tablett ein hohes Glas mit goldgelbem Inhalt und weißem Schaum obendrauf, der über den Rand läuft und eine feuchte Spur hinterlässt.
»Siehst du das, Ludwig?«, sagt Onkel Max, und mein Vater übernimmt: »Natürlich sehe ich das, Max: ein Kunstwerk, ein Gemälde von einem …«, er schaut meine Mutter an, »von einem …«
»Bier!«, sagt sie und erschrickt, weil im gleichen Moment Onkel Max die Arme hochreißt und mein Vater seine Faust in die flache Hand schlägt, so, als hätte sie einen Preis gewonnen.
»Jetzt aber ruhig!«, sagt mein Vater, als sei er selbst erschrocken. »Gaaanz ruhig …« Er beschreibt mit der flachen Hand einen Bogen. Dabei sind es doch nur er und Onkel Max, die rumalbern, die beiden Dicken und der Schwarze machen keinen Mucks, sondern grinsen nur, und andere Gäste gibt es nicht.
»Und jetzt …«, sagt mein Vater zu meiner Mutter, »trink!«
»Wassen sonst?« sagt sie und ergreift das Glas.
Alle starren sie an. James fährt sich ein paar Mal mit der Zunge über die dicken Lippen, als wolle er es am liebsten selber trinken, das Bier. Dabei sehe ich, dass seine Zunge rosa ist, nicht schwarz. Ich kuck schnell auf meine Zungenspitze, wozu ich sie weit rausstrecken muss: die gleiche Farbe, echt!
Ganz unerwartet stellt meine Mutter das Glas wieder hin. »Was kuckt ihr so?«, fragt sie. »Habt ihr da was reingetan? Karbit vielleicht? Das trinke ich nicht!«
»Pui, pui!«, macht Onkel Max.
»Nun stell dich doch nicht so an!« Mein Vater springt auf, schnappt sich das Glas und nimmt selbst einen Schluck. »Siehst du? Du sollst doch nur mal sagen, wie's dir schmeckt!«
»Also gut!«, sagt sie und nimmt endlich einen Schluck. Wieder starren sie alle an. Sie nimmt noch einen. »Aller guten Dinge sind drei«, sagt sie und kostet noch einmal. Der Schaum

bleibt an ihrer Oberlippe hängen. Sie fährt sich mit der Zunge darüber – auch sie hat eine rosa Zunge! »Gar nicht schlecht«, sagt sie, »Bavaria Pils, hab ich recht?«

Jetzt springen Onkel Max und mein Vater auf und legen einen leicht schwankenden Tanz hin. »Hab ich das nicht gesagt?«, ruft mein Vater, »dass sie eine sensible Zunge hat.«

»Pui, pui«, macht Onkel Max.

Mein Vater rückt seinen Stuhl neben ihren und ergreift ihre Hand. »Das ist das erste Bavaria Pils vom Fass nach dem Krieg, Liebes, das musst du dir mal vorstellen!« Er zeigt auf die beiden Dicken, »und das sind Otto und Hans, die einzigen Bierkutscher, die übrig geblieben sind.« Die beiden grinsen um die Wette.

»James«, sagt er, »bring noch mal 'ne Runde von UNSEREM Pils und für den Jungen eine Limo! Ach ja«, er macht wieder die Geste eines Weltmannes, der einen anderen Weltmann vorstellt: »Und das ist James aus Minnesota. Ist es ein Wunder, wenn ein Mann aus dem Land der tausend Seen zur See fährt, auf einem Flugzeugträger – was James?«

James bleckt dankbar die Zähne, greift mit den Fingern (auch die sind innen rosa!) in die leeren Gläser und schlurft zum Tresen.

»Er ist hier hängen geblieben, bei seiner Frieda, der Wirtin«, erklärt mein Vater. »Sie ist heute aber nicht hier. Da hat sie was versäumt, was James!?«

James zeigt immer noch die Zähne und sagt: »BAVARIA-Beer, best beer of the world!«

»Hörst du das!«, sagt Onkel Max zu meiner Mutter. »Der ist neutral! Der ist weit rumgekommen, und der weiß, wovon er redet!«

Als James die vollen Biergläser und für mich eine Limo bringt, steht mein Vater wieder auf und hilft ihm beim Verteilen. Dann erhebt er sein Bierglas und hält es gegen eine der nackten elektrischen Birnen. Er sagt: »Goldfarbig und Gold wert, was Jungens?« Auch die anderen stehen auf, nur meine Mutter nicht. Ich weiß nicht so recht, was ich tun soll. Dann steh ich aber auch auf, mein Vater sagt »Prooost!«, Onkel Max sagt: *»Wer nix hätt, der hoost!«*, und alle stoßen an, auch mit mir, was ich echt große Klasse finde!

Mein Vater beugt sich zu meiner Mutter runter: »Und was das Goldigste ist, Liebes, wir steigen da mit ein.«

»Wie, wo steigt ihr mit ein!?«

»In das Bavaria-Pils-Geschäft, das erste Bier vom Fass nach dem Krieg.« Wieder erhebt er das Glas und sagt: »Auf ein Bombengeschäft!«

Alle nicken und lachen und freuen sich, bis auf meine Mutter. Ich hab mir schon gleich gedacht, dass es ihr hier viel zu lustig ist.

»Warte«, sagt sie, »nur dass ich das richtig kapiere: Du und Max, ihr wollt in das Brauereigeschäft einsteigen?«

»Das tust du ganz richtig kapieren!«, sagt Onkel Max. Sein schiefes Grinsen hat sich so tief eingegraben, dass er für heute gar kein anderes Gesicht mehr machen kann.

»Und womit einsteigen, wenn ich mal fragen darf?« Ihr Ton wird schärfer. »Lass mich raten: Mit eurer Kohle und eurem Durst, Moment, die Kohle habt ihr ja für den Durst verbraucht. Also mit dem, was danach kommt, nach dem Durst: mit euren Schnapsideen! Und die größte Schnapsidee überhaupt – aber das kriegt ihr ja schon gar nicht mehr mit – ist die, ins Brauerreigeschäft einzusteigen!«

»Pui, pui!«, sagt Onkel Max.

»Hör bloß mal mit deinem blöden ›Pui-Pui‹ auf!«, faucht sie ihn an.

Sofort geht die gute Laune baden.

»Und du mit deiner Scheiß-Betty-Koketty-Nummer!«, blafft Onkel Max zurück.

Immer muss sie alles kaputt machen, die olle Kaputtmacherin!

»Nun hör doch erst mal zu!«, beschwört mein Vater sie. »Es geht – und das wissen wir von Otto und Hans – allein um die Kohle!«

»Sag ich doch!«

»Aber nein, um Steinkohle! Das Gebräu muss zum Sieden gebracht werden, und dafür brauchen sie zentnerweise Steinkohle. Die Tommies aber haben alles beschlagnahmt.«

»Und die wollt ihr ranschaffen?«

Mein Vater schaut Onkel Max an und wird etwas leiser. »Ich fahr mit dem Schlepper ein-, bis zweimal im Monat zum Bunkern ...«

»Und ich fahr mit dem Büssing«, sagt Onkel Max, »ein- bis zweimal am Tag über die Dörfer.«

Plötzlich steht einer von den beiden Dicken auf und sagt: »Und ich muss mal nach dem Gaul schauen«, und an mich gewendet, »kommst mit?«

Ich weiß nicht. Hat er wirklich Gaul gesagt? Ich sehe zu meiner Mutter.

»Kürzlich haben sie uns doch tatsächlich einen von den Kaltblütern geklaut«, sagt der Dicke. »Wir haben den überall gesucht.«

»Nur nicht in den Töpfen unserer lieben Mitbürger«, unterbricht ihn der, der sitzen geblieben ist.

»Der Gaul, der oben auf uns wartet, ist eine SIE und sehr freundlich«, sagt der Erste wieder. »freundlich und robust. Komm, ich zeig sie dir.«

Meine Mutter nickt.

Der Dicke trägt eine Lederschürze. Die Tür klemmt. Er stößt sie mit seinem Lederbauch auf. Dann nimmt er mich an die Hand, eine riesige Lederhand. Wir steigen die Treppe hoch, biegen um die nächste Ecke und gehen ein Stück in den Hambuger Berg hinein. Hier sind wie durch ein Wunder fast alle Häuser stehen geblieben. Auf der Straße ist kein Mensch. Es wird schon schummerig.

Auf der rechten Seite steht doch tatsächlich ein Gespann, ein gewaltiger Wagen, mit Speichenrädern so groß wie ich selbst, und davor ein echtes, dickes Pferd!

Auf der einen Seite der Kutsche liegen drei, auf der anderen zwei Fässer. Sie sind mit je einem Flacheisen und großen Vorhängeschlössern gesichert.

Der Dicke rüttelt demonstrativ an dem Eisen. »Heutzutage muss alles abgeschlossen werden«, sagt er, »selbst die leeren Fässer. Da könnte man ja Feuerholz draus machen.«

Es passen etwa sieben Fässer in eine Reihe, davon auf jeder Seite zwei Reihen übereinander, das macht …

Als er sieht, dass ich die Mulden zähle, sagt er: »Achtundzwanzig. Und unten können noch vier an den Ketten hängen. Aber wir sind lange nicht mit der vollen Ladung gefahren, zuletzt … warte mal …«, er überlegt und sucht etwas in der Brusttasche seiner Schürze, »kurz nach Kriegsbeginn.« Er gibt mir ein Stück Zucker.

Ich sage »danke« und lasse es im Mund verschwinden.

Er lacht und zeigt auf das mächtige Hinterteil des Pferdes. »Das war für sie bestimmt.«

»Oh!«, sage ich, aber ich habe es schon klein gekaut.

Wir gehen ans Vorderende. Sie flattert mit den Lippen, was sich anhört, als wenn mein Vater schnarcht. Er tätschelt ihre endlos lange Nase – eigentlich besteht ein Pferdekopf ja nur aus Nase – und sagt: »Sie will jetzt ihren Zucker haben, weil sie so lange gewartet hat.« Er fischt wieder ein Stück aus seiner Schürzentasche, »willst du es ihr geben?«

Ich schüttle den Kopf. Ich bleibe lieber auf Abstand: Sie ist so groß, so massig.

Mit einem Waschlappen von Zunge wischt sie ihm das Zuckerstück aus der Hand.

Wieder streicht er über ihre Nase. »Sie heißt Desdemona«, sagt er, »und sie kann alleine fünf Tonnen bewegen. Sie vermisst ihren Kumpel. Den hat man inzwischen wohl zu Steaks, Pferdewurst und Gulaschsuppe verarbeitet.«

Ich finde das schon ganz schön traurig für sie, aber anfassen möchte ich sie trotzdem nicht.

»Vielleicht willst du ja mal oben auf dem Bock sitzen und ihr ein bisschen Gesellschaft leisten?«

Genau das will ich!

Er hilft mir rauf. Er erklärt mir die Kurbelbremse, die ich nicht lösen darf, sonst setzt sich der Wagen in Bewegung, weil die Straße etwas abschüssig ist. Desdemona denkt dann, es geht nach Hause in den Stall.

»Mach ich nicht«, sage ich, »rühr ich echt nicht an.«

»Gut«, sagt er, »und wenn du genug hast, kommst du wieder runter zu uns.«

»Klar!«

Er zieht Leine.

Das ist ganz schön hoch von hier oben. Und jetzt sehe ich erst, wie breit Desdemonas Hinterteil ist. Ho! Fast so breit, wie ich groß bin! Und was für einen langen Schwanz sie hat.

Ich lege meine Hand auf die Kurbel und mache einen langen, hohen Ton, von dem ich annehme, dass so oder so ähnlich das Geräusch der Bremse sein müsste, wenn man sie löst. Ich schnalze mit der Zunge, habe den Zügel fest in der Hand (wo ist der überhaupt?), und los geht's! Ich kutschiere den Wagen links in die Eckernförder Straße rein, gleich wieder links in die Talstraße, überquere die Reeperbahn, lenke ihn den Silbersack rauf und stoße schließlich auf den Paulsplatz. Dort lass ich die Bierkutsche in den Kreisverkehr rollen, einmal, zweimal, immer wieder um die Mittellaterne rum wie in einem Kinderkarussell auf dem Dom. Die anderen Jungs dürfen aufspringen, aber ich bin der Bestimmer, der Kutscher-König! Na gut, auch zwei Mädchen können mit: Elke Schröder und Marlis Moldke.

Ich bin noch ganz in meiner Vorstellungswelt gefangen, da geschieht etwas Unerwartetes: Der Schwanz von Desdemona hebt sich. Oben, die Krümmung, bekommt einen größeren Radius, und das herabhängende Schwanzende steht eine Handbreit vom Hinterteil ab.

Dann quillt etwas aus ihr heraus, etwas Dickes, Fettes, etwas Mitreißendes, wie ich es noch nie gesehen habe.

Ab und zu wird es abgekniffen oder bricht, weil es zu lang geworden ist. Es hört gar nicht wieder auf, es birst hervor, so dick wie mein Arm, zerbricht, quillt erneut, knickt ab und stürzt auf die Straße runter.

Das so überraschend und überzeugend hervortretende Produkt erinnert mich an ein Gebilde oder besser an verschiedenartige Gebilde, die ich kenne. Plötzlich kommt mir der Begriff »Pferdeapfel« in den Sinn. Ich ahne etwas von den großen Zusammenhängen, den Verknüpfungen dieser Welt: Natürlich! Ein gewaltiger Pferde-Hintern erzeugt auch einen gewaltigen Ertrag an Pferdeäpfeln.

Die Produktion hört so plötzlich auf, wie sie begonnen hat.

Ich stelle mich auf und erkenne im Halbdunkel, eingerahmt von den Deichseln, dem Trittbrett und dem Hinterteil des Pferdes, einen großen Haufen an Pferdeäpfeln, Pferdegurken und Pferdetomaten.

Stöhnend lasse ich mich zurück auf den Kutschbock fallen, so, als hätte ich nicht nur an dieser Erkenntnis, sondern auch an der riesigen Menge von dem Fallobst meinen Anteil.

In diesem Moment nehme ich aus den Augenwinkeln einen Schatten wahr, der sich rechts von mir an der Hauswand entlangdrückt. Ein zweiter taucht an der gegenüberliegenden Seite auf.

Sofort weiß ich, dass man es auf Desdemona abgesehen hat. Jede der Gestalten trägt in der einen Hand etwas Dunkles, Wuchtiges und in der anderen einen kleineren Gegenstand, ein Messer vielleicht …

Ich möchte »Hilfe« schreien, aber ich kriege keinen Ton raus.
Sie schleichen von beiden Seiten gleichzeitig an Desdemona heran und tauchen unter ihr weg.
Ich beuge mich Zentimeter für Zentimeter vor und luge vorsichtig über das Trittbrett hinweg. Ich kann nicht glauben, was ich da sehe: Jede von den beiden dunklen Gestalten schaufelt mit affenartiger Geschwindigkeit die Pferdeäpfel in seinen Eimer.
Ich sage – nicht weil es Sinn macht, aber das wollte ich schon gleich sagen: »Die Bierkutscher kommen gleich wieder!«
Es sind ein Mann und eine Frau. »Na und?«, sagt der Mann und schaut kurz zu mir rauf. »Die können doch froh sein, dass wir ihren Mist wegmachen!«
Von der Frau kommt ein zustimmendes Gemurmel. Und plötzlich flüstern sie miteinander. Ich verstehe »Anemonen« und »Rettich« bei der Frau und vonseiten des Mannes: »Steckrüben« und »Bohnen«. Dann verschwinden sie wieder so schnell, wie sie aufgetaucht sind, jede Gestalt auf ihrer Seite in einem der Hauseingänge.
Ich atme auf und klettere vom Kutschbock runter.
Das Pflaster ist so gut wie leer gefegt. Desdemona scheint nichts zu vermissen, sie steht mit einer Gelassenheit da, so kolossal und selbstredend wie ihr Hinterteil.

Als ich die Stufen zum Kellerlokal runtersteigen will, kommen mir meine Eltern und Onkel Max entgegen. Meine Mutter trägt eine Art Kumme mit Deckel und Tragegriff. Auf dem Rückweg erzählt sie mir, dass da Bier drin sei. »Sonst wären sie nicht mitgekommen«, sagt sie, »wenn sie nicht bei uns noch einen Schluck von IHREM Fassbier kriegen können.«
Wir gehen ein Stück hinter ihnen, und als sie an zu singen fangen, lassen wir uns noch weiter zurückfallen. »Wie die kleinen Jungs«, sagt sie. »Wie du und Uwe!«

Ich wüsste nicht, wo ich und Ewu schon mal auf der Straße gesungen hätten. »Pui, pui …«, sage ich.
»Fang bloß nicht auch noch so an!«, faucht sie los. »Ich frag mich schon die ganze Zeit, warum ich ausgerechnet für dieses versoffene Subjekt das Bier hinterher schleppe!«
Zwischendurch hört man immer mal die Lache von Onkel Max, wenn sie durch den Abend knattert, wie ein plötzlich einsetzendes Maschinengewehr.
Einmal biegen er und mein Vater ab, meine Mutter wird schneller, und wir holen wieder auf. Aber dann sehen wir, dass sie an das Gitter vom Kirchhof der St. Pauli-Kirche pinkeln. Wir wenden uns ab und warten.
Am Paulsplatz fangen sie an, Onkel Max' Lieblingslied zu singen: Das letzte Hemd hat keine Taschen, von Hans Albers. Sie kennen aber nur den Refrain, den Rest denken sie sich aus und lachen sich darüber scheckig.
Meine Mutter sagt: »Jetzt weiß die ganze Gegend, dass die beiden mal wieder versackt sind. Sieh zu, dass du das später besser machst: mit weniger Bier und weniger Rumgegröle.«

Ungefähr eine Woche später werden wir mitten in der Nacht aus dem Bett geklingelt: viermal kurz und einmal lang. Sofort höre ich auf dem Flur meine Mutter und meine Großmutter rumflüstern. Als die atemlose Stimme meines Vaters dazukommt, werde ich hellhörig: Der hat doch Schlepperwache!
Ich stehe auf und trotte schlaftrunken in die Küche.
Hier bietet sich mir ein Bild, von dem meine Mutter später behaupten wird, dass ich es nur geträumt habe: Mein Vater steht in Unterhose und Hemd vor dem Ausguss und wäscht sich das rabenschwarze Gesicht. Meine Großmutter verbrennt mithilfe des Schürhakens über dem offenen Herdfeuer sein Schweißtuch und seine Schippermütze, ein »Erbstück« von Herrn Arnold aus ehemals hellem Tuch. Das Ganze hat etwas

Unwirkliches, etwas von einer Hexenküche. Dann kommt meine Mutter mit anderen Klamotten rein und hilft meinem Vater beim Anziehen.
Es gibt noch ein Merkmal dafür, dass es ein Traum sein muss: Keiner beachtet mich. Meine Mutter bringt meinen Vater zur Haustür. »Kein Licht«, flüstert er, und schon hat ihn das dunkle Treppenhaus verschluckt. Die Treppe knarrt, dann nichts mehr.
Meine Mutter bringt mich wieder ins Bett, deckt mich zu und flüstert: »War nur 'n böser Traum, schlaf weiter.«

Erst am übernächsten Tag, als Gras über die Sache gewachsen scheint, kriege ich meine Oma so weit.
Ich sage: »Letzte Nacht hab ich schon wieder einen Albtraum gehabt.«
»Sag bloß.«
»Echt! Als ich in die Küche kam, war da so'n Superdetektiv wie Nick Knatterton zugange und hat in der Asche vom Herd rumgestochert.«
Sie lacht, gibt mir einen Klaps und sagt: »Du gibst ja doch nicht eher Ruh, bis du auf dem Laufenden bist ... Also: Kein Wort zu keinem und schon gar nicht zu deiner Mutter.«
Ich erhebe die Schwurhand.
»Dein Vater hat in der Nacht zehn Zentner Kohle am Altona Anleger an Land geschafft. Leider hat ihn der Zoll dabei gesehen. Die dachten natürlich, er schmuggelt in den Säcken unter der Kohle Zigaretten. Sein Schlepper hat ihn zum Glück mit dem Signalhorn gewarnt, als das Zollboot kam. Dein Vater hat die Säcke von der Brücke in die Elbe geworfen: zehn Zentner! Das musst du dir mal vorstellen!
Sie haben ihn nur nicht gekriegt, weil er sich so gut auskennt an der Küste. Mit drei Mann haben sie ihn verfolgt. Und dass Onkel Max mit dem Bus hinterm Kühlhaus stand, das haben

sie gar nicht mitbekommen. Großes Schwein haben die beiden gehabt. Aber zehn Zentner Kohle einfach so in die Elbe …«
»Warum hat er die denn nicht stehen lassen?«
»Dann hätte er ja die ganze Schleppermannschaft mit reingerissen. Nee, da ist dein Vater eigen. Mal einen Zampelbüdel Kohlen mitnehmen, da sagt ja keiner was, aber zehn Zentner? Die Reederei hätte die vielleicht sogar alle gefeuert. Und im Seefahrtsbuch macht sich so etwas auch nicht gut.«

Kurze Zeit später stellt meine Mutter meinem Vater ein Ultimatum: Entweder er hört wegen der ewigen Sauferei bei dem Seeschlepper auf, oder er fliegt raus.
Nach einer angemessenen Bedenkzeit von zwei Monaten wechselt er die Reederei und geht mit einem Tanker auf große Fahrt. Bon Travaiiii!
Eines jedenfalls steht fest: Ich bin meinem Vater nie wieder so nahe gekommen wie bei der Überbrückung seiner stark isolierten 1000-Volt-Elefantenbeine mit der Kurzschlussschwinge, nie wieder so mordsgefährlich nahe.

Die Eintracht und der Feuerschläger

Fiete heißt eigentlich Friedrich. Aber schon vom ersten Schultag an, den ich mit ihm jene Zweier-Tisch-Bank-Kombination drücke, in die all die Jahrgänge vor uns ihre Zeichen eingeritzt haben, nenne ich ihn wie alle anderen »Zweisitzer«: Fiete. –
»Gib Gas, Fiete!«
»Brumm, brumm …«
Unsere Klasse von fast 50 Schülern (eine Folge des Krieges, der die Zahl der Lehrer arg vermindert und dem kläglichen Rest die Orientierung genommen hat) holpert durch das verminte Gelände deutscher Bildung und Erziehung, ohne so recht in Fahrt zu kommen. Zum Glück haben wir eine Lehrerin, die uns mit strenger Hand, gutem Riecher und Engelsgeduld durch die Ruinen der ersten Jahre manövriert.
Unterwegs, während des Blumenpfückens am Straßenrand, bekommt Fiete dann seinen richtigen Spitznamen, einen, der ihn als Funkenbläser und wackeren Verteidiger der Glut auszeichnet: »Feuerschläger«!

Es gibt Tage, da gehst du runter auf die Straße, und nix ist los: Keiner hat einen Ball, keiner hat Marmeln oder eine Räucherdose, keiner hat eine gute Idee – »Bloß nicht so'n Mädchenkram wie Stadt-Land-Fluss oder Halli-Hallo!« – ja, keiner weiß, was man mal spielen könnte.
Wenn einer dann nach einer ganzen Zeit Rumhängen vorschlägt: »Kommt, lasst uns Fußmatten einsammeln und auf die Klingelleisten drücken!«, reichen die Einwände von: »Viel zu anstrengend!« bis hin zu: »So'n Babykram!«
»Du musst ja nicht weglaufen!«

»Du bist es doch, der als Erster rennt!«
»Ach ja? Wir können ja mal sehen, wer von uns beiden länger stehen bleibt.«
Ewu fasst zusammen: »Und was bringt euch das, außer dass sie euch erkennen und ihr zu Haus ein Arschvoll kriegt?«
Es folgt ein allgemeines Gemurmel, das Zustimmung und Entmutigung zugleich ist.

Bevor ein solcher Tag sich weiter mit gähnender Langeweile dahinschleppt oder in Zank und Streit auseinander bricht (was ganz nah beieinander liegt), appelliert Ewu an die »Wiederbelebung der Eintracht«. Das hat er im St. Pauli-Fußballverein gelernt. »Dafür gibt's zwei ganz verschiedene Spielweisen«, sagt er, »Vorstoß in den gegnerischen Strafraum oder Rückzug in die eigene Hälfte. Das ist natürlich nicht wörtlich gemeint. Hauptsache, ihr kriegt den Arsch hoch, und wir sind EINE Mannschaft!«
Abgesehen davon, dass Ewu vom Viel-älter-Sein (er geht schon in die sechste Klasse) den Mannschaftskapitän ableitet, ist er für drei Dinge gut: Er kennt sich mit Autos aus, er hat immer eine Blechdose mit Selbstgedrehten in der Hosentasche, von denen er bei jeder Gelegenheit eine »Friedenszigarette« kreisen lässt, und er überträgt sein Fußballwissen gerne auf den Alltag.
Schon beschwört er: »Zicke, Zacke, Zicke, Zacke!«
Wir nuscheln gequält: »Heu, Heu, Heu!«
»Das hab ich schon mal lauter gehört, ihr Flaschen: Zicke, Zacke, Hühnerkacke!«
»Heu! Heu! Heu!«
Dann wird ohne Enthaltung über die beiden Spielarten abgestimmt, Spielarten, wie sie unterschiedlicher nicht sein können, sie aber durch die Tücke der einen und die Vielfältigkeit der anderen auch den Miesmachern eine Entscheidung abverlangen: über Rückzug oder Vorstoß oder genauer gesagt, über das »Portmonotsche-Reißen« oder den Bandwurm meiner Großmutter.

Dabei ist der Bandwurm nur ein Köder, um die Trägheit der Nörgler und Quengler zu überwinden und sie zu einem ganz bestimmten Vorstoß zu bewegen.

Wichtig ist, dass diese Anregung nicht von mir kommt, sonst heißt es gleich wieder: *»Das glaubsu doch selbs nich, dassas der Bandwurm von deine Oma is!«*

»Frag sie doch selbst!«, brause ich dann sofort auf.

Als junge Frau hatte meine Großmutter wirklich mal einen Bandwurm gehabt. Und als ich das erste Mal vor dem Schaufenster der Apotheke in der Talstraße stand und den Bandwurm wie einen lang gezogenen Geist in der Flasche im Alkohol schweben sah, da hatte ich eine Eingebung, ja, mir wurde schlagartig klar, dass das der Bandwurm meiner Großmutter sein könnte.

Eine Legende war geboren.

Es ist anstrengend, immer wieder auf etwas beharren zu müssen, das eine reine Glaubensfrage ist. Mit dem Bandwurm meiner Großmutter ist es so ähnlich: Irgendein x-beliebiger Wurm würde keinen meiner Freunde hinter dem Ofen hervorlocken.

Klinge hat meine Oma tatsächlich mal nach ihrem Bandwurm und dessen Schaustellung in der Talstraße gefragt.

»Wer sagt denn das?«, wollte sie gleich wissen.

»Na, Kalle!«

Sie rollte mit den Augen. »Als mir der Bandwurm nach vier Kuren endlich abgegangen ist – du musst in solchen Zeiten ja jeden deiner Kothaufen auseinanderpulen, um den Wurm dingfest zu machen und dem Dokter vorzulegen, damit er kontrollieren kann, ob auch der Kopp dabei ist, sonst wächst der Wurm ja wieder nach –, als ich ihn also endlich freigepult hatte, da war er sooo …«, meine Oma riss die Hände auseinander, und ließ sie zwischen einem und einem Meter zwanzig schwankend stehen, »lang und hatte soo'n …«, sie peilte Klinge durch ein erbsen-

großes Loch an, das sie mit Zeigefinger und Daumen gebildet hatte, »lütten Kopf! Und auf'n Kopf hatte er einen Hakenkranz wie ein Heiligenschein, mit denen sich der Wurm an der Innenwand der Gedärme festkrallt ...«, sie ließ aus ihren Händen Krallen entstehen, Klinge wich einen Schritt zurück, »...sagte jedenfalls der Dokder, dann gratulierte er mir und fragte mich, ob er dieses Prachtstück von einem Plattwurm nicht seinem Apotheker-Freund aus der Talstraße überlassen darf.«
Klinges ruhelose Augen hingen starr vor Staunen an Berthas Gesicht.
»›Klar!‹, sagte ich, ›wenn es denn der Aufklärung dient.‹« Sie gab Klinge einen freundschaftlichen Knuff.
Ha! Auf meine Oma ist echt Verlass, wenn es um die schöpferische Übereinkunft familiärer Ereignisse geht.
Seitdem braucht man Klinge für die Prozession zum Bandwurm meiner Großmutter nicht mehr zu überreden, im Gegenteil, er selbst ruft dazu auf. Er sagt: »Kommt schon! Lasst uns mal wieder zum Plattwurm gehen!« Und dann erklärt er, er wisse aus erster Hand, dass der auch Plattwurm genannt wird, *»weil man nemmich immer wieder platt is, wie lang der wer'n kann, ehrlich.«*

Wir latschen den Silbersack hoch, überqueren die Reeperbahn, die Talstraße runter, bis hin zu den Tausch-Buden mit den Groschenheften, dann links durch die Schmuckstraße zur Großen Freiheit rüber, die wieder zurück, über die Reeperbahn, durch die Herrenweide, die Trommelstraße hoch – und da sind wir wieder.
Das Ganze dauert vielleicht eine, höchstens zwei Stunden, je nachdem, wie lange wir uns an den verschiedenen Anlaufstellen aufhalten. Denn eines ist klar: Der Bandwurm ist zwar der Anstoß, ja, vielleicht sogar der Knalleffekt dieser Pilgertour, es gibt aber durchaus noch andere Anziehungspunkte.

Da ist zum Beispiel die berüchtigte Silbersack-Kneipe. Sie ist ein beliebter Treffpunkt von Nutten, Hafenarbeitern, Seeleuten und britischen Soldaten. Das ist eine gefährliche Mischung. So gibt es hier ständig Prügeleien, bei denen wir nur allzu gerne dabei sein und zusehen wollen.

Wir mälen einen aus: »Fisch-Kopp-Zan-der (Zander ist der Anführer der »Fischköppe« aus Altona), Arsch-aus'n-an-der, Arsch-wieder-zu, und-raus-bist-du.«

Der Ausgewählte geht in die Kneipe und tut so, als wenn er seinen Vater sucht. In Wirklichkeit kuckt er, ob sich irgendwo Streit anbahnt, der handgreiflich werden könnte.

Streithähne werden von dem Wirt oder seinem Rausschmeißer sofort auf die Straße gesetzt, damit die Einrichtung geschont bleibt. Wenn es ernst wird, kommen auch andere Gäste mit raus, um Wetten auf die Gegner abzuschließen und darauf zu achten, dass die Regeln eingehalten werden.

Es läuft meistens ganz anders ab als in den Filmen von Tom Mix, in denen Tom seine Rivalen reihenweise k.o. schlägt. In Wirklichkeit zieht sich der Kampf oft quälend lange hin, und wir müssen miterleben, wie kläglich und blutig echte Prügeleien sein können. Es gibt Raufbolde, die treten, beißen und reißen an Klamotten und Haaren, Hauptsache, sie schicken ihren Gegner auf die Pflastersteine. Und wenn ihnen die Puste ausgeht, wird nur noch geklammert. Schneller geht es bei denen, die mit großer Klappe, aber leichter Schräglage rauskommen.

Geht einer zu Boden, ist der Kampf zu Ende. Manchmal hilft der Sieger dem Besiegten auf die Beine, und die beiden stolpern gemeinsam an den Tresen zurück.

Bei unklaren Voraussagen, was meistens der Fall ist, schaut Ewu auf seine Armeeuhr, und wir warten genau eine viertel Stunde. Wenn in dieser Zeit nicht die Tür auffliegt und ein Haufen schreiender und rumfuchtelnder Menschen rausstürmt, die Streithähne irgendwo in ihrer Mitte, gehen wir weiter. Manchmal machen wir auch kehrt, denn das Gebrüll ist bis weit über die Reeperbahn zu hören, verspricht aber meist mehr an Zank und Streit, als sich dann tatsächlich vor der Kneipe abspielt.

Auf unserem Weg durch die Talstraße folgt als Nächstes, vorne links, das Spielzeuggeschäft. Es ist der erste Laden dieser Art, den wir staunend kennen- und lieben gelernt haben, und – was noch entscheidender ist – der erste, in dem wir jene fingergroßen Elastolin-Indianerfiguren entdeckt haben, die uns immer wieder in Verzückung versetzen.

Solche Spielsachen gibt es natürlich erst nach Einführung der Deutschen Mark. Und schon bald haben wir die unglaubliche Entdeckung gemacht, dass man Kostbarkeiten wie diese Indianer gegen Geld tauschen kann!

Also gut: Die Figuren erinnern an die Spielzeug-Soldaten, die nach dem Krieg so urplötzlich von der Bildfläche verschwunden sind. Aber irgendwie sind sie anders, anders geformt und strahlender in den Farben. Und wo gab es in der Deutschen Wehrmacht einen Späher mit der Hand über den Augen, der auf allen vieren kroch? Oder einen Angreifer mit erhobenem Tomahawk und Skalps am Gürtel?

Doch seit unserem letzten Besuch beschäftigt uns etwas anderes, etwas, das uns echt zu schaffen macht und furchtbar aufregt: Wir dürfen diesen Laden, der in uns Wünsche geweckt hat, von denen wir gar nicht wussten, dass wir sie hatten, nicht mehr betreten!

Herr Bartschi, ein grauer, altersloser Mann mit ständig qualmender Pfeife, ist Ausländer, was man nur bemerkt, wenn er den Mund aufmacht. Das tut er aber selten. Ewu meint, er sei Pole, Kriegsgefangener, der hier hängen geblieben ist.

Immer sind wir mit fünf, sechs Kindern bei ihm reingestürmt, um zu sehen, was man alles für ein paar Groschen der neuen

Währung bekommen kann. Wir hatten zusammengelegt, und es musste etwas sein, das uns allen gefiel, was natürlich schwierig, ja, eigentlich unmöglich war. Aber es war auch die Rechtfertigung dafür, dass wir die Indianerfiguren, die sorgfältig aufgereiht in einem Bord standen, behutsam anfassen, unauffällig beriechen und aus nächster Nähe begutachten konnten.

Herr Bartschi saß seitlich hinter seinem Verkaufstresen in einem Korbsessel, rauchte Pfeife und las die Zeitung. Die Glocke, die an einem Stahlbügel von der Tür hin und her gerüttelt wurde, ließ ihn nicht mal aufblicken, wenn wir auftauchten.

Bei unserem letzten Besuch aber – gerade waren wir atemlos und voller Neugier reingekommen – stand Herr Bartschi auf, legte seine Brille auf den Tresen, schritt zur Tür, öffnete sie, so weit es ging, und wies mit dem Mundstück seiner Pfeife raus auf die Straße. Dabei sagte er kein Wort. Wie überführte Schurken marschierten wir im Gänsemarsch aus seinem Laden raus.

»Teufel auch!«, sagte Teufelauch hinterher. »Das darf der gar nicht!« Dabei strich er über seinen »Mecki«. Immer, wenn er was Überlegtes beiträgt, streicht er mit der flachen Hand über seine aufrecht stehenden Haare wie über eine Bürste. »Der kann doch nicht die ganze Mannschaft vor die Tür setzen, nur weil EINER mal was mitgehen lassen hat!«

Aber das konnte Herr Bartschi! Und wir wussten es. Wir wussten auch, warum. Wir hatten es nur vergessen, vergessen wollen, nämlich dass Fiete beim vorherigen Besuch einen Indianer eingesteckt hatte.

Also gut, er hatte ihn geklaut, hatte diesen einen Moment riskiert, in dem einem das Herz fast stehen bleibt, einem alle Bestrafungen dieser Welt durch den Kopf schießen, bis hin zur Jugendhaft auf »Hawaii«, wie Hahnöfersand, die Strafinsel in der Elbe, genannt wird. Genau genommen aber hatte sich Fiete

nur das getraut, was wir am liebsten alle getan hätten. Ja, wir alle wollten diesen einen Indianer haben.
Er war eine besonders schöne Figur. Die winzigen Gesichtszüge waren in allen Einzelheiten ausgeprägt, seine Haltung entschlossen und gleichzeitig würdevoll. Mit ausgebreiteten Armen stand er in vollem Federschmuck da, den linken Mokassin von der Standplatte abgehoben, so, als wollte er gerade einen stummen Tanz hinlegen. Stumm?
»Dazu müsst ihr euch noch den Trommler vorstellen«, sagte Fiete, »der Trommler und der Feuerschläger gehören immer zusammen.« Weiter erklärte er, dass bei den Apachen zum Beispiel die Medizinmänner immer diejenigen gewesen seien, die den Feuertanz und das Feuerschlagen beherrschten.
Und richtig: Wenn man genau hinsah, entdeckte man in jeder Hand der Figur einen kleinen grauen Stein.

Wir alle waren neidisch auf Fiete. Einige von uns hatten sogar auf diesen Indianer gespart, sprachen aber nicht darüber, damit kein anderer ihn vorher kaufte.
Dann sagte Fiete: »Natürlich geht die Figur reihum, genauso wie der andere Mist.«
Der »andere Mist« waren solche Kinkerlitzchen wie Glasmarmeln, Autobilder und Oblaten, die wir von den zusammengelegten Groschen gekauft hatten.
Wir dachten zuerst, wir hätten Fiete nicht richtig verstanden.
»Du meinst … jeder kriegt den Indianer mal mit nach Haus?«
»Na klar.«
Seitdem rückte Fiete für uns in die Nähe eines Heiligen. Ja, er machte meiner Großmutter echt Konkurrenz, denn seine Reliquie war kein eingeweckter Bandwurm, sie war eine handfeste, allseits geliebte Indianerfigur.
Ich möchte wetten, dass so manch einer Fietes Spitznamen »Feuerschläger« auf diese selbstlose Tat zurückführt. Ich weiß

es aber besser: Erst später, nach der zweiten Spielart »Rückzug in die eigene Hälfte«, wird er seinen zweiten, seinen richtigen Spitznamen verpasst bekommen.

Der echte Feuerschläger aber brachte uns kein Glück.
Abgesehen davon, dass wir nun nicht mehr das Spielzeuggeschäft betreten durften, fiel er vom Schrank, wo Fiete ihn versteckt hatte, damit seine Mutter nicht nachfragte, woher der stammte. Die ausdrucksvolle Nase brach ab, und an einem seiner ausgebreiteten Arme splitterte der Federschmuck von der Drahtseele. Fiete versuchte, die Figur mit Knetmasse zu reparieren und die Farben mit Tusche auszubessern. Doch wer den Feuerschläger einmal in der Hand gehabt hat, erschrickt bei seinem Anblick: *»Wa – was's'n mit dem?«*
Keiner will ihn mehr geliehen haben, was Fiete sehr bekümmert. Als wir uns die Nasen an dem Schaufenster von Herrn Bartschis Laden platt drücken, frage ich ihn: »Was ist eigentlich mit dem Feuerschläger?«
»In der Elbe versenkt«, sagt er, »Seebegräbnis.«

Danach kommt auf der gleichen Seite der Talstraße die Apotheke. Ich bin dann immer etwas aufgeregt, weil es ja vom Vorhandensein und von der Beschaffenheit des Bandwurmes abhängt, ob dieses »Schaufenster in die Eingeweide meiner Oma« überhaupt noch als Wallfahrtsstätte taugt.
Zu Recht, denn man hat das Zylinderglas mit dem Bandwurm ganz an die Seite geschoben. Es ist nur noch vom schmalen Fenstereck aus zu sehen, und jeder muss für sich allein das Heiligtum in Augenschein nehmen. Ich kann gar nicht mehr beurteilen, wie seine Würdigung ausfällt, ja, ob die überhaupt noch stattfindet.
Die Flüssigkeit, in der der Bandwurm schwimmt, wird immer undurchsichtiger, und man bekommt den Verdacht, dass er sich langsam auflöst. Er ist nur noch als bleicher, konturloser Schatten

auszumachen, und sein Heiligenschein, der Hakenkranz über seinem Kopf, verliert sich in den oberen Ablagerungen.
Bei jedem Bußgang wird meine Angst größer, dass diese Suppenbrühe von einem Plattwurm inzwischen verschwunden sein könnte.
Der Eindruck der anderen schwankt zwischen leichtem Schauder, Ekel und »Bandwurm im Nebel«.
Plötzlich schreit Teufelauch: »Wo sitzt er eigentlich!« und schlägt mir in den Bauch, »hier vielleicht?«, Fiete greift er in die Eier, »hier?«, schubst Klinge zur Seite und tritt ihn mit dem Knie in den Hintern, »oder vielleicht hier!?«.
»Er sitzt in den Eingeweiden!«, sage ich nachsichtig.
»Ein-ge-wei-de!?«, brüllt Teufelauch weiter, »wo sind denn hier die Ein-ge-wei-de!?« Wieder landet er ein paar Tiefschläge. »Haaa! Eingeweide für Ein-ge-weih-te!« Das Ganze gipfelt in einer allgemeinen Rauferei.
»Die Eingeweide liegen im Bauchraum«, sagt Ewu, als das Handgemenge zu Ende geht. »Wenn du einen Bauchschuss kriegst, quellen die raus, und du musst sie sofort wieder reinquetschen.«
Klinge fragt mich, ob meine Oma damals eigentlich abgenommen habe.
Innerlich dankbar sage ich düster: »Sie war nur noch ein Strich in der Landschaft.«
Jetzt zeigt Klinge mit den Händen die ungefähre Läge von einem Meter, dreht dieses Maß in die Senkrechte, überträgt es auf mich und bestimmt, dass ein Bandwurm eindeutig zwischen Hintern und Gehirn sitzen müsste. »Also im ganzen Körper«, sagt er fachkundig, »sonst würde einer, der ihn hat, ja auch nicht so dünn werden. Und irgendwann«, er wird jetzt noch düsterer als ich, »bist du nur noch Haut und Knochen, und alles, was dazwischenliegt, ist Bandwurm!«
Nun grausen wir uns doch ein bisschen, und jeder kuckt sich das

Glas aus dieser neu erschlossenen, schaudervollen Erkenntnis noch einmal an.
Willi, der kleine Bruder von Heino, der ihn immer mal mitschleppen muss, sagt: »Tschüss, Bandwurm, bis nächstes Mal.«
Heino fasst sich an den Kopf.
Ich aber kann zufrieden sein, denn so wie's aussieht, wird es ein nächstes Mal noch geben.

Die kommende Anlaufstelle liegt in der großen Freiheit: Tanzmäuse-Kucken.
Irgendjemand hat erzählt, er hätte Klinges Mutter auf einem der Fotos erkannt.
Schon auf dem Weg dorthin flüstern Fiete und ich hinter seinem Rücken.
Prompt geht Klinge hoch wie eine Rakete: *»Niemals hat meine Mudder inner Indra getanzt! Wer das behauptet, kricht auffe Schnauze, un nich zu wenig, das sach ich euch!«*
»Wir sprechen doch gar nicht von deiner Mutter«, sagt Fiete, »wir sprechen von Frau Iversen.«
Frau Iversen ist unsere Lehrerin.
»Wenn Frau Iversen in der Indra tanzt«, jubiliert Klinge, »fress' ich den Bandwurm!«
Wir müssen lange suchen, bis wir bei einer der Tänzerinnen eine entfernte Ähnlichkeit mit unserer Lehrerin entdecken. Auch sonst sind die Fotos ziemlich langweilig. Auf einem haben die Frauen eine kleine weiße Schürze an und wedeln mit einem Puschel. Daneben tanzen sie in einer Reihe und schmeißen gleichzeitig die Beine hoch.
»Das's'n franzö'scher Tanz«, sagt Heino, *»und der nennt sich ›Komm-Komm‹!«*
»Quatsch!«, verbessert Fiete, »der heißt ›Kann-Kann‹!«
»Ob nun Komm-Komm oder Kann-Kann«, sagt Ewu, »kommt doch auf dasselbe raus.«

»Wo drauf denn?«, will Willi wissen.
Ewu bleibt eine Antwort schuldig und geht los in Richtung Stern-Kino.
Schweigend folgen wir ihm.
Willi gibt nicht auf. *»Wo drau-hauf? Wo drau-hauf?«*, singt er.
Heino verdreht die Augen und sagt: *»Auf'e Wiederbelebung vonne Eintracht.«*
Alle müssen wir lachen, bis auf Ewu.
Auf halbem Weg fragt Willi noch einmal leise: »Wo drauf?«
»Teufel auch«, sagt Teufelauch, »dass die Tanzmäuse mit ihrem Puschel die Kerle abstauben.«

Da sind die Fotos beim Stern-Kino doch ganz was anderes. Vor denen können wir endlos lange stehen bleiben und uns den ganzen Film ausmalen.
Wenn Tom Mix mitspielt oder Errol Flynn, dann gehen wir auch schon mal direkt zum Sternkino, ohne die große Pilgertour.
Aus dem Kino wird später der »Starclub«. Der neue Geschäftsführer, Fascher, dieses Schlitzohr, übernimmt das Kino-Kennzeichen und tut so, als sei der Stern auf seinem Mist gewachsen (wie er es auch gerne von den Beatles behaupten wird).
Die Tom-Mix-Filme werden in der Kindervorstellung am Sonntagvormittag gezeigt und sind meistens als Fortsetzung angelegt. Am Ende gerät Tom immer in eine brenzlige Situation, und wir überlegen und erörtern die kommende Woche, wie es wohl weitergehen wird. Doch einmal wird Toms Schieflage buchstäblich auf die Spitze getrieben: Er hängt über einem Abgrund, und wir müssen fassungslos miterleben, wie ihm der Bandit die Hände löst, und er rückwärts ins Leere fällt …
Die ganze nächste Woche sind wir damit beschäftigt, uns auszumalen, wie Tom doch noch gerettet werden kann. Unsere Hoffnung schwankt zwischen einem Adler und einem Flugzeug, die zufällig vorbeigeflogen kommen. Doch Klinge

sagt: »Was vorbei ist, ist vorbei. Auch ein Tom Mix muss mal sterben.«
»Quatsch!«, sagt Teufelauch, »dann gäb's doch gar keine Fortsetzung mehr.«
»Doch!«, widerspricht Klinge, »denn nun taucht sein verschollener Sohn auf und übt Rache.«
Fiete hat noch eine bessere Idee. »Wir wissen ja nun, dass das eine Fortsetzung gibt«, stellt er fest, »also wie wär's damit: Solange Tom durch die Luft fliegt, läuft noch mal sein Leben vor ihm ab. Und bis er aufschlägt, kriegen wir so einiges davon zu sehen.«
»Klasse!«, rufe ich. Dabei muss ich an meinen Vater denken. »Wenn so was passiert, dann läuft vor einem echt noch mal der Film ab!«
»Der Film im Film?«, will Teufelauch wissen.
»Genau! Einfach Klasse!«

Am nächsten Sonntag lungern wir schon eine Stunde vor Beginn der Fortsetzung am Stern-Kino rum, aufgewühlt, aber auch auf alles gefasst.
Was wir dann erleben, erschüttert unseren Glauben an das Gute und das Plausible im Filmgeschehen für immer.
Die Szene fängt an, wie wir sie schon einmal miterleiden mussten, aber bevor Tom in den Abgrund stürzt (was wir ja mit eigenen Augen gesehen haben), greift er nach dem Bein des Bösewichtes und zieht sich daran wieder hoch. Was dann kommt, ist das Übliche: Er haut ihn k.o.
Seitdem ist Tom Mix für uns nicht mehr derselbe. Nie hätten wir von ihm gedacht, dass er sich für so was hergibt, für solch einen verlogenen, billigen, Dreh!

Auf dem Rückweg kommen wir durch die Trommelstraße. Von hier aus können wir schon die Straßenbahn hören, wie sie auf dem Paulsplatz quietschend zweimal um die Ecken biegt. End-

lich sind wir wieder in unserem Revier, hier kennen wir jedes Geräusch, jeden Pflasterstein.
»Ich weiß jetzt, was wir mal machen können!«, ruft Heino, nimmt Willi an die Hand und fängt an zu rennen, »wir legen Münzen auf die Schienen und lassen sie platt fahren!«
Wir hängen uns an seine Fersen.
»Wer als Letzter oben ist«, schreit Fiete, »kriegt 'n Arschvoll!«
»Da kannst du mal wieder sehen«, sagt Ewu beim Laufen zu mir, »dass einen die Wiederbelebung von der – von der Eintracht auf echt – echt gute Ideen bringt!«

Das Portmonotsche-Reißen findet, wie die zweite Spielart »Rückzug in die eigene Hälfte« andeutet, direkt vor unserer Tür statt, genauer gesagt, ein paar Meter neben der Straßenbahnhaltestelle Richtung Hafenstraße und hinter dem breiten, zweiflügeligen Holztor von Arthur Pusbacks Kohlenhandel.
Abgesehen davon, dass er das Tor nie abschließt, hat Arthur (wir nennen ihn alle Arthur, sprechen ihn aber mit »Herr Pusback« an) nichts dagegen, wenn wir uns auf seinem Hof aufhalten, im Gegenteil: Sitzt er in seinem muffigen Schuhkarton von Kontor fest, kann er sich über das Portmonotsche-Reißen genauso kaputtlachen wie wir.
Wir benutzen das alte Portmonee von Fietes Oma, das sie nicht mehr braucht, weil sie wegen ihrer Wasserbeine sowieso nicht runter auf die Straße geht und den ganzen Tag am Fenster hängt. Es handelt sich um eine fadenscheinig-olivfarbene, abgegriffene Segeltuchbörse. Aber Ewu sagt, dass sie ja gerade deshalb wie echt verloren aussieht. Wir stopfen eine klein gefaltete »Morgenpost«-Seite hinein und binden die Schnur – reißfeste, fünf Meter lange Drachenschnur – an den Reißverschlussnippel vom Münzfach, das immer nach unten zu liegen hat! Dann kratzt einer mit dem Taschenmesser vor dem Hof, rechtwinklig zum Tor eine Rille in den festgestampften Boden. Da hinein

klemmen wir die Schnur und treten die aufgeworfene Erde wieder platt. Das Portmonee platzieren wir Mitte Gehweg, die unsichtbare Schnur reicht bis unter das Tor durch. Dahinter verschwinden auch wir, sitzen auf ein paar Säcken mit Eierbriketts wie auf Kohlen und lauern ungeduldig.

Am liebsten sind uns Omas: Bis die sich runtergebeugt haben, hast du die Reißleine schon zehnmal gezogen. Der Trick ist aber, dass du erst im allerletzten Moment daran reißt, damit die Omas echt den Buckel machen und mit der Kralle schön weit runterreichen müssen. Am besten ist es, du lässt das Portmonee dann ganz verschwinden, ziehst es also bis unter das Holztor durch. Wir haben es schon erlebt, dass ein Kerl ein paar Mal nachgegrabscht und, als er das Portmonee nicht zu fassen bekommen, das Tor aufgerissen hat, um uns zu vermöbeln. Seitdem hält einer vorsichtshalber von innen den Türdrücker fest.
Eine der Omas kam fast nicht wieder in die Senkrechte. Als sie es nach mehreren Anläufen und mit viel Geächze und Oberschenkelgedrücke endlich geschafft und vergeblich nach dem Portmonee Ausschau gehalten hatte, richtete sie den Blick in den Himmel und rief: »Sei nicht so streng mit mir, oh Herr, ich bin doch nur dein schwaches, altes Schaf!«
Wir haben auf der Erde gelegen vor Lachen!

Es gibt aber auch ein Handicap: Du kannst durch den Spalt zwischen den Brettern des Tores nur geradeaus kucken. Du siehst also deinen Kandidaten erst, wenn er direkt vor dir auftaucht, um nach dem Portmonee zu greifen.
Ein paar ganz Gewiefte treten so nah an die Geldbörse heran, dass sie sie mit dem rechten Schuh berühren. Dadurch können die Leute, die links von ihnen auf die Straßenbahn warten, das Portmonee gar nicht sehen. Jetzt musst du auf die Geräusche der Bahn achten, denn wenn sie wieder anfährt, ist allerhöchste

Alarmstufe! In dem Moment, in dem sie deinen Sehspalt kreuzt, greift er nämlich zu, um auf die Bahn aufzuspringen.

Allein durch die Einschränkung der Sicht ist es zu erklären, dass wir die Fischköppe nicht kommen sehen. Urplötzlich tauchen sie von der anderen Seite auf, das heißt, sie sind nicht den direkten Weg über die Hochstraße, sie sind hintenrum, durch die Lange Straße gelaufen.

Die Brücke über die Bachstraße teilt unsere Straße in die Hamburger und in die Altona Hochstraße und ist neutrales Gebiet.
Eine seit der Gründerzeit überlieferte Feindschaft lässt die Jungen von St. Pauli und von Altona einander befehden. Das geht so weit, dass man eine Gebühr von zwei Groschen zahlen muss, um den jeweils anderen Stadtteil unbehelligt durchqueren zu können. Bei schwelenden Uneinigkeiten ist es ratsam, einen Umweg über Eimsbüttel zu machen.
Hinter der Brücke führt die Straße bergauf, macht einen weiten Bogen durch ein endloses Trümmerfeld, das bis an die Altonaer Hauptkirche reicht, und geht in die Breite Straße über, von der man auf die Elbe sehen kann. Von der Kirche sind nur noch der Turmsockel und die Seitenwände mit den gähnenden Fensterhöhlen übrig geblieben.

Unter dem Trümmerfeld – so hält sich das Gerücht – kontrollieren die Fischköppe ein riesiges Kellerlabyrinth. Wie anders ist es möglich, dass sie mit sechs, sieben Jungen aus dem Nichts auftauchen, wenn wir die Grenze überschreiten? Außerdem müssen sie einen Feldstecher haben. Woher können die sonst wissen, dass wir Portmonotsche reißen oder dass bei Murksi einer seiner berüchtigten Auftritte ansteht, weil er mal wieder eine Ratte gefangen hat?
Murksi hat neue Moden eingeführt. Er ist der unberechenbarste unter den großen Jungs, und wir alle haben Schiss vor ihm.

»Die Fischköppe aus Altona«, hat er vorgeschlagen, »sollen ruhig mal mitkriegen, mit was für abgebrühten Hunden sie's auf dieser Seite der Straße zu tun haben.« Sein Vorschlag ist eher eine Anordnung. Er möchte nämlich, dass alle Welt erfährt, warum er Murksi genannt wird, nicht nur wir.

Die Fischköppe kommen dann – sie sind zu zweit oder zu dritt und haben freies Geleit – etwas steifbeinig die Hochstraße runter. Sie dürfen nun mit all den anderen Kindern und Jugendlichen aus St. Pauli an Murksis großem Auftritt teilhaben. Der verläuft immer gleich: Zuerst spinnt Murksi über die klugen Ratten, seine angeblichen Lieblingstiere, Seemannsgarn. Dann murkst er die Ratte, die er gerade gefangen hat, ab.

Diesmal aber kommen die Fischköppe durch die Lange Straße und sind zu dritt: Zander, ihr Anführer, Zapfhahn, seine rechte Hand, und ein Junge, den wir nur vom Sehen kennen. Sicher haben sie uns durch ihren Feldstecher beobachtet, denn sie sind gut vorbereitet.

Es geht blitzschnell: Einer hält von außen das Tor zu, Zapfhahn schneidet mit seinem Taschenmesser die Schnur durch und Zander schnappt sich das Portmonee.

Wir haben keine Chance, sie einzuholen. Auf der anderen Seite der Brücke bleiben sie stehen, werfen sich gegenseitig die Geldbörse zu wie einen Ball und lassen sich lauthals darüber aus, was man so alles auf St. Paulis Straßen finden könne.

Wir möchten heulen vor Wut.

Doch dann geschieht ein Wunder: Ein kleiner Junge, den wir alle nicht kennen, kommt schluchzend die Hamburger Hochstraße in Richtung Altona raufgehetzt. Anscheinend befindet er sich auf gegnerischem Gebiet und läuft uns, seinen Erbfeinden, direkt in die Arme.

Als ihn auch die Fischköppe entdecken, hören sie auf, das Portmonee hin und her zu werfen, und verstummen.
Er scheint ein kleiner Fischkopp zu sein, der sich unbemerkt an ihre Fersen geheftet hatte, nur dass sie viel zu schnell für ihn waren.

»Du brauchst keine Angst zu haben«, beruhigt ihn Teufelauch, »wir fressen dich nicht, auch wenn die da drüben das behaupten.«
Ewu fragt nach seinem Namen.
Der Kleine zieht seinen Rotz hoch und nuschelt: »Rad...schen.«
»Noch mal«, sagt Ewu, *»und wenn's geht 'n büschen lauter.«*
»Radieschen.«
Wir müssen lachen. »Du heißt echt Radieschen?«
Der Kleine nickt.
»Das passt ja gut«, sagt Ewu, »denn der hier ...«, er weist auf Klinge, »stinkt nach Zwiebeln, der da ...«, er gibt mir einen Stoß, »hat, wie du siehst, 'ne Knollennase und der ...«, er zeigt zu Fiete rüber, »hat 'n Blumkohlohr.«
Radieschen hört auf zu schluchzen.
»Und dieser Schnacker hier«, sagt Teufelauch, »ist unser Obergärtner, weil ...« Er flüstert Radieschen was ins Ohr.
Dem huscht ein Beinahe-Grinsen über das tränennasse Gesicht.
»Was hat er gesagt?«, will Ewu wissen.
»Teufel auch«, ruft Teufelauch. »Ich hab ihm nur geflüstert, was sowieso jeder weiß: Du hast doch einen grünen ...«
»Daumen?«, fragt Ewu.
»Pimmel!«, strahlt Radieschen übers ganze Gesicht.

Als Zander mit dem Portmonee in der Hand auf die Brücke kommt, stößt Fiete Ewu an. »Da kommt Zander-Arschaus'nander«, sagt er, »komm!«
»ICH geh!«, blökt Ewu zurück. »Ich mach das schon!«

»Aber das Portmonee ist ein Erbstück von meiner Oma!«, gibt Fiete zu bedenken.
»Die issoch noch gar nich too-hoot!«, jault Ewu. Und auf dem Weg zur Brücke dreht er sich noch einmal um: *»Hatte ja kein Schimmer, wassas für'n edles Teil is, das Portmonotsche!«*

Zander wartet in der Mitte der Brücke.
Als ihn Ewu erreicht, streiten sie sofort miteinander.
Schließlich gibt Zander Ewu das Portmonee. Doch nach einem weiteren Wortwechsel reicht ihm Ewu das Erbstück zurück und lässt ihn einfach stehen.
»Das gibt's doch nicht!«, stöhnt Fiete.
»Radieschen ist Zanders Bruder«, erklärt Ewu schon von weitem, »was Besseres kann uns doch gar nicht passieren!«
Fiete funkelt ihn an. »Sag bloß!«
»Zander sagt, das Portmonee lag auf der Straße, also ist es nicht geklaut, sondern gefunden.«
»Sag bloß!«, wiederholt Fiete böse.
»Also gut, sagte ich …«
»ALSO GUT!?«, Fiete kann nicht mehr an sich halten.
»Nun lass ihn doch erst mal ausreden!«, fährt Heino dazwischen.
Auch wir anderen verdonnern Fiete, die Klappe zu halten.
»ALSO GUHUT …«, Ewu blitzt Fiete an, »sagte ich zu Zander, Radieschen wurde von uns ja auch nicht geklaut, er ist uns zugelaufen!«
Fiete schweigt.
»Außerdem, sagte ich, seid ihr in unser Gebiet eingedrungen, und das kostet nun mal …«
»Nicht schlecht!«, bekennt Teufelauch.
»Ich forderte zwanzig Pfennig ins Portmonotsche!«, Ewu zuckt mit dem Kopf, als lande er einen satten Kopfball, »Übergabe in einer Stunde.«

Heino nimmt Radieschen mit zu Willi, seinem kleinen Bruder. Die beiden dürfen so lange mit Heinos Blecheisenbahn spielen. Als die Zeit rum ist, will Radieschen gar nicht wieder weg. Kurz vor der Übergabe fängt er an zu weinen.
Der eigentliche Austausch verläuft reibungslos, obwohl Fiete darauf besteht, mitzugehen, um – wie er sagt – »das Erbstück meiner Oma Auge in Auge entgegenzunehmen«.
Sie tun dann so, als müsse er Radieschen festhalten.
Erst als Zander mit seinem kleinen Bruder abzieht, läuft die Sache aus dem Ruder: Zander fängt an, auf Radieschen einzudreschen, der reißt sich los, kommt zurückgerannt und versteckt sich hinter Ewu und Fiete. Ewu kniet hin, legt Radieschen die Hände auf die Schultern und redet ihm gut zu: dass er ja mal wieder mit Willi spielen könne, dass sie ja eigentlich ganz dicht beieinander wohnten und so was.
»Aber ... aber ...«, schluchzt der, »ihr seid doch unsere Feinde.«
Fiete hat die beiden Groschen kontrolliert und das Erbstück in der Hosentasche verschwinden lassen. »Hör auf, den Lütten zu verkloppen«, empfängt er Zander, »der kann doch nix dafür.«
Zander schnappt sich seinen kleinen Bruder und zischt: »Was geht's dich an!?«
»Was das mich angeht?«, wiederholt Fiete. Dann sagt er was ganz Tolles, so was Ähnliches, wie Tom Mix gesagt hätte, als wir ihn noch mochten, er sagt: »Radieschen steht unter UNSEREM Schutz!«
»Was'n das für'n Quatsch! Er war eure Geisel!«
»Schon mal was von Schutzhaft gehört?!«
Und noch bevor Zander mit seinem Bruder endgültig abzieht, tut Fiete etwas, was ihm für den Rest des Lebens seinen richtigen Spitznamen einbringt: Er breitet die Arme aus, bewegt sich mit kleinen, tänzerischen Schritten einmal um sich selbst, schlägt klatschend in die Hände, hält Zander die rechte Faust unter die Nase und sagt: »Hier, riech mal: Schwefel!«

Der Würger

Anfang der Fünfziger wird am Rande des Heiligengeistfeldes, auf der Seite zum Millerntor, ein Zelt aufgebaut, wie wir noch keines gesehen haben. Es ist kleiner als das von einem Zirkus, aber wesentlich größer als die Bierzelte vom »Dom«, wie der Hamburger Jahrmarkt genannt wird.

Neugierig lungern wir bei den Aufbauarbeiten rum. Schon bald werden wir als Hilfskräfte eingespannt: Planen stramm ziehen und den Mittelbalken aufrichten, bevor er mit großen Stahlnägeln im Boden verankert wird. Wir lernen die beiden wortkargen Aufbauhelfer Piet und Jannes kennen. Auf unsere Frage, wofür das Zelt denn eigentlich gedacht sei, sagt Piet: »Fürs Catchen natürlich!«

Und Jannes ergänzt: »Fü-für d-d-die No-Norddeutsche We-Weltmeisterschaft.«

Wir wollen uns keine Blöße geben und machen beeindruckte Gesichter. Doch erst am nächsten Tag erfahren wir von Fiete, worum es dabei eigentlich geht: »Zuerst mal – sagt mein Vater – gibt es keine Norddeutsche Weltmeisterschaft. Es gibt entweder eine Weltmeisterschaft oder eine Norddeutsche Meisterschaft. Ist doch klar, oder? Und dann ist Catchen die Abkürzung für ›Catch-as-catch-can‹, und das heißt, dass du hingreifen darfst, wohin du willst.« Demonstrativ greift mir Fiete an die Eier. »Ist eine Art Ringkampf, bei dem alles erlaubt ist. Die schmeißen sich sogar gegenseitig aus dem Ring raus – sagt mein Vater –, deshalb sollte man besser nicht so dicht davorsitzen.«

»Und woher weiß dein Alter das?«

»Mein Vater weiß so was eben, ich mein, er weiß alles, wenn er nicht gerade …«

Fietes Vater ist Säufer. Aber er säuft nur gelegentlich, dann allerdings gleich für ein paar Tage.
»Er hat auch noch gesagt, dass wir da bestimmt nicht reinkommen, aber dass er mit uns da hingehen würde, wenn wir wollen.«
»Klasse!«, rufen wir, »das ist ja große Klasse von deinem Alten, ehrlich!«
Fiete aber wiegt den Kopf, so, als hätte er schon zu viel versprochen, und wir hören auf, groß rumzuschreien. Er sagt: »Man muss bei meinem Vadder den richtigen Moment erwischen, das wisst ihr ja.«

Der richtige Moment kommt schneller, als wir erwartet haben. Vielleicht etwas zu schnell, denn am Abend unserer Verabredung zum Catchen mit Fietes Vater gibt es auch einen Laternenumzug, organisiert vom St. Pauli-Kirchenverein.
Die Jahre davor haben wir immer bei diesem Laternenumzug geholfen und aufgepasst, dass den kleinen Wurzelsäuen nicht so viele ihrer selbst gebastelten Laternen in Flammen aufgehen. In diesem Jahr erklären wir, dass wir nun endgültig aus dem Alter für Laternenumzüge raus seien, »wir haben nämlich was viel Besseres vor!«
»Und das wäre?«, fragt der Schöne Jochen. Er ist schon fünfzehn, steht kurz vor der Konfirmation und hilft dem Diakon.
»Wir gehen zum Catchen.«
»Zum Catchen?« Jochen grinst. »Wenn ihr da reinkommt, lass ich mir einen Mecki schneiden.« Der Schöne Jochen trägt natürlich Fassonschnitt.
»Das wird Fietes Vater schon deichseln«, sagen wir zuversichtlich. Dabei ist uns nicht klar, dass wir mit dieser Bemerkung eine Lawine lostreten.
Zunächst einmal wollen nun die meisten Jungen, die davon hören – und natürlich spricht es sich wie ein Lauffeuer rum –, mit dabei sein. Das ist mehr als die Hälfte unserer und mindes-

tens ein Drittel aus der fünften Klasse, was bedeutet, dass fast alle Helfer des Laternenumzugs ausfallen werden.
Daraufhin spricht der Schöne Jochen mit dem Diakon und der mit dem Pastor.
Meine Großmutter mag beide nicht. »Das sind Kleingeister«, sagt sie. »Der Diakon schlägt seine Kinder. Und der Pastor hat immer öffentlich für den Führer gebetet. Darauf musst du ihn heute mal ansprechen, da kann er sich nur ganz schwach dran erinnern. ›Dumm ist einer‹, sagt er, ›der durch Worte das Geschehene ungeschehen machen will.‹ Dann schweigt er sich aus. Ist wohl auch besser so.«
Hinzu kommt, dass Fietes Vater Kommunist ist und Fiete deshalb nicht konfirmiert, sondern zur Jugendweihe gehen wird.
Der Pastor spricht mit den Müttern aus dem Kirchenverein und lässt durchblicken, dass das Catchen zur Verrohung der Gemüter führe, ähnlich wie der Kommunismus. »Sehet euch vor den falschen Propheten vor«, zitiert er gleich drauflos, »die in Schafskleidern zu euren Kindern kommen, inwendig aber wie reißende Wölfe sind.«
Eigentlich ist Fietes Vater ein ruhiger, schmächtiger Mann, der als Schweißer auf der Werft arbeitet. Sein Handicap ist die Sauferei, aber deshalb ist er inwendig doch noch lange kein reißender Wolf, oder?
Sofort rennen ein paar Mütter in die Schule, woraufhin unsere Lehrerin, Frau Iversen, Fiete einen Brief für seinen Vater mitgibt.
»Schön' Gruß von mein' Vadder«, sagt Fiete am nächsten Morgen, *»aber er kann im Moment nich vorbeikomm', sie machen grade Doppelschichten bei Blohm.«*
Uns erklärt er später, dass er wieder zu trinken angefangen hat. »Aber keine Bange«, beruhigt er, »die richtige Sauferei fängt erst am dritten, vierten Tag an. Davor kann man mit ihm noch überall hingehen, er ist auch noch echt gut im Überreden.«

Später diktiert Frau Iversen der gesamten Klasse einen Brief, worin steht, dass die Eltern aus gegebenem Anlass heute Abend darauf achten sollten, uns NICHT zum Catchen gehen zu lassen, denn das sei jugendgefährdend und erst ab 16 Jahren erlaubt.
Dieses Schreiben, mit der Unterschrift eines Elternteils versehen, sollen wir am nächsten Tag wieder mitbringen.
Auf dem Nachhauseweg sagt Teufelauch: »Das ist doch das Beste, was uns passieren kann. Die Meute springt nun ab, und wir drei können ganz suutje mit Fietes Vater zum Catchen gehen. Die Alten denken ja, dass wir beim Laternenumzug helfen. Unterschreiben lass ich mir das erst morgen früh. Das hab ich heute ganz vergessen – und ihr?«

Ich wundere mich, wie normal Fietes Vater ist. Ich beobachte ihn aus den Augenwinkeln, aber ihm ist nix anzumerken.
Vielleicht … ja, er ist ein bisschen gesprächiger als sonst: *»Ik find dat goot«*, begrüßt er uns, *»dat wi tosomen dat moken!«* Er gibt jedem einen Stoß auf den Oberarm. *»Typischer Amisport. De har jo schon immer en anne Marmel hebt, de Amis.«*
Am Eingang stehen Piet und Jannes, aber wir freuen uns zu früh, denn Piet sagt, sie dürfen keinen unter sechzehn reinlassen, sie müssen unsere Ausweise sehen.
Fietes Vater lacht. »Nun macht mal keinen Quatsch, Jungs, ich übernehme die Verantwortung und hier …«, dabei legt er für jeden noch ein Markstück auf den Eintrittspreis von einsfünfzig drauf.
Aber die beiden bleiben stur, sodass Fietes Vater nach dem Manager verlangt, und Piet Jannes losschickt, den Herrn Schorsch zu holen.
Die Veranstaltung ist fast ausverkauft. Dicke Rauchschwaden hängen unter den Scheinwerfern. Die Zuschauer sind laut und ungeduldig. Hier und da gibt es Pfiffe und Rufe, die den Beginn

der Veranstaltung einfordern. Wir würden alles dafür geben, um in diesen brodelnden Hexenkessel einzutauchen.
Der Manager sieht selbst so aus, wie man sich einen Catcher vorstellt. Er trägt einen Panamahut und ein groß kariertes Jackett. Schon von weitem erhebt er abweisend die kurzen Arme.
Fietes Vater zieht ihn gleich vertraulich auf die Seite, weist in unsere Richtung und umschreibt mit großer Gestik sein Dilemma.
Doch der andere übertrifft ihn an dramatischer Mimik. Steht bei Fietes Vater die »Glaubwürdigkeit des Erziehungsberechtigten« auf dem Spiel, so geht es bei ihm um »Sein oder Nichtsein«.
»Die Schule hier um die Ecke hat mir mitteilen lassen, dass das Jugendamt nur darauf wartet, einen Jungen unter sechzehn aus der Veranstaltung rauszuholen.« Jetzt setzt er sich eine imaginäre Pistole an die Schläfe. »Auf der Stelle wäre ich die Lizenz los und könnte den Laden dichtmachen.«
Wir haben Frau Iversen mal wieder unterschätzt.
»Da hängen immerhin dreißig bis fünfunddreißig Existenzen mit dran.« Sein Gesichtsausdruck springt von tödlich getroffen über grenzenloses Bedauern auf leider nix zu machen um.
Plötzlich sackt Fietes Vater in sich zusammen, doch der Manager fängt ihn mit seinen kurzen Armen auf, und Piet schiebt ihm auf Zuruf einen Stuhl unter den Hintern.
»Was hat er?«, fragt Herr Schorsch besorgt, reißt sich den Hut vom Kopf und wedelt damit vor Fietes Vaters Gesicht rum.
Fiete holt aus der Brusttasche des Jacketts seines Vaters einen Flachmann, öffnet ihn und hält ihm den unter die Nase. Sofort wird sein Vater wieder lebendig und greift danach. »Taaa!«, macht er nach einem herzhaften Schluck und hält Herrn Schorsch die Flasche hin.
Der riecht daran und nimmt auch einen tiefen Zug. »'n guuder Korn«, sagt er, »konserviert den Zorn!«

Wie auf Kommando läutet in diesem Moment die Glocke am Ring. Das Publikum stöhnt auf und beginnt zu klatschen.
»Höchste Zeit!«, ruft Herr Schorsch und verschwindet im Zelt. Gewissenhaft zieht Jannes hinter ihm den Vorhang zu.
Fietes Vater nimmt noch einen Schluck und drückt sich aus dem Stuhl hoch.
»Laterne, Laterne«, singt Teufelauch in Anspielung auf das, was uns nun erwartet.
»Ohne mich!«, sagt Fiete böse.
In diesem Augenblick schlägt der Herr Schorsch von innen den Vorhang zur Seite und ruft: »Wartet!« Er wendet sich an Piet: »Gib den Jungs die Postkarten von den ersten drei Kämpfen: Fredo, der Steiger«, dabei lässt er die Finger aus der Faust springen, »der Chief, die Sau, der Racheengel und natürlich der Würger.«
Piet macht sich an einem Schuhkarton zu schaffen.
Herr Schorsch zeigt auf die Gruppe von Männern, die sich gerade neben den Schaustellerwagen versammeln, und sagt: »Holt euch von denen die Autogramme, dann sind die Karten Gold wert. Mehr kann ich nicht für euch tun, Jungs!« Damit verschwindet er wieder im Zelt.
Kurze Zeit später hören wir seine Stimme über Lautsprecher das Publikum begrüßen.
Piet gibt jedem von uns zwei Postkarten.
Die kleine Gruppe Männer setzt sich in Bewegung und bleibt neben uns am Eingang stehen.
Mit ihren Fotografien in den Händen ändert sich für uns alles. Wir sind wie hypnotisiert. Wir spüren, dass hier etwas Großes, Weltbewegendes beginnt, das weit über unsere bisherigen Leidenschaften, wie das Sammeln von Zigarettenbildern, von Bilder-Geschichten oder fingergroßen Indianerfiguren, hinausgeht. Wie in Trance vergleichen wir die Männer, die gewaltig und ölglänzend neben uns stehen, mit denen auf unseren Postkarten. Hier geht es nicht nur um das Horten und Besitzen von

totem Bildmaterial, nein, hier gilt es, mit den lebenden Kämpfern dieser Darstellungen in Kontakt zu treten!

Jannes gibt jedem von uns eine Kugelschreibermine und sagt: »Wie-Wiedersehn macht Freude.«

Ich habe den Steiger und den Würger. Die Schwarz-Weiß-Fotos zeigen die Männer durchweg in der Pose eines angreifenden Gorillas. Ich konzentriere mich auf ihre Gesichter. Der Steiger trägt einen Bart und hat schütteres weißes Haar. Ihn entdecke ich zuerst. Er hat sich hingehockt und schnürt einen seiner Lederstiefel neu. Ich hocke mich neben ihn, lege Foto und Kugelschreibermine neben seinen Stiefel und sage: *»Bidde!«*

Als er mit dem Schnüren fertig ist, unterschreibt er quer über sein Foto und gibt mir beides kommentarlos zurück.

Der Steiger ist mein erstes Catcher-Autogramm. Es ist ein Gefühl, wie wenn man den Ball beim Schlagball voll erwischt oder wenn im Kino das Licht ausgeht.

Fiete hat den Chief. Er steht mit offenem Mund vor einem Indianer mit echtem Federschmuck und echter Kriegsbemalung. Ich suche fieberhaft nach dem Würger.

Der Herr Schorsch hat angefangen, über Lautsprecher die Kämpfer vorzustellen, einer nach dem anderen verschwindet im Zelt. Das Publikum lässt seinen Emotionen freien Lauf, es klatscht oder buht und pfeift, je nachdem, wer gerade reinmarschiert kommt.

Jetzt wird der Würger angekündigt. Die Leute brüllen und kreischen vor Missfallen. Aber es ist gar kein Catcher mehr da. Teufelauch stößt mich an. Er kann zufrieden sein, denn er hat seine beiden Unterschriften, die von der Sau, einem glatzköpfigen, stark körperbehaarten Dickwanst, und dem Racheengel, einem Zweimeter-Mann mit einer Bibel unterm Arm.

Teufelauch zeigt rüber zu den Wohnwagen. Da kommt er, provozierend langsam: schwarze, enge Hose, rote Ringerstiefel,

schwarzer Samtumhang, innen rot gefüttert, außen goldbestickt, dunkle, geölte, am runden Schädel klebende Haare, 1,70 Meter groß, 105 Kilo Lebendgewicht (so steht es auf seinem Foto). Ich frage mich, ob er als Toter wohl schwerer wäre.
Am Vorhang bleibt er stehen.
Die Lautsprecherstimme sagt ihn das zweite Mal an. Das Publikum brüllt, schimpft und pfeift noch lauter als bei der ersten Ankündigung.
Der Würger zieht leicht die Schultern hoch, hebt abweisend das Kinn und schenkt Piet ein winziges Nicken. Der reißt den Vorhang zur Seite.
Im gleichen Moment, als der Würger losmarschiert, gibt mir Teufelauch einen Stoß, ich lande genau vor seinen Füßen. Das bringt ihn aus dem Tritt. Wie zur Entschuldigung halte ich ihm sein Foto und den Stift unter die Nase und stottere etwas von einem Autogramm.
Sein Blick, der unbeteiligt auf den Ring gerichtet war, fixiert mich abweisend. Er hat ein Boxergesicht: eingedrückte Nase und vorstehendes Stirnbein. Ich denke an die gezeichneten Neandertaler aus der Schule.
Der rausgebrüllte Unmut der Leute lässt etwas nach. Der Würger schiebt mich kommentarlos zur Seite, sofort steigt der Lärmpegel wieder an. *»Du Fatzke, du Drecksack, hoffentlich kriechste heude wassu verdienst, nämlich scheun was auf'e Fresse!«* So oder so ähnlich lauten die Zurufe.
Plötzlich besinnt sich der Würger, nimmt mir Foto und Stift aus der Hand, hält sie empor, schiebt und dreht mich neben sich und unterschreibt auf meinem Rücken die Postkarte. Das Publikum wird wieder etwas ruhiger.
»Was für eine schöne, versöhnliche Geste!«, meldet sich Herr Schorsch über Lautsprecher. »Und nun erwarten wir ihn hier oben im Ring. Begrüßen Sie mit mir den Würger, meine Damen und Herren, den bisher ungeschlagenen Champ dieses Turniers!«

Doch der Würger ist noch nicht fertig. Er wirft den Stift hinter sich, hält die Karte noch einmal hoch über den Kopf und beginnt sie dann in Augenhöhe genüsslich zu zerreißen.
Die Zuschauer brüllen auf. Sie haben es doch gewusst: einmal ein Dreckskerl, immer ein Dreckskerl!
Er streut mir die Papierfetzen über den Kopf und schreitet unbeteiligt in Richtung Ring an mir vorbei. Der einsetzende Proteststurm, die Beschimpfungen und Pfiffe scheinen seinen Gang noch zu beflügeln.
Vergeblich versucht sich Herr Schorsch über Lautsprecher Gehör zu verschaffen.
Piet will mich rausholen, aber ich reiße mich los und bücke mich nach den Schnipseln. Wenigstens die will ich haben, verdammt noch mal!
Als er mich unter den Achseln packt und vor sich rausschiebt, könnte ich heulen vor Wut.

Mit den Catchern am Millerntor beginnt für uns eine neue Zeitrechnung. Es ist die Ära, in der man für ein Catcher-Autogramm alles bekommen kann: Bildergeschichten, Pausenbrote, Schularbeiten zum Abschreiben, Bewunderung, Freundschaft und Neid.
Jeden Tag nach der Schule lungern kleine und mittelgroße Jungen am Catcherzelt herum und stürzen sich mit Stift und Autogrammheft auf jeden kompakteren Herrn, der sich dort blicken lässt.
Bald schon stellt sich heraus, dass ausgerechnet der Champion der Catcher, der Würger, keine Autogramme gibt. Seine Unterschrift hat damit gegenüber denen seiner schreibfreudigeren Kontrahenten den zehnfachen Wert.

Ich habe noch am Abend unseres missglückten Catcherbesuches versucht, die Schnipsel der Postkarte, die mir der Würger über den Kopf gestreut hat, wieder zu einem Ganzen zusam-

menzufügen. Aber es fehlten einfach zu viele Teilchen. Beim Ausziehen entdeckte ich dann noch zwei in meiner Unterhose. Ich hielt das für einen Wink des Himmels, konnte ich doch jetzt wenigstens den Würger-Schriftzug nachempfinden.
Als ich dann erfahre, welchen Marktwert diese Unterschrift hat, greife ich zur Selbsthilfe: Ich lege ein Stück Pergamentpapier über seinen Schriftzug und zeichne ihn durch. Dann drücke ich ihn mit einem harten Stift auf neutral-weißes Papier, male ihn sorgfältig mit einem Kugelschreiber nach und schreibe das Datum unserer Begegnung darüber.
Von Stund an bin ich der Auserwählte, der Einzige, der vom Würger ein Autogramm bekommen hat. Auf der Straße, auf dem Schulhof, überall, wo ich auftauche, sprechen die anderen Jungen hinter meinem Rücken darüber: »Solchen Dusel müsste man auch mal haben.«
Ich bin ein begeisterter Leser von Bildergeschichten. Die Tatsache, dass ich die nicht mit nach Hause nehmen, ja, dass ich sie streng genommen nicht mal durchblättern darf, da mich dieser Schund nach Meinung meiner Mutter verblödet, lässt mein Interesse an ihnen nur noch größer werden.
Phantom, Tarzan, Sigurd und Rip Kirby, sie alle finden sich in den Ränzeln der Witte-Brüder aus meiner Klasse. Was mich aber echt vom Hocker haut, ist der erste Band von Prinz Eisenherz. Allein schon der Anfang, der Blick auf die Burg Andelkrag, wie sie von den Hunnen belagert wird, versetzt mich mit seiner Detailgenauigkeit in Entzücken.
Als mir die Witte-Brüder diesen Band für das Würger-Autogramm anbieten, greife ich sofort zu.
Ich verstecke das Heft unter meiner Matratze. Jeden Abend vor dem Einschlafen blättere ich darin unter der Bettdecke mit der Taschenlampe. Am sechsten Abend erwischt mich meine Mutter dabei und verbrennt das Heft (ohne es eines Blickes zu würdigen!) im Küchenherd.

Ich liege unter der Bettdecke und heule vor Wut.
Gedämpft dröhnen die Nebelhörner der Schiffe von der Elbe herüber. Sie haben etwas Tröstliches, sie sagen: Wir, die dicken und die etwas kleineren Pötte sind da. Und wenn alle Stränge reißen, dann haust du auf einem von uns ab.
Eines steht jedenfalls fest: Ich werde nie wieder mit meiner Mutter reden, N I E M A L S wieder!

Ich bringe es auf zweieinhalb Tage, das ist immerhin neuer Rekord.
Aus Verzweiflung wiederhole ich die Rekonstruktion jenes Schriftzuges, der die Welt bewegt, sie meines Erachtens ein wenig gerechter macht.
Als die Witte-Brüder erfahren, dass sie nicht mehr die Allein-Besitzer eines Würger-Autogramms sind, sondern dass ausgerechnet ich auch schon wieder eines erwischt habe, wollen sie es genau wissen.
Die Geschichte mit der zerrissenen Postkarte vorm Catcher-Zelt ist ja kein Geheimnis. Also trete ich die Flucht nach vorne an und tu so, als sei es das Selbstverständlichste von der Welt, aus einem unfertigen Schriftzug ein lesbares Autogramm zu machen. »Es hat ja genau die Form seiner Unterschrift, ach, was sag ich, es ist seine Unterschrift.«
»Eben nicht!«, steckt sich der oberschlaue Hans Dieter Graf dazwischen. »Du hast die Unterschrift nur nachgemacht, das nennt man Fälschung!« Graf ist Klassensprecher, weil kein anderer das machen will.
»Hast du überhaupt ein einziges Catcher-Autogramm?«, hake ich nach. Als er stumm bleibt, triumphiere ich: »Dann kannst du auch nicht mitreden!«
Damit wende ich mich wieder an die Witte-Brüder: »Ich bring euch morgen die kaputte Postkarte mit, dann könnt ihr es selber sehen. Ehrlich! Seine Unterschrift ist genau dieselbe.«

Vielleicht hat meine Mutter mit der Verblödung ja doch recht: In ihren Ränzeln wimmelt es nur so von Bildergeschichten, und sie hätten es gefressen, ich weiß es, wenn da nicht dieser Klugscheißer von Klassensprecher wäre: »Lasst uns doch mal Frau Iversen fragen.«
Mist!

Mist! Mist! Mist!
Nun wollen die Witte-Brüder natürlich den Eisenherz-Band zurückhaben.
Sie wohnen mit fünf Geschwistern in der Trommelstraße, oben, im vierten Stock, unterm Dach. Es heißt, dass sie kein fließend Wasser und keinen Strom hätten. Aber der jüngere der beiden Brüder schwört, dass da fließendes Wasser sei, ehrlich, Regenwasser!
Er begreift nicht, worüber wir so lachen müssen und warum sein großer Bruder nach ihm tritt.
Eigentlich sind sie Zwillinge. Der eine aber ist eine halbe Stunde eher geboren, ein ausschlaggebender Vorsprung, der ihn zeitlebens zum großen Bruder macht.
Bei Auseinandersetzungen – darin sind die Witte-Brüder geübt – haben sie ganz spezielle Methoden. Eine wenden sie in der Pause auf dem Schulhof gleich bei mir an: Der Ältere beginnt mich zu beschimpfen, zu schubsen und mit leichten Schlägen zu bearbeiten. Heimlich schleicht sich der Jüngere von hinten ran und lässt sich hinter mir auf allen vieren nieder. Ich tu so, als würde ich das nicht mitkriegen. Dann sagt der Ältere: »Wetten, dass du Arschgeige gleich im Dreck liegst, WETTEN!?« Und – zack – fliege ich rückwärts über seinen Bruder, und alle amüsieren sich, weil es wieder mal geklappt hat. Aber am meisten freut sich der jüngere Bruder, der mir kichernd beim Aufstehen und beim Dreckabklopfen hilft. »Spinnst du!?«, geht der Ältere dazwischen. »Der hat uns angeschissen, du Blödmann, und du hilfst ihm auch noch!«

Zu mir sagt er: »Den Eisenherz-Band oder das Würger-Autogramm in drei Tagen, sonst gibt's ein ECHTES Arschvoll!«

Drei Tage für ein Würger-Autogramm? Es könnten auch drei Wochen sein, er gibt nun mal keine Unterschrift. Sein Motto: »Einmal ein Kotzbrocken, immer ein Kotzbrocken« zahlt sich aus. Er ist der bekannteste und meistgehasste Catcher im Ring – und der Champ!

Ich muss mich wohl damit abfinden, einen neuen Prinz-Eisenherz-Band zu kaufen: einsfünfzig. In mir sperrt sich alles. Wenn ich den wenigstens für mich hätte anschaffen müssen. Außerdem bin ich knapp bei Kasse. Eine Mark müsste ich mir zusammenborgen.

Inzwischen geht das Gerenne nach den Autogrammen auch den meisten anderen Catchern auf den Wecker, und viele unterschreiben nicht mehr, schon gar nicht auf neutralem Papier. Wenn, dann höchstens auf einer ihrer Postkarten, die kosten immerhin zwanzig Pfennig das Stück.

»Deshalb darfst du dem Würger gar nicht erst mit diesen Scheiß-Autogrammwünschen kommen«, folgert Teufelauch. Dabei streicht er sich über seinen »Mecki«, was er immer tut, wenn er nachdenkt. Und er kann echt gute Ideen haben.

Teufelauch ist ein Nachkömmling. Wenn man ihn ärgern will, muss man nur Nachkümmerling zu ihm sagen. Seine Eltern könnten eher seine Großeltern sein. Deshalb tut er alles, damit sie nicht in der Öffentlichkeit, sprich, in der Schule aufkreuzen. Anders bei seiner Schwester, die seine Mutter sein könnte. Die darf überall mit hin, will sie aber nicht.

Sie heißt Annegret, wird Gretchen genannt. Gretchen ist gut zu gebrauchen, wenn man mal einen Erwachsenen vorschieben muss. Ja, sie kann sehr erwachsen sein, lässt es sich aber auch nicht nehmen, einen unerwartet auf den Rücken zu schmeißen und durchzukitzeln. Das hat echt was! Man muss nur ein fürchterliches Theater machen, denn wenn sie merkt, dass man das genießt, hört sie sofort auf damit und verpasst einem eine Kopfnuss.

Für heute besorgt sie einen Briefbogen mit dem Stempel vom Tabakwarengeschäft an der Ecke.

Teufelauch diktiert ihr: »Sehr geehrter Herr Würger.«

Es gibt eine längere Diskussion darüber, ob man »Herr Würger« oder nur »Würger« schreiben sollte. Aber wir bestehen auf »Herr« und Gretchen gibt kopfschüttelnd nach.

»Hoffentlich sind Sie in dem Turnier weiterhin so erfolgreich. Nehmen Sie den Tabak als ein Zeichen meiner Bewunderung.«

Darunter in Klammern: »(Bitte quittieren Sie mir, dass sie ihn erhalten haben.)

Hochachtungsvoll ...«

Sie kritzelt eine unleserliche Unterschrift direkt über dem Stempel:

»Meyering, Zeitschriften und Tabakwaren, Hamburger Hochstraße 1«

Dann kommt der Werbespruch, auf den der alte Meyering so stolz ist:

»Wo man raucht, da kannst du ruhig harren,
böse Menschen haben nie Zigarren.«

Der Plan ist genial. Er basierte darauf, dass jemand den Würger mal Pfeife hat rauchen sehen und dass er die kleine Formalität einer Empfangsbestätigung aus Dankbarkeit würde erfüllen müssen.

Den Tabak schnorren wir bei Ewu. Der hat als Krücke, sein Vater, vor Jahren das Zigarettendrehen an den Weihnachtsbaum hängte, den Tabak auf die Seite geschafft und das Drehen beibehalten. Er hat immer ein paar Selbstgedrehte für eine »Friedenspfeife« (er sagt dann: »Komm, lass uns wieder vertragen.«) in der Tasche.

Sein Vater ist übrigens »Unternehmer« geworden: Er unternimmt Barkassenfahrten im Hafen mit seinem eigenen Boot.
»Dass das kein Pfeifentabak ist, das wisst ihr«, gibt Ewu zu bedenken.
»Tabak ist Tabak«, erwidert Teufelauch. »Es geht doch nur um die Bestätigung. Dafür brauchen wir ein Geschenk. Meinetwegen kann er den Tabak nachher ins Klo spülen.«
»Sag mal, spinnst du?«, regt sich Ewu auf. »Gib mir sofort meinen Tabak wieder her!«
»Ganz ruhig … War doch nur ein Schnack. Haben die überhaupt ein Klo im Zirkuswagen?«

Als ich am nächsten Tag nach der Schule vor dem besagten Wohnwagen stehe, ist mein Kopf leer von genialen Ideen, ich weiß nicht mal mehr, warum ich hier bin.
Der Zirkuswagen ist eher ein Waggon, ich reiche mit dem Kopf gerade über die Treppe, die an der Stirnseite zur Tür führt.
Ich muss mich recken, als ich an die Tür poche. Dabei werde ich beobachtet, u.a. von Teufelauch. Ich habe den Eindruck, dass mein Herzschlag deutlicher zu hören ist als das Klopfen. Also versuche ich es beim zweiten Mal etwas lauter.
Die Gardine des Türfensters rutscht zur Seite, ein haariges Gesicht erscheint hinter der Scheibe und legt den Zeigefinger dorthin, wo man den Mund vermuten würde. Dann wird die blonde Perücke von einer gespreizten Hand abgelöst. Erschrocken tue ich, was ich tun muss: Ich falle in eine Fünf-Minuten-Starre.
Danach geht der eine Flügel der Tür einen Spalt weit auf und eine Frauenstimme flüstert: »Wer ist da?«
Ich sage genauso leise: »Ich.«
Als sie meine Stimme hört, öffnet sie und kommt die drei Stufen runter. »Was ist denn los?«, fragt sie nun in normaler Lautstärke.

Ich habe mir genau überlegt, was ich zu dem Würger sagen würde, aber nun steht da eine Frau in einem viel zu großen Morgenmantel mit japanischen Motiven. Ihre superoxydblonde Dauerwelle hat die Dauer aufgegeben, sie pustet sich die Korkenzieherlocken aus dem Gesicht: »Was willst du denn?«
Ich sehe es ihr an: Sie friert und hat schlechte Laune. »Ich – ich hab ein Geschenk für 'n Würger.«
Sie hält mir die offene Hand unter die Nase.
Ich hole die beiden Briefumschläge aus der Jackentasche. Auch der Tabak ist in einem Umschlag, aber ich habe ihn noch mal in weißes Papier gewickelt, damit er nach was aussieht. »Ich muss es ihm persönlich geben, weil – da ist auch noch 'n Brief mit bei.«
»Er schläft noch«, sagt sie. »Komm in 'ner Stunde wieder.« An der Tür dreht sie sich noch einmal um: »Heut ist 'n schlechter Tag. Er hat gestern 'ne Niederlage einstecken müssen, weißt du das nicht?«
Ich schüttle den Kopf.
»Du solltest mir den Kram lieber geben.«
»Erzähl da draußen keine Romane!«, beginnt plötzlich im Wohnwagen jemand rumzubrüllen. »Dabei kann doch keine Sau schlafen! Komm rein und mach endlich die Tür zu! So eine Scheiße aber auch!«
Sie grinst mich an: »Siehste.« Nach innen flötet sie: »Guten Morgen, Lupschi!« Dann winkt sie mich rein. »Nun ist er sowieso wach.« In den hinteren Teil des Wagens ruft sie: »Du hast Besuch, Lupus, also reiß dich zusammen!«
Die Folge ist eine weitere Aneinanderreihung von Flüchen und Verwünschungen.
Ich bleibe an der Tür stehen.
»Keine Angst«, flüstert sie, »das braucht er, damit sein Kreislauf in Gang kommt.«
Mir ist trotzdem ganz mulmig zumute.

Von innen wirkt der Wagen viel freundlicher, als man von außen vermutet. Er ist mit hellem Holz verkleidet, das Dach hat einen Sockel, der rundherum von einer Fensterleiste begrenzt wird. Es stinkt nach kaltem Rauch und abgestandenem Bier.
»Setz dich«, sagt sie.
Ich klemme mich hinter einen fest eingebauten Tisch. Sie klettert auf die gegenüberliegende Bank und öffnet eine Dachluke. Dann verschwindet sie mit den leeren Gläsern und Flaschen hinter einem Vorhang. Ihre Bewegungen haben etwas von einem unbekümmerten jungen Mädchen. »Ich mach uns erst mal 'n Kaffee«, flötet sie nach hinten. Von dort hört man Gähnen, Grunzen und Hochziehen.
»Hörst du das?« Jetzt wischt sie den Tisch mit einem Lappen ab. »Er übt noch. Man glaubt es nicht, aber er kann eigentlich ganz freundlich …«
In diesem Moment wird hinter ihr der Vorhang zur Seite gerissen. »Freundlich!?« Da steht er wie auf einer seiner Postkarten in der Pose des angreifenden Gorillas. »Der Würger ist nicht freundlich, er ist unausgeschlafen und übellaunig!« Nur sein alter, ausgebeulter Trainingsanzug passt nicht ganz ins Bild. Sie hält mit dem Wischen inne, beide starren sich regungslos an. Ich rutsche unauffällig in die Sitzecke rein.
Ganz unerwartet wirft sie ihm den Wischlappen ins Gesicht, er brüllt auf und stürzt sich auf sie. Kreischend versucht sie hinter dem Vorhang zu verschwinden. Doch er bekommt sie an der Hüfte zu fassen und wickelt sie in dem Behang ein. Nur ihre blonden Haare kucken oben noch raus wie bei einem Mopp. Sie ist fast einen Kopf größer als er.
Ich bin wieder in eine Schreckstarre gefallen.
»Lupschi«, schreit sie, »was soll denn der Besuch von dir denken!?«
»Der denkt nicht«, ruft er, »der macht sich vor Angst in die Hose!«

»Aber Lupus!«
Er umfasst sie noch einen Moment mit den Armen und dreht sie dann vorsichtig anders herum wieder aus dem Vorhang raus. Erst jetzt begreife ich, dass das alles Spaß ist. Ganz langsam kommt wieder Gefühl in meine Glieder.
»Ich weiß jetzt auch, wie das gestern gelaufen ist«, sagt er und schlägt dreimal auf den Tisch: »Tak, Tak, Tak! Rolf hat viel zu schnell gezählt. Natürlich hatte ich Schulterberührung, weil mir die Luft wegblieb, aber er hätte eins – zwei – drei – zählen müssen Mit Tak-Tak-Tak hatte ich keine Chance, der Kampf war vorbei, bevor ich wieder Luft bekam!«
Sie streicht sich mit beiden Händen das Haar aus dem Gesicht und sagt: »Bei zwölf gewonnenen Kämpfen fällt eine Niederlage doch gar nicht ins Gewicht. Jetzt gibt's erst mal einen Kaffee, einen richtigen, kein Muckefuck.«
»Nein, warte, da war noch was!« Er winkt mich aus meiner Ecke raus: »Komm mal eben her«, hockt sich vor den Tisch, »nur keine Angst, ich tu dir nicht weh.« Er nimmt mich in den Schwitzkasten.
Das glaubt mir keiner: DER CHAMP NIMMT MICH IN DEN SCHWITZKASTEN!
»Ich hatte den Koreaner schon fast so weit, die Blutzufuhr zu seinem Spatzengehirn war so gut wie abgeschnitten. Wieso aber, so frage ich dich, konnte er mich plötzlich aushebeln? Nun wehr dich mal!«
Sein Trainingsanzug riecht nach Tabak, Mottenkugeln und Schweiß. Ich versuche den Kopf unter seinem Arm rauszukriegen und bewege mich rückwärts.
»Siehst du!«, ruft er, »wie ich mitgehe? Er kann machen, was er will, ich folge ihm. Mein Griff ist unveränderbar!« Er lässt mich los, gibt mir einen Stoß mit der Faust und sagt: »Gut gemacht.« Wir setzen uns wieder.
Sie stellt drei Becher auf den Tisch.

»Es gibt nur eine Erklärung«, fährt er fort. »Sie haben mich verarscht! Der Koreaner hat nach hinten gezogen, und Rolf hatte für eine Sekunde sein Bein dazwischen. Nur so hat mich der Koreaner aushebeln und auf den Rücken werfen können – verdammte Scheiße noch mal!« Er schlägt mit der Faust auf den Tisch, dass die Becher tanzen.

Sie fängt die Becher auf, stellt sie wieder hin und umschließt seine Faust mit ihren Händen.

Er hat die Augen geschlossen und atmet schwer.

»Und was willst du jetzt machen?«, fragt sie.

»Weiß noch nicht, Revanche vielleicht, und Rolf in den Arsch treten!«

Sie verschwindet hinter dem Vorhang.

Er sitzt da, atmet unregelmäßig und sagt nix.

Mir wird schon wieder ganz mulmig.

Zum Glück kommt sie mit der Kaffeekanne und schenkt ein.

»Nein, danke«, sage ich, » ich mag keinen Kaffee.«

Sie lacht mich an: »Wie heißt du eigentlich?«

»Kalle.«

Sie wendet sich an den Würger: »Kalle hat dir was mitgebracht.«

Ich fummle das Geschenk und den Brief aus meiner Jacke.

Er scheint froh zu sein. »Für mich?«, sagt er und stürzt sich darauf. Er reißt das weiße Papier auseinander und bröselt mit den Fingern den Tabak aus dem Briefumschlag auf den Tisch. *»Büschen dröög«*, sagt er und riecht daran. »Marke Bahndamm Süd?«

Ich zucke mit den Schultern.

Er öffnet den Brief und liest ihn laut vor. Über »Sehr geehrter Herr Würger« müssen beide lachen, die Blonde kriegt sich gar nicht wieder ein.

Auch über: »Wo man raucht, da kannst du ruhig harren, böse Menschen haben nie Zigarren«, kann sie sich ausschütten.

Es läuft wie geschmiert. Ich schiebe den weißen Bogen Papier

mit einem Kugelschreiber rüber. Teufelauch kann echt die besten Ideen haben!
Mit großer Geste schreibt der Würger: DANKEND ERHALTEN und darunter – ich traue meinen Augen nicht:
LUPUS SCHNEIDER.

Ich bin wie vor den Kopf geschlagen. Ich lass den Zettel mit seiner bescheuerten Unterschrift in der Jackentasche verschwinden, steh auf und sage, dass ich mal wieder losmüsse.
Die Anspannung ist weg, ich fühle mich leer und überflüssig, ähnlich wie am Catcherzelt, als er mir die zerrissene Postkarte über den Kopf gestreut hat. »Was ist ’n los?«, fragt sie.
»Nix«, sage ich und schleppe mich zur Tür.
»Lass dich mal wieder blicken, nicht Lupschi?«
»Aber klar – ’n guten Sparringspartner kann man immer brauchen.«

Kurz vor Weihnachten ist das Catcher-Zelt plötzlich verschwunden, so unerwartet wie es aufgetaucht war. Angeblich hat der Würger die Norddeutsche Weltmeisterschaft tatsächlich gewonnen. Trotzdem verlieren die Autogramme in dem Maße an Wert und Interesse, in dem die Zugeordneten nach Köln oder was weiß ich wohin entschwunden sind.

Jahre später sehe ich den Würger noch ein paar Mal wieder, im Fernsehen, wenn in einem schwarz-weißen Gangsterfilm das Auftreten und die Visage eines »Gorillas« gefragt sind.
Ich werde dann immer ganz aufgeregt und rufe: »He! Den kenn ich, ehrlich, das ist der Würger!«
Leider bringt mir das nicht die Beachtung, die ich finde, verdient zu haben. Es heißt dann etwa: »Ja, ja, wir wissen Bescheid«, oder, was noch bescheuerter ist: »Siehst du die Frau da, ja, die mit der Zigarettenspitze, das ist meine Tante.«

Landurlaub

Manchmal fragt jemand nach meinem Vater: Was er so macht und wo er eigentlich steckt. Ich sage: »Seemann, Seemann auf großer Fahrt.« Und dann erzähle ich – ob man's nun hören will oder nicht –, wie gut ich es doch hätte. Für mich gebe es nicht nur die üblichen Feiertage wie Ostern, Weihnachten und meinen Geburtstag, ich hätte einmal im Jahr auch noch ein Extrafest zu feiern, nämlich dann, wenn mein Vater für vier Wochen nach Hause komme, »ganze vier Wochen Landurlaub, ist das nicht Klasse!?« Ich glaube, in erster Linie erzähle ich mir das selbst, um die ewige Abwesenheit meines Vaters erträglicher zu machen.

Es fängt schon damit an, dass mein Vater den Zeitpunkt seiner Ankunft nicht preisgeben will. Wie gerne würde ich ihn mal vom Flughafen oder vom Bahnhof abholen.

Erst viel später, als ich bereits selbst zur See fahre, verstehe ich, warum er sich so verhält.

Meine Mutter lässt sich gerne ungewöhnliche Überraschungen einfallen, sie liebt den »großen Bahnhof«. Dabei reizt sie die Herausforderung, das Unmögliche möglich zu machen. Sie selbst allerdings hasst es, überrascht zu werden.

Nach einer meiner ersten großen Reisen als Ingenieur-Assistent (kurz: Assi) auf einem Frachter kommt meine Mutter doch tatsächlich beim Einlaufen auf Höhe Teufelsbrück mit dem Lotsenboot an Bord.

Der Alte, der mich kaum kennt, lässt mich aus der Maschine auf die Brücke rufen, wo mich meine Mutter in die Arme schließt. Ich bin so verdattert, dass ich ihre Umarmung widerstandslos über mich ergehen lasse, gleichzeitig aber möchte ich im Boden versinken.

Allein wie sie das Fallreep raufgeklettert sein mochte. Sie sieht aus wie aus dem Modejournal entsprungen: weiße Stöckelschuhe, fliederfarbenes Kostüm auf den Leib genäht. Sie schwört auf die Schnittmuster von Burda-Moden. Darauf angesprochen, macht sie manchmal den Fehler, voller Stolz zu verkünden: »Alles selbst gemacht!«

Das tut sie hier aber nicht. »Na«, sagt sie, »habt ihr meinen Jungen auch gut behandelt?« Sie kann sich das leisten.

Die Männer lachen. Sie sind mit einer solchen Kombination aus Schick und Schlagfertigkeit leicht überfordert.

Die Frage ist, ob ICH mir eine solche Mutter leisten kann.

Das Leben und Wirken an Bord findet ja innerhalb einer reinen Männergesellschaft statt. Neben der vorgegebenen Hierarchie muss man sich mit Taktik und Durchsetzungsvermögen einen persönlichen Stand erkämpfen. Mühsam habe ich mir den Ruf eines Assis erworben, der zu was zu gebrauchen ist. Da passt eine überbehütende Mutter, selbst wenn sie als Modepuppe in Erscheinung tritt, nicht ins Bild. Ich habe schon jetzt die Anspielungen und Gesänge der anderen Wachgänger beim Auslaufen im Ohr: »Als Büblein klein an der Mutterbruuust …«

Abgesehen davon, ist es dem Alten, dem Ersten und den anderen Deckoffizieren, die sich ja mit den Gewohnheiten der Hafenlotsen auskennen, ein Rätsel, wie meine Mutter das hingekriegt hat. Normalerweise dürfen die Lotsen nicht mal ein Meerschweinchen mit an Bord bringen.

Der Lotse, ein großer, ewig grinsender, stiernackiger Kerl, lässt so was wie höhere Gewalt durchblicken.

Ich kann mir schon vorstellen, woraus die höhere Gewalt meiner Mutter bestand, nämlich aus einer genau auf den Mann abgestimmten Komposition von Darbietungs-, Überredungs- und Bestechungskunst.

»Bestechung!?«, jaulte meine Mutter auf, wenn ich ihr das bei früheren Anlässen vorhielt, »was für ein böses Wort. Es geht doch immer nur um eines, um Aufmerksamkeit. Die lenkt man mit einer kleinen Gabe wohlwollend auf sich. Dann muss nur noch ein anrührender Beweggrund her, und schon ist man sich jenes Beistandes gewiss, den man benötigt, um die Welt ein wenig offenherziger zu gestalten. Voraussetzung dafür aber ist und bleibt ein gehöriges Maß an Herzensbildung.«

Als sie einmal der Meinung war, dass mein Gewicht, mein Horizont und meine Herzensbildung erweitert werden müssten, stellte sie neben das linke hintere Bein des Schreibtisches der Sozialsachbearbeiterin, die für die Anträge auf Kinderverschickung zuständig war, eine Flasche Wein und sagte: »Mein Mann hat gerade seine Stelle als Maschinist auf dem Schlepper verloren, und der arme Junge hier leidet an Appetitlosigkeit.«

Das stimmte beides nicht. Mein Vater hatte auf Drängen meiner Mutter seinen Posten bei Fairplay aufgegeben, er war auf große Fahrt gegangen, und ich hatte nach der Schule immer einen Bärenhunger.

Hinterher darauf angesprochen, sagte sie: »Um Gutes zu bewirken, sind Notlügen erlaubt. Auch muss man immer erst was investieren – das hab ich auf dem Schwarzmarkt gelernt –, dann kriegt man es doppelt und dreifach zurück.«

Ich bin tatsächlich nach Cuxhaven verschickt worden, keine schöne Erinnerung: Der Horizont wurde einem durch die Maßregelungen mittelalterlicher Erzieherinnen vernagelt. Auch durfte man nur zu festgelegten Zeiten auf die Toilette gehen – da war mit Herzensbildung nicht viel zu machen. Aber ich habe drei Pfund zugenommen.

Neben der Kunst der schockschweren Überraschung ist meine Mutter auch in der Disziplin der unmittelbaren Verdrängung überragend. Im selben Augenblick, in dem sie erkennen muss, dass mir ihr Besuch an Bord absolut nicht in den Kram passt, trumpft sie mit den Hindernissen auf, die sie durch persönliche

Entbehrungen, durch die Erweckung von Aufmerksamkeit und Beistand überwunden und damit die Welt ein wenig offenherziger gemacht hat (ich kenne ihre Argumentation im Schlaf). »Und das ist etwas, was auch dir nicht schaden kann, mein Junge: Mut zur Offenherzigkeit. Voraussetzung dafür ist natürlich eines: Herzensbildung.«

Mir bleibt da nur die Wahl zwischen dem undankbaren Sohn und dem Muttersöhnchen.

Sicherlich hat mein Vater lange vor dieser Zeit ähnliche Erfahrungen gemacht. Er gibt jedenfalls für sein Eintreffen und den Beginn seines Landurlaubs eine Zeitspanne von zwei, drei Tagen an. Irgendwann steht er dann grinsend vor der Tür: »Überraschung!«

Ein weiterer Konflikt ergibt sich, weil mein Vater darauf besteht, bei unseren Ausflügen zu Hagenbecks Tierpark, Planten un Blomen usw. mit der Taxe zu fahren. Ihm sei die Zeit, die er an Land verbringen kann, zu kostbar, sagt er, um sie in öffentlichen Verkehrmitteln zu verplempern.

Meine Mutter aber hasst dieses »Hein-Seemann-Getue«, wie sie es nennt. Für sie ist die ewige Taxifahrerei reine Geldverschwendung.

Nach ungefähr einer Woche hält sie es nicht mehr aus. »Ohne mich!«, sagt sie, setzt sich an die Nähmaschine – sie hat immer was in Arbeit – und rattert damit los. Die eigentliche Botschaft an meinen Vater aber lautet: Rede du nur so viel du willst, ich kann dich sowieso nicht verstehen!

Wenn mein Vater beleidigt das Zimmer verlassen hat, tritt meistens meine Großmutter in Erscheinung. »Das ist ja nicht zum Aushalten!«, schimpft sie. »Wie kann man nur so blöd sein!«

Meine Mutter unterbricht ihre ratternde Tätigkeit genauso plötzlich, wie sie damit angefangen hat. »Ich habe mich schon

gefragt«, sagt sie, »wo meine Eheberaterin bleibt, die Männer-Expertin, die all ihre Beziehungen in den Sand gesetzt hat.«
Meine Großmutter geht nicht darauf ein. »Ich will dir nur mal eins sagen: Er überweist regelmäßig die Heuer, er schlägt dich nicht, er liebt den Jungen! Du weißt gar nicht, wie gut du das hast!«
»Warum hast DU ihn eigentlich nicht geheiratet?«
»Den hätte ich gerne genommen, wenn er in meine Altersklasse gefallen wäre, das kannst du mir glauben.«
»Glaub ich dir aber nicht! Du hast dir doch immer die Schwierigen ausgesucht, die hoffnungslosen Fälle, mit denen man nicht zusammenleben konnte.«
»Jedenfalls treibst du ihn so aus dem Haus!«
»Ich hab aber keine Lust mehr, mich zu verstellen.«
»Es geht nicht ums Verstellen, es geht um Anpassung.«
»Soll er doch mit dem Jungen ein paar Runden drehen. Hauptsache, er trifft sich nicht mit seinem Freund Max, diesem versoffenen Subjekt. Aber Vater und Sohn werden schon wieder an den Laden kommen. Dann bringen sie ein Stück Kuchen mit und haben was zu erzählen, wetten?«

Die Phase zwischen den Gezeiten meiner Eltern, zwischen Rückzug und erneuter Annäherung, kommt jenem Extrafest, das ich neben Weihnachten, Ostern und meinem Geburtstag mit dem Landurlaub meines Vaters verbinde, verdammt nahe. Wir stehlen uns davon, es ist nicht nur ein Irgendwohingehen, es hat etwas von einem Komplott.
An solchen Tagen machen wir die meisten Bekanntschaften. Das heißt, mein Vater macht sie, ich stehe daneben und vergleiche das jeweilige Kennenlern-Ritual mit dem vorangegangenen.
Er macht keine Unterschiede zwischen Parkwächtern, Toilettenfrauen, Bierkutschern, Pastoren oder Polizisten. Wenn sein Schritt ein zielgerichtetes Schwingen bekommt, weiß ich, er hat wieder ein Opfer gefunden. Sein Einstieg ist: »Wie haben

wir's denn so?«, oder (ausschließlich bei den Männern): »Das ist doch 'n Wetter zum Helden Zeugen.« Dann bietet er dem Angesprochenen eine Zigarette an. Bedient sich das Opfer, gibt er ihm Feuer, steckt sich auch eine an, und schon hat er es verpflichtet, mindestens eine Zigarette lang über die Durchschnittseinnahmen einer Bedürfnisanstalt, den Haferverbrauch eines Brauereipferdes, über Gott und die Welt Rede und Antwort zu stehen.

Sein besonderes Interesse aber gilt Außenseitern wie Rausschmeißern, Pennern, Drehorgelspielern, Zigeunern oder Nutten. Bei denen hat er den Ehrgeiz, NICHT über die Arbeit zu reden, sondern etwas über ihre Lebensgeschichte oder ihre Interessen zu erfahren.

Dabei gibt es eine Ausnahme. Machen wir uns mal durch die Erichstraße auf den Weg, bin ich es, der eine solche Person anspricht.

Sie hat schräg gegenüber von Fietes Treppenhaus in einem Torweg ihren Stammplatz. Ihr Name ist Dolores, sie ist unsere »Busenfreundin«.

Wir kennen sie, seit wir zur Schule gehen. Von Anfang an war sie unsere Lieblingsnutte. Das dürfen wir aber nicht laut sagen, sonst meckert sie: »Sagt Freundin – ihr seid süß, Jungs, ehrlich, aber Freundin hört sich besser an.«

So kamen wir auf – Teufelauch kam drauf – Busenfreundin, wobei sich ihr großes Herz, davon sind wir überzeugt, direkt von ihrer so großzügig dargebotenen Oberweite ableiten lässt.

»Na«, sagt sie zu meinem Vater, »endlich mal wieder auf Landurlaub?«

»So isses.«

»Da hat sich Kalle schon das ganze Jahr drauf gefreut, was Kalle?«

Ich nicke.

»Und wo soll's jetzt hingehen?«

»Wissen wir noch nicht«, sagt mein Vater, »wir sind da noch ganz offen, was Kalle?«
Ich nicke wieder.
»Denn man viel Spaß. Und dass mir keine Klagen kommen!«
Zu einer echten Unterhaltung kommt es zwar nicht, aber ich bin schon ein bisschen stolz darauf, dass ich auch so jemanden kenne, den mein Vater bevorzugt anschnacken würde.

Genau an solch einem Tag offener Bekanntschaftspflege haben wir eine Begegnung, wie ich sie mir nie hätte träumen lassen. Es ist, als wenn Weihnachten, Ostern, mein Geburtstag und der Landurlaub meines Vaters auf ein und denselben Nachmittag fallen.
Klar darüber werde ich mir allerdings erst hinterher, als ich über den neuen Namen nachdenke, den man mir bei dieser Gelegenheit verliehen hat. Es ist ja die Tragik unerwarteter Ereignisse, dass ihre Bedeutung oft erst viel später, in der Geschichten- und Geschichtsinterpretation, nachvollzogen und gewürdigt wird.

Solange ich denken kann, bin ich Indianerfan. Seit dem Feuerschläger, den Fiete in der Elbe versenkt hat, sammeln er und ich Indianerfiguren. Mit denen spielen wir an verregneten Nachmittagen im Wohnzimmer berühmte Indianer-Schlachten nach. Die Teppichfransen kennzeichnen den Little Bighorn River. Ein Hausschuh unter den Teppich geschoben bildet den Last Stand Hill des verhassten General Custers. Wer dabei die Indianer und wer die Kavallerie übernimmt, wird mit dreimaligem Zing-Zang-Zung (Stein, Schere, Papier – ohne Brunnen!) ermittelt.
Ich lass mir so nach und nach alle Tecumseh-Bände schenken: zu Weihnachten, zum Geburtstag, immer wenn sich eine Gelegenheit dafür bietet. Ich lese keinen Karl May, oh, nein. Seine Bewunderer lache ich aus: »Winnetou? Kannst du vergessen.

Dann kannst du auch gleich Tom Prox oder Hopalong Cassidy lesen! Hat sich Kuddel May alles ausgedacht, ehrlich. Der ist gar nicht in Amerika gewesen. Ganz anders Fritz Steuben: ›Tecumseh, der zum Sprung sich duckende Berglöwe‹, den hat es tatsächlich gegeben!«
Mein Lieblingsfilm ist »Der gebrochene Pfeil« mit Jeff Chandler als Apachen-Häuptling Cochise. Der hat in seiner Ahnenreihe bestimmt ein paar Indianer, sonst hätte er die Rolle nicht so glaubhaft spielen können. Ich bin davon überzeugt, dass viele Amerikaner indianisches Blut in ihren Adern haben, ohne es zu wissen. Ich bedaure sehr, nicht auch ein paar Tropfen abgekriegt zu haben. Ich habe meine Großmutter immer wieder gelöchert, aber es ließen sich beim besten Willen keine entfernten Verwandten in Amerika ausmachen.
»Was nicht ist, kann ja noch werden«, sagt sie. »Du kuckst dich mal in Amerika um, reitest in eine Reservation, fällst vom Pferd und lässt dir vor Ort eine Bluttransfusion verpassen! Genauso wichtig wie das Blut ist aber auch dein Indianername, welcher dann wohl lauten wird: Der-vom-Pferd-fällt.«
Manchmal hat meine Großmutter eine echt hellseherische Begabung, abgesehen davon, dass meine Mutter ihre Mutter sowieso für eine Hexe hält.

Als ich an jenem denkwürdigen Tag aus der Schule komme, sagt mein Vater: »Hast du schon gehört? Es sind Indianer in der Stadt.«
»Sag bloß …«
Er sieht mir ins Gesicht, ich muss lachen.
In der Schule haben wir über nichts anderes gesprochen. Überall hängen Plakate rum, in der Morgenpost prangt neben den Kinoanzeigen eine dicke Werbung von dem Zirkus, der auf dem Heiligengeistfeld sein Zelt errichtet hat und in dessen Programm ein paar waschechte Indianer auftreten.

»Komm!«, sagt mein Vater, »wir rauchen mit denen eine Friedenspfeife. Dann weiß ich, wie es geht, und probier es auch bei Mama.«
»Aber die raucht doch gar nicht.«
»Da hast du auch wieder Recht. Unsere Friedenspfeife ist eben der Kuchen. Erinnere mich daran, dass wir nachher ein paar Stücke mitbringen.«

Es nieselt, eine kalte Brise schlägt einem die Nässe ernüchternd ins Gesicht. Auf dem Zirkusgelände ist weit und breit kein Indianer zu sehen.
»Wart's ab«, versucht mich mein Vater zu beruhigen. »Bei so einem Wetter mag man doch nicht mal einen Hund rausjagen.« Dann geht er mit mir zum überdachten Eingangsbereich zurück, wo er den mürrisch dreinblickenden dicklichen jungen Mann an der Kasse fragt, wo denn nun eigentlich die Indianer seien.
Der weist auf die Eintrittskarten, die vor ihm liegen. »Tierschau«, sagt er, »nix Indianerschau. Wenn Sie Indianer sehen wollen, müssen Sie in die Vorstellung gehen.«
Manchmal benutzt mein Vater seinen Zigarettentrick auch, um was Bestimmtes in Erfahrung zu bringen.
Es sind kaum Leute auf den Straßen, noch weniger in dieser kläglichen Tierschau, in der es nur ein paar Pferde, einen Esel, drei Kamele (deren Felle aussehen, als hätten sie die Motten), einen Taubenschlag und einen schlafenden Löwen zu besichtigen gibt. Oder ist der ausgestopft?
Der mürrische junge Mann lässt sich dankbar eine Zigarette andrehen. »Ich muss ja auch in jeder Vorstellung eine rauchen«, sagt er unerwartet, »aber da langt es nur für ein paar Züge, dann haut man sie mir wieder aus dem Mund.«
»Sie machen bei der Aufführung mit?« Mein Vater hält ihm das brennende Feuerzeug hin.

Er zieht kräftig an der Zigarette, hält die Luft an und nickt.
»Als was – ich mein, in welcher Sparte treten Sie denn auf?«
»Statist, aber bei einer sehr ... sehr gefährlichen ...« Seine Lunge streikt, er bekommt einen Hustenanfall, der das Kassenhäuschen wackeln lässt.
Mein Vater schlägt ihm vor, lieber aus dem Kabäuschen rauszukommen, bevor es umkippt.
Als der dickliche junge Mann neben uns steht, bewundert mein Vater seine Uniform: das leuchtende Rot, die goldenen Schulterklappen, die zweireihigen Knöpfe. Er sagt: »Die Uniform macht was her, sie lässt Sie vertrauenswürdig und sachkundig erscheinen.« Wenn er jemanden einwickeln will, benutzt er gerne gewichtige Worte.
»Aber nun mal was anderes«, wird er wieder alltäglich, »eine Mark pro Kopf für ein paar Kamele, die die Motten haben, und für einen ausgestopften Löwen, ist das nicht ein bisschen happig?«
»Dem müssen Sie mal auf den Schwanz treten«, der dickliche junge Mann verliert seine schlechte Laune, »dann werden Sie schon sehen, dass er nicht ausgestopft ist.«
»Noch was«, geht mein Vater nicht darauf ein. »Überall kündigt ihr die Indianer an, dann versteckt ihr sie. Das könnt ihr doch nicht machen!«
»Die verstecken sich selbst«, sagt der dickliche junge Mann und saugt an der Zigarette, als wenn man ihm die wegnehmen wolle. »Die sind es leid, immer angeglotzt zu werden. Außerdem frieren sie und haben Heimweh.«
»Kälte«, sagt mein Vater, »und Heimweh – das bedingt ja einander –, wobei Heimweh natürlich schwerer wiegt. Woher kommen die überhaupt, was ist das für ein Stamm?«
»Wenn ich das richtig mitgekriegt habe – warten Sie mal«, der dickliche junge Mann fischt sich ein Programmheft aus seinem Kabäuschen. »Hier steht es: Sie gehören zum Stamm

der Kiowas, das heißt ›fürstliches Volk‹. Sie kommen aus … Moment – aus Kansas.«

»Das ist im amerikanischen Mittelwesten«, sagt mein Vater, »neben Texas und New Mexiko, tolle Gegend. Wenn ich dort aufgewachsen wäre und dann hier im Hamburger Schmuddelwetter, auf diesem trostlosen Platz mit den beiden schrecklichen Hochbunkern da hinten«, er weist auf die grauen Klötze, die im Hintergrund emporragen wie zwei manifestierte Mahnungen, »meinen Lebensunterhalt verdienen müsste, ich bekäme mit Sicherheit auch Heimweh. Frieren tut man bei diesem Schietwetter doch sowieso, stimmt's oder hab ich recht?«

»Stimmt.«

»Wo sind Sie denn aufgewachsen, wenn ich fragen darf?«

»Brandenburg.«

»Dann müssten Sie ja eigentlich auch Heimweh haben.«

»Geht so …«

»Und wie sind Sie beim Zirkus gelandet?«

»Fernweh.«

»Ha!«, freut sich mein Vater. »Auch das kenn ich. Das eine, das Fernweh, schließt das andere, das Heimweh, ja nicht aus, stimmt's?«

»Richtig.« Der dickliche junge Mann zieht an der Zigarette, als hinge sein Leben davon ab. »Eigentlich wollte ich ja auch zur See fahren.«

»Ja und?«

»Ich hab Bäcker gelernt. Der Löwenbändiger sagt – der kennt sich aus, denn er hat schon viele Tiertransporte begleitet –, so was wie mich können sie an Bord nicht gebrauchen.«

»Der hat keine Ahnung! Auf den großen Pötten gibt's neben dem Koch auch immer einen Bäcker. Außerdem können Sie auf jedem Schiff in der Maschine als Reiniger anheuern, die werden immer gesucht.«

»Ach wirklich?« Es fällt schwer, mit anzusehen, wie der dickliche junge Mann an der Kippe saugt, bis er sich fast die Finger verbrennt.

»Womit verdienen die Indianer eigentlich ihr Geld, ich meine, womit treten sie auf?«

»Sie reiten wie die Teufel! Es ist, als seien sie auf dem Pferd zur Welt gekommen.« Das runde Gesicht des jungen Mannes strahlt vor Begeisterung.

Mein Vater bietet ihm noch eine Zigarette an.

»Sie nennen ihre Pferde auch nicht Pferd«, der dickliche junge Mann lässt die Kippe neben dem roten Teppich fallen, zerquetscht sie mit einer Drehung der Schuhspitze, »sondern Bruder«, er fischt sich eine neue Zigarette aus der Packung meines Vaters, »Geistesbruder.«

»Wie viele Indianer sind das?«

»Sechs.«

»Wo stecken die, ich mein, in welchem Zirkuswagen sind sie untergekommen?«

»Tut mir leid, aber das darf ich Ihnen nicht sagen.«

Mein Vater hält ihm wieder sein brennendes Feuerzeug hin, doch er lehnt ab. »Die rauch ich später, wenn Sie nichts dagegen haben«. Er klemmt sie sich hinter das Ohr.

»Natürlich habe ich nichts dagegen. Wer aber hat denn was dagegen, dass man mal 'n kleinen Klönschnack mit den Indianern hält?«

»Der Löwenbändiger. Das hört er aber nicht gerne, denn er ist hier der Direktor UND der Chef-Dompteur. Er dressiert quasi alles.«

»Auch Zweibeiner?«

»Jeder muss nach seiner Peitsche tanzen.«

»Peitsche?«

»Mit der tritt er auch auf und haut einem auf sieben Metern die Zigarette aus dem Mund. Dreimal dürfen Sie raten, wem.«

»Ach du Elend! Das ist ja lebensgefährlich für Sie. Sollte er sich nicht lieber an dem Löwen abarbeiten?«

»An dem gibt's nicht mehr viel zu dressieren. Der ist uralt, zahnlos und schwerhörig. Der Löwenbändiger sagt, dass die Indianer ab sofort nicht mehr gestört werden dürfen, sonst werden sie komisch, und dann sind die so unberechenbar wie schlecht dressierte Raubtiere.«

»Wie der zahnlose Löwe?«

»Er hat auch mal Hyänen dressiert. Das sei einmalig auf der Welt gewesen, sagt er. Wer das hinkriegt, der kann auch alles andere dressieren!«

»Nur keine Indianer ...«

»Es geht eher um ihre Pferde. Er sagt, die seien ein einziger Sauhaufen. Wenn die Indianer was im Zirkus werden wollen, müssen sie erst mal ihre Pferde auf Vordermann bringen. Wenn Sie mich fragen, ist es bei den Indianern 'ne ganz andere Art, mit Pferden umzugehen, nicht mit der Peitsche, sondern mit der Stimme und dem Gefühl. Außerdem kommen sie viel besser beim Publikum an als er mit seinen Lipizzanern.«

»Das ist ja alles ganz gut und schön ...«, mein Vater schaut jetzt auf seine Armbanduhr, »das heißt, nein, es ist gar nicht gut und schön. Vielleicht sollten Sie besser eine Veränderung ins Auge fassen, bevor Ihnen noch anstelle der Zigarette die Nase wegfliegt.«

Der dickliche junge Mann tritt einen Schritt heran. »Ich bin der Bertold.« Die Uniform riecht nach Mottenkugeln. Und ich hab jetzt auch eine Ahnung davon, weshalb er jede Zigarette raucht, als sei sie die letzte.

»Ich fahr ja auf einem Tanker.« Mein Vater bekommt seinen verschwörerischen Tonfall. »Und ich kann Ihnen, was die Heuerstelle betrifft, ein paar gute Tipps geben, Bertold, wenn Sie uns ...«

»Die wohnen nicht im Wagen, die wohnen lieber im Zelt. Das steht direkt hinter dem Löwenkäfig. Aber von mir haben Sie das nicht!«

»Ist doch klar, Bertold. Die Heuerstelle, auch ›Stall‹ genannt, liegt an den Vorsetzen, das ist unten, an der Küste, neben den Landungsbrücken. Der Heuerbaas heißt Timm, Max Timm. Sagen Sie ruhig, Sie kämen von mir, ja, grüßen Sie ihn von Ludwig. Jetzt hab ich noch 'ne letzte Bitte, Bertold«, auch die Kippe meines Vaters landet neben dem Teppich. »Rufen Sie uns ein Taxi, ja? Aber keine Bange, wir kommen wieder.«

Eine halbe Stunde später stehen wir am Kopfende des Zeltes, in dem die Indianer wohnen sollen.
»Hey!«, ruft mein Vater und gibt lauthals auf Englisch eine Erklärung ab, die er mir anschließend flüsternd übersetzt: »Ich hab gesagt, ich wüsste, was es heißt, zu frieren und Heimweh zu haben, wüsste aber auch, was man dagegen tun kann. Ich hätte ihnen einen Kälte- und Heimwehvernichter mitgebracht.«
Von innen dringen die befremdlichen Laute einer kurzen Unterhaltung heraus. Dann wird der Reißverschluss hochgezogen, und vor uns steht ein Junge, vielleicht zwei, drei Jahre älter als ich. Er trägt eine Nietenhose (solche, wie wir sie auch immer gerne haben wollen) und einen blauen Pullover. Aber indianisch ...? Indianisch sind vielleicht seine Augen und seine schwarzen Haare, die er zu einem Pferdeschwanz gebunden hat. Dann bemerke ich seine Schuhe: bestickte Mokassins! Ich bekomme feuchte Hände, was immer geschieht, wenn ich aufgeregt bin.
Er bittet meinen Vater um den Homesicknesskiller. Der reicht ihm die in eine Zeitung eingewickelten Sachen, die wir auf der Reeperbahn besorgt haben. Der junge Indianer sagt: »Please, wait for a little moment«, und verschwindet wieder im Zelt.
Fünf Minuten später kommt ein Riesenkerl raus, der fast einen Kopf größer als mein Vater ist. Er trägt ein offenes Holzfällerhemd über einer ausgebeulten Trainingshose. Sein hellgrünes Unterhemd ist verwaschen und fleckig. Ihm fehlen zwei Vorderzähne, die übrigen sehen auch nicht sehr vertrauenerweckend

aus. Die grauen Haare kleben an seinem massigen Schädel. Er hat ein Gesicht wie ein Vollmond. Sein Grinsen ist ansteckend.
»I am Howling-at-the-moon«, sagt er. Dabei berührt er mit dem Faustrücken seine Stirn, bevor er meinem Vater die Hand reicht. »And what's your name?«
»Ludwig«, sagt mein Vater und schüttelt dem Riesen die Pranke, »and that's my son Kalle.«
Auch bei mir vollzieht er die Geste mit der Faust und dem Handschlag, wobei er meine Hand mit drei Fingern hält, als sei sie was Besonderes. Ich mag ihn sofort, obwohl er eher Ähnlichkeit mit unserem Hausmeister aus der Schule hat als mit Cochise aus dem Film oder mit Tecumseh, wie ich mir den vorstelle.
»What means homesicknesskiller?«, fragt er meinen Vater und führt uns ins Zelt.
Die seitlichen Schrägen sind mit Planen abgetrennt. In der Mitte kann man stehen. Dort befindet sich im hinteren Bereich ein langer Tisch, an dem vier Männer vor einem Brettspiel sitzen. Sie haben amerikanische Schirmmützen auf und sehen eher wie Bauarbeiter aus, die gerade Mittagspause machen. Ich kann nicht glauben, dass das die Männer mit dem Federschmuck auf den Werbefotos sind. Nach meiner Meinung hat ein Indianer immer wie ein Indianer auszusehen, so wie auch ein Löwe immer wie ein Löwe aussieht. Es stört mich, ja, es tut mir geradezu weh, wenn ich mir vorstelle, dass sich auch die Indianer für ihren Auftritt kostümieren, wie die Clowns oder die Trapezkünstler.
Unter der Firststange baumelt eine einsame Glühbirne, die einen blendet, wenn man hinsieht. Auf dem Tisch steht die Flasche, die mein Vater besorgt hat, daneben liegt die Tüte mit dem Würfelzucker. Der Junge steht am anderen Kopfende des Tisches. Er hält ein Stück Zucker wie einen großen Edelstein zwischen Daumen und Zeigefinger.
»That's sugar«, sagt mein Vater, »you can eat it.« Er fischt zwei Würfel aus der Tüte, steckt einen in den Mund und gibt mir den

anderen. Als ich auch den Zucker zu lutschen beginne, wirft der Junge sein Zuckerstück in die Luft, um es geschickt mit dem Mund aufzufangen.

»His name is Catching-the-sugar«, sagt Howling-at-the-moon. Als der junge Indianer auflacht, ergänzt er: »Sorry: Catching-the-snake, but up to now he is just a young snake on his way to catch himself.« Er weist mit spitzem Mund auf die Flasche: »And what's that?«

Nun beginnt mein Vater auf Englisch zu erklärten, was er mir schon beim Kauf erzählt hat, nämlich dass es sich dabei um Jamaika-Rum, also um einen Zuckerrohr-Schnaps handelt, dass es eine Spezialität von Seeleuten sei – die ja bei Wind und Wetter draußen an Deck arbeiten müssten und nicht selten vom Heimweh geplagt würden –, daraus einen steifen Grog zu machen. »Rum muss, Zucker darf, Wasser kann«, hat er mir erklärt. Bei den Kiowas hält er drei Finger in die Luft. Nach drei steifen Grogs seien Kälte und Heimweh vertrieben. »Trust me«, sagt er.

Howling-at-the-moon, der das Ganze in Kiowa-Sprache übersetzt, einschließlich der darauf folgenden Mixanleitung meines Vaters, gibt seinen Stammesbrüdern Anweisungen. Schon steht in einer der Zeltschrägen ein Wasserkessel auf dem Gasherd, und auf dem Tisch warten die geöffnete Rumflasche, ein verbeulter Blechbecher und ein Löffel darauf, dem Heimweh und der Kälte die Stirn zu bieten.

Als das Wasser kocht, stellt einer der Männer den Kessel auf den Tisch, mein Vater wirft drei Zuckerwürfel – er reckt drei Finger hoch – in den Becher, füllt kochendes Wasser darauf und kippt zwei Finger breit – er reckt zwei Finger in die Luft – aus der Rumflasche hinzu. Das Ganze rührt er mit dem Löffel um und reicht Howling-at-the-moon den Becher. Der schlürft davon, grunzt zufrieden und gibt den Behälter weiter.

Als der Indianerjunge an der Reihe ist, kommt es zu einer kurzen Diskussion, ob wir, er und ich, an der Heimwehver-

treibung beteiligt werden sollen. Mein Vater ist offensichtlich dagegen. Er sagt: »It's not good for children.«
Howling-at-the-moon entscheidet: »No.«
Wütend springt der Junge auf, ergreift, als er bei mir vorbeikommt, meinen Arm und zieht mich mit sich hinaus aus dem Zelt. Draußen stampft er mit den Füßen ein paar Mal auf und grollt vor sich hin, was wie ein Tanz wirkt. Danach scheint die Sache erledigt, er winkt mir, ihm zu folgen.
Es hat aufgehört zu regnen, aber dunkle Wolken fliegen über den Himmel wie bedrohliche Vögel.
Wir gehen um den Zirkuswagen herum, dessen Rückseite an das Zelt grenzt, und stehen vor dem Löwenkäfig.
Dort haben sich noch ein paar andere Besucher eingefunden, denn der Löwe scheint das Einzige zu sein, was in dieser Tierschau sehenswert ist.
Der Indianerjunge zeigt auf das bewegungslos daliegende Tier. »Chicago«, sagt er, »his name is Chicago, because he is from the zoo of Chicago. Chicago means in our language ›skunk‹.« Er hält sich die Nase zu, ich versteh. »He is a very big …«, er breitet lachend die Arme aus, »SKUNK!«
Der Löwe hebt tatsächlich den Kopf, sodass auch die Besucher zu lachen anfangen.
Da springt aus der offenen Tür des gegenüberstehenden Wohnwagens ein untersetzter Mann, stolziert in Cowboystiefeln direkt auf uns zu, baut sich vor dem Indianerjungen auf und schreit: »Wie oft muss ich dir das noch sagen: Du sollst ihn nicht ›Skunk‹ nennen. Ich sag zu dir doch auch nicht ›Stinktier‹, obgleich ich allen Grund dazu hätte!«
Er trägt einen grauen Overall, an seinem Gürtel hängt eine aufgerollte, kurzstielige Peitsche. Er tritt an das Gitter, schiebt die Hand mit der Peitsche durch die Stäbe und entrollt sie auf dem Käfigboden. »Er ist zwar schwerhörig«, erklärt er den Besuchern, »aber die Peitsche versteht er.« Er bewegt den Peitschen-

griff so schnell hin und her, dass sich das geflochtene Lederband wellenförmig über den Körper des Löwen schlängelt. Der beginnt sich zu recken.

»Chicago!«, ruft der Peitschenmann. »Komm hoch und zeig mal, was für ein großer, gefährlicher Kerl du bist!«

Doch der Löwe hat seine Körperspannung wieder aufgegeben und rührt sich nicht mehr.

Der Löwenbändiger rollt die Peitsche auf und lässt sie vor den Gitterstäben auf der Höhe des Raubtierkopfes knallen, dass ich und ein paar andere Besucher zusammenzucken.

Chicago schlägt mit dem Schwanz, als wolle er sagen, das kann ich auch, bleibt aber liegen.

Jetzt ruft Catching-the-snake: »Stand up, SKUNK!« und setzt sich gleichzeitig in Richtung des Zirkuszeltes in Bewegung.

Ich bleibe dicht hinter ihm und sehe aus den Augenwinkeln, wie sich der Löwe tatsächlich erhebt.

Das Publikum amüsiert sich und lacht.

Der Löwenbändiger aber droht mit der Peitsche hinter uns her, und sein Gesichtsausdruck verrät, dass er das nicht aus Spaß macht.

»He is our Crazy-headmaster«, ruft Snake mir zu. »Not good for lions, for horses or for any other animal. Maybe he is good for a flea circus.«

Ich versteh ihn zwar nicht, aber ich muss kein Hellseher sein, um zu ahnen, worüber er spricht.

Wir laufen quer durch die Manege. Es riecht nach Sägespänen, nach feuchten Teppichen und nach Tierkot. Sofort befällt mich eine Kombination aus Neugier, Aufregung und Sehnsucht. Aber Sehnsucht worauf?

Bevor ich mich richtig umgesehen habe, sind wir schon wieder aus dem großen Zelt heraus und in ein anderes, längliches eingetreten, dessen Seitenplanen hochgerollt sind.

Es ist das Pferdezelt, das mein Vater und ich vorhin schon besucht haben.

Snake löst die Bänder auf der Seite, die zum Hauptzelt weisen, um die Plane runterrollen zu lassen. Auf der gegenüberliegenden Seite sind die Pferdeboxen. Er öffnet eine und führt ein Pferd heraus. Es ist kleiner als die anderen. In seiner braunen Mähne ist Silberband eingeflochten, das ihm eine gewisse Feierlichkeit verleiht, so, als wäre es für einen besonderen Anlass geschmückt.
»Flying-fox«, sagt er. »It's mine.«
Aus einer Kiste an der Stirnseite des Zeltes zieht er eine farbenfrohe Decke hervor und wirft die über den Rücken des Pferdes. Dann legt er sich unter ihm ins Stroh – der gesamte Zeltboden ist mit Stroh bedeckt – und spannt unter seinem Bauch zwei Riemen, deren Enden an der Innenseite der Pferdedecke befestigt sind. An der Außenseite hängen links und rechts farbige Bänder herab, die zu Schlaufen verknotet sind.
Jetzt zieht er Flying-fox ein einfaches Schnurhalfter über den Kopf, das er links und rechts in die Ösen hakt. Dabei reißt er den eigenen Mund weit auf, legt den Zeigefinger quer davor und knallt mit einer imaginären Peitsche. »Not good«, sagt er. »Curb and whip not Kiowa-like, but Crazy-headmaster loves it.«
Er führt das Pferd in die Mitte des Ganges, dabei flüstert er ihm etwas ins Ohr. Dann geht er bis zum Ende des Zeltes zurück. Als er sich umdreht, weiß ich, was er vorhat: Er nimmt Anlauf und hechtet mit einem beachtlichen, am Hinterteil des Pferdes aufgestützten Grätschsprung auf dessen Rücken.
Flying-fox beginnt zu tänzeln, doch der Indianerjunge spricht beruhigend auf ihn ein, während er ihm über den Nacken streicht. Dabei lässt er sich ganz langsam auf seine rechte Seite gleiten. Dort bleibt er, das Pferd als Deckung benutzend, von der Seite also unsichtbar, einen Augenblick hängen.
Natürlich kenne ich diese Haltung aus den Filmen, wenn die Indianer bei einem Überfall mit ihren Pferden die Wagenburg eines Siedlertrecks umkreisen.

Danach klettert Snake unter dem Pferd durch, ohne den Boden zu berühren. Auf der anderen Seite zieht er sich wieder hoch, das eine Bein in die Luft gestreckt, über den Pferderücken gekippt, direkt in die Position des Reiters. Dabei gibt er die ganze Zeit leise, beruhigende Laute von sich. Der gesamte Vorgang ist eine einzige gleitende Bewegung, bei der die Schwerkraft aufgehoben scheint.
Jetzt bin ich an der Reihe. Zuerst muss ich mich dem Pferd von vorne nähern, dann hilft mir Snake auf seinen Rücken: Noch nie habe ich auf einem Pferd gesessen. Für ein paar Sekunden vergesse ich alles, meine Umgebung, meinen Vater – ich bin ein Prärieindianer, rieche das Abenteuer!
Wie zur Bestätigung setzt in diesem Moment in einiger Entfernung ein monotoner Trommelschlag ein.
Catching-the-snake horcht auf. Er sagt: »It's OK, homesickness is gone.« Daraufhin zeigt er mir die Griffe, die nötig sind, um in die seitliche Deckung des Pferdes zu gelangen: die linke Hand in die Mähne, den rechten Fuß in eine der Schlaufen der Pferdedecke, die rechte Hand … schon liege ich im Stroh.
Wir kichern beide, auch das Pferd scheint sich zu amüsieren, denn es nickt mit seiner sonntäglich geschmückten Mähne.
Ich muss an meine Großmutter denken, die mir meinen Indianernamen Der-vom-Pferd-fällt ja schon vorausgesagt hat.
Der Trommelschlag bricht ab, Snake lauscht wieder. Es folgt noch ein Lauf von vier schnellen Schlägen und dreien mit größerer Pause.
Snake wird unruhig. Wir bugsieren Flying-fox in die Box zurück und rennen zum Indianerzelt zurück.

Schon von draußen hören wir eine aufgebrachte Männerstimme. Wir huschen ins Zelt und bleiben im Rücken des Löwenbändigers stehen.
Mein Vater und die Indianer sitzen am Tisch: vorne rechts mein Vater und ihm gegenüber, etwas zurückversetzt, Howling-at-

the-moon mit einem schwarzen Zylinder auf dem Kopf und einer Trommel zwischen den Beinen.

Davor hat sich der Löwenbändiger aufgepflanzt und redet auf meinen Vater ein: »Was glaubst du wohl, warum ich angeordnet habe, dass diese Penner hier nicht gestört werden dürfen?«

Mein Vater sagt nichts, er schaut ihn nur ungläubig an.

»Um genau das zu verhindern, was jetzt passiert ist!« Der Löwenbändiger fuchtelt mit der leeren Rumflasche herum: »Das ist übrigens ein Beweisstück. Wie bist du hier überhaupt reingekommen?«

Ich mag nicht, wie er mit meinem Vater redet. Es liegt so eine Selbstgerechtigkeit in seiner Stimme, wie ich sie auch von einigen Lehrern kenne. Je ruhiger mein Vater wirkt, umso aufgebrachter stellt der Löwenbändiger seine Fragen: »Ist dir klar, was du angerichtet hast, du Blödmann? Schon mal was vom Feuerwasser-Mythos gehört?«

Das Ganze hat etwas von einer Schulstunde, bei der sich der Lehrer den Mund fusselig redet, die meisten Schüler aber kurz vor dem Einschlafen sind.

»Rothäute haben nämlich mit dem Saufen ein echtes Problem, ihnen fehlt irgend so ein Scheiß-Enzym, das den Alkohol abbaut. Für heute also können wir ihren Auftritt vergessen. Wenn wir Pech haben, auch für morgen. Das heißt, es werden so einige Zuschauer ihr Geld zurückhaben wollen, oh ja, dafür mache ich dich verantwortlich. Aber Blödheit schützt bekanntlich vor Strafe nicht.« Er knallt meinem Vater Papier und Schreibstift auf den Tisch. »Hier! Schreib mir deinen Namen und deine Anschrift auf, damit sich mein Anwalt mit dir in Verbindung setzen kann. Wenn nicht, muss ich die Polizei rufen.«

Ich sehe, dass die letzten Sätze bei meinem Vater angekommen sind. Er steht auf, wobei er leicht schwankt. Seine Sprache aber ist überraschend deutlich: »Nun kommen Sie mal wieder runter von Ihrem hohen Ross! Wie wäre es denn gewesen, wenn die Kiowas mit ihrer Verstimmung das Zirkuspublikum gar nicht mehr erreicht hätten? Eine Maßnahme gegen das Heimweh – ich weiß, wovon ich rede – war längst überfällig. Sehen Sie sich die Männer doch an: Sie war erfolgreich!«

Die Indianer sitzen da, als seien sie in Trance versetzt worden. Sie haben die Augen geschlossen, scheinen in sich hineinzulächeln.

»Erfolgreich!?« Der Löwenbändiger lacht laut und hysterisch auf. »Willst du mich verarschen? Ich sehe hier fünf besoffene Typen rumhängen, die sich einen Dreck um ihren Auftritt scheren! Weißt du, wie man so was beim Kommiss genannt hat? Zersetzung der Kampfmoral. Und weißt du, was man mit Saboteuren wie dir gemacht hat?«

In diesem Augenblick beginnt Howling-at-the-moon, ohne die Augen zu öffnen, in Kiowa-Sprache zu reden. Offensichtlich richtet sich das an den Indianerjungen, denn der verschwindet sofort hinter einer der Seitenplanen. Zu meinem Vater, der sich wieder hingesetzt hat und auf das leere Blatt Papier starrt, sagt er: »Bad ghost inside here. We have to kick him out, otherwise homesickness will come back.«

»Das aber ist nur die eine Seite der Medaille.« Der Löwenbändiger fährt fort, ohne den Indianer zu beachten. »Die andere Seite wäre, wenn die Scheiß-Rothäute den Auftritt schmeißen, dass sie damit ihren Scheiß-Vertrag brechen. Dafür kann ich sie endlich vor die Tür setzen. So gesehen hättest du mir dann sogar einen Gefallen getan. Die faulen Säcke gehen mir schon lange auf die Nerven. Ihre Pferde können nicht mal ein Bein vor das andere setzen! Einem Löwen kann man in zwei, drei Monaten alles beibringen, ebenso einer Hyäne. Bei einem Pferd aber dauert das länger, da muss man viel mehr Geduld aufbringen. Übersetz das ruhig mal für den Herrn Häuptling Mondgesicht, mein Englisch reicht dafür nicht aus. Ich finde aber auch, die sollten erst mal Deutsch lernen, wenn sie hier arbeiten wollen!«

In diesem Moment taucht Catching-the-snake wieder auf. Er zieht mich am Arm aus dem Zelt raus. Ich folge ihm widerwillig, denn eigentlich will ich bei meinem Vater bleiben, jetzt, da er Ärger hat.

Snake holt eine handgroße Rolle unter seinem Pullover hervor, die er mir zeigt. Es sind irgendwelche Pflanzen, eingerollt in dünne Schinkenscheiben, mit einem feinen Garn zusammengebunden. Er hält mir das Röllchen unter die Nase: Neben dem Schinken- nehme ich einen leichten Knoblauch- und Wachholdergeruch wahr.

»Gift for Skunk«, flüstert er.

Ich erschrecke. »Gift?«, frage ich ungläubig. Snake nickt eifrig, wobei er von der Seite kommend das Röllchen zwischen den ersten beiden Gitterstäben in den Löwenkäfig hineinschiebt.

Der Löwe nimmt sofort Witterung auf und hebt den Kopf.

Vor dem Käfig haben sich jetzt etwa zehn bis zwölf Leute eingefunden, hauptsächlich Mütter mit ihren Kindern und zwei Liebespaare.

Wind und Regen haben nachgelassen, neben Grau und Weiß lässt der Himmel ein paar optimistische, azurblaue Flecken durchblicken.

Ich folge Snake zur gegenüberliegenden Seite. Wir setzen uns auf die Holztreppe vom Wohnwagen des Löwenbändigers und erwarten, was nun nicht mehr aufzuhalten ist, es sei denn, ich würde auf der Stelle loslaufen, losschreien und dem Löwen die Schinkenrolle vor dem Maul wegreißen.

Der hat es nicht mal für nötig befunden, aufzustehen, hat den Kopf wie ein Bettvorleger flach auf den Boden gelegt und hat das Röllchen mithilfe der linken Tatze und der Zunge im Maul verschwinden lassen.

Gebannt starren Mütter und Kinder auf das für einen so kleinen Happen viel zu große Maul.
Jetzt hebt der Löwe den Kopf, mit einer einzigen Kaubewegung ist das Schinkenröllchen verschluckt und vergessen.

Ich bin davon überzeugt, dass nun sein letztes Stündlein geschlagen hat, fühle mich vor Betroffenheit und Schrecken wie gelähmt. Ich muss an die Worte des dicklichen jungen Mannes denken, als er den Löwenbändiger zitiert hat: »Ab sofort dürfen die Indianer nicht mehr gestört werden, sonst werden sie komisch, dann sind sie so unberechenbar wie schlecht dressierte Raubtiere!«
Genau das scheint nun eingetreten zu sein, denn wenn ich Catching-the-snake anschaue, dann grinst er die ganze Zeit erwartungsvoll.
Der Löwe, der sich auf die Seite hat fallen lassen, liegt nun wieder da, als sei er ausgestopft.
Für einen Moment habe ich die Hoffnung, dass er einfach so hinübergleiten wird, ohne große Verrenkungen und Schmerzen, in die Vorstufe zum Ausgestopftsein, und dass er dann tatsächlich irgendwann ausgestopft wird, um für alle Zeiten so daliegen zu können, wie er es am liebsten tut.
Gerade als eine der Mütter ihre Kinder überredet hat, zu gehen, weil der Löwe viel zu faul sei, fangen plötzlich seine Hinterbeine an zu zucken, so als träume er, er jage hinter einer Herde Pferde her. Jetzt bewegen sich auch seine Vorderbeine, wobei er einen tiefen Seufzer vernehmen lässt, wie einer, der genau weiß, dass er nie wieder laufen wird.
Doch dann scheint er sich das anders überlegt zu haben, denn er erhebt sich, als wolle er in seiner ganzen beeindruckenden Größe Abschied nehmen. Fast drei Meter lang, am Kopf eineinhalb Meter hoch, so steht er da, parallel zu den Gitterstäben. Er dreht den großen, zotteligen Schädel und schaut todmüde über die neugierig näher tretenden Besucher hinweg.

Bedächtig hebt er das linke Hinterbein, noch bevor der begeisterte Ruf eines kleinen Mädchens: »Er will Handstand machen!« verklungen ist, trifft sein strammer Urinstrahl das Liebespaar, das sich gerade küssen will, wird dann von einem Gitterstab abgelenkt und wie mit einer Gießkanne gleichmäßig über die Kinder und Mütter, die ganz vorne stehen, verteilt, schießt danach einer sich erschrocken abwendenden Frau den Hut vom Kopf, verfängt sich während der beginnenden Schlussphase in der Hochfrisur einer älteren Dame und endet mit der letzten Intervall-Pressung auf dem vor Abscheu und Ungläubigkeit verzerrten Gesicht ihres Begleiters.

Währenddessen hat eine panische Flucht eingesetzt, bei der Kinder und Mütter um die Wette kreischen und einer über den anderen stolpert.

Nach kürzester Zeit ist der Bereich vor dem Käfig, bis auf einen umgestürzten Kinderwagen und den olivgrünen Damenhut, wie leer gefegt. Der Löwe hat sich wieder auf die Seite fallen lassen und seine Lieblingsstellung, wie präpariert und ausgestopft, eingenommen.

Als der dickliche junge Mann herbeigeeilt kommt (»ich bin der Bertold – was kann ich für Sie tun?«), hätte er den Hilferuf für einen dummen Scherz halten können, wenn … ja, wenn da nicht das klägliche Weinen der Kinder, die händeringenden Gesundheitsfragen der Mütter, das atemlose Gelächter des jungen Indianers, die Drohgebärden des Rächers der Hochfrisur und der beißende Uringeruch des Löwen in der Luft gehangen hätten.

Es wird lautstark nach dem Zirkusdirektor verlangt. In einer Lach- und Atempause bekennt Snake: »He is with the Kiowas.«

Während Bertold wie ein Verkehrspolizist den Löwenbändiger aus dem Indianerzelt herausgestikuliert, schleichen wir auf der anderen Seite des Löwenkäfigs ungesehen dorthin zurück.

Snake stützt beide Hände auf der Kopfseite des Tisches ab, hebt das linke Bein und verwandelt sich in einen Löwen, der vor

Lachen nicht pissen kann. Diese Lachlust, die nichts anderes zulässt, als nach Atem zu ringen, um weiterzulachen, überträgt sich sofort auf die anderen Indianer.

Für mich ist das alles viel zu schnell gegangen, die Angst, der Löwe könnte auf der Stelle tot umfallen, hat mich die ganze Zeit nicht losgelassen. Erst jetzt begreife ich, dass der massive Drang des Löwen das eigentliche Ziel der »Vergiftung« gewesen sein muss. Diese plötzliche Erlösung lässt mich sofort mitlachen.

Nicht selten geschieht es auf dem Schulweg, dass wir lachen müssen, bis wir gar nicht mehr wissen, worüber, und nur noch über das Lachen lachen.

Ähnlich ist es hier. Nur für Sekunden kann ich innehalten und nach Luft schnappen, schon prustet es wieder aus mir heraus. Es ist jetzt unwichtig, dass die Kiowas nicht wie Indianer aussehen. Für die Tränen, die uns über die Gesichter laufen, und die schmerzenden Bauchmuskeln ist eine Vertrautheit nötig, wie sie nur unter Geistesbrüdern entstehen kann.

Auch mein Vater fällt etwas verspätet in das Lachen der anderen ein.

Irgendwann hat Howling-at-the-moon mit ihm ein Nachsehen, er erläutert ihm, worüber gelacht wird: »The lion pissed«, sein Gegacker lässt die Worte tanzen, »and therefore … therefore Crazy-headmaster pissed off!«

Als die ersten Erschöpfungserscheinungen auftreten, begleitet von einer allgemeinen Erleichterung, die Snake auf einen Stuhl fallen und die Köpfe der anderen Kiowas nach hinten oder auf den Tisch sinken lassen, hat Howling-at-the-moon schon eine ganze Zeit auf meinen Vater eingeredet. Jetzt erhebt er sich und sagt: »You have to leave, before Crazy-headmaster is coming back.«

Er geleitet uns zum Ausgang, schiebt den Zylinder in den Nacken und verabschiedet sich so, wie er uns auch begrüßt hat, nur dass er mir die Hand nicht mit drei Fingern gibt und ich seinen festen Griff stolz erwidere.

Wir gehen, ohne uns umzuschauen. Mein Vater schreitet aus, so dass ich immer mal drei, vier Schritte laufen muss, um mitzukommen.
Von hinten angeschlichen, rüttelt er an dem Kartenhäuschen, doch es ist keiner drin.
Draußen, auf der Straße, spazieren wir wieder langsamer.
»Das ist ja noch mal gut gegangen«, sagt mein Vater. »Der Häuptling hat mir erzählt, dass sie auf die Überfahrt sparen. Sie vermissen ihre Ahnen, die Felsengeister, das weite Land. Die deutschen Städte sind ihnen zu kalt, zu dunkel und zu kaputt. Außerdem laufen hier viel zu viele Headmaster rum, die das Leben organisieren, aber nicht leben. Er hat mir auch versichert, dass sie ihren Auftritt NICHT schmeißen werden. Es gibt da einen alten Indianertrick: Sie werden kurz vor der Aufführung die Namen ändern und mit den falschen Namen den Dämon des Feuerwassers irreführen. Uns hat er vorsichtshalber auch neue Namen mitgegeben. Ich heiße: Three-stiff-grogs, also: Drei-Steife-Grogs. Und du …«
»Ich weiß schon«, unterbreche ich ihn, »ich heiße Der-vom-Pferd-fällt.«
»Wie kommst du denn darauf? Who-makes-the-lion-piss ist dein neuer Name, Der-den-Löwen-zum-Pissen-bringt. Übrigens scheint es zu wirken. Ich kann es kaum glauben, aber ich fühle mich – oder sollte ich besser sagen, Three-stiff-grogs fühlt sich – stocknüchtern. TAXI!«

Anna Achtern Diek

Zwei- bis dreimal die Woche gehen Fiete und ich um den Block, abends, nach acht, wenn die Drehzahl der Welt schon etwas nachgelassen hat.
Regelmäßig ruft meine Mutter hinter mir her – ihre Anteilnahme ist immer gleich bleibend nervig: »Wo willst du denn um diese Zeit noch hin?«
Ich sage – auch das ist immer derselbe Spruch: »In die Elbe spucken!«
Ausgleichende Einflussnahme kommt aus der Küche, wo meine Großmutter in der Sofaecke in einer ihrer Romanübersetzungen schmökert: »Nun lass ihn doch, das braucht er eben!«
Natürlich hat meine Mutter das letzte Wort: »Und die Schule!?«
Ich gehe inzwischen in die 10. Klasse.

Ich klingle unten, bei Fiete.
Der ruft von oben: »Komme gleich!«, wobei das enge, verwinkelte Treppenhaus, das nach Fäulnis und Essen riecht, von irgendwoher ein Echo zurückwirft, als berge es ein Geheimnis. Ich muss dann jedes Mal an Fietes Vater denken. Der hat im Suff die Küche auseinander genommen und aus dem Hinterfenster in den Hof geschmissen. Als die Polizei kam – alarmiert durch Fietes Großmutter von ihrem alles überschauenden Fensterplatz aus, mit zittrigen Handzeichen rüber zu den Nutten Ecke Erich- und Davidstraße –, da stand Fietes Vater schon am oberen Ende der schmalen Stiege und erwartete sie. Er ist eigentlich ein ruhiger, schmächtiger Mann, der als Schweißer auf der Werft seine Brötchen verdient. Dort oben aber, mit einem Stuhlbein in der Rechten wie Prinz Eisenherz das »singende Schwert«, verbreitete er ein Angst einflößendes Echo.

Prinz Eisenherz ist eine unserer Lieblingsbildergeschichten. Wir hatten jene Zeichnung vor Augen, auf der der Prinz auf einer Brücke stehend die Wikinger rechts und links in den Fluss purzeln lässt. Darunter steht: »An diesem Tag trug der tapfere Jüngling seinen Namen zum ersten Mal in die Geschichte der Wikinger ein.«

Fietes Vater schlug vier Polizisten krankenhausreif. Das stand sogar am nächsten Tag in der Morgenpost. Unser Zitat lautete: »An diesem Tage trug der tapfere Erich seinen Namen zum ersten Mal in die Geschichte der Hamburger Polizei ein.«

Er bekam zwei Monate auf Bewährung und musste einen Berg von Schulden abzahlen.

Seitdem hat er Alkohol nicht mehr angerührt. Fiete spricht nicht gern darüber. Wird diese bewundernswerte Konsequenz seines Vaters aber mal von uns hervorgehoben, so klopft Fiete automatisch dreimal auf Holz, wofür er meinen Kopf bevorzugt.

»Hauptsache, es wirkt«, sage ich dann milde.

Unser Rundgang ist immer der gleiche: die Erichstraße hoch, links in die Davidstraße rein, rechts in die Kastanienallee, Zirkusweg, die Helgoländer Allee runter, an den Landungsbrücken entlang (irgendwo dort spucken wir in die Elbe) und die Hafenstraße rauf. In unserer Stammkneipe bei Tante Hermine genehmigen wir uns dann ein Bier, wenn wir Geld haben.

Auf unserem Weg geht es zuerst mal um den Frust, den wir mit unseren Müttern haben. Wir sind nun schon so gut wie erwachsen, müssen aber immer noch Rechenschaft darüber ablegen, wo wir hingehen, wann wir nach Hause kommen usw. – echt bescheuert!

Auch mit der Scheiß-Schule haben wir unsere Probleme: Wofür braucht man das, so fragen wir uns, was wir da alles über den 30-jährigen Krieg auswendig lernen müssen? Und was ist eigentlich mit der jüngsten Geschichte?

Doch spätestens am Zirkusweg haben wir unser Lieblingsthema zu fassen: Wie kriegen wir es endlich mal hin, mit einem Mädchen zu schlafen? Wann können wir sagen: »An diesem Tag schrieb der tapfere Jüngling seinen Namen …« »Nein!«, verbessert Fiete, »tunkte er seinen Füller zum ersten Mal in das Tintenfass der holden Weiblichkeit.«
Es ist, als wenn sich unsere Wünsche, Fantasien und Ängste durch die Bewegung des Nebeneinanderherlatschens lösen und verselbstständigen, ähnlich wie bei einem Verdauungsspaziergang. Einig sind wir uns darüber, dass das erste Mal wichtig sei, allein schon, um bei dem ganzen Gerede über den »Geschlechtsverkehr« mithalten zu können. Vor allem aber muss es bald passieren, denn wir sind schon 17 und spät dran, wenn man der Meinung der Straße glauben will, ja, eigentlich sind wir schon überfällig für das erste Mal.
»Der Ball will ins Tor«, sagt Ewu, »ist doch ganz einfach. Und je älter du bist, umso schneller, zielsicherer und einfallsreicher sind deine kleinen Stürmer!« Ewu hat es schon zweieinhalb Mal gemacht, wobei das halbe Mal dafür steht, dass er ihn nur halb reingekriegt hat, wie er sagt.
»Ihr müsst euch vorstellen, dass die ganze Mannschaft stürmt, und jeder hat'n Ball.«
»Fünfhunderttausend!«, sage ich.
»Fünfhundert… wie viel?« Er schaut mich ungläubig an.
»Bei jedem Erguss 'ne halbe Million Kaulquappen!«, betone ich und genieße sein Staunen.
»Wer sagt das denn?«
»Der Boxer!«

Ich habe damals auch gestaunt, zuerst gebibbert und dann gestaunt.
Es war wegen meines ersten Samenergusses. Den hatte ich in der Turnhalle beim Klettern an der Stange. Ich dachte: »Was

ist'n nu' los!«, und kletterte gleich noch mal. Aber da kam auch was raus, da vorne, so was wie Eiter.
Ich war fest davon überzeugt, dass ich mir nun eine Geschlechtskrankheit zugelegt hatte.
Nach einigen Wochen, die ich mit hängenden Ohren rumlief, ging ich zum Boxer. Der sagte: »Jung, das ist normal, das ist dein Samen.«
»Aber der ist doch ganz matschig«, gab ich zu bedenken, »und sieht so aus wie Schleim.«
»Keine Bange. Das ist nur das Transportmittel, und da schwimmen jedes Mal fünfhunderttausend Samen drin.«
Ich war damals sehr erleichtert und sehr erstaunt.

»Siehste, siehste!« Ewu hat sich schnell wieder gefangen. »Deshalb ist es auch das Beste, ihr zieht euch schon vor der Verabredung 'ne Lümmeltüte über die Gurke.« Dann macht er seinen üblichen Schnack: »Wie auch immer, lass uns wieder vertragen!«, und fischt die Blechdose mit den Selbstgedrehten aus der Hosentasche.

Fiete und ich untermauern unseren Vorsatz mit einer Wette: Derjenige, der es von uns beiden als Erster hinkriegen wird, mit einem Mädchen zu schlafen, soll von dem anderen einen Abend lang freigehalten werden: Kino, ein halbes Hähnchen und ein paar Biere bei Tante Hermine, das ganze Festprogramm.
»Trotzdem dürfen wir uns nicht verrückt machen lassen«, sagt Fiete. »Man ist doch auch nie zu alt zum Fliegen – bist du schon mal geflogen?«
»Klar! Bei Krause aus'm Physikunterricht.«
»Brüller!«
Natürlich sind wir uns auch unseres Handicaps bewusst: Wir haben zu wenig Kontakt zu den Mädchen. Wir gehen nicht nur in getrennte Klassen, wir besuchen sogar verschiedene, weit

auseinander liegende Schulen. Und der Blickkontakt in der Seilerstraße auf dem Weg dorthin genügt einfach nicht, man muss schon mit ihnen reden. Aber wir wissen nicht so genau, wie. Mit ihren langen, dünnen Beinen erscheinen sie uns wie komische Vögel, eingeflogen aus einem fernen, unbekannten Land. Auch verständigen sie sich kreischend und treten in Schwärmen auf.
Sich dann vorzustellen, mit einem dieser Vögel »Geschlechtsverkehr« zu haben, kommt uns manchmal so komisch vor, dass wir einen Lachanfall bekommen, der aber innerlich eher einem Weinkrampf gleicht und der in der unausgesprochenen Frage mündet: »Wie soll denn das bloß funktionieren?«
Andererseits bewegen sich die komischen Vögel oft sehr kokett, wobei sie kucken, ob wir auch kucken. Hinzu kommt, dass wir es seit frühester Kindheit tagtäglich vor Augen haben, wie es anfängt: Der Mann verhandelt mit der Frau, die Frau nimmt ihn mit auf ihr Zimmer. Und spätestens seit der dritten Klasse wissen wir, dass sie dort NICHT »Mensch ärgere dich nicht« spielen.
Vielleicht ist das alles ja gar nicht so verworren. Wir müssen uns nur mal zu einem offenen Wort durchringen: »Hört mal, wir sind, was den Geschlechtsverkehr angeht, spät dran, aber voller Neugier, Fantasie und Tatendrang. Jemand interessiert?«
Na ja, da sind auch noch Fietes ältere Schwester und ihre Freundinnen. Die aber betrachten uns ein für alle Mal als die Lütten oder – was die nächst-höhere Stufe der Überheblichkeit ist – die lütten Scheißer. Wenn wir dagegen aufbegehren und Sprüche machen, zum Beispiel wie nötig wir eine Puppe hätten – eine zum Reinbeißen und Knurren –, finden sie uns drollig.
»Drollig?«, jault Fiete auf. »Ihr meint wohl rollig!«
»Ooooch! Braucht Lütt-Katerchen ’ne Rollkur fürs Lütt-Schwänzchen?«
Fiete, der mit seiner in jeder Hinsicht schlagfertigen Schwester auf engstem Raum zusammenleben muss, ist oft so sauer, dass

er mit dem Gedanken spielt, für das erste Mal in den Puff zu gehen.
»Das ist doch nicht dein Ernst«, sage ich.
»Wieso? Ich weiß gar nicht, was du hast. Man kann's doch auch positiv sehen, dass wir hier die Herbertstraße vor der Tür haben. Ich marschier da rein, wenn nix los ist, such mir eine Nette, und schon ist das Ding gelaufen.«
»Genau, gelaufen wie 'ne Scheiß-Prüfung. Außerdem sind die Nutten da drin nicht nett, das weißt du. Ich erzähl's Dolores.«
Dolores ist unsere Busenfreundin. Sie hat ihren Stammplatz schräg gegenüber von Fietes Treppenhaus. Wir kennen sie, seit wir zur Schule gehen, das heißt Fiete hat angeblich schon als Baby auf ihrem Busen geritten.
Die Nutten des Straßenstrichs und die der Herbertstraße können einander nicht riechen – konnten sie noch nie. Die aus der Herbertstraße werfen den Strichmädchen vor, illegal zu sein und die Preise kaputt zu machen. Umgekehrt halten die »Freien« (wie sie sich selbst nennen) die »Geschlossenen« für eingebildet und überteuert. Zwischen ihnen herrscht Krieg, ein vermeintlicher Überlebenskampf, der vom tätlichen Angriff über Denunziation bei der Sitte bis zum Lokalverbot in bestimmten Kneipen reicht. Neutralität gibt es nicht. Entweder man gehört zu der einen oder zu der anderen Seite. Beide Seiten sind davon überzeugt, dass die jeweils andere das Gewerbe über kurz oder lang ruinieren wird. Und über allem thront an ihrem Fensterplatz im dritten Stock Fietes Oma als Kriegsberichterstatterin.

»Dolores hältst du da raus!« Fiete wird richtig böse. »Zu allererst geht's doch um die Erfahrung, einen weggesteckt zu haben.«
»Aber das muss doch auch Laune machen, sonst hast du später vielleicht gar keine Lust mehr dazu.«
»Weißt du denn, was alles schief gehen kann, wenn du's mit einer machst, die keine Ahnung hat?«

»Was soll denn da schief gehen?«
»Na, ja, die Sache mit dem Jungfernhäutchen zum Beispiel. Das kann manchmal so zäh sein wie 'ne Elefantenhaut.«
Ich weiß, von wem Fiete das hat: Wilfried, sein Cousin, ist zwei Jahre älter und ein selbst ernannter Experte im Mysterium des Geschlechtsverkehrs.
»Das trifft sich ja gut«, sage ich, »denn in seiner gefühlvollen Beweglichkeit und seiner überdurchschnittlichen Länge wird mein Schwanz oft mit dem Rüssel eines Elefanten verglichen!«
Fiete geht nicht darauf ein. »Also gut«, sagt er. »Gehen wir mal davon aus, dass er dir steht und du ihn endlich reingekriegt hast. Dann kann es nämlich passieren, dass sie einen Scheidenkrampf bekommt.«
»Einen – was?«
»Ihre Scheide krampft sich vor Schreck so zusammen, dass du ihn nicht wieder rauskriegst.«
Ich muss lachen. »Du verscheißerst mich.«
»Aber nein! Das sind echt so Sachen, mit denen man rechnen muss.«
»... sagt dein Cousin.«
»Ja und? Der weiß eben, wo's langgeht.«
»Das bezweifel ich. Aber angenommen ... angenommen, das passiert tatsächlich, dann wird mein Schniedel vor Schreck so klein wie am Kaltbadetag, ich zieh ihn wieder raus und fertig!«
»Eben nicht! Das ist es ja gerade. Du kriegst ihn, ob klein oder groß, nicht wieder raus. Die Scheide funktioniert – ZACK!«, er schlägt mit der rechten Handkante in seinen linken Handteller – »wie 'ne Mausefalle.«
»Ach ja?«
»Echt!«
»Und dann?«
»Notarzt! Und als Doppeldecker ins Krankenhaus.«
Nach einer Pause sage ich: »Ich geh trotzdem nicht in' Puff.«

»Musst du ja auch nicht, denn es gibt da einen Trick, wie du ihn doch wieder rauskriegen kannst.«
»Ach ja?«
»Wenn ich dir den verrate, gibst du bei Tante Hermine einen aus – o.k.?«
»Ich hab gar kein Geld mit.«
»Du lässt anschreiben.«
»Also gut.«
»Abgemacht?«
Wir geben uns die Hand.
»Ganz einfach: Du musst ihr einen Finger in den Arsch stecken.«
Ich schaue ihm ins Gesicht, denn ich weiß nicht, was ich davon halten soll.
»Ehrlich!« Er zeigt mir die Schwurhand. »Dann kann sich die Scheide wieder entspannen.«
»Und wenn sie dann vor Schreck den Krampf im Arsch bekommt?«
»Könnt ihr wenigstens zu Fuß ins Hafenkrankenhaus gehen, – im Gleichschritt!«
Ich greife ihm an das Hinterteil seiner Hose und stiefle im Gleichschritt neben ihm her. »Meinst du so?«
Die nächsten zwanzig Meter kommen wir aus dem Lachen nicht mehr raus.
Aber der weitaus längere Teil unserer abendlichen Spaziergänge trägt nicht unbedingt dazu bei, jenen Tag, an dem der tapfere Jüngling seinen Namen zum ersten Mal in die Geschichte der holden Weiblichkeit einzutragen gedenkt, beschleunigt herbeizuführen.

Ausgerechnet die »Jenseitigen« sind es, die uns bei der Sache mit den Mädchen auf die Sprünge helfen.
Zu fünft kommen sie von der anderen Seite der Elbe rüber, vier aus Altenwerder: Söhne eines Bauern, eines Fischers, des

Inhabers des Dorfgasthofes und eines Werftarbeiters. Samson kommt aus Finkenwerder. Er wohnt mit seiner Mutter und fünf Geschwistern in einer Barackensiedlung. Sein Vater ist im Krieg gefallen.

Auf ihrer Seite der Elbe, sagen die Jenseitigen, sei das kein Ding, Mädchen kennen zu lernen. Wir müssten nur mal eines ihrer Dorffeste besuchen. Jetzt, in der Faschingszeit, sei das ein besonders großer Spaß.

»Hier geht es nicht um Spaß«, sagt Teufelauch, »hier geht's um den Trieb!« Er macht die Bewegung eines kopulierenden Hundes.

»Ruhig!« Fiete fasst ihn in den Nacken, »ganz ruhig«, und schüttelt ihn leicht. »Warum soll der Trieb nicht auch Spaß machen?«, fragt er.

»Richtig«, gibt ihm Samson Recht. »Und als Gegenleistung möchten wir nach der Schule mal mit zu euch kommen. Wir nehmen dann einen späteren Dampfer.«

Samson ist der Sprecher der Jenseitigen. Es ist schon bemerkenswert, dass sie ausgerechnet ihn, einen Quiddje, dazu gemacht haben. Sein richtiger Name ist Manfred, Manfred Bloch. Wir aber nennen ihn von Anfang an Samson – er ist erst vor einem Jahr in unsere Klasse gekommen. Vielleicht, weil es noch einen anderen Manfred gibt, vielleicht aber auch, weil er, ein Flüchtlingskind, älter und größer ist als wir und wir diesen Abstand festschreiben wollten, bevor er durch das unausweichliche Zusammenraufen – wir sind eine reine Jungenklasse – verwischt worden wäre.

»Dürfen wir vielleicht mal den Grund für euren Besuch bei uns erfahren?«, mault Teufelauch, als er merkt, dass mit keiner weiteren Erklärung zu rechnen ist.

»'n Grund ... Na ja, einen richtigen Grund gibt's eigentlich nicht, – nur so, nur aus Jux eben!« Samson merkt selbst, wie flau seine Antwort ausfällt. Er fischt seinen Kamm aus der hin-

teren Hosentasche und zieht ihn, von der zweiten Hand abgeschirmt, durch seine üppige Haarpracht.
Vielleicht hat sich Samson auch selbst zu ihrem Sprecher gemacht, denn er ist in seine Stimme verliebt. Und nicht nur in die: Er kommt an keinem Fenster, keiner gläsernen Schranktür vorbei, ohne sich seines Spiegelbildes zu vergewissern und bei Bedarf – den gibt es fast immer – den Fassonschnitt zu korrigieren und mit der flachen Hand in die richtige Form zu drücken. Dann blickt er herausfordernd um sich. »Schönheit ist eben angeboren«, sagt er oder: »Entweder man hat's oder man lässt es lieber bleiben.«
Manchmal können wir dann nicht widerstehen: Wir stürzen uns auf ihn. Er ist über einen Kopf größer als die meisten von uns, hat eine schnelle Linke und ist ein gefährlicher Gegner. Unser Vorteil ist der Überraschungseffekt. Was soll er schon machen: Zwei Mann halten ihn an den Beinen, zwei an den Armen fest, zwei massieren ihm die Kopfhaut. Das nennen wir Datteln ernten.
Er ist nicht nachtragend. Er sagt, das trainiere seine Reaktionsfähigkeit und seinen Geist. Eines Tages werde er uns Fischköppe sowieso zerquetschen!
»Natürlich wollen die wissen, warum«, sagt »der Ochse«. Er heißt Uwe Ochsenknecht und legt Wert darauf, nicht irgendein Ochse zu sein, sondern DER Ochse. Er ist ein gewitzter Junge, fast so groß wie Samson, mit blonden Haaren, dunklen Ringen unter den Augen und provozierendem Dauergrinsen. Keiner von uns würde auf die Idee kommen, ihn für eine Dattelernte auszukucken.
»Wir sind neugierig«, sagt er, »einfach neugierig auf eure versaute Gegend.«
Langsam dämmert es bei uns.
Auch die übrigen Jenseitigen gesellen sich zu uns. Da ist Peter Siemsen, der Kleinste in der Klasse, genannt Pit, Schnarcher, der so heißt, weil er im Unterricht manchmal von seinem eigenen

Schnarchen hochschreckt, und Roland Harmstorf, »Rolle« gerufen, der Sohn des Gastwirtes.
Teufelauch grinst: »Prima. Wir haben einen Bolzplatz, eine Kirche, ein paar Kneipen – hab ich was vergessen?«
»Den Fischmarkt«, ergänze ich.
»Teufel auch, ja. Sehr beliebt, der Fischmarkt. Aber nur am Sonntag. Wir müssen uns ja fragen, was gibt es in unserer Gegend Alltägliches, das die Neugier gewisser jenseitiger Kreise weckt? Soll ich raten?«
Der Ochse kommt ihm zuvor: »Natürlich interessiert uns auch die Herbertstraße.«
Wir müssen lachen.
Auch die Jenseitigen lachen, aber verhaltener. Als andere aus der Klasse aufmerksam werden, verstummen sie, beschwören uns halblaut, dass das allein eine Sache zwischen ihnen und uns sei.
Immer noch müssen wir lachen.
Der Ochse wird ernst: »Ihr müsst uns versprechen, mit keinem darüber zu reden.«
Wir reißen uns zusammen. »Versprochen«, sage ich.
»Ehrensache«, hebt Fiete die Rechte.
Teufelauch macht das Zeichen der Pfadfinder, wobei er salbungsvoll sagt: »Der Große beschützt den Kleinen!«
Wieder können wir nicht an uns halten und lachen los.
Es dauert eine ganze Weile, bis wir begreifen, dass es den Jenseitigen mit der Vertraulichkeit ernst ist. Für sie ist der Kiez eine fremde, verbotene Welt, von der sie sich auf der anderen Seite der Elbe nicht haben träumen lassen. Die Tatsache, dass ihre geheimsten Wünsche für Geld zu haben sind, ja, dass sie einen Marktwert besitzen, der öffentlich verhandelt werden kann, erschüttert sie und weckt gleichzeitig das Verlangen in ihnen, diesem Geheimnis auf den Grund zu gehen.
»Ist es wahr«, will der Ochse wissen, »dass die da in Schaufenstern sitzen?«

Wir nicken.
Schnarcher wird ganz hibbelig: »Im Stehen, für zwanzig Mark im Stehen, bedeutet das, dass man … ich meine …«
»Genau das bedeutet das«, sagt Fiete.
»Und nackt!«, bricht es nun aus dem kleinen Pit hervor, »was heißt nackt für'n Fuffi, heißt das etwa, die ziehen sich aus, ich mein, so richtig splitter-faser…«
»Na, klar!«
»Und wieso, ich mein …«
»Zum Vögeln natürlich.« Wir gefallen uns in dieser abgeklärten Rolle.
»Darum geht's doch!«, fährt der Ochse Pit an. »Wie oft soll ich dir das noch sagen: Alle tun's, ALLE!«
»Nein!«, kreischt Pit auf, »meine Eltern tun das nicht!« Fast fängt er an zu weinen.
»Ach ja!?«, jubiliert Schnarcher. »Und wieso gibt's dich dann? Oder hat dich der Klapperstorch in den Schornstein gestopft?«
»Jetzt versteh ich auch«, mischt sich Rolle ein, »weshalb du so mickrig geworden bist!«
Mit geballten Fäusten stürzt sich Pit auf Rolle. Samson, der auffallend ruhig geblieben ist, fängt ihn ab und drückt ihm die Fäuste runter. »Willst du auf'n Arm?«
Wir müssen wieder lachen, alle, bis auf Pit.

Auf dem Weg zur Altenwerder Dorfmaskerade bekommen wir eine Vorstellung davon, wie die tagtägliche Weltreise der Jenseitigen aussieht. Sie schippern ja nicht nur bis an die Landungsbrücken, sie müssen auch noch die gesamte Helgoländer Allee rauf- und den Holstenwall halb runterlatschen.
»Jeeeden Tag hin und zurück, eine Ewigkeit, um in diese Scheiß-Schule zu kommen.« Wir haben plötzlich Verständnis für ihr dauerndes Gejammer.

Für uns hat die Überfahrt aber auch einen Vorteil: Wir müssen über Nacht bleiben. Das letzte Fährschiff geht schon kurz vor Mitternacht zurück. Also schlafen wir offiziell bei einem Klassenkameraden. Als meine Mutter die Telefonnummer von jenem Gastgeber haben wollte, sagte ich, die hätten da drüben noch kein Telefon.
»Klar«, steckte sich meine Großmutter dazwischen. »Auf dem flachen Land, hinterm Deich, benutzt man heute noch die Buschtrommel.«

Für einen zeitlosen Moment habe ich das Empfinden, dies alles, die Vibration des Schiffes, das schwankende Generatorlicht über den Tischen, die schläfrige Atmosphäre auf dem Kantinendeck schon einmal erlebt zu haben. Auch ein Blick aus dem Fenster lässt alles, wie die lautlos vorbeisegelnden Lichter beweisen, in der Schwebe des Augenblicks verharren.
»Kennt ihr das«, frage ich aufgeregt, »wenn man in einer neuen Situation plötzlich das Gefühl hat, man war schon mal hier, das kommt einem alles so bekannt vor?«
Fiete schüttelt den Kopf, aber Teufelauch sagt: »Kenn ich gut, ehrlich. Hab ich öfter mal auf'm Scheißhaus.«

Das Fährhaus Altenwerder, in dem das Maskenfest stattfindet, liegt direkt am Anleger. Der große Saal hinter der Gaststube ist gerammelt voll.
Von den unzähligen jungen Männern, die in der Kneipe und am Eingang zum Saal rumstehen, werden wir wie ungebetene Gäste gemustert.
Als wir die Jenseitigen entdecken, sind wir erleichtert. Sie winken uns an ihren Tisch, Samson und Rolle fehlen.
Alle Frauen tragen Masken. Einige, die in einer Art Tracht rumlaufen, haben zusätzlich noch spitze, farbige Kappen auf dem Kopf.

»Samson kommt später«, sagt Pit. »Der muss immer erst seine Geschwister in den Schlaf singen. *Und Rolle steit inne Gaststuuv hinterm Tresen.*«
Die Kapelle macht gerade Pause. Die vier Musiker schauen sich die Gäste an, scheinen ähnlich wie wir in eine staunende Starre gefallen zu sein, nur dass sie auf einem Podest sitzen.
Die Standard-Kleidung der Männer, auch der jüngeren, ist dunkler Anzug und weißes Hemd. Es gibt ein paar Südländer, die ähnlich angezogen sind, nur dass ihnen die Jacketts fehlen.
Wir mit unseren Lederjacken, Röhrenhosen und Strickpullovern fallen aus dem Rahmen. Um Anpassung bemüht, ziehen wir unsere Jacken aus und hängen sie über die Stuhllehnen.
Die meisten Männer stehen in Dreierreihe am Tresen, neben der Tür. Selbstbedienung steht auf einem Schild über ihren Köpfen.
Uns erscheint das alles wie eine fremde Welt, mit fremden Sitten und fremden Lauten: plattdeutsch. Wir verstehen kaum ein Wort, versuchen aber trotzdem den Eindruck zu erwecken, dass wir Kerle von Welt seien, welche die Feste, auch Dorffeste, feiern, wie sie fallen.
»Teufel auch«, sagt Teufelauch und schlendert lässig zum Tresen rüber.
Der Schlagzeuger der Kapelle legt einen Trommelwirbel hin. Der Saxofonist schnalzt ins Mikrofon und kündigt eine Walzerreihe an: »Damit die Herren am Tresen keine Wurzeln schlagen«, sagt er und grinst schadenfroh, »werden wir bald die Damenwahl einführen.«
Ich sehe Fiete an, der stumm das Stichwort Damenwahl mit den Lippen wiederholt.
Beunruhigt fragen wir die Jenseitigen, wie sehr man mit einer weiblichen Tanzattacke rechnen muss. »Verschieden«, weichen die aus. Doch ihr Grinsen sagt etwas anderes.
Teufelauch kommt mit drei Flaschen Bier zurück.

Ich versuche mir ein paar Tanzschritte abzukucken. Für eine Walzerdrehung ist die Tanzfläche zu voll.
Nach den Walzern wird von dem Saxofonisten Foxtrott angekündigt. »Und jetzt, meine Herren, erkläre ich die Schonzeit für beendet: Damenwahl!«
Anders als die Männer, die eher wie zufällig vorbeikommen und für eine Aufforderung zum Tanz kaum die Zähne auseinanderkriegen, schreiten die Mädchen direkt auf den gewünschten Tanzpartner zu. Hinter ihren Zorro-Masken wirken sie nicht nur furchtloser als die Männer, sie sind es auch.
Wir klammern uns an den Bierflaschen fest und schauen überall hin, nur nicht auf die Tanzfläche.
Da erscheint über mir eine Maske mit dunkler Bubikopffrisur und spitzbübisch lachenden Augen. »Komm!«, sagt sie knapp und nimmt mich bei der Hand. Ich bin so erschrocken, dass ich eine Ablehnung gar nicht über die Lippen bringe.
Sie ist ganz in Schwarz gekleidet, mit kurzem Rock und Netzstrümpfen wirkt sie wie eine Kombination aus wildem Feger und eleganter Tanzdame.
Die Tanzfläche ist jetzt so voll, dass nur ein Stampfen auf der Stelle möglich ist. Ähnlich kennen wir das aus den »Riverkasematten«, unserem Jazzlokal unterhalb der Hafenstraße. Einschließlich einer sich abwechselnden Drehbewegung der Arme wird dieser Tanz Gammeln genannt.
»Kannst du auch anders tanzen?«, fragt sie. Ich überlege, was eine ehrliche Antwort für Folgen haben könnte. Für mich, Fiete und Teufelauch ist es das erste öffentliche Tanzvergnügen unseres Lebens.
»Und du?«, frage ich zurück.
»Geht so.«
»Ich helfe manchmal als Eintänzer im Café Keese aus«, sage ich.
»Sach bloß!«
Das Café Keese ist ein Tanzlokal auf der Reeperbahn, in dem

die Halb- und die Dreiviertel-Welt St. Paulis verkehrt und Damenwahl die Regel ist.
Sie lacht. »Ein Narr, der Schlechtes dabei denkt«, sagt sie, während sie unter meinem Arm ein paar gekonnte Drehungen vollführt.
Sie kennt sich aus. Das ist das Motto, das auf Französisch über dem Eingang vom Café Keese prangt.
Jetzt wendet sie mir den Rücken zu.
Ich schwöre, ich habe noch nie solch eine Ideallinie von Hals, Schlüsselbeinmulde und Schulter so unmittelbar vor Augen gehabt und vor meinem bewegten Körper, der sich, losgelöst vom Kopf, rhythmisch an sie schmiegt, als habe er tatsächlich was von einem Eintänzer.
Ihr Nacken, vor dem jeder Henker das Beil schamvoll sinken ließe, hat einen Schimmer wie frisch geputztes Familiensilber. Ich wage nicht, ihn mit meinem Atem zu berühren, drehe den Kopf zur Seite wie ein Tangotänzer. Da meine Hände vor Aufregung schwitzen, habe ich ihre Hand losgelassen. Meine Rechte aber ruht auf ihrer Hüfte, so, als hätte sie dort seit unzähligen Festen tänzerische Eigentumsrechte.
Sie riecht nach einer bestimmten Sorte von Äpfeln und einem Schuss Brackwasser. Ich schließe die Augen.
Da ist ein Gefühl, von dem ich bisher nur geahnt habe, dass es das gibt: jenseits von Gut und Böse, von Sein oder Schein, ganz nah bei jener Sehnsucht, die mich manchmal so unerwartet trifft und alles, mein ganzes, langweiliges Leben, infrage stellt. Vor allem aber habe ich bis zu diesem Moment nicht so genau gewusst, wonach ich mich eigentlich sehne.
Erst als sie mich nach dem dritten Tanz an meinen Platz zurückbegleitet – mit der Bemerkung, sie wisse ja, was sich gegenüber einem Eintänzer vom Café Keese gehöre –, bekomme ich wieder Boden unter die Füße.
Sofort will ich vom Ochsen wissen, wer meine Tanzpartnerin gewesen ist.

»Das war Anna«, sagt er und pfeift durch die Zähne, »Anna Achtern Diek.«

Bei Anna sitzen noch drei andere Mädchen. Als sie mich kommen sehen, stecken sie ihre Zorro-Gesichter zusammen. Ich verstehe Café Keese, wonach sie ausgiebig kichern.
»Auch meine Kumpels machen im Café Keese den Eintänzer«, sage ich. Dabei lege ich Anna die Hand auf das unnachahmliche Schlüsselbein und erschrecke über meinen Mut. »Machst du mir noch mal das Vergnügen?«, sage ich schnell.
»Welches Vergnügen?«
Ich höre mich singen: »Tanze mit mir in den Himmel ...« Verdammt, was ist bloß los mit mir?
»Oho!«, ruft eines der Mädchen. *»He is nich nur 'n Eendänzer, he is ook noch Buffo!«* Dabei schütten sie sich wieder aus vor Lachen.
Anna steht auf. »Muss dir nix bei denken«, sagt sie. »Wir können über jeden Schmus lachen. Das ist das Kind in uns, das sich hinter der Maske endlich mal traut.«
Auch darüber müssen sie wieder ausgiebig lachen.
Auf dem Weg zur Tanzfläche ergänzt sie: *»Vielleicht sind wir auch nur 'n büschen duun.«*
Beim Tanzen – ich glaube, die Kapelle spielt eine Folge von Rumbas – kopiere ich wieder ihren Tanzstil, wobei ich mich schon bald in der Rhythmik und Grazie ihrer Bewegungen und in der eingerahmten Bodenlosigkeit ihrer Augen verliere.

Zurück an unserem Tisch zitiere ich stolz: »An diesem Tag trug der tapfere Jüngling seinen Namen zum ersten Mal als Eintänzer in die Geschichte der jenseitigen Weiblichkeit ein.«
»Nun komm mal wieder runter«, sagt Teufelauch.
»Im Gegenteil!«, rufe ich. »Ich bin doch grade erst darauf gekommen: Außerdem ist der Tanz die gesellschaftlich legitimierte Vorstufe zum G.V.«

Wir sind zu der Abkürzung übergegangen, weil uns das Wort Geschlechtsverkehr zu sehr bekümmert – Teufelauch nennt es viel zu hornhäutig und depri.
»Ihr solltet es auch mal probieren, das macht echt Spaß!«
Teufelauch verkündet wieder mit ernstem Gesicht: »Hier geht's nicht um Spaß – außerdem bist du mit BIERHOLN dran!«

Ich versuche zum Tresen durchzukommen, als mich einer der jungen Männer, die hier im Weg stehen, anspricht: *»Kümmssu ut Hamborg?«*
Ich nicke.
»Ik bün Schalli un du?« Er reicht mir die Hand.
»Kalle.«
Sein Händedruck ist beeindruckend. Er ist bestimmt zwei, drei Jahre älter als ich. Ein Oberlippenbärtchen signalisiert Männlichkeit, seine lachenden Augen jedermanns Freund.
»Stine!«, ruft er über die Köpfe der anderen Gäste hinweg, *»twee Dubbelde!«*
Stine knallt die Gläser auf den Tresen, schenkt, ohne die Flasche abzusetzen, ein, bis die Gläser überlaufen. Überall auf der Tresenplatte glänzen kleine Schnapslachen. *»Reck röver«*, fordert sie die Männer auf, die vorne am Tresen stehen.
Ich spüre einen Anflug von Stolz, als Schalli eines der Gläser an mich weiterreicht. Was für gastfreundliche Leute das hier sind. Ganz anders als auf St. Pauli, wo man immer und überall darauf gefasst sein muss, auf den Arm genommen oder übers Ohr gehauen zu werden.
»Nich lang snacken, Kopp in Nacken!«, sagt Schalli. Dabei kippt er den Doppelten mit einem Zug runter, ohne die Miene zu verziehen.
Ich tu es ihm gleich, doch mir schießen sofort die Tränen in die Augen, und die unerwartete Schärfe lässt mich nach Luft schnappen.

Die Männer um uns herum lachen. Schlagartig wird mir klar, dass wir unter Beobachtung stehen.
Schalli macht ein ernstes Gesicht. Er fragt: *»Moogsu gern danzen?«*
»Ich fang erst an damit.«
»Dat is hier so«, dabei starrt er in sein leeres Glas. *»De Deern, mit de du dauernd rumdanzt, is MIEN Fründin. Seuk di ne annere – klor?«*
»Warum tanzt du denn nicht mit ihr?«
»Dat süssu doch«, steckt sich nun der Zwei-Meter-Mann dazwischen, der hinter Schalli steht. *»Wi hebt hier förn Ümsatz to sorgen.«*
»Dat is de Lang«, sagt Schalli, *»un dat is Kalle ut Hamborg.«*
Der Lange bietet mir die Hand. Meine verschwindet darin wie die eines kleinen Jungen. Sein Händedruck verwandelt sich in den eines Schraubstockes, der langsam und genüsslich eine Kinderhand zerquetscht.
»Das reicht!« Ich reiße die Hand zurück.
Der Lange grinst unschuldig.
Ich korrigiere schlagartig meinen ersten Eindruck: Anständiger als auf dem Kiez sind die hier auch nicht.
»Stine!«, ruft Schalli, *»nochmol datsülve!«*
Unsere leeren Gläser wandern wieder durch verschiedene Hände zum Tresen, werden von Stine großzügig bedacht und kehren auf demselben Weg zurück, so, als seien alle Männer in unserem Umkreis an der Besiegelung dieses Abkommens beteiligt.
»Also, wies Bescheed!« Schalli erhebt das Glas. *»Bi de neegsten Domenwohl seggst du: HOLZBEIN, – Prost!«*

»Wo sind denn unsere Biere?«, empfangen mich Fiete und Teufelauch, als ich an den Tisch zurückkomme.
»Hab ich glatt vergessen.«
»Vergessen? Wofür bist du denn am Tresen gewesen?«

»Ich wurde im Schnack aufgehalten.«
»Ja und?«
»Man hat mir einen ausgegeben.«
»Wie schön für dich, und wer gibt nun für uns einen aus?«
In diesem Moment wird die nächste Damenwahl angekündigt. Sofort breitet sich wieder jener zielgerichtete Stafettenlauf der Zorro-Frauen aus.
»Attacke!«, zischt Teufelauch.
Als ich vorsichtig den Kopf hebe, entdecke ich Anna mit zwei ihrer Freundinnen, die direkt auf unseren Tisch zusteuern.

Bei den ersten Takten der Musik geschieht mit mir etwas Seltsames: Meine Beine übernehmen das Kommando. Bevor mein Kopf überhaupt ahnt, um welchen Tanz es sich handelt, bewegen sie sich unter dem Tisch schon im Takt.
Als ich Anna auf die Tanzfläche folge – das wird von ihnen überhaupt nicht infrage gestellt –, da tanzen sie bereits auf dem Weg dort hin. Ich habe das Gefühl, die Beine gehören mir nicht mehr, sie stehen über unsichtbare Marionettenfäden im direkten Kontakt zum Schlagzeug, etwas später zum Saxofon.
Als sich unsere erhitzten Gesichter wie die zweier rekordhungriger Bodenturner begegnen, fragt Anna: »Eingetanzt?«
Ich antworte bei der nächsten Gegenüberstellung: »Die Beine ja!« Demonstrativ nötigen sie mir einen taktgenauen Seitschritt und eine Drehung ab.
»Und wie«, will ich wissen, »lernt man achtern Diek so zu tanzen?«
»Da danzt man den Diek rop un rünner«, sagt sie, *»immer nur rop un rünner.«* Dabei sieht sie mich an.
Bei angehaltenem Atem lasse ich mich erneut in ihre Augen fallen, um einen neuen Tauchrekord zu unternehmen. Als mich der Auftrieb erfasst, werde ich frecher: »Und was macht man außer *rop un rünner* noch so *achtern Diek?«* Sie hat die Lippen einer Käthe-Kruse-Puppe.

»Wir werden sehn.«
»Wie? Wann?«
»Wenn wir *übern Tisch gehn.*«

»Was hast du denen bloß für'n Schwachsinn erzählt?« Fiete und Teufelauch sind auch gerade an unseren Tisch zurückgekommen. – »Eintänzer im Café Keese? Ging's nicht noch 'n bisschen direkter: Lustknaben fürs Hotel Atlantik?«
»Ich weiß gar nicht, was ihr wollt. Man muss die Neugier der Mädels wecken. Anfänger sind hier nicht gefragt, oder?«
Schnarcher gibt mir Recht. Ich habe jedoch den Eindruck, dass Fiete und Teufelauch, ähnlich wie die Jenseitigen, gar nicht tanzen wollen.
Ich frage den Ochsen, was *»übern Tisch gehn«* bedeutet. Er erklärt uns, dass um Mitternacht ein Tisch in die Mitte des Tanzsaales gerückt wird, dass die Paare nacheinander hinaufklettern, die Kapelle einen Tusch spielt, der Mann der Frau die Maske vom Gesicht nimmt, und dass die beiden dann *»anstännig mitenanner snuteln möten«*.
»Snuteln?«
»Küssen!«
»Und was heißt hier anständig?«
»Na, wie sich dat even höört.«
»Mit Zunge?«
»Türlich mit Tung!«
»Muss das dann nicht ›unanstännig‹ heißen?«
»Anstännig, unanstännig – isoch schietegol. Du schüffst ehr diene Tung in't Muul un fardich!«
»Düvel ok!«, sagt Teufelauch.

Der Saxofonist kündigt einen Schieber an (was immer das sein mag), ich springe sofort auf. Ich habe Anna, was den Gang über den Tisch betrifft, um Bedenkzeit gebeten. Jetzt tänzeln meine

Beine zu ihr hinüber, um mich JA sagen zu lassen, JA zum Tanz, JA zum Tisch, JA zu allem!
Meine verwirrte Sehnsucht hat sich in eine zielstrebige Unternehmungslust verwandelt. Nicht, dass ich Schalli vergessen hätte, ich habe ihn nur aus den Augen verloren. Auch seine Bitte ist mir nicht entfallen (ich habe sein Anliegen inzwischen als Bitte eingeordnet), aber dies ist eine Tanzveranstaltung, und meine Beine haben nichts mit Schallis Wünschen zu tun, im Gegenteil, meine Beine tun, was sie wollen, und sie wollen tanzen. Schalli hat sogar unbeabsichtigt dazu beigetragen. Ich überlege, ob ich nicht ganz vorsichtig noch einen doppelten Köm nachschieben soll. Nun kommt ja noch hinzu, dass auch meine Lippen und meine Zunge tun werden, was sie wollen. Ich schaue auf die Uhr: noch eine Dreiviertelstunde bis Mitternacht. An diesem Tag trägt sich der tapfere Jüngling nicht nur als Eintänzer in die Geschichte der holden Weiblichkeit ein, nein, er wird sie auch mit seinem ersten, anständigen ZUNGENKUSS beglücken!
An mir rauschen die anderen Tänzer vorbei wie Statisten in einem Film. Meine Wahrnehmung hat sich verändert, ich habe plötzlich den Tunnelblick eines Kameramanns, der nur noch Anna sieht, Anna Achtern Diek, und wie sich ihre Geschichte und die von dem Eintänzer, alias Prinz Eisenherz, tänzerisch und küsserisch miteinander verzahnen lassen.

Kurz vor Mitternacht macht die Kapelle mit den Tanzpaaren eine Polonaise. Während dieser Zeit stellen flinke Hände einen Tisch und zwei Stühle auf die Mitte des Tanzbodens. Weiträumig gruppieren sich die Paare in der eingenommenen Reihenfolge um den Tisch herum.

Die Kuss-Aktion ist eine langatmige Geschichte, aber die Tanzkapelle, die sie mit schrägen Tusch-Variationen begleitet, und

das Publikum, das fast jeden Kuss kommentiert, sorgen dafür, dass es nicht langweilig wird.
Mir ist bis jetzt nicht klar gewesen, wie viele unterschiedliche Arten von Küssen es gibt. Diese Unkenntnis und mein bevorstehendes Debüt zwingen mich dazu, genau hinzukucken.
Da ist zum Beispiel der Kuss, bei dem der Mann die Frau mit großer Geste in die Arme nimmt, wobei er ihren Kopf bei der Berührung der Lippen weit nach hinten biegt. Diesen Akt nennen die Leute geringschätzig einen Operettenkuss, er muss *»ohn dat ganze Getüdel«* wiederholt werden. Dann gibt es Männer, die die Frau beim Küssen beinahe auffressen. Auch dafür hat das Publikum wenig Verständnis: *»Jung!«*, rufen sie, *»dat is 'n Kussmuul un keen Fischfrikadell!«*
Am Ende jedes Kusses wird von den Leuten durch Pfeifen oder Applaus eine Einschätzung vorgenommen. War der Kuss zu oberflächlich, zu lang oder zu kurz, handelt es sich um einen Filmkuss oder nur um eine Rangelei, so muss die Prozedur wiederholt werden. Paare, die zu betrunken sind, um auf den Tisch zu kommen, dürfen sich auch daneben küssen.
Manche Männer, für die ja die Frau ihrer Wahl erst jetzt, mit dem Abnehmen der Maske, erkennbar wird, springen vom Tisch und suchen das Weite.
Dann tobt, buht und pfeift das Publikum. *»Dat hässu di fröher överleggen schuldt!«*, ruft man, der Kerl wird eingefangen und zum Tisch zurückgebracht.
Jetzt kommt erschwerend hinzu, dass seine Partnerin durch die versuchte Flucht gekränkt ist. Bei solchen Kandidaten wird der Kuss unter dem Aspekt der Versöhnung betrachtet, er muss nur noch ein Mindestmaß an gutem Willen erkennen lassen.

Man gewinnt jedenfalls den Eindruck, dass jede einzelne Person im Saal an jedem einzelnen Kuss beteiligt ist.
So habe ich mir das nicht vorgestellt!

Je näher wir dem Tisch kommen, umso unwohler fühle ich mich. In mir hat sich eine gewisse Ernüchterung breitgemacht: Mein Magen schlägt Alarm.
»Ist was?«, fragt Anna.
»Alles klar.«
»Hast du schon mal – ich mein – geküsst?«
Ich werfe ihr einen Blick zu, der eine Antwort erübrigt.
Tatsächlich aber komme ich mir vor wie bei einer Zirkusveranstaltung, bei der ich ein Kunststück präsentieren muss, das ich noch nie ausprobiert habe.
Genau so ist es doch auch!
Ich weiß ja nicht mal, wie weit man seine Zunge in den Rachen des Gegenübers hineinsteckt, also wie tief sie erlaubt, erwünscht oder erforderlich ist, um als *»anstänniger«* Zungenkuss zu gelten. Und wie ist es umgekehrt? Wechselt man sich während des Kusses mit der Zunge ab oder tut man es sogar gleichzeitig? Und was, wenn man sich an der Zunge des anderen VERSCHLUCKT?
Manche Paare bewegen während des Küssens ihre Köpfe und machen Geräusche wie ein summender Teekessel. Aber niemals, nie geben sie preis, was sich IN ihren Mündern abspielt.

Anna macht mir ab und zu mit ihrem Lächeln Mut, redet und kichert aber vorwiegend mit den anderen Mädchen aus der Warteschlange.
Kurz bevor wir dran sind, hole ich mir noch einmal über Blickkontakt Rückendeckung von den Jungs. Die heben die Daumen und grinsen, als wollten sie sagen: »Du wirst die Sache schon schaukeln! Aber tauschen möchten wir nicht mit dir.«
Schließlich sind noch zwei Paare vor uns, dann noch eines …
Und dann …

Ich führe Anna mit der Hand auf den Stuhl und von dort auf den Tisch. Gerade will ich auf der anderen Seite auch rauf-

steigen, da halten mich zwei Pranken von hinten an den Schultern zurück. An meiner Stelle klettert Schalli auf den Tisch.
Es ist verrückt, aber ich empfinde große Erleichterung.
Über mir entdecke ich das stoische Gesicht des Zwei-Meter-Mannes.
Im gleichen Moment ist Anna auf der anderen Seite des Tisches runtergesprungen und drängelt sich durch die Warteschlange zum Ausgang.
Der Saal brodelt und kocht vor Unmut. Ich versuche die Pranken abzuschütteln, die mich um gefühlte Oberarmlänge zusammendrücken. Rechts hört der Druck tatsächlich auf.
Auch Schalli ist wieder vom Tisch gestiegen.
Die beiden nehmen mich in die Mitte, sie verständigen sich über meinen Kopf hinweg in der Landessprache, wobei Schalli eine schwere Zunge bewegt.
Unter die Pfiffe und Buh-Rufe des Publikums mischt sich jetzt auch Applaus.
Mein Gang ist von der Pranke des Riesen linkslastig, wenn er einen Schritt macht, brauche ich zwei. Schalli dagegen stolpert neben mir her und klammert sich eher an mir fest, als dass er mich geleitet.
Es scheint, als wenn man im Saal nur darauf gewartet hat. Etwa die Hälfte der jungen Männer, die am Tresen gestanden haben, kommt hinter uns her. Auch Fiete, Teufelauch und die Jenseitigen sind aufgesprungen.
Wir nehmen den gleichen Weg wie Anna und durchqueren die Schankstube. Selbst Rolle kommt hinter dem Tresen hervor und schließt sich der Kolonne an.

Draußen empfängt uns Anna mit einem Schwall von fremdländischen Vorwürfen. Sie hat sich die Maske vom Gesicht gerissen und erinnert in ihrer fauchenden Entrüstung an eine südländischen Marktfrau, der man Falschgeld untergeschoben hat.

Schalli versucht sie zu beruhigen. Sie nennt ihn einen *Supkopp*. Als er sie umarmen will, reißt sie sich von ihm los und geht wieder hinein. Mich beachtet sie nicht.
Schlagartig habe ich das Gefühl, in diesem Film doch nur eine Statistenrolle übernommen zu haben, Arbeitstitel: Wie macht man seinen Freund eifersüchtig. Und ein Happy End ist für die kleineren Chargen sowieso nicht vorgesehen.

Die Drumrumsteher – es sind ausschließlich junge Männer – haben einen Halbkreis gebildet. Der Lange, der mich wieder an den Schultern zusammendrückt, ruft ihnen zu, dass sie sich da raushalten sollen, alle! *»Dat is ne Sook twüschen düssen Hochdütschen, hier«*, er schüttelt mich wie ein Oberbett zur ehemaligen Größe auf, *»un Schalli!«* Dann gibt er mir einen Stoß, als wolle er sagen, nun lauf und spiel schön mit ihm.
Es stellt sich eine erwartungsvolle Ruhe ein.
Wir stehen uns gegenüber, Schalli mit seinem breiten Jedermanns-Freund-Grinsen, das viel glaubhafter ist als seine erhobenen Fäuste.
Nichts passiert …
Seht ihr, wir müssen uns gar nicht kloppen! Schallis Augenlider sind viel zu schwer. Es besteht die offensichtliche Notwendigkeit, dass er eine Mütze voll Schlaf nimmt, jetzt, auf der Stelle, wenn es sein muss, sogar in Boxerhaltung.
Die Drumrumsteher finden das nicht in Ordnung. *»He, Schalli«*, rufen sie, *»sloop nich in! Mok em alle, ruck, zuck, denn kannsu noch noog slopen.«*
Schalli reißt die Augen auf, sieht, dass er die Fäuste erhoben hat, erkennt mich und geht auf mich los.
Ich weiche ihm aus, er stürzt an mir vorbei und stolpert über die eigenen Füße. Schon liegt er lang auf der Straße.
»Tut mir leid«, sage ich. Das kommt einfach so aus mir raus, dabei hab ich ihn nicht mal berührt. Es tut mir auch gar nicht leid.

Ich fühle mich hier beim müden Schalli nur besser aufgehoben als drinnen mit der aufgeweckten Anna auf dem Tisch. Die Gemengelage ist durchaus vergleichbar.

Alles erscheint mir so unwirklich, so arrangiert. Ich erlebe mich auch nicht mehr als Statist, sondern habe plötzlich wieder eine Hauptrolle mit gestalterischem Spielraum.

Der Lange hilft Schalli auf die Beine und reicht ihn weiter an die Drumrumsteher. *»Schalli is to vull«*, sagt er, *»ik übernehm dat.«*

Jetzt ist er es, der sich mit erhobenen Fäusten vor mir aufbaut.

Ich muss zu ihm aufschauen. Ich weiß nicht mehr so recht, ob ich drinnen, auf dem Tisch, nicht doch besser aufgehoben wäre.

Die Jenseitigen und Fiete murren, der Ochse ruft: *»Du büss'n Schwergewicht, un he is Welter, denn büssu veel oller, dat is doch nich fair!«*

»Wenn de Hochdütsche oll noog is, Schalli de Fründin utzuspann«, entgegnet der Lange, *»denn is he ok oll noog, dafür grod to steihn.«*

In dieser Sekunde schießt seine Faust hervor und trifft meinen rechten Backenknochen so unerwartet, dass ich nach hinten taumelnd fast zu Boden gehe.

Der Riese lacht spöttisch. *»Frogt sich nur wie lang!«*

Mist! Kein Spielraum in dieser Szene, ich verkörpere hier die Rolle des Verlierers!

Die Drumrumsteher freuen sich: *»Joho!«* So kennen und lieben sie ihren Langen. *»Mook den Hochdütschen platt! So geheuert sick dat!«*

Ich darf ihn keinen Moment aus den Augen lassen. Immer schön die Deckung hoch. Er ist nicht nur schnell, er ist auch ausgebufft.

Da kündigt sich auf der schummerigen Straße, die gleichzeitig die Deichkuppe ist, ein klapperndes Schutzblech an. Schon bald kommt der dazugehörige Radfahrer angebrettert, bremst mit einer beeindruckenden Schleifspur in den Halbkreis hinein,

legt das Fahrrad auf die Erde, stellt sich zwischen mich und den Langen und sagt: »Probier das doch mal mit mir, du Pfeife!«
Es ist Samson!
»Een von Barackenpack!«, ruft der Lange begeistert. *»De hät uns grood noch …«* Wieder versucht er, einen unerwarteten Schlag anzubringen, doch Samson weicht geschickt aus und landet seinerseits eine linke Gerade genau auf seiner Nase.
Die beginnt sofort zu bluten.
»Momang!« Der Lange hebt die Hand, nach dem Motto, der Meister ist angeschlagen, der Meister benötigt eine angemessene Auszeit.
Man reicht ihm ein Taschentuch. Er drückt es sich auf das Gesicht, legt den Kopf in den Nacken. Die Drumrumsteher geben gute Ratschläge und leiden mit ihm. Sie verlieren Schalli aus den Augen, der sich hinter ihren Rücken vorbeidrückt.
»Nich lang schnacken, Kopp in'n Nacken«, rufe ich. Ich erlebe mich einmal mehr als anpassungsfähig und konstruktiv im Verlauf des Films.
Samson hat den Kamm aus der Hosentasche gezogen, um ihn durch sein volles Haar zu ziehen, was angesichts des fehlenden Spiegelbildes eine reine Provokation ist.
Schalli schleicht auch hinter uns vorbei. Ich halte ihn immer noch für einen fehlgeleiteten Menschenfreund. In diesem Augenblick aber springt er Samson von hinten an und umklammert ihn.
Der Lange wittert seine Chance, lässt Tuch und Nase sausen und stürzt sich mit weit ausholender Faust auf Samson.
Es ist wie ein Reflex: Geduckt renne ich ihm seitlich in die Parade, sodass seine geballte Masse an Samson und Schalli vorbeischießt wie der Stier am Matador.
Jetzt sieht der Meister rot: *»Uooohrrr!«* Er will sein Blut, das ihm immer noch aus den Nüstern schießt, mit dem dieses – wie nennt er ihn? – Scheiß-Baracken-Quiddjes vermengen.

Samson verstaut den Kamm in der Hosentasche, beugt sich nach vorne, um den müden Schalli – *»Is dat nich plietsch von mi? Dat is dat Eenzige, wat ik noch hinkreech: den Klammeraap! Un dobi kann ik glatt noch'n beten de Oogen tomoken«* – seines labilen Gleichgewichtes zu berauben. Gerade haben dessen Füße die Bodenhaftung verloren, da wirft sich Samson wie ein getroffenes Klappmännchen an der Schießbude nach hinten auf den Rücken.
Schalli, unter ihm, mit weit aufgerissenen Augen, ringt nach Atem und lässt sofort los.
Samson rollt von ihm runter.
Da ist der Meister auch schon über ihm, um ihm brüllend und blutend seinen Schuh in die Seite zu treten: einmal, zweimal … Beim dritten Mal bekommt Samson endlich seinen Hosenaufschlag zufassen und säbelt ihm mit dem rechten Fuß das Standbein weg.
Den Langen schmeißt es um wie einen gefällten Baum. Der Höhenunterschied bekommt seiner Nase gar nicht gut. Vorwurfsvoll schnieft und blutet sie die Pflastersteine voll, untermalt vom mitleiderregenden Gejammer des Riesen.
Alle drei liegen nun einträchtig nebeneinander auf der Straße.
Ruhet in Frieden!

Doch die Zeit stolpert weiter: Die Drumrumsteher murren in der Landessprache, begöschen ihren Meister und beginnen den Halbkreis enger zu ziehen.
Samson ist blitzschnell auf den Beinen, schnappt sich sein Fahrrad, brüllt: »Kalle!« und rennt los.
Ich bin dicht hinter ihm.
Gleichzeitig setzt sich die Meute in Bewegung.
Nach kurzer Strecke führt ein abschüssiger Weg vom Deich ins Gelände. Den nehmen wir. Samson springt aufs Rad und tritt stehend in die Pedalen.

Es ist der kritische Augenblick: Die Spitze der Verfolger ist so dicht hinter uns, dass wir ihren Atem hören können.
Auf der abschüssigen Straße gewinnt das Fahrrad an Tempo. Ich springe auf den Gepäckträger, in immer kürzeren Intervallen scheppert das Schutzblech und verbreitet Zuversicht.
Die Verfolger fallen einer nach dem anderen zurück. Nach vorn gebeugt ringen sie nach Atem. Bald drohen sie mit erhobenen Fäusten: *»Wi kregen ju tofoten, keene Bange!«*
Der Lange schreit von weiter hinten: *»Kommt trüch! Wi schnappt uns de Dreiegge von Schallis Vadder!«*
»Nich lang schnacken!«, brülle ich mit verdrehtem Hals, *»Kopp in Nacken!«*

Was soll ich sagen?
»Salve! An diesem Tag trug sich der tapfere Samson zum ersten Mal in die Geschichte des Altenwerder Dorfpöbels ein!«
»Zum dritten Mal«, verbessert mich Samson. »Wenn einer echt 'n Arsch ist, dann der Lange!«

Es ist eine glasklare Nacht. Der zunehmende Mond erinnert an eine angeditschte Schlafzimmer-Lampenschale, dreimal 40 Watt. Trotzdem finden wir ein Versteck im Schatten der Weiden, die den Querweg säumen.
Es dauert nicht lange, dann tuckert ein »Tempo« mit dem typischen Geräusch eines Zweitakters an uns vorbei. Vier, fünf Kerle hocken auf der Ladefläche, der Lange sitzt auf dem Beifahrersitz, Kopf im Nacken. Schalli ist nicht dabei, gönnt sich wohl endlich eine Mütze Schlaf.
Als sie außer Sicht sind, kehren wir um. Auf dem Deich fahren wir in die entgegengesetzte Richtung, nehmen die erste Abzweigung links.
Ich friere. Mir wird klar, dass meine Jacke immer noch im Tanzsaal über dem Stuhl hängt.

Nach etwa einer halben Stunde – zwischendurch muss ich den Hinterreifen aufpumpen, weil mein Gewicht die Felge zu malträtieren beginnt – erreichen wir einen langen Drahtzaun. Wir verstecken das Rad auf der anderen Seite im zugewucherten Straßengraben und klettern über den Zaun.

»Bleib dicht hinter mir«, flüstert Samson. Schon kommt ein riesiger Schäferhund kläffend angehetzt.

»Das ist Ben.« Samson spricht beruhigend auf ihn ein. Als sich Ben hinlegt und auf den Rücken dreht, kniet er sich neben ihn und streichelt ihm ausgiebig den Bauch.

»Du musst ihm deine Hand hinhalten«, sagt Samson, »damit er deinen Geruch mit meinem in Verbindung bringt. Dann solltest du ihn auch streicheln.«

Als das erledigt ist, sagt Samson: »Meine Freunde sind auch seine Freunde. Ich hab ihm mal Pansen mitgebracht, das vergisst er mir nie.«

Wir sind auf einer kleinen Werft, auf der Kriegsschiffe verschrottet werden. An der Pier liegt ein Vorpostenboot, dahinter ein Minenräumer. Das vordere Schiff hat schon keine Aufbauten mehr.

Wir steigen drüberweg. Das Steuerhaus des Minenräumers ist auch zerstört. »Da kann man noch die Einschläge von den Granaten sehen.« Samson zeigt auf die zerfetzte Stahlverkleidung. Wir setzen uns in die Pantry des Minenräumers.

»Nach Feierabend bin ich oft hier«, sagt er. »Nächste Woche kommt ein Zerstörer.« Er zündet eine Kerze an, die auf dem Tisch steht. »Es ist schon komisch, wenn man sich vorstellt, wie viele von den Seeleuten, die hier gesessen haben, im Krieg umgekommen sind.«

Ich muss an meinen Vater denken. »Mein Alter ist auch auf einem Minensucher gefahren.«

»Sag bloß.«

»Er ist mit dem Ding sogar abgesoffen, hat's aber überlebt.«

»Meiner ist in Russland geblieben, Murmansk. Er war Scharfschütze.«
Samson hält sein Handgelenk mit der Uhr an die Kerze. »Kurz nach zwei, ich mach mich mal wieder auf die Socken.«
Meine Hände zittern. Ich lass sie in den Hosentaschen verschwinden.
»Du kannst hier pennen«, sagt er. »Der erste Dampfer geht um zehn nach fünf, bis zum Anleger brauchst du zu Fuß ungefähr 'ne Stunde.« Er steht auf. »Ach ja, der Hund … Du gehörst jetzt zu seinem Rudel. Er bewacht dich wie alles andere hier. Aber die Bauerntrampel finden dieses Versteck sowieso nicht. Spätestens in einer Stunde sind die hackevoll und verbreiten überall Geschichten, wie sie uns fertiggemacht haben.« Er schiebt sich durch das quietschende Schott.
»Mach's gut«, sage ich, »und danke.«
»Wie sagt ihr Fischköppe immer? *Da doch nich för* – also, bis Montag. Da haben wir in der Ersten den humorlosen Rentner.«
Das ist der Spitzname für unseren Englischlehrer, der am liebsten über seine Rente räsoniert – immerhin auf Englisch.
Natürlich kann ich nicht schlafen. Wenn ich einnicke, rauschen Bilder durch mein Gemüt: Anna, der Lange, Schalli, Samson, mein Vater, meine ruhelos tanzenden Beine, alles untermalt von dem Geklapper des Fahrradschutzbleches.
Und wenn ich wach bin, denke ich an die Seeleute, die hier gesessen haben, an die Lebenden und an die Toten.
Wasser klatscht gegen die Bordwand, ein Schiffsrumpf schrammt jaulend an dem anderen, die übereinander liegenden Stahlseile wimmern, als seien sie ein Instrument der toten Seefahrer, die die Verschrottung ihrer Wirkungsstätte beklagen.
Vielleicht bin ich für ein solches Abenteuerleben doch nicht geschaffen, denn meine größte Sehnsucht gilt nicht Anna, nicht der Freiheit, mir die Füße wund zu tanzen und die Fäuste und die Nächte um die Ohren zu hauen, sie gilt meinem Bett!

Ich gehe schon früher los. Der Hund begleitet mich bis zum Zaun. Als ich rübergeklettert bin, bleibt er noch neben mir, bis der Zaun zu Ende ist. Tatsächlich kuckt er hinter mir her, wie man einem Freund nachschaut, von dem man weiß, dass man ihn nicht wieder sehen wird.
Ich bin eine Stunde zu früh am Anleger. Fiete und Teufelauch hocken in dem muffigen Warteschuppen und können sich nicht entscheiden, ob sie frieren, schlafen oder beides sollen.
Teufelauch wirft mir meine Jacke zu. *»Düvel ok«*, sagt er, »was für 'ne Nacht.«
Fiete brummt: »Du musst uns alles erzählen, morgen, nein, heute, heute Abend, bei Tante Hermine. Jetzt aber halt die Schnauze, ich brauch meinen Schönheitsschlaf!«

Am Montagmorgen in der Schule zeigt mir der Ochse einen Briefumschlag. Er ist von Anna. Sie gehört auch zu denen, die auf dieser Seite der Elbe die Schule besuchen. Der Brief ist an den »Eintänzer vom Café Keese« gerichtet.
Als ich danach greife, zieht er ihn geschickt zurück. »Ihr habt uns doch nicht vergessen?«, will er wissen.
»Kein Stück!«
»Ihr schiebt unseren Besuch bei euch doch nicht auf die lange Bank?«
»Ich spreche mit den andern. Spätestens nächste Woche geht das über die Bühne, ehrlich!«
Er gibt mir den Brief.
Ich knicke ihn einmal in der Mitte, bevor ich ihn in der Hosentasche verschwinden lasse.
Die Jenseitigen, die gehofft haben, ich würde ihn vor ihren Augen aufreißen, um vor dankbarer Redseligkeit nur so überzusprudeln, schieben sich enttäuscht in den Klassenraum. Eine Doppelstunde bei dem humorlosen Rentner tut das Übrige. Bis zur Pause ist der Brief vergessen.

Nicht von mir, ich verliere ihn keine Sekunde aus dem Gedächtnis und vergewissere mich seiner immer mal wieder mit einem Griff in die Hosentasche. Als ich nach der Schule endlich allein bin, reiße ich ihn auf: »Du bist mir noch einen Kuss schuldig!«, steht da, »Anna«.

Ich zerknülle den Umschlag, den Briefbogen aber falte ich ganz klein zusammen, um ihn wieder in der Hosentasche verschwinden zu lassen.

Den Rest dieses Tages, bis zum Nachmittag des nächsten, schwebe ich wie auf Wolken.

Danach habe ich alle Hände voll damit zu tun, für meine Bringschuld – immerhin die Bringschuld eines *anstännigen* Zungenkusses – die Voraussetzung zu schaffen. Wichtig scheint mir, dass eine solche Aktion nicht gestört werden sollte. Ein Kuss ist eine hochsensible Angelegenheit, bei der ich mir Zuschauer – das hat die Erfahrung auf dem Maskenball gezeigt – gar nicht mehr vorstellen kann. Sie und ich, das sind Beobachter genug.

Ich muss mit ihr reden, eine Verabredung treffen. Dabei denke ich an die »Riverkasematten«, an einen Tisch ganz hinten, in der so genannten Knutschecke. Ich muss nur noch rausfinden, wer da gerade jazzt, und bei Willi, dem Wirt, den Platz reservieren. Musikmäßig würde das auch den Quatsch mit dem Café Keese zurechtrücken. Sie steht bestimmt auf Jazz, so sieht sie jedenfalls aus: viel eher nach einer Exi- als nach einer Rocker-Braut.

Nach der Schule gehe ich runter, zu den Landungsbrücken. Ich weiß von den Jenseitigen, welchen Dampfer die Mädels von drüben heute, am Mittwoch, nehmen werden.

Ich schlendere unauffällig am Schiff vorbei. Sie sind noch nicht an Bord. Jedenfalls sieht und vor allem hört man nichts von einer wilden Horde platt schnackender Mädchen. Ich setze mich auf einen entfernten Poller, in der Hoffnung, dass sie den nächsten Dampfer nehmen wird, wenn sie mich sieht.

Doch die Mädchen kommen nicht. Der Dampfer legt ohne sie ab.
Enttäuscht gehe ich die Brücke wieder rauf. In diesem Moment sehe ich auf dem parallelen Übergang einen Pulk von Mädchen schreiend und gestikulierend zum Ponton runterlaufen. Überrascht bleibe ich stehen. Anna ist mitten unter ihnen. Schon stehen sie unten, am Rande des Pontons, und überbieten einander mit Rückruf-Aktionen: Eine pfeift auf zwei Fingern, eine andere macht einen Beschwörungstanz, noch eine legt abwechselnd die Hände zur Flüstertüte an den Mund, schreit etwas und winkt mit weit ausholenden Armen. Anna aber gibt steif und minimalistisch Flaggensignale ohne Flaggen.
Tatsächlich macht der Dampfer einen Schlenker und touchiert noch einmal den Ponton. Nach oben, dem Steuermann zuwinkend, und nach unten, die Hände der Decksmänner ergreifend, springen die Mädchen an Bord.
Automatisch falle ich in einen Trab. Ich weiß jetzt, was zu tun ist: Ich muss den Dampfer noch in Altona erwischen!

Hamburger Landungsbrücken – Anleger Altona …
Auf Kurzstrecken bin ich ja ganz gut, aber das sind zwei, drei Kilometer … Und dann mit dieser blöden Schultasche! – Nun lass man erst mal kommen … Siehst du, da ist schon das Klärwerk … Besser nicht so tief Luft holen … Da soll ja im Krieg 'ne Mine hochgegangen sein. Bis aufs Dach unseres Hauses, ja, bis auf die Reeperbahn ist angeblich die Scheiße geflogen … Da vorne kommt schon die »Fähre VII« … Lag mein Vater manchmal mit dem Fair-Play-Schlepper. Wenn er jetzt noch drauf wäre, würde ich runterlaufen: Geht um Sein oder Nichtsein, Papa! Bitte … Er kann mir nix abschlagen. Wir gehen längsseits. Hinnerk, der Schipper, mit dem Megafon: »Anna Achtern Diek, bitte kommen Sie sofort an Bord des Schleppers, Sie werden in der Messe erwartet!« Nun an Tante Hermines Kneipe vorbei …

Könnte ja auch bei ihr die Tasche abstellen … Nein, hält zu sehr auf, zu viele Erklärungen … Nicht rüberkucken. Hoffentlich sieht sie mich nicht. Eigentlich sieht sie ja alles, »das Tageblatt des Hamburger Hafens«, die Umkehrung der drei Affen in Personalunion: Sieht alles, hört alles und schnackt über alles. *»Wo wullst du denn Middeweek so dallig hin?«* Wie weit ist das Fährschiff? Muss den Kopf mehr als 90 Grad drehen, um es auszumachen. Also liege ich noch in Führung: gut so, gut so, gut so! Ab jetzt Indianertrab: 70 Schritte laufen, 70 Schritte gehen. So haben die ganz Dakota durchquert. Die Tasche wird immer schwerer! Weshalb muss ich auch immer all die Scheiß-Bücher mitschleppen? Nun ist wieder Laufen dran … Bin schon fix und fertig. Bis zum Fischmarkt sind's höchstens noch hundert Meter. Das schaff ich doch mit links, das schaff ich doch – mit links, das – schaff – ich – doch – mit – links … So fertig kann ich ihr nicht unter die Augen treten … Das Schiff ist jetzt auf gleicher Höhe, gleiche Höhe ist o.k., gleiche Höhe reicht – der Schipper muss ja noch 'n Schlenker machen, muss noch anlegen – genug Zeit, um über die Brücke an Bord … Wenn diese Scheiß-Tasche bloß nicht wäre! Was heißt das überhaupt: UNTER die Augen treten? Ich will ihr nicht UNTER die Augen treten, ich will ihr meine Zunge in den Mund … Hör auf! So schaffst du's nie, der liebe Gott sieht alles, mehr noch als Tante Hermine, er kennt sogar deine Gedanken … Herr, ich will ihr doch nur meinen Schwanz … Du hast doch selber Schuld, wenn du's nicht packst! Allein: ich WILL, ich WILL! Jungen mit 'nem Willen, kriegen was auf die Nillen! Mist! Jetzt krieg ich auch noch Seitenstiche! Siehst du, das ist die Strafe! Nicht beachten – nicht beachten – nicht – be-ach-ten … Nur noch an dem zerbombten Kühlhaus vorbei, dann ist es geschafft, dann ist es … DA, das Signalhorn! Und noch mal! Er ruft mich! Der Steuermann hat mich beobachtet, bis ich hinter dem Kühlhaus verschwunden bin. Und jetzt ruft er: DUUUD – DUUD, JUNGE – KOMM!

Er wird auf mich warten! Echt! Was sind das nur für plietsche, hilfsbereite Leute an der Küste! Das war doch auch schon eben bei den Mädels so. Und wenn die zu ihm raufgegangen sind, um sich zu bedanken? Und er hat auf die Pier gezeigt: Kuckt mal den da, den Verrückten, der will uns noch in Altona erwischen, kennt ihr den? – Dann steht SIE jetzt auf dem Oberdeck, wenn ich um die Ecke komme! Also, reiß dich zusammen! Lauf wie ein junger Gott. Oder besser, wie Jimmy, ja, Jimmy Dean in »Jenseits von Eden«, als ihn das Aufkeimen der Sprösslinge, mit denen er seinem ruinierten Vater unter die Arme greifen will, so locker und fröhlich macht – laufen und lachen und atmen und lachen und laufen und …

Ach du Scheiße!

Der Fährdampfer hat schon abgedreht und zeigt nur noch sein Heck. Das Signalhorn galt den Passagieren im Allgemeinen, aber nicht mir! Da der Ponton aber leer geblieben ist, hat der Steuermann gar nicht erst angelegt, sondern direkten Kurs auf die Süderelbe genommen.

»Heee!! Was bist DU denn für 'n gottverdammter Schipper, der seine Fahrgäste achter raussegeln lässt!? Man sollte dir das Patent entziehen, ehrlich, du … du Kielschwein!«

Dat geit so

Ich stehe am Fuße des Bismarck-Denkmals. Es ist nicht nur riesig, es steht auch noch auf einem Berg. Von hier aus kann man die Helgoländer Allee bis zum Millerntor überblicken.
Ich komme mir vor wie früher als Indianer-Späher. Wir haben hier oft Indianer gespielt, immer darauf gefasst, von den »Kuhbergern« überfallen zu werden. Deshalb wurde immer einer von uns als Späher abgestellt.
Der Kuhberg gehört zur Neustadt. Er liegt auf der Rückseite des Denkmals, weshalb die Jungen, die dort wohnen, Anspruch auf das Gelände haben.
Die Helgoländer Allee bildet die Grenze.
Gab der Späher Alarm, so flohen wir unter die Kersten-Miles-Brücke und kletterten auf den Sockel der St. Pauli-Seite. Dort fühlten wir uns stark und sicher und empfingen die Kuhberger, die sich gegenüber auf der Neustadtseite unter der Brücke sammelten, mit Beleidigungen.
Wir begrüßten sie: »Was macht der Kuhberger?!«
»Ärger!«, verriet uns das Echo unter der Brücke.
Ein Einzelner von uns rief dann: »Worauf kuckt der Kuhberger?!«
Alle anderen brüllten: »Auf Bismarcks Aaarsch!«
»Aaarsch!«, bestätigte die Brücke. Wichtig war, dass unser Antwort-Geschrei sofort nach der Frage einsetzte und dass nur dort eine Pause gemacht wurde, wo die Brücke das letzte Wort wiederholen sollte.
Der Erste rief wieder: »Woher kommt der Kuhberger?!«
Sofort brüllten wir anderen: »Aus Bismarcks Aaaarsch!«
»Aaarsch!«, antwortete die Brücke. Darüber konnten wir uns so freuen, dass wir einen Beschwörungstanz hinlegten.
»Was ist also der Kuhberger?!«

»BIS-MARCKS-AAARSCH!«
»Aaarsch!«
Das Echo war für uns ein überirdisches Geschenk, ein Gottesurteil vom großen Manitu persönlich.
Natürlich ließ die Retourkutsche der Kuhberger nicht lange auf sich warten, war aber viel weniger eingängig. Sie reichte vom »Fischmarkt-Scheißer!«, – »eißer« (die hatten ja keine Ahnung davon, dass dort schon die nächste Horde Jungen, die Fischköppe aus Altona, auf uns lauerte) bis zu »Pauli-Wichsern«, – »ichsern!«.
Unbeeindruckt läuteten wir eine zweite Runde ein: »Worauf kuckt der Kuhberger?!«

Mein zweiter Versuch, um mit Anna ins Gespräch zu kommen, beginnt genau unter dieser Brücke, allerdings auf der Seite der Neustadt, denn die Mädchen, die ich vom Denkmal aus beobachtet habe, kommen auf der St. Pauli-Seite die Helgoländer Allee runtergerannt.
Ich weiß, dass ich meinen Ruf gegen die Brückenwand richten muss, dann ist sein Effekt am größten und am wenigsten auszumachen, woher der kommt.
Als die Mädchen unter der Brücke sind, forme ich die Hände zur Flüstertüte und rufe mit dumpfer Stimme: »Annaaa!«
Das Echo hängt genau über ihr. Erschrocken bleibt sie stehen und starrt an die Decke.
»Achteeern!«
Auch ihre Schulfreundinnen haben staunend haltgemacht und blicken irritiert um sich.
»Achteeeeern!«
Ich schmiege mich dicht an die Mauer. *»Diiiiiek!«*
Wie ein Zeigefinger sticht das *»Iiiiik!«* unter der Brückenwölbung auf sie herab.
»Güntöver!«, ruft eines der Mädchen.
»Över…«

»De Indänzer!«
»Änzer«, bestätigt ihr das Echo.
Die Mädchen setzen sich wieder in Bewegung, Anna bleibt zurück. Sie rufen ihr etwas zu. Sie lacht, ruft zurück, aber ohne so richtig den Kopf zu wenden: »Keine Bange, Café Keese hat bestimmt noch nicht offen – ODER?!«
»Ooder?«
Das gilt mir. Ich springe vom Sockel. »Keine Ahnung«, sage ich und überquere die Straße, »wollen wir 'n Stück gehen?«
»Klar.«
Wieder bilde ich mit den Händen die Flüstertüte und richte einen Tarzanschrei an die Deckenwölbung. Er misslingt, aber sein Echo erinnert schon etwas an Johnny Weissmüller.
»Du Tarzan«, sagt Anna, »ich Jane.« Sie kennt sich aus.

Unbewusst wähle ich die Strecke, die ich auf unseren Abendspaziergängen immer mit Fiete zurücklege. Aber mit ihr ist es etwas ganz anderes, ich kriege zeitweise gar nicht mit, wo wir gerade sind, denn ähnlich wie beim Tanzen übernehmen meine Beine wie von selbst die Führung.
Das, was ich mir als Kennenlerngang vorgestellt habe, entwickelt sich zu einer Theaterprobe, bei der ich im Souffleur-Kasten meines Kopfes sitze und zu dem Text, der neben mir abläuft, nicht viel sagen muss. Doch mein Körper registriert wie ein Seismograf Erschütterungen, Wärmestrahlung und Funkenflug. Gegen Ende der Probe breitet sich in mir ein langsam schwelender Flächenbrand aus. Allein mein Gehör, für das ich manchmal mit stumm aufgerissenem Mund einen Druckausgleich herbeiführen muss, ragt wie eine unsichtbare Antenne über die sich anbahnende Naturkatastrophe hinaus.
Zuerst spricht sie über Schalli, mit dem sie schon vor Monaten Schluss gemacht hat. Darüber, dass dieser Vollidiot das nicht kapieren will, gerät sie so in Rage, dass sie ein paar Steine weg-

bolzt, die ihr die Regie vor die Füße gelegt hat.

Dann beschreibt sie ihre Gegend, ihr Elternhaus, dessen Strohdach nur ein kleines Stück über die Deichkuppe hinausragt. Darin wohnen drei Generationen. Achtern Diek ist es wie in einer riesigen Badewanne. Bei Sturm kann man nur beten, dass nicht irgendwo der Deich bricht, weil diese Wanne sonst volllaufen würde. Außerdem hat man immer die Gewittertasche mit den wichtigsten Utensilien und Papieren griffbereit in der Diele stehen. Auch ein Blitzschlag kann für das Strohdachhaus das Ende bedeuten.

»Also: Gefährdung von unten durch Wasser und von oben durch Blitz und Hagelschlag. Ansonsten ist es das Paradies!« Dabei gibt sie mir ganz unerwartet einen Stoß, dass ich fast über meine Beine falle: »Wach auf!«

»Aber ich schlaf doch nicht!«

»Das will ich dir auch geraten haben! Ich lege dir hier mein Leben vor die Füße und du?«

»Ich registriere alles.«

»Was alles?«

»Dich!«

»Und dabei musst du schlafwandeln?«

»Ich bin wie …« Mir fällt das Wort nicht ein.

»Hypnotisiert?«

»Genau.«

»Wie das Kaninchen von der Schlange?«

»So ungefähr …«

»Wenn ich die Schlange bin, bist du der Karnickelbock!« Sie lacht, ein Lachen, das den Flächenbrand auf meiner Haut beschleunigt. Sie schaut auf die Uhr. »Mist! Ich muss mich schon wieder beeilen!«

Wir beginnen zu laufen.

Das Schiff liegt noch am Ponton, seine Leinen aber werden gerade losgemacht.

»Nächstes Mal treffen – treffen wir uns bei mir«, ruft sie mit fliegendem Atem, »ich zeig dir dann – meine Gegend, und du bist dran, dein Leben vor mir aus – auszubreiten.«
»Mal sehen …«
»Wieso mal sehen? Das ist Voraussetzung!«
»Wieso Voraussetzung?«
Die Decksleute sehen uns kommen. Sie lassen die Fahrgastbrücke liegen. Erst als Anna an Bord ist, ziehen sie die mit vorwurfsvollem Getöse hinter ihr an Deck. Einer pfeift auf zwei Fingern. Der Maschinentelegraf bimmelt, die Maschine, die im Leerlauf gedreht hat, heult auf.
Sie kommt an die Reling.
»Voraussetzung wofür?«, will ich unbedingt noch wissen.
»Dreimal darfst du raten!«
Endlich kapiere ich: »Für einen – Kuss!? Und wann?« Ich schreie etwas zu laut, weil ich meine Felle buchstäblich davonschwimmen sehe.
»Sonnabend? Kannst du Sonnabend?«
»Sonnabend ist prima.«
»Dann nimm den Fünf-Uhr-Dampfer und …«
Die Schraube dreht durch, sie schlägt das Wasser schaumig. Ich kann Anna nicht mehr verstehen, aber sie zeigt auf mich, dann auf den Ponton, dann auf sich und schließlich auf ihre Uhr, was so viel heißen mag, wie: Ich … warte auf dich … an meinem Anleger … um die abgemachte Zeit.
Sie steht da wie die stolze Galionsfigur einer spanischen Korvette, die immer kleiner wird, aber nicht an Präsenz verliert.
»Wenn sie winkt«, denke ich, »hab ich jetzt 'ne Freundin.«
Bevor sie im Inneren des Schiffes verschwindet, hebt sie die Hand und winkt.

Am Sonnabend wartet Anna nicht auf dem Ponton, sondern oben, an der Brücke. Sie sieht in Gummistiefeln und Regen-

zeug ganz anders aus, aber ich erkenne sie an ihrer spanischen Haltung.
Als ich mit den anderen Fahrgästen (drei ältere Frauen, zwei Hafenarbeiter und eine Mutter mit Kind) über die Gangway an Land gehe, setzt sie sich in Bewegung. Ich bin dreißig bis fünfunddreißig Schritte hinter ihr. Sie tut so, als sei derjenige, auf den sie gewartet hat, nicht mitgekommen. Und ich bemühe mich, derjenige nicht zu sein.
Dabei nehmen wir den direkten Weg raus aus Altenwerder. Alle anderen gehen in die entgegengesetzte Richtung.
»Die wissen sowieso, was los ist«, sage ich, als ich sie endlich eingeholt habe.
»Macht nix«, erwidert sie, »aber es nervt fürchterlich, dass in so einem kleinen Dorf nix privat bleibt. So kann ich wenigstens abstreiten, dich zu kennen, wenn nix läuft.«
»Wenn was nicht läuft?«
»Na, Kennenlernzeit, Verlobungszeit, Ehezeit, Silberhochzeit, Doppelgrab.«
Ich sehe sie ungläubig von der Seite an.
Sie lacht. »Meine Eltern hatten gerade ihre Silberhochzeit.«
Wir gehen eine Weile schweigend nebeneinander her, ich muss mich erst an ihren Deichgrafen-Schritt gewöhnen.
»Du bist wie ein Städter gekleidet«, sagt sie, »also völlig falsch für diese Gegend.«
»Ach, ja?«
»Wir haben hier nämlich viel mehr Gegend und viel mehr Wetter, als du's von St. Pauli kennst. Und das Wetter ändert sich.«
»Du hast die Bauernregeln drauf?«
»Ich komme zwar aus keiner Bauernfamilie, aber meine Achtern-Diek-Nase juckt.«
»Eine ausgesprochen edle Nase, ehrlich …« Ich versuche mein erstes Kompliment, komme mir aber blöd dabei vor und sage:

»Wir auf St. Pauli deuten das ja als ein Zeichen dafür, dass man noch eine draufkriegt.«

»Für euch auf St. Pauli ist das Wetter ja auch viel weniger interessant als die ewigen Auseinandersetzungen. Kein Wunder bei vier, fünf Leuten auf einem Quadratmeter.«

»Übertreibst du da nicht ein bisschen?«

»Ich denke an die Häuser. Da lebt man doch übereinander und kommt bestimmt auf die Anzahl pro Quadratmeter Grundfläche. Als ich das erste Mal nach Hamburg kam, bin ich immer nur in der Mitte der Straßen gegangen, weil ich Angst hatte, eines dieser hohen Häuser könnte umkippen. Und reingegangen in ein solches Haus bin ich schon mal gar nicht, erst als ich es musste, um die Schule zu besuchen.«

Gerade kommen wir an einem endlos weiten Feld vorbei, auf dem die höchste Erhebung ein Maulwurfhügel ist.

Ich beginne einen leicht fiebrigen Beitrag über mein Leben abzuspulen, der sich entfernt an dem des tapferen Jünglings Eisenherz auf der Suche nach Prinzessin Aleta orientiert, übertragen auf die heutige Zeit, versteht sich ... Versteht sich? Ich versteh's ja selber nicht.

Meine Spinnereien werden von dem Gefühl getragen, etwas Verrücktes erzählen zu müssen. Dabei befinde ich mich in einem Schwebezustand.

Auch Anna scheint in eine Art Trance gefallen zu sein. Ich erinnere mich an unser letztes Treffen, gebe ihr einen Stoß und sage: »Wach auf!«

»Aber ich schlaf doch nicht, ich lausche deinen Gutenachtgeschichten!«

»Das sind keine Gutenachtgeschichten, das sind Geschichten, die das Leben schrieb.«

»Wessen Leben?«

»Das Leben an sich. Funkeltier heiß ich, von Einsamkeit weiß ich.« Wieder schießen mir ein paar Halb- und Dreiviertelwahr-

heiten in den Sinn, mit denen ich als Eroberer Aleta Achtern Diek zu beeindrucken hoffe, um sie endlich, endlich mit einem Kuss zu erwecken.
Das heißt, die Erweckung gilt wohl eher mir.

Als wir über einen Trampelpfad nach Waltershof reinkommen, wird es schon dunkel. Wir kehren in den erstbesten Gasthof ein. Die neugierigen Blicke der Wirtsleute bestätigen, dass wir uns auf unbekanntem Terrain bewegen. Mit unserem Eintritt versuche ich auf den Dielenboden der Realität zurückzufinden.
Doch jetzt fängt Anna an zu spinnen. »Manchmal entpuppt sich ein solcher Landgasthof«, flüstert sie, »für den ahnungslosen Städter ja als Räuberhöhle.« »Wie das Wirtshaus im Spessart?«, frage ich.
»Genau!« Sie singt: »Ein Häuschen mit Garten .... Am besten fand ich ja den Räuber Knoll, alias Wolfgang Neuss.« Sie kennt sich echt aus.
Wir trinken Brause, hören einander zu, entdecken gleiche Vorlieben, gleiche Vorurteile und gleiche Vorsätze.
Nach einer zeitlosen Ewigkeit treten wir wieder vor die Tür und erleben eine Überraschung: Die weite Gegend und der hohe Himmel haben sich auf drei, vier Kubikmeter reduziert.
»Hat meine edle Nase mal wieder recht gehabt«, freut sich Anna. »Was aber das Edelste ist: Man kommt bei solchem Nebel nicht mehr nach Hamburg rüber.«
»Gibt's hier irgendwo 'ne Telefonzelle?«, frage ich.
»Am besten, wir gehen wieder rein, und du telefonierst hier.«
Zum Glück ist meine Großmutter am Apparat. Ich schildere ihr die Lage.
»Sag bloß, die haben da drüben doch Telefon«, sagt sie. »Und wo wirst du schlafen?«
»Da wird sich schon was finden.«

Das war's. Dafür schätze ich sie: Dass ich mir neben dem eigenen Kopf nicht auch noch den einer hysterischen Erziehungsberechtigten zerbrechen muss.

Es gibt einhundertacht verschiedene Möglichkeiten, eine Hand zu nehmen: vierundfünfzig für die Hand, die ergreift, und vierundfünfzig für die, die sich ergreifen lässt. Es ist schon überraschend, wie sich durch eine einzige dieser Berührungskombinationen alles verändern kann. Ich weiß plötzlich, wohin ich will, und dass ich an keinem anderen Ort dieser Welt, nein, des Universums, hätte sein wollen. Und Anna weiß, dass ich es weiß.
»Ich möchte dir einen Freund vorstellen«, sage ich. »Er heißt Ben. Er schiebt auf der kleinen Werft Wache, auf der die Kriegsschiffe verschrottet werden. Kennst du den Weg dort hin?«
Sie kennt sogar den Namen jener Werft: Eisen & Metall. Und natürlich kennt sie den Weg, ein langer, unwirklicher Nebelweg, bei dem wir uns aneinander festhalten wie Hänsel und Gretel, nein, wie Aleta und Eisenherz. Dabei fühlen wir uns, als seien wir die einzigen Menschen auf der Welt. Ist das nicht auch so? Wenn wir die Augen zusammenkneifen, liegt vor uns ein Glitzern auf der Straße. Sind die Wege zu schmal, so bleibt das Glitzern in den angrenzenden Bäumen und Hecken hängen, sind sie zu breit, so finden wir es in den Straßengräben. Wir orientieren uns also an einer eingebildeten Illumination.
Der Trick stammt von Anna. Sie sei früher, im Nebel, nur mit zusammengekniffenen Augen rumgerannt, sagt sie. »So nimmt man dem Nebel die Bedrückung.«
»Funkeltier heiß ich, von Einsamkeit weiß ich!« Ich spreche Prinz Eisenherz aus dem Herzen.
Als ich schon gar nicht mehr damit rechne und immer so weiter hätte gehen wollen, Hand in Hand, bis ans Ende der Welt, stehen wir plötzlich vor dem Zaun, an dem uns Ben bereits schwanzwedelnd erwartet.

Anna ist schneller drüberweg als ich. Sie scheint sich mit Hunden auszukennen, denn sie hat keine Angst vor Ben. Sie tut all das, wozu mich Samson erst hatte auffordern müssen.
Ich sage leicht pikiert: »He, Ben, ich bin auch noch da.«
Schon zerreißt sich der gute Ben zwischen der Bewahrung einer alten und der Begründung einer neuen Freundschaft. Sein Schwanz fliegt so sehr hin und her, dass sich sein ganzes Hinterteil bewegt.
Das Vorpostenboot liegt nicht mehr an der Pier, der Minensucher ist an seine Stelle gerückt.
Annas Augen lachen, als sie hinter mir an Bord klettert. Während ich in der Pantry die Kerze anzünde, lacht auch ihr Mund. Dabei pellt sie sich aus ihrer Regenjacke.
Wir sitzen nebeneinander. Ich weiß, dass ich jetzt das Richtige tun muss, ja, ich weiß sogar, was das Richtige ist.
Mit verdrehtem Oberkörper lege ich meine Hände auf ihre unnachahmlichen Schlüsselbeine, was mich diese elende Haltung sofort vergessen lässt. Ich küsse sie, aber ohne Zunge, meine Zunge hat sich plötzlich irgendwo in meinem Mund verkrümelt.
Ich bin überrascht, wie warm und fest ihre Lippen sind.
Beim zweiten Kuss berührt ihre Zungenspitze meinen Mund, so leicht, wie man ein Papierschiffchen auf die Wasseroberfläche setzt. »Warte«, sagt sie. Dann setzt sie sich mir zugewandt auf den Schoß, *»dat geit so!«*

Rohrkrepierer

Gottes Mühlen mahlen langsam, aber jeder kommt mal ran. Wenn es dann endlich so weit ist, stellt sich garantiert die Frage, ob die Liebe eine Rolle spielt. Und wenn ja, ob sie sich wie Sternenstaub auf dein Innerstes legt oder wie eine Granate in dein Dasein bohrt und alles auseinander reißt. Dann musst du das Puzzle, das dein Leben ist, neu zusammensetzen, weil du endlich weißt, wo die Sehnsucht hingehört, die immer so unhandlich am Rande rumgelegen hat.

Ich kann es kaum glauben und suche um fünf Uhr morgens auf dem ersten Dampfer von Altenwerder zurück nach Hamburg in einem Spiegel nach Beweisen. Ich kucke genau hin, ob sich auf meiner Stirn, an meinen Lippen, meiner Augenfarbe irgendwas, eine klitzekleine Veränderung ausmachen lässt.
Da gibt es doch diese Geschichte, dass jemand vor Kummer über Nacht graue Haare bekommen hat. Weshalb sollte sich nicht auch bei einer so elementaren Erfahrung wie das erste Mal ein wissender Gesichtsausdruck oder ein ansteckendes Dauerlächeln in die Augenwinkel einschleichen?
Ich falle in die alte Gewohnheit zurück, ein Gesicht wie Errol Flynn zu machen oder die einseitig krause Stirn und das breite Grinsen von Clark Gable. Ja, ich bin jetzt ein Mann, ein Held, der Held der ersten Nummer. Ich befinde mich auf der Bordtoilette. Der Maschinentelegraf klingelt, sie gehen mit der Drehzahl runter.
Natürlich hätte ich schon in Altona aussteigen können, aber dort herrschte ein viel zu großes Gedränge. Neben auffallend wachen und lauten Menschen bevölkerten Hühner, Enten, ja, sogar Schweine das Schiff. Alle Formen von Karren, Bollerwagen

und Fahrradanhängern mit Pflanzen, Früchten, Gemüsen und Wurstwaren wurden rumpelnd und fluchend über die Gangway an Land gezerrt.
Heute Morgen ist Fischmarkt. Das ist für einen sensiblen Menschen nach der ersten Nummer seines Lebens ein viel zu großes Getöse. Also habe ich mich auf die Bordtoilette zurückgezogen.
Der Dampfer beginnt jetzt mit der Drehung, um gegen die Tide an den Landungsbrücken festzumachen. Ich halte mich am Waschbecken fest.
Wenn ich an Anna denke, bewegt sich etwas in meinem Kopf, meinem Herzen und meiner Hose. Die Reihenfolge kann auch Herz, Hose, Kopf sein oder Hose, Kopf, Herz.
Der Unterschied zu vorher ist, dass es etwas Konkretes gibt, an das ich mich erinnern kann, das mich erregt, nicht so was Theoretisches wie die Hefte über Nacktkörperkultur, die ich unter den Hemden im Schrank meiner Eltern entdeckt habe, oder das anatomisch zerlegbare Modell des weiblichen Körpers aus dem Ärzte-Buch meiner Großmutter.
Ich habe Nacktkörperkultur praktiziert, und das war weit entfernt von den gewollt künstlerischen Nacktfotos oder der aufklappbaren Anatomie einer Frau, das war – Nacktkörperkultur pur, IHREN Körper riechen, anfassen und schmecken, oh Gott, ich habe ihren kleinen – festen – Busen – geküsst!

Die Maschine geht jetzt auf Stopp. Für einen kurzen Moment heult sie im Leerlauf auf, dann dreht sich der Propeller rückwärts.
»Kann denn Liebe Sünde sein?« Clark Gable imitiert Zarah Leander, bevor er aus dem Spiegel verschwindet.

Auf dem Wasser ist es immer noch diesig, doch der Nebel, der die Schifffahrt und auch mich gezwungen hat, über Nacht festzumachen, ist verflogen.

Als ich an den Landungsbrücken von Bord gehe und vertrauten Boden unter den Füßen habe, muss ich laufen, ich kann nicht anders: Hafenstraße, Davidstraße, Erichstraße, die Straßen sind noch leer. Umso überraschender ist es, dass Ecke Erich- und Gerhardstraße, mitten auf der Fahrbahn, eine einzelne Person steht, als würde sie auf mich warten.

Ich werde langsamer und weiche auf die linke Straßenseite aus. Doch die Person öffnet die Arme und beginnt sich zu drehen. Als ich mit ihr auf gleicher Höhe bin, landet sie genau vor mir, hebt die rechte Hand wie ein Verkehrspolizist und sagt: »Halt! Heut ist Sonntag. Da wird getanzt oder gesoffen. Am besten beides.«

Es ist ein junger Kerl, Mitte zwanzig vielleicht, mit breitem Grinsen und kleinen, roten Augen. Seine schwarz-weißen Schuhe fallen mir auf.

»Komm«, sagt er und wendet sich der unbeleuchteten Eckkneipe zu, »ich gebe einen aus.«

Noch bevor ich dankend ablehne, dreht er sich um und ruft: »He, Kleiner, wir kennen uns doch!« Er kommt die zwei Schritte wieder zurück. Ich überrage ihn fast um einen Kopf. Seine widerspenstigen Haare, das eingemeißelte Grinsen und die Narbe, die seine linke Augenbraue teilt – natürlich kenne ich ihn.

Etwas zu kräftig schlägt er mir auf den Rücken.

»Aber nur einen«, sage ich. »Wo kommst du denn so früh her, Murksi?«

»Bin schon seit gestern unterwegs«, sagt er, legt mir von hinten die Hände auf die Schultern und schiebt mich in die Kneipe, so, als sei er mein väterlicher Gönner.

Drinnen, im Halbdunkel, entdecke ich an einem Ecktisch drei weitere Männer. Sie lachen und feixen, als sie mich sehen: »Das gibt's doch nicht! Hast du tatsächlich wieder 'n Dummen gefunden?«

»Ihr werdet es nicht glauben«, sagt Murksi, »aber der Kleine hier ist 'n alter Kumpel von mir.«

Wir waren noch nie Kumpel, im Gegenteil. Ich bin mir jetzt sicher, dass es ein Fehler war, ein verdammter Scheiß-Fehler, ausgerechnet mit Murksi in diese Scheiß-Kneipe reinzugehen!

Wir sind in derselben Straße groß geworden. Aber Kontakt hatte ich nur zu seinem kleinen Bruder Freddi, der etwa mein Alter hat, Murksi ist fünf, sechs Jahre älter.
Die Murksis – wir nannten die ganze Familie nach dem Spitznamen des Ältesten – wohnten im Parterre eines Hauses der Hamburger Hochstraße, in das man hineinsehen konnte wie in eine Puppenstube, weil die vorderen Wände weggebombt worden waren. Sie wohnten im rückwärtigen Bereich, hinter zwei Holztüren, die auf den Dielen schleiften. Man musste die Türen anheben, um sie schließen zu können. Dadurch standen sie meistens halb offen, sodass man mitbekam, was bei den Murksis so los war.
Der Vater war Quartalssäufer. Wenn er seine Sauftour hatte, hörte man ihn im Hinterhaus rumbrüllen. Dann wechselten wir die Straßenseite und gingen drüben vorbei, besser ist besser, dachten wir.
Die Mutter, die aussah, als hätte sie auch die Großmutter sein können, war mit Freddi und Murksi dann meistens schon zu ihrer Schwester abgehauen, die in der Kleinen Freiheit wohnte. Hatte sie die Kurve aber nicht rechtzeitig gekriegt, dann bekam man die Familie tagelang nicht zu sehen, weil sie der Alte grün und blau geschlagen hatte und sie sich schämte, rauszukommen.

»Wie geht's denn eigentlich Freddi?«, frage ich Murksi.
»Keine Ahnung«, flüstert er. Er macht sich hinter dem Tresen zu schaffen. Dabei hat er die abgezirkelten Bewegungen einer durchzechten Nacht und bemüht sich, den Wirt, der auf einem Barhocker hängt, Arme und Kopf auf dem Tresen abgelegt hat und leise vor sich hinröchelt, nicht zu wecken. »Ich dachte, du kannst mir vielleicht was über ihn erzählen.«

»Ich weiß ja nicht mal, wo er abgeblieben ist«, sage ich leise. Als Murksi das erste Mal eingebuchtet wurde, damals noch in »Hawaii« auf Hannöfersand, da sind Freddi und seine Mutter weggezogen.

Er stellt mir eine geöffnete Flasche Bier vor die Nase und flüstert: »Ich auch nicht.« Dann tänzelt er mit einem Tablett auf den erhobenen Fingerspitzen durch den Raum und serviert mit großer Geste Bier und Korn am Tisch der Männer.

Ich nehme ihm das nicht ab, das mit Freddi. Wahrscheinlich will er vor den anderen Männern nicht darüber reden. Ich kenne sie vom Sehen: Zwei Zuhälter aus der Herbertstraße und ein Rausschmeißer aus der Silbersack-Kneipe.

Sie prosten Murksi zu. »Auf dass du Stinkstiefel wieder raus bist«, sagt der Glatzkopf von den Zuhältern. Dann kippen sie den Korn.

»Wie du das immer hinkriegst«, sagt der andere und kuckt auf die Uhr, die er am inneren Handgelenk trägt. »Sogar morgens vor sieben schaffst du es, uns neue Freunde zu machen!«

»Ist 'n alter Freund«, ergänzt Murksi. Er prostet zu mir rüber.

Ich würde am liebsten sofort gehen und denke: »Was wisst ihr denn schon. Ich habe heut Nacht in Drachenblut gebadet!«

Sie unterhalten sich leise.

Interessiert mich sowieso nicht, denn ich habe nur Anna im Kopf. Ich trinke mein Bier aus, steige vom Barhocker runter, bedanke mich artig bei Murksi, wünsche ihnen allen noch einen schönen Sonntag und gehe ganz ruhig und selbstverständlich zur Tür.

Auf den letzten drei Metern baut sich Murksi vor mir auf. »Du wirst mich doch jetzt nicht im Stich lassen«, jammert er. »Seit gestern bin ich raus aus'm Bau. Da hab ich nicht viel Geld von mitgebracht.« Er ergreift mein Handgelenk. Sein Griff ist unangenehm hart, dabei stiert er mich mit seinen kleinen, roten Augen böse an. »Ich hab die Jungs hier eingeladen, verstehst du?« Er

macht die Armbewegung eines großzügigen Gönners. »Es ist meine Party, meine Raus-aus-dem-Bau-Party.« Er lässt mich los und beginnt seine Hosentaschen umzukrempeln. »Aber ich bin blank, hier, ehrlich, kein Pfennig auf der Naht!« Dabei fällt ein länglicher Gegenstand auf den Boden. Er schwankt leicht und glotzt darauf, so, als könne er nicht glauben, was da aus seiner Hosentasche gefallen ist.
Also gut. Ich hebe diesen bescheuerten Gegenstand für ihn auf. Es ist – ein Springmesser, verdammt!
Er streckt mir die Hand entgegen, ich gebe es ihm.
»Ich möchte als Gastgeber nicht mein Gesicht verlieren«, sagt er, »verstehst du?« Demonstrativ lässt er das Messer aufspringen. »Oder möchtest du, dass ich mein Gesicht verlier?«
Ich schüttle den Kopf und hab ein verdammt flaues Gefühl im Magen. Das erinnert mich an früher. Zwar haben wir Murksi bewundert, aber dieses blöde Gefühl war immer dabei. Das fing schon an, wenn man ihn nur zu Gesicht bekam. Man wohnte ja in derselben Straße, also lief man ihm immer mal über den Weg. Sofort hatte man Angst davor, dass er einen zu sich zitierte: »He, Cowboy, komm mal kurz her zu mir!«
Ich wundere mich noch heute, dass wir auf Zuruf bei ihm antanzten, jeder Einzelne wie ein Ochse zur Schlachtbank.
Es gab dann zwei Möglichkeiten: die große oder die kleine Brandmarkung, der Cowboy war nämlich er. Die kleine war eine Kopfnuss und bedeutete: Mach weiter so. Die große aber war ein Schlag in den Magen oder ein Tritt in den Hintern und beinhaltete das Versprechen, dass man beim nächsten Mal nicht so glimpflich davonkommen würde. Das Ganze war natürlich auf Freddi, seinen kleinen Bruder, zurückzuführen.
Mich hat Murksi nie verdroschen. Das hing wahrscheinlich damit zusammen, dass ich Freddi mochte. Der tat mir immer leid. Er war eine ängstliche halbe Portion, sein Spitzname war »Fußmatte«, was schon alles sagte. Machte man in seiner Nähe

eine schnelle Bewegung und riss zum Beispiel den Arm hoch, um sich dann bedächtig über das Haar zu streichen, zuckte Freddi jedes Mal zusammen. Er war einfach viel zu leicht zu erschrecken. Und wenn man nicht damit aufhörte, fing er irgendwann an zu heulen.
Viel zu schnell vergaß man, dass er unter dem Schutz seines Bruders stand. Und der hatte ein gutes Gedächtnis.

Mit einer geübten Handbewegung klappt Murksi das Messer wieder zusammen und – »Klack!« – lässt er es noch einmal aufspringen. »Oder möchtest DU dein Gesicht verlieren?«
Wieder schüttle ich den Kopf. Mein Rachen ist ganz trocken, obgleich ich doch gerade erst das Bier ausgetrunken habe.
Ich dreh mich auf der Stelle um und gehe langsam, ganz langsam nach hinten zu der Tür mit der Aufschrift »Herren«.
Der Geruch, der mir entgegenschlägt, ist weniger der von Herren als von Raubtieren. Ich atme flach, öffne den tropfenden Hahn, nehme einen Schluck aus der hohlen Hand, schlage mir Wasser ins Gesicht und schaue in den fleckigen Spiegel.
»Ruhig …«, sage ich leise zu meinem Spiegelbild, »ganz ruhig. Du lässt dir von diesem Idioten doch nicht den Morgen versauen, den Morgen danach.« Ich mache wieder ein Gesicht wie Errol Flynn. Am liebsten würde ich wie Marlon Brando oder, besser noch, wie James Dean kucken. Die charmanten alten Helden meiner Kindheit sind nämlich von den einsamen, unverstandenen Verlierern des neuen Kinos abgelöst worden. Doch für die fehlt mir einfach die Übung, die Überzeugung.
Es gibt drei Filme, so bestätigen wir es uns bei jeder Gelegenheit gegenseitig, die unser Leben verändert haben: »Jenseits von Eden«, »Die Faust im Nacken« und »Die Saat der Gewalt« – letzterer wegen der Musik von Bill Haley. Sie stellte alles vorher Gehörte in den Schatten und ging so unmittelbar in die Beine und sonst wohin, dass auch im Union-Kino auf der Reeperbahn

beim »Rock Around The Clock« ein paar Sesselreihen zu Bruch gingen. Hinterher wusste keiner so richtig, warum.

Wenn ich jetzt wie Marlon Brando in »Die Faust im Nacken« ein durchtrainierter Boxer wäre, so könnte mir das sicher weiterhelfen. Doch gleichzeitig ahne ich, dass diese Typen da vorne nur auf so was wie eine Boxeinlage warten, dann sind sie nämlich in ihrem Element und können einen erst so richtig fertigmachen.

Mit Brando und Dean identifizierten wir uns so sehr, dass wir tagelang rumliefen, gestikulierten und redeten wie sie. Zurückgeworfen auf den Alltag, war das eine anstrengende Angelegenheit.

»Hör bloß mit diesem blöden Halbstarken-Getue auf«, sagte meine Mutter, »das bist du doch gar nicht!«

Natürlich hatte sie Recht. Irgendwann vergaß ich, dass ich ja eigentlich wie Jimmy oder Marlon sein wollte, latschte wieder durch mein eigenes kleines Leben, das immer nur um eines kreiste, um die viel zu weit entfernten Mädchen, bis zu einem ihrer nächsten Filme, und alles ging wieder von vorne los.

Aber auch unsere neuen Idole werden irgendwann vom wirklichen Leben eingeholt: Dean hat mit seinem Porsche 550 Spyder (Ewu weiß das mit seinem Wagen natürlich genau) einen tödlichen Unfall, aus ihm wird ein Engel. Und Brando, der sich an den Todsünden vergreift, wird über die Jahre feist und selbstgefällig.

Bevor ich wieder nach vorne gehe, kontrolliere ich die Fenster über den stinkenden Kloschüsseln: Sie sind vernagelt, auch bei »Damen«. Wahrscheinlich hat der Wirt mit Zechprellern schlechte Erfahrungen gemacht. Oder Murksi und seine Konsorten haben vorgesorgt.

»Na«, empfängt der mich fröhlich, »keinen Notausgang gefunden?« Die Männer lachen. Murksi hält den Kopf schief und blinzelt mich mit seinen roten Augen an. »He, Kleiner! Es kann doch kein Zufall sein, dass ich dich heute Morgen hier vor der Tür aufgegabelt habe. Es ist – ich will mal sagen, VORSEHUNG! Ja, da bin ich ein gläubiger Mensch: Ich glaube daran, dass du einen alten Kumpel wie mich nicht in Stich lassen tust und dass du ihn, um der alten Zeiten willen, für drei Runden …«, er kuckt zu den anderen rüber. Einer von denen reckt vier Finger in die Luft, »für vier Runden aushelfen wirst.« Er mustert mich wieder mit diesen roten Leckaugen. »Also sagen wir mal mit dreißig, DREISSIG Mark bist du dabei, und das Gesicht, mein Gesicht, dein Gesicht, unser aller Gesichter können entspannt und fröhlich sein. Ich war so lange im Bau, da möchte ich heute nur noch fröhliche Gesichter um mich haben – kapiert!?«

»An uns soll's nicht liegen«, ruft einer der Männer. Die anderen nicken grinsend.

Ich hole wortlos meine Geldbörse aus der Seitentasche meiner Jacke. Ich sehe es Murksi an, er hat mit größerem Widerstand gerechnet, ja, er scheint sogar etwas enttäuscht zu sein.

Ich gehe zurück an den Tresen und lass die Münzen auf die Platte rollen. Ich zähle das Geld und sage: »Dreiachtzig, tut mir leid, aber mehr hab ich nicht, das heißt, hier … hier hab ich noch 'ne Freikarte fürs Knopf-Kino.«

Die hab ich zwar schon mal benutzt, der Kartenabreißer aber hat sie nur angerissen, (er war 'ne Aushilfe, hatte keine Ahnung) und ich habe sie wieder fein säuberlich von hinten zusammengeklebt. »Die ist auch noch mal einszwanzig wert!«, sage ich.

Zwei der Männer lachen, einer hüstelt und sagt: »Was hast du denn von so'nem jungen Spund erwartet, Murksi, außer, dass er frech werden tut?«

Murksi hat die Augen geschlossen und steht leicht schwankend da. Die eine Tasche hängt ihm immer noch aus der Hose heraus, was seiner Gestalt etwas Unvollständiges, Beschädigtes verleiht. »Der Kleine hat's noch nicht kapiert«, sagt er. »Er wird

die dreißig Piepen abarbeiten.« Dann fährt er mich an: »Nun mach schon, du arme Sau, hol uns noch mal dasselbe!«
Ich bringe Korn und Bier an den Tisch, stelle die ausgetrunkenen Gläser und Flaschen auf das Tablett.
»Wie 'n echter Kellner«, sagt Murksi. »Was willst du denn mal werden?«
Ich gehe nicht darauf ein. Als ich mich wieder dem Tresen zuwende, ruft er mir nach: »Kannst dir auch noch'n Bier nehmen!«
Ich zögere und zähle die Schritte bis zur Tür: fünf. Wenn ich ihnen jetzt das Tablett vor die Füße werfe …
»Da darfst du nicht mal dran denken«, sagt Murksi, als könne er meine Gedanken lesen. Er kramt in der Hosentasche und legt das Springmesser neben die Bierflasche. »Du weiß doch noch, warum ich Murksi heiß?«
In mir steigen Erinnerungsbilder auf. Schon macht sich wieder diese erbärmliche Angst breit.

Er wurde so genannt, weil er die Ratten, die er fing, eigenhändig abmurkste. Und nicht nur die …
Wie ein Lauffeuer sprach es sich unter uns Kindern herum, wenn er wieder mal eine Ratte gefangen hatte. Als Fallen benutzte er ausgediente Ofenrohre, die etwa einen halben Meter lang waren. Und als Köder nahm er Rattenfleisch.
»Denn Ratten«, erklärte er uns, »sind viel schlauer als Menschen. Wir müssten auch kein Kohldampf mehr schieben, wenn wir unsere Feinde, die wir abmurksen, essen würden: gedünstet, gepökelt oder gegrillt.«
Er schleppte das Ofenrohr, in dem die Ratte steckte, in eines der vorderen Zimmer. Die Räume wirkten mit ihren fehlenden Vorderwänden wie eine Theaterbühne. Er nannte seine Darbietungen »Rohrkrepierer« und gab ihnen laufende Nummern: Rohrkrepierer, die zwölfte Aufführung, zum Beispiel.

Doch uns war klar, dass es sich dabei um keine Theateraufführung, sondern um eine Hinrichtung handelte.
An einem Ende war das Rohr mit einem Drahtgeflecht abgedichtet. Das andere Rohrende wurde mit einem kreisrunden Blech von der Seite her geschlossen. Dieses Schließblech war es auch, das er von weitem mit einer Schnur betätigte, wenn die Ratte in die Falle, sprich, ins Rohr gekrochen war.
Murksi stellte das Rohr in der Mitte des Raumes senkrecht hin. Unten klappte er das Schließblech seitlich heraus.
Am anderen Ende der Falle lag hinter dem Köder immer ein Mauerstein. Jetzt, im aufrechten Zustand, war dieser Stein auf die Ratte gerutscht und drückte sie unten im Rohr auf die Dielen. Manchmal stach er mit einer Stange von oben durch das Drahtgeflecht hindurch und erhöhte den Druck des Steins, bis die Ratte quiekte. »Hört ihr?«, rief er dann, »sie lebt noch!«
»Klar, Murksi, du würdest doch keine Ratte abmurksen, die schon tot ist!«, rief einer von uns zurück.
Das taten wir, um ihn bei Laune zu halten. Es hatte schon Aufführungen gegeben, bei denen er wütend zu uns runtergesprungen war, um uns mit der zappelnden Ratte in der Faust Beine zu machen.
Doch meistens setzte er sich, wenn alles vorbereitet war, mit dem Rücken an die Seitenwand und rauchte noch eine. »Jedem Todeskandidaten«, tönte er, »wird eine letzte Zigarette gewährt. Da aber die Ratten viel zu schlau sind, um sich ihre Gesundheit mit dem Rauchen zu versauen, übernehme ich das für sie.«
Es gab auch immer ein paar Nachzügler aus anderen Stadtteilen. Sogar die Fischköppe aus Altona, die normalerweise nichts bei uns zu suchen hatten, durften mit dabei sein.
Ab und zu warf er einen kleinen Stein gegen das Ofenrohr, der scheppernd vom Blech absprang. »Damit sie nicht einschläft«, sagte er.

Manchmal quiekte die Ratte dann, manchmal peitschte auch das Ende ihres Schwanzes unter dem Rohr hervor, und wir waren es, die quiekten.
Wenn Murksi die Zigarette auf den Dielen ausgedrückt und den Stummel mit Daumen und Zeigefinger weggeschnippt hatte, wurde es Ernst. Wir wussten, dass alles sehr schnell gehen konnte, und wagten kaum noch zu atmen.
Er stieß das Ofenrohr um, und der Ratte, die die ganze Zeit unter dem Druck des Mauersteins darin gehockt hatte, fehlte für einen winzigen Moment die Orientierung. Das war der Augenblick, in dem Murksi zugriff, wobei er sie hinter dem Kopf erwischen musste, damit sie ihn nicht beißen konnte.
Dann drehte er sich ein paar Mal um sich selbst. Wie ein Diskuswerfer ließ er dabei die aufgestaute Spannung in einem sich steigernden Stöhnen entweichen, das schließlich in einem Schrei gipfelte, mit dem er die Ratte an die Wand warf.

Als ich wieder am Tresen stehe, berühre ich mit der Bierflasche die Hand des Wirtes. Der stöhnt leise im Schlaf.
»Lass Klaus in Ruhe!«, ruft Murksi sofort, »der kann dir auch nicht helfen. Schenk uns lieber noch mal einen Korn nach. Und bring dir auch ein Glas mit.«
Damit keiner merkt, dass mir die Hand zittert, halte ich die Kornflasche beim Einschenken mit beiden Händen fest.
Murksi steht auf, und sein Stuhl kippt um.
Stöhnend wechselt der Wirt die Position, wacht aber nicht auf, sondern röchelt in einer anderen Tonlage weiter.
Murksi schwankt und stützt sich auf der Schulter seines Nachbarn ab. Der zuckt zusammen, weil er kurz eingenickt war.
»Stuhl!«, zischt Murksi mir zu.
Ich reagiere nicht.
Er wird lauter: »Der STU-HUL!«
Mich reitet der Teufel, nein, Anna, denn ich bin jetzt ein Lieb-

haber, ein Mann. Ich sage laut und vernehmlich: »Danke der Nachfrage, aber über meine Verdauung kann ich nicht klagen.« Einer prustet los. Die beiden anderen bleiben stumm, sie haben den Witz offensichtlich nicht verstanden.
»Dir werden die Sprüche noch vergehen«, faucht Murksi.
Ich weiche einen Schritt zur Seite und stelle seinen Stuhl wieder auf die Beine.
Der eine lacht immer noch.
»Das ist übrigens der humorvolle Artschi«, stellt Murksi ihn mir vor, »und der da«, er zeigt auf den stiernackigen Glatzkopf, »ist Brarub, beides hochsensible Frauen- und Getränkekenner und Menschenfreunde. Im Gegensatz zu dem da«, er weist auf den Kompaktesten der vier, der Einzige, der eine Schippermütze trägt. Mir fällt erst jetzt auf, dass der Ärmel seines karierten Hemdes auf einer Seite hochgerollt ist, bis zu einem Stumpf, kurz unter dem Gelenk. »Er ist der berüchtigte einarmige Rausschmeißer, und eher KEIN Menschenfreund, was Vierkant?«
»Hält sich«, sagt Vierkant, »und DU?«
»Ich?« Murksi spielt den Überraschten. »Aber das weiß doch jeder, dass ich ein ausgesprochener Menschenfreund bin. Das hat mir nicht mal die Justiz austreiben können, wenn auch … Schwamm drüber. Es gibt aber eine Spezies, die ich noch mehr schätze. Und die wird es noch geben, wenn die Menschheit lange schon ausgestorben is. Dreimal dürft ihr RATTEN!«

Murksi, der Rattenfreund …
Nur ein einziges Mal war ihm bei einer seiner Rohrkrepierer-Aktionen eine Ratte entkommen. Darüber war er so wütend gewesen, dass er den Mauerstein an die Wand gepfeffert und sich mit dem Ruf: »Ich brauch 'ne Ersatzratte!« auf uns gestürzt hat. Kreischend waren wir davon gestoben.
Wenn die Ratte noch nicht tot war, ergriff er sie am Schwanz und ließ sie durch die Luft sausen wie eine Räucherdose.

Dabei konnte es passieren, dass ihr der Schwanz riss und sie sonst wo landete, zum Beispiel vor unseren Füßen. Das ließ uns ebenso in Panik davonrennen. Darüber konnte sich Murksi totlachen.
Natürlich tat uns die Ratte leid. Spätestens, wenn er das Ofenrohr umkippte, waren wir auf ihrer Seite. Nicht, dass wir Ratten mochten, aber Murksi mochten wir noch weniger.
Entdeckten wir irgendwo in den Trümmern eine seiner Fallen – er ließ sie dort tagelang liegen, versorgte sie sogar mit Ködern, damit sich die Ratten daran gewöhnten –, so spielten wir jedes Mal mit dem Gedanken, das Ofenrohr platt zu treten und zum Schrotthändler zu bringen. Doch wir taten es nie, weil wir viel zu großen Schiss vor Murksi hatten.

Plötzlich hat Murksi einen offiziellen Tonfall: »Ab sofort stehst du der Kompanie als Hiwi, als Hilfswilliger, mit Leib und Leben zur Verfügung. Wir besiegeln das Ganze …«, er wedelt mit den nach oben gerichteten Handflächen, bis die Männer murrend aufgestanden sind, »mit unserm Trinkspruch …«
In plötzlicher Übereinstimmung leiern alle vier los: »Zur Mitte, zur Titte, zum Sack, zum Knie – so säuft die Herbertstraßen-Kompanie, ex!« Dabei haben sie die Vorgaben oberflächlich nachvollzogen, allein Vierkant hat mit dem Schnapsglas gewissenhaft jeden angegebenen Körperteil berührt.
Die vier glotzen mich erwartungsvoll an. Ich komme mir vor wie auf einem Kindergeburtstag, wenn da nicht das Messer wäre, das Murksi aufgenommen und beim Trinkspruch aufgeklappt als Taktstock benutzt hat.
Nach dem gemeinsamen Kornkippen lassen sich die Männer zurück auf die Stühle fallen, sie bemerken nicht, dass ich mich schütteln muss.
Murksi, der stehen geblieben ist, fährt fort: »Damit gehörst du zu uns, zur Herbertstraßen-Kompanie. Du weißt doch, was

auf Fahnenflucht steht, oder?« Er legt das Messer auf den Tisch zurück und nimmt einen Schluck aus der Bierflasche. »Wenn du abhaust, machst du den Rohrkrepierer, das verspreche ich dir, Rohrkrepierer, die ...« Er stellt die Flasche wieder hin. »Warte – die Dreizehnte ging daneben, die Vierzehnte betraf wohl eher meinen Alten. Oder war das die Fünfzehnte? Egal, du machst dann den Rohrkrepierer, die Letzte.« Er geht dicht an Vierkant vorbei, gibt ihm einen leichten Schlag auf die Schulter. »Behalt den Hiwi im Auge, ich muss mal pissen.«

Murksis letzte öffentliche Aufführung war Rohrkrepierer, die Dreizehnte. Später sagten wir, dass vielleicht doch etwas dran sei an der Dreizehn als Unglückszahl und dass er sie besser hätte sein lassen oder überspringen sollen. Aber hinterher ist man ja immer schlauer.

Er brachte seine Ratten-Nummer eigentlich nur, wenn die Luft rein war, das heißt, wenn seine Eltern nicht da waren: Die Mutter arbeitete als Reinemachfrau an den Schulen, und der Vater war als Kraftfahrer unterwegs, wenn er sich nicht gerade auf einer Sauftour befand.

Freddi nannte seinen Vater den Werwolf, weil der sich jedes Mal in einen solchen verwandelte, wenn er betrunken war. Manchmal machte er ihn für uns auch nach, stakte breitbeinig und grunzend durch die Gegend, glich aber eher der Miniaturausführung von King-Kong. Wir nahmen ihm das mit dem Werwolf trotzdem ab.

Am Tag des dreizehnten Rohrkrepierers war sein Vater im Haus gegenüber bei einem Kerl zu Besuch, mit dem er manchmal eine der größeren Strecken fuhr und den wir »das Herrchen von Herrn Schröder« nannten. Eine solche Tour hatten sie gerade hinter sich gebracht, nun genehmigten sie sich einen Schluck Selbstgebrannten, was keinen zu interessieren brauchte, da sie die Zeit dafür rausgeholt hatten, indem sie durchgefahren waren: Hamburg – Nürnberg und zurück, bei den damaligen Straßenverhältnissen eine echte Herausforderung.

Der Lärm der vielen Kinder, die auf der Straße verrückt spielten, ließ Murksis Vater aufhorchen. Als er hinter der Gardine aus dem Fenster linste, glaubte er seinen Augen nicht zu trauen. Ihn packte die Wut, als er sah, was sich da im Vorzimmer seiner Wohnung abspielte. Die Verwandlung in einen Werwolf war noch nicht abgeschlossen, da die beiden Männer fluchend und sich schüttelnd erst drei Gläser von dem Selbstgebrannten gekippt hatten.

So stürmte er als halb fertiger Werwolf auf die Bühne, kurz nachdem Murksi die Ratte an die Wand geschmissen hatte. Dicht hinter ihm folgte das Herrchen von Herrn Schröder und dahinter Herr Schröder, ein dunkelbrauner Dackel, der von uns auch »Kackwurst« gerufen wurde.

Kackwurst schnappte sich die Ratte und verschwand mit ihr auf dem angrenzenden Trümmergrundstück.

Der halb fertige Werwolf hatte beim Überqueren der Straße den Gürtel aus den Schlaufen seiner Hose gerissen, hatte ihn auf halber Länge geknickt in die Rechte genommen und hatte Riemenende und Schnalle mit voller Wucht dem vor Schreck erstarrten Murksi durch das Gesicht gezogen.

Der ging sofort zu Boden und rollte sich winselnd zusammen. Der halb fertige Werwolf aber schlug weiter auf ihn ein und brüllte: »DAS ist für die Ratte!« und »DAS ist für dich!« und »DAS ist …«

Das Herrchen von Herrn Schröder hielt ihn schließlich fest, und beinahe hätte auch der noch was abgekriegt. Er riss dem Werwolf aber den Gürtel aus der Faust, als der auch auf ihn einschlagen wollte, und brüllte: »Genug jetzt, Paul, hörst du? Genug, sag ich!«

Er war es auch, der Murksi später zum Doktor brachte, denn

der Schnitt über dem Auge hörte nicht auf zu bluten und musste genäht werden.
Wir Kinder hatten uns erschrocken verdrückt, einige schon gleich, als der Werwolf auftauchte, andere erst nach seinem Auftritt. Alle waren wir aber froh darüber, dass wir keinen solchen Vater hatten. Teufelauch sprach aus, was die meisten von uns dachten: »Dann doch lieber gar keinen.«
»Ihr ... ihr habt ja k-keine Ahnung ...«, jammerte der immer noch zitternde Freddi. »So ... so viele Väter sind im Krieg gefallen, warum nicht auch dieser ... dieser Scheiß-Werwolf!?«

Als Murksi von der Toilette zurückkommt, stellt er seinen rechten Fuß auf den Stuhl und sagt: »Dies ist ein handgemachter Maßschuh, holzgenagelt.«
»Und mundgeblasen«, ergänzt Artschi und legt sich in seinem Stuhl zurück, so, als erwarte er eine altbekannte Verlautbarung. Auch Brarub, der Glatzkopf, stöhnt auf. Nur Vierkant verzieht keine Miene.
»Ich lebe nicht auf zu großem Fuße«, fährt Murksi ungerührt fort, »sondern auf einem angemessenen. Das heißt, es gibt bei dem Schuhmachermeister meines Vertrauens zwei Leisten, die 100-prozentig meinen Füßen entsprechen. Meine Schuhe werden also der Form meiner Füße angepasst und nicht umgekehrt wie bei euch Pennern.« Verliebt betrachtet Murksi seinen schwarzweißen Halbschuh. »Die Brandsohle ist aus Altgerber-Leder, und das Oberleder kommt aus Italien und wird – jaaa, ich hab's schon oft erzählt – in den dortigen Puffs von den Nutten vorgekaut, die das Rentenalter erreicht haben und keine Männerschwänze mehr bearbeiten. Das ist dort unten eine anerkannte, von den Zahnärzten empfohlene Altersbeschäftigung: Lederweichkauer.«
Brarub deutet einen Vogel an.
Murksi hat nur Augen für seinen Schuh und fährt fort: »Wie ihr wisst, habe ich das auch schon mal in der Herbertstraße zur

Sprache gebracht. Aber unsere Mädels haben mich angesehen, als verlangte ich von ihnen, die Freier zu küssen.«

Plötzlich hört sein Dauergrinsen auf, es graben sich Furchen der Verzweiflung in sein Gesicht. »Und eben hab ich mir doch tatsächlich auf meine Lieblingsschuhe gepisst!«

Diese Wendung lässt die Männer grinsend aufhorchen.

»Das ist unverzeihlich«, trauert Murksi weiter, »und ich kann nur hoffen, dass mir meine Meckie-Messer-Lieblings-Schuhe das nicht übel nehmen.« Er wendet sich jetzt an mich. »Du holst zwei Geschirrtücher, rechts unter dem Zapfhahn, aber fix!« Er schnappt sich die Kornflasche, setzt sich auf einen der leeren Tische, zieht einen Stuhl zu sich heran, die Rückenlehne seitlich, und stellt seine Schuhe auf die Sitzfläche, so, als hätten sie ein verletzliches Eigenleben.

Dann nimmt er mir eines der Tücher aus der Hand, spritzt den Korn darauf und schmeißt es mir wieder hin. »Damit neutralisierst du die Pisse!«

Als ich nicht sofort loslege, schreit er: »Nun mach schon! Bevor der Alkohol verflogen ist, du Blödmann!«

Ich ziehe einen Stuhl heran, setze mich vor seine Schuhe und wische sie mit dem Tuch ab.

»Doller!«, schreit er. »Vor allem zwischen den Nähten!«

Ich beginne mit mehr Druck auf seinen Schuhen rumzureiben.

»Warte!« Er kippt den Korn direkt aus der Flasche auf das Oberleder. »Weiter! Fester!«

»Davon werden deine Lieblingsschuhe aber blau«, sagt Artschi, »und sie könn' nicht mehr geradeaus geh'n.«

Keiner lacht, mich aber bringt dieser blöde Witz auf eine Idee.

»Es reicht!«, sagt Murksi. »Nun nimm das andere Tuch und putz sie richtig, so wie am Bahnhof.« Er streckt die Arme nach hinten, greift nach der Tischkante, lässt den Kopf zurückfallen und schließt die Augen. »Meinetwegen«, sagt er, »könnt ihr euch auch gleich die Schuhe von ihm putzen lassen. Vielleicht setzen wir ihn nachher sogar als Schuhputzer in der Herbertstraße ein. Dann kann er heute noch seine Schulden abarbeiten.«

Es reicht wirklich.
Ich lass mir von dieser Meckey-Messer-Imitation doch nicht Anna aus dem Sinn, dem Blutkreislauf jagen. Jetzt aber muss ich mich auf eines konzentrieren, auf meine Finger, ja, und nicht mehr so viel denken, sondern ES EINFACH TUN:
Die Schuhbänder öffnen, sie aus den oberen Löchern ziehen, bis zum Ende der Schnürung lockern und die losen Enden parallel zwischen die Schuhe legen. Dann beginne ich damit, die Lasche unter der Schnur des linken Schuhs zu bearbeiten.
Murksi scheint seine Stellung für die nächsten Minuten gefunden zu haben, er grunzt zufrieden.
Ich beuge mich eifrig über die Schuhe, sodass keiner Einsicht nehmen kann. Während ich mit dem Rücken des kleinen Fingers und des Ringfingers der rechten Hand das Tuch auf die Lasche drücke und Putzbewegungen vortäusche, knote ich gleichzeitig die Enden des linken und des rechten Schuhbandes zusammen.
»Du könntest Schuhputzer werden«, sagt Murksi. »Der Service-Bereich hat Zukunft, das siehst du an uns, an der Herbertstraßen-Kom...«
»Du kannst dir deine Scheiß-Kompanie sonst wohin stecken!«, brülle ich los, etwas zu laut, um meine Angst zu überschreien. Fast genauso schnell wie ich aufgesprungen bin, hat sich Murksi aufgerichtet.
Ich schleudere das Geschirrtuch in sein ungläubig-blödes Gesicht. Als ich an der Tür bin, höre ich ihn hinter mir vom Stuhl hechten wie im St. Pauli-Hallenbad vom Beckenrand. Nur dass er nicht platschend im Wasser landet, sondern krachend auf dem Dielenboden. Ich bin schon draußen, da brüllt er los: »Diese Sau ... Das Messer! Nun schmeiß mir schon das Scheiß-Messer rüber!«

Ich spüre, dass jemand dicht hinter mir ist, ich gebe Gas – auf Kurzstrecken bin ich echt schnell –, sprinte die Gerhardstraße runter auf den Wilhelmplatz zu. Vor mir kommen gerade zwei Männer aus der Herbertstraße. Hinter mir höre ich einen Ausruf – verdammt, Vierkant! Er hat einen unüberhörbaren Alarmton in der Stimme: »Haltet den Jungen fest, er hat nicht bezahlt!«

Die Männer, die bestimmt alles, was ihnen geboten wurde, auf Heller und Pfennig bezahlen mussten, stellen sich mir tatsächlich in den Weg. Der eine kriegt mich an der Jacke zu fassen.

»Lass los!«, schreie ich. »Die wollen mich ausnehmen!« Um den Ernst der Lage zu betonen, jammere ich: »Ruft die Polizei – schnell!«

Schon ist Vierkant neben mir. »Er blufft!«, sagt er und schlägt mir seine Schippermütze auf den Kopf, immer wieder, um jeden seiner Sätze zu unterstreichen: »So ist die Jugend von heute.« Zack! »Hauen sich die Birne voll, und wenn's ans Bezahlen geht ...« Zack! »Zeig den beiden doch mal deine Geldbörse, die dreiachtzig da drin«, zack! »und die Freikarte – er wollte doch tatsächlich mit 'ner Kinokarte bezahlen!« Zack!

»Typisch«, sagt einer der Männer.

»Danke«, sagt Vierkant, »ich übernehme ihn jetzt.« Er setzt seine Mütze wieder auf, greift mir unter die Achsel und schiebt mich vor sich hin in Richtung Kneipe.

»Ruft die Polizei«, sage ich noch mal, »bitte!«

»Schnauze!«, zischt Vierkant. Dabei haut er mir den Stumpf unter die Achsel, schnappt sich mit seiner einen Hand meinen Ring- und Mittelfinger und winkelt sie in die Richtung, in der die Gelenke nicht nachgeben. Ich unterdrücke einen Schrei.

»Alles klar?«, ruft einer der Männer.

Vierkant winkt den beiden zu, die in der entgegengesetzten Richtung abziehen. »Du hast dich«, er lässt meine Finger wieder los, »in eine Scheißlage gebracht, Jung.« Er greift mir

wieder mit der Hand unter die Achsel. »Du hast Murksi nicht nur verarscht, du hast ihn vorgeführt, vielleicht sogar verletzt. Das kann er von solchem jungen Spund nicht auf sich sitzen lassen! Ich möcht nicht in deiner Haut stecken, ehrlich.«
Meine Beine fangen an, weich zu werden. »Können Sie …«, ich unterdrücke einen Schluchzer. Anna ist plötzlich so weit entfernt, als hätte ich sie noch gar nicht kennen gelernt, »können Sie mich nicht einfach laufen lassen?«
Vierkant lacht auf. »Das geht nicht, Jung. Bei allen andern wäre mir das scheißegal, aber nicht bei Murksi, weißt du. Mit dem möchte ich mich nicht anlegen. Ne, der ist doch nicht ganz dicht, der ist doch so abgedreht, dass er vor nix haltmacht. Du kennst doch die Geschichte mit seinem Vadder?«

Wie ein Lauffeuer machte es damals die Runde, als Murksi seinen Vater umgebracht hatte. Angeblich hatte er es so ähnlich wie mit den Ratten angestellt: zweimal seinen Kopf mit Anlauf gegen die Wand gefahren. Dabei hatte er ihn in den Schwitzkasten genommen und kurz vor der Wand losgelassen. Der Alte sei so voll gewesen, dass er gar keine Reflexe mehr gehabt habe, schon gar nicht beim zweiten Anlauf.
Überhaupt, sagte man, habe Murksi das mit den Ratten nur zur Übung gemacht, bis er sicher war, dass er das auch bei seinem Alten hinkriegen würde, wenn der die Familie mal wieder verkloppen wollte.
Und ich – oh nein, verdammt, auch das hat er gesagt! – ich soll Rohrkrepierer die Letzte werden, seine letzte Hinrichtung!
»Hören Sie, ich hab da was gespart. Ich kann Ihnen sechzig Mark geben, wenn Sie mich laufen lassen.«
Doch wir sind schon vor der Kneipe. Vierkant schiebt mich rein, ähnlich wie es Murksi vorhin gemacht hat. Es kommt mir wie eine Ewigkeit vor, die Ewigkeit vor dem Jüngsten Gericht.

Murksi sitzt mitten im Raum auf einem Stuhl und hat seinen Kopf in den Händen vergraben.
Vierkant schubst mich in seine Richtung und sagt: »Er drückt jetzt sechzig Mäuse ab, wenn du ihn gehen lässt.«
Murksi schweigt. Er schaut nicht mal zu mir auf.
Es herrscht eine abgeklärte, dumpfe Katerstimmung. Brarub und Artschi stehen am Tresen. Der Wirt ist wach geworden und glotzt mit müden, roten Augen, die nichts begreifen, in die Runde.
Murksi hat das Springmesser, seine zerschnittenen Schuhbänder und einen seiner Schuhe vor sich auf dem Boden liegen. Er greift sich den Schuh und reicht ihn mir rüber.
Ich nehme den Schuh zögernd entgegen. Doch der zittert so sehr in meiner Hand, dass ich gar nicht wahrnehmen kann, was mit dem los ist.
Murksi winkt mich zu sich ran, nimmt mir den Schuh wieder aus der Hand, hebt das Messer auf und fährt mit der Klinge sanft über das weiße Oberleder, bis er an eine Stelle kommt, da ist die Naht zwischen Ober- und Unterleder ein paar Millimeter aufgerissen.
Ich mache zwei Schritte rückwärts und bleibe außerhalb seiner Reichweite stehen.
Er legt das Messer wieder hin, wirft Vierkant die Schuhbänder zu und sagt, er solle mir die Hände auf den Rücken binden.
»Was glaubst du wohl, mit wem du es hier zu tun hast?«, fragt er, ohne aufzublicken, »mit ein paar Schwachköpfen? Ein paar Vereinsmeiern, die sich an ihren Trinksprüchen aufschießen? Genau das glaubst du doch, oder?!«
Ich schüttle den Kopf.
»Erzähl mir doch nix! Und den Oberschwachkopp hast du mal eben auf die Schnauze gelegt, so sieht's doch aus!« Er hält mir das Loch in seinem linken Hemdsärmel und den blutigen Ellenbogen entgegen.
Vierkant hat seine Aufgabe ruck, zuck, mit nur einer Hand erle-

digt: Ein Schuhband schnürt mir gehörig in das linke Handgelenk, aber ich wage nicht, etwas zu sagen.
»Die meisten würden sich alle zehn Finger danach lecken, zur Kompanie zu gehören, was Jungs?« Brarub und Vierkant grunzen zustimmend.
»Aber DU!? Eine undankbare, hinterfotzige, arme Sau bist du. Das heißt, soo arm bist du ja nun plötzlich gar nicht.«
Murksi zieht seinen kaputten Lieblingsschuh wieder an und steht ächzend auf, so, als tue ihm alles weh. Er rückt seinen Stuhl zur Seite, zählt fünf, sechs Schritte bis zur Wand und macht auch dort den Weg frei, indem er Tisch und Stühle auf die Seite schiebt. Er hockt sich hin und klopft mit den Fingerknöcheln in etwa einem Meter Höhe die Wand ab. »Die hält was aus!«, sagt er zufrieden.
Er kommt zurück, ich weiche ihm automatisch aus. Er hält mir wieder den aufgescheuerten Ellenbogen mit dem zerrissenen Hemd unter die Nase und sagt: »Das Hemd lässt sich ja ersetzen, aber der Schuh ... dass du meine Meckie-Messer-Schuh ruiniert hast, ist nicht wieder gutzumachen!«
Er steht jetzt neben mir, geht auf die Zehenspitzen und legt mir seinen Arm um den Hals. Dann zieht er mich runter.
Ich bin wie betäubt und starre auf die Dielenbretter.
»Hast du eigentlich 'ne Freundin?«, fragt er, während er mich im Schwitzkasten rückwärts neben die Tür in die Ausgangsposition drückt.
Es ist ein Albtraum.
»Ob du 'ne Freundin hast?«
»Nein – ja – vielleicht.«
»Nein – ja – vielleicht?« Er macht meine tonlose Stimme nach.
»Was den nun?«
»Ja.«
»Noch nicht so lange, wa?«
»Nee.«

»Wie lange denn?«
»'n paar Tage.«
»Ach, wie drollig. Willst du der nicht was hinterlassen? Ich mein, bei einem so jungen Glück wären doch 'n paar Abschiedsworte angebracht.«
Ich hab einen Kloß im Hals und verschlucke mich an der Antwort.
»Was hast du gesagt?«
»Schei… Scheiß drauf!«
»Wir sollen ihr ›Scheiß drauf‹ hinterlassen? Wie heißt sie denn?«
»Scheiß drauf.«
»Nun sei doch nicht so stur! Sag uns ihren Namen, ihre Adresse, und wir schicken eine tolle Beileidskarte, meinetwegen auch eine mit ›Scheiß drauf‹. Das würden wir doch für ihn tun, was Jungs?«
»Immer!« und »Na klar!« bekunden die beiden Zuhälter.
»Ich sag ja, das sind echte Menschenfreunde, die von der Herbertstraßen-Kompanie.«
Seine Maßschuhe ohne Schuhbänder tänzeln vor meinen Augen wie die Vorderhufe eines Rennpferdes vor dem Start. Ich sehe sie plötzlich losgelöst von allem und frage mich, was die da machen, was ICH hier eigentlich mache, gebeugt wie ein Eisschnellläufer, mit den Händen auf dem Rücken.
»Ich wollte schon lange mal wieder ausprobieren, ob ich den Rohrkrepierer nicht schon beim ersten Anlauf hinkriege, so wie mit den Ratten!«
Ich rieche seinen Schweiß. Oder ist das meiner?
»Rohrkrepierer, die Letzte!«, sagt er und zieht den Arm fester um meinen Hals.

Bis zu diesem Moment hab ich es nicht glauben wollen, hab mir immer wieder eingeredet, dass Murksi nur bösen Spaß macht, dass das Ganze eine Posse ist, ein abgekartetes Spiel, um mich

das Fürchten zu lehren. Jetzt aber weiß ich es besser (eigentlich hab ich es immer schon befürchtet): Er ist unzurechnungsfähig!
»Sag mal!«, brülle ich, dabei heul ich los vor Wut und Angst und versuche mich rückwärts aus seiner Umklammerung zu lösen. »Bist du eigentlich nicht ganz dicht!?«
Ganz unerwartet lässt er mich los, ich setze mich unsanft auf den Fußboden.
Über mir erscheint sein Gesicht, bestehend aus einem einzigen boshaften Grinsen: »Natürlich bin ich nicht ganz dicht! Das weiß hier doch jeder. Ich hab sogar einen Jagdschein, für Ratten und für böse kleine Jungs!«
Die drei anderen Männer lachen jetzt. Nur Klaus, der Wirt, versteht immer noch nichts
»Du stratzt jetzt nach Hause«, sagt Murksi. »Ich gebe dir genau 'ne halbe Stunde, und dann stehst du mit den sechzig Piepen hier wieder auf der Matte – kapiert!?«
Ich kapiere gar nichts. Die Tränen laufen mir übers Gesicht, aber ich gebe keinen Laut von mir, den Gefallen tu ich ihm nicht.
Vierkant kommt rüber und haut mir wieder seine Mütze auf den Kopf. »Er hat dich verarscht!« Zack! »Verstehst du?« Zack! Er öffnet mit zwei, drei Griffen der einen Hand die Schuhbänder an meinen Handgelenken. »Nun zieh schon Leine und hol dein Sparschwein!« Zack!
Beim letzten Schlag mit der Mütze geht wie von magischer Hand die Tür auf. Sonnenlicht flutet herein, aus der Dämmerung des Jüngsten Gerichts wird schlagartig eine morgendliche Kneipenidylle, in der die schwebenden Staubpartikel die Zeit stehen lassen.
In der Tür stehen zwei Frauen.
»Immer hereinspaziert, die Damen!« Murksi macht eine tiefe Verbeugung.
Die Sonne blendet.
Ich rutsche zum Tresen rüber, lehne mich an seine Front und massiere mein Handgelenk.

Die eine Frau kommt mit Mordsabsätzen zu mir rübergestakst, greift mir ins Haar und sagt: »Ach, hier steckst du! Karl der Große wartet schon auf dich!« Und an Murksi gewendet: »Was ist mit meinem Neffen los? Was habt ihr mit ihm gemacht?« Es ist Dolores. Sie hat das Haar hochgesteckt und Kriegsbemalung aufgelegt. Zur Fischmarktzeit macht sie gerne noch mal bis zum Mittag eine schnelle Mark.

»Wenn das dein Neffe ist«, sagt Murksi, »bin ich Klausis Halbschwager mütterlicherseits.«

Die andere Frau bleibt in der offenen Tür stehen und hält die Verbindung zur Sonne, zur Freiheit.

»Also gut«, gibt Dolores nach. »Er ist der Neffe von Karl. Und Karl wundert sich, wo er bleibt. Die sind nämlich zum Angeln verabredet.«

»Sag bloß.« Murksi grinst. »Dann sollte mir sein Neffe unbedingt einen dicken Fisch mitbringen, sag das deinem Karl, er schuldet mir nämlich 30 Piepen.«

»Schuljungen abzocken«, schimpft Dolores, »ist das jetzt dein Stil? Sag mal, schämst du dich gar nicht?«

Dolores trägt ein hochgeschlossenes, leuchtend gelbes Kleid. Sie fischt einen Schein aus ihrer kleinen, perlenbestickten Umhängetasche und haut ihn auf die Tresenplatte. »Pass bloß auf, Klausi«, sagt sie zum Wirt, »dass du mit solchen Spielchen nicht die Konzession loswirst!«

»Da passen wir schon für auf«, betont Murksi.

Dolores kreischt auf. »Das musst du grade sagen!« Ihr lautes Lachen sägt an der Idylle, »gerade du! Sicher übernimmst du dann auch die Bürgschaft für Klausi, oder?«

»Übernimmt die ...«, es ist als wenn er ihr jede Silbe vor die Füße spuckt, »Her-bert-stra-ßen-kom-pa-nie!«

Dolores hilft mir hoch. Auf den Dielen hinterlasse ich einen dunklen Fleck. Ich habe mir in die Hose gemacht, ohne was zu merken.

»Er hat sich vollgepisst!«, jubiliert Murksi, »die dumme Sau hat sich vollgepisst!«
Er stellt sich uns in den Weg.
»Was machst du bloß wieder für'n Scheiß!«, faucht Dolores. »Bist du nicht auf Bewährung draußen?!«
Murksi steht leicht schwankend vor der Sonne. Seine Haare stehen zu Berge, seine Augen sind blutunterlaufen, ihm hängt immer noch die eine Hosentasche raus, sein Hemd hat ein Loch, dessen Rand blutrot gefärbt am Ellenbogen klebt, und seinen Lieblingsschuhen fehlen die Schuhbänder. War seine Gestalt bisher nur unvollständig, so sieht sie jetzt jämmerlich aus!
»Ich brauch Lotti nur'n Wink geben«, sagt Dolores, »und in drei Minuten sind die Bullen hier.«
Er tritt zur Seite und deutet wieder eine höfische Verbeugung an.
»Kluge Entscheidung«, sagt Dolores.

Als sie hinter uns die Tür zudrückt, hören wir Murksi wieder losschreien: »Er hat sich vollgepisst! War das nicht 'n Spaß!? He, ihr müden Säcke, das müsst ihr doch zugeben, was für 'n Mordsspaß das war!«
Und nach einer kleinen Pause, in der von den anderen nichts zu hören ist: »Was hat sie eigentlich abgedrückt? Zwanzig? Dann lass noch mal die Luft aus den Gläsern, Klausi, aber schlaf nicht wieder ein dabei!«
Dolores und Lotti nehmen mich in die Mitte. »Ich hab's euch immer gesagt«, schimpft Dolores, »lasst euch nicht mit diesen Drecksäcken aus der Herbertstraße ein! Habe ich das nicht immer wieder gesagt?!«
»Das Geld kriegst du natürlich wieder«, sage ich mit monotoner Stimme. Mir laufen immer noch die Tränen über das Gesicht, und jetzt fühle ich auch die Nässe zwischen den Beinen.

»Bedank dich lieber bei ihr da oben.« Sie winken beide zu Fietes Großmutter rauf, die im dritten Stock mit dem Fernglas vor dem Gesicht auf der Fensterbank hängt und zurückwinkt. »Wenn die nicht ihre Stielaugen überall hätte!«
Fietes Oma überschaut die Gerhardstraße und einen Teil der Erichstraßenseite, in die sie mündet. Den ganzen Tag sitzt sie am Fenster, ein 14-Stunden-Tag, bei dem sie sich sogar das Essen von Fietes Mutter an die Fensterbank bringen lässt. Sie hat Probleme mit der Hüfte und den Beinen und kann fast nicht mehr gehen.
Ich habe auch eine Vorstellung davon, wie sie sich über die drei Stockwerke hinweg mit Dolores, die in der Erichstraße vor ihrem Torweg auf die Fischmarkt-Freier wartete, mitgeteilt hat. Ihre kreischende Kopfstimme versetzt jedes Mal die ganze Straße in Alarmbereitschaft: *»De nehm bi Klaus en von unsern Jungs – ik gläuf Kalle – utenanner! Vierkant hät em wedder infungn un inne Kneipe trüchbracht. Paß bloß op un goh da nich alleene rin!«*
Manchmal, wenn bei den Mädchen nicht viel los ist, tauschen sie auf diese Weise sogar Kochrezepte aus. Das Verrückte dabei ist, dass Fietes Oma (ihr Spitzname ist »die Agentin«) für die ganze Zeit eines solchen Hin-und-Her-Geschreis das Fernglas auf den Gesprächspartner richtet.
Auch ich grüße die Agentin und führe meine Hände zu einer Dankesgeste zusammen. Ich sage nie wieder was Schlechtes über sie – ehrlich. Und ich bring ihr heute Abend eine Tafel Schokolade vorbei.
Mist! ›Who-makes-the-lion piss‹ hat sich selbst vollgepisst. So was von einem Scheißgefühl aber auch! Ich muss jetzt machen, dass ich nach Hause komme: waschen, umziehen und an Anna denken.

Zu Hause kommt mir zum Glück keiner in die Quere: Meine Großmutter ist auf dem Fischmarkt, und meine Mutter schläft noch. Ich setze den großen Wassertopf auf den Herd und trage die Zinkbadewanne in die Küche. Ich hole meinen Schlafanzug und verstecke die nassen Klamotten unter meinem Bett.
Im heißen Wasser, die Beine über dem Wannenrand, die Füße auf den Fußbodenfliesen abgestellt, komme ich langsam zur Ruhe und schlafe ein. Das Lachen meiner Oma weckt mich.
Gerade als ich im Bett liege, lassen die Kirchenglocken die Fenster vibrieren. Meine Oma bringt mir einen Becher heiße Honigmilch ans Bett. Einen solchen Service, das ahne ich noch nicht, werde ich in meinem späteren Leben nie wieder erfahren.
Von nebenan höre ich, dass meine Mutter aufsteht. Die letzten, ungleichmäßigen Schläge der Glocken versprechen eine bald einsetzende, lange, lange Stille.

Als ich abends aus dem Haus gehe, bin ich wieder der Alte … nein, ein ganz neuer Mensch: ein Mann, der mit einer Frau G.V. hatte. Und ich brenne darauf, mit Fiete um den Block zu gehen, um ihm meine gewonnene Wette unter die Nase zu reiben.
Fiete kommt die Stiege runtergedonnert, sofort muss ich an die Agentin denken. »Eigentlich wollte ich für deine Oma ja 'ne Tafel Schokolade mitbringen«, sage ich.
»Womit hat sie denn das verdient?«, will er wissen.
Ich erzähle ihm die Geschichte von Murksi in Kurzfassung. Dass ich mir dabei in die Hose gepisst habe und nicht wieder aufhören konnte zu heulen, habe ich vergessen, für immer, hab es mit der Zinkbadewanne in den Ausguss der Küche gekippt.

»Freut mich«, sagt Fiete, »dass die Agentin auch noch zu was anderem nützt, als den Straßenstrich zu überwachen.«
»Wieso, das ist doch eine gute Sache!«
Penibel notiert sie die Zeiten, die die Freier bei den Nutten verbringen.
Den Mädchen ist es nur recht. Sie geben ihr sogar Zeichen, wenn sie verschwinden und wenn sie wieder auftauchen. Eine bessere Lebensversicherung, sagen sie, können sie sich gar nicht wünschen.
»Inzwischen geht mir ihr ewiges Geglotze so was von auf den Zeiger«, stöhnt Fiete. »Und überall wird man auf sie angesprochen.«
Das hat sich bei ihm schon mal ganz anders angehört.
Es ist vielleicht sieben, acht Jahre her, da kam Fiete mit einer Doppelseite ihres Notizheftes bei uns an. Er hatte die fein säuberlich mit der Rasierklinge rausgetrennt, damit seine Oma nichts merkte: kariertes Papier, oben rechts das Datum, auf der linken Seite untereinander die Namen: Schwarze Käthe, Inge-Lore, Dolores usw. Rechts davon, über die Doppelseite hinweg, die Besuchszeiten der jeweiligen Freier. Manchmal standen da auch Notizen drin wie »Dolores krank« oder »Inge-Lore versackt«. Dann neigte sie zu einer gewissen Dramatik: »Hat sich von 18 Uhr 15 bis 18 Uhr 32 die Seele aus dem Leib gekotzt!«
Diese rausgetrennte Seite sei der Beweis dafür, trumpfte Fiete damals auf, dass seine Oma für den Geheimdienst arbeite. Ihre Krankheit, ihr Aussehen – sie war über die Jahre fettleibig geworden und passte nur noch seitlich durch die Türen – seien reine Tarnung. »Und deshalb«, triumphierte er, »ist meine Oma die geheimste Geheimagentin der Welt!«
Das beeindruckte uns damals sehr. Sie war uns schon immer unheimlich gewesen, nun hatten wir endlich eine Erklärung für ihr Aussehen, für ihr Verhalten, ja, für ihre ganze merkwürdige Existenz.
Seitdem sprachen wir nur noch hinter vorgehaltener Hand von ihr und nannten sie anerkennend »die Agentin«.

Jetzt aber geht uns die Agentin zunehmend auf die Nerven, besonders Fiete. Oft sind wir gezwungen, kleine Umwege zu machen oder uns, dicht an die Häuserwände geschmiegt, unterhalb ihres Blickwinkels zu bewegen, wenn wir nicht in ihrem Nutten-Tagebuch auftauchen wollen. Familiäre Entdeckungen gibt sie nur allzu gerne an Fietes Mutter weiter. Das hat schon ein paar Mal zu geheimdienstlichen Konflikten geführt.

»Du bist also mit dem ersten Dampfer von der anderen Seite gekommen?« Fiete wechselt nur allzu gerne das Thema. »Woher kamst du denn, wenn man mal fragen darf.«
Eigentlich will ich es bis zur Helgoländer Allee hinauszögern – egal. Also sage ich feierlich: »Endlich hat der tapfere Jüngling seinen Namen in die Geschichte der holden …« Weiter komme ich nicht.
Fiete ist mir vor die Füße gesprungen, gibt mir mit beiden Händen einen Stoß vor die Brust und schreit: »Scheiße! Ich auch!«
»Das ist nicht dein Ernst!«
»Mit so was mach ich keine Witze!«
»Erzähl!«
»Du zuerst!«
»Du bist doch nicht etwa in Puff …?«
»Dohoch.«
»Du geiler, blöder Hund!«
»Also gut: Ich würde es nicht noch mal tun. Aber nun ist es abgehakt. Und so schlimm war's auch wieder nicht. – Du fängst an!«
»Moooment. Wir machen es wie immer: Zing-Zang-Zung, ohne Brunn', Gewinner ist Bestimmer.«
»Meinetwegen!«
Wir schwenken im gleichen Rhythmus die Hände. »Zing, Zang, Zung!«, und zeigen mit den Fingern gleichzeitig eines der Symbole für Schere, Stein oder Papier.

»Schere zerschneidet Papier!«, jubiliert Fiete. »Hab ich doch gleich gesagt, dass du anfängst.«

»Zuerst haben wir uns geküsst. Das war ganz schön ... nein, sehr schön, Quatsch, was sag ich, große Klasse war das!«
Ich merke plötzlich, wie schwer es mir fällt, über den realen Versuch eines Geschlechtsverkehrs zu berichten.
»Schon nach kurzer Zeit küssen deine Lippen nämlich wie von selbst. Meine Besorgnis, mit ihrer Zunge und mit meiner Zunge durcheinander zukommen, ist so was von bescheuert, sag ich dir! Das alles ist reine Gefühlssache – und die wird von irgendwoher gesteuert, was weiß ich, von der rechten Gehirnhälfte oder von der Zwirbeldrüse.«
»Du meinst Zirbeldrüse«, verbessert mich Fiete, »das Tor zur Ekstase.«
»Sag ich doch. Jedenfalls funktioniert das alles wie von selbst. Mit einem so tollen Gefühl, einen guten Kuss hinzukriegen, ist echt keine Kunst. Voraussetzung ist natürlich ein tolles Mädchen, das auch Lust darauf hat.«
Ich hole tief Luft und bin mit meinen, wie ich finde, anschaulichen, aber nicht zu deutlichen Ausführungen recht zufrieden.
Fiete weniger. »Das weiß man doch alles«, sagt er unwirsch. »Das nennt man übrigens Vorspiel. Und nun komm mal zur Sache!«
»Ach ja?« Ich ärgere mich über ihn und höre schon wieder seinen oberschlauen Cousin heraus. »Weiß man das alles? ICH jedenfalls hab das nicht gewusst, weil ich nämlich noch nie so ein Gefühl gehabt habe!«
»Und genau diese Gefühlsduselei ist es, die mir auf den Zeiger geht!«
»Hör mal, wenn ich über meine erste Nummer berichten soll, dann musst du die ... diese Gefühlsduselei, die ich dabei hatte, schon mit in Kauf nehmen. Was ist bloß los mit dir?«

»Was soll schon los sein. Du lässt dich hier in den höchsten Tönen übers Geküsse aus, aber Nutten stehen nun mal nicht auf's Küssen, jedenfalls nicht mit Freiern.«
»Dann hast du nicht mal geküsst?«
»Ich wollte auch gar nicht!«
»Wieso denn nicht?«
»Wieso, wieso! Die war mir zu alt.«
»Wie alt war sie denn?«
»Vielleicht … ungefähr … ich weiß nicht! Waren auch zwei.«
»ZWEI!?« Mir fehlen die Worte.
»Nicht gleichzeitig, hintereinander.«
Das habe ich Fiete gar nicht zugetraut. Nach einer Atempause sage ich: »Du hast ja auch immer Ältere haben wollen, von wegen der Erfahrung, hast du getönt.«
»Ach, ja?«
Er ist gar nicht prahlerisch, eher enttäuscht, vielleicht auch wütend. Jetzt bin ich es, der sich vor ihm aufbaut: »He, Junge! Wir haben's endlich hingekriegt, allein das zählt!«
Er verzieht keine Miene.
»Wir sind jetzt so was wie echte Liebhaber, ho, ho! – Wie sich das schon anhört: Er war ein guter Liebhaber … wie in einem Roman.« Ich schau mich um, ob jemand in der Nähe ist. Wie meistens ist um diese Zeit nichts los am Zirkusweg. Ich reiß ihm den Arm hoch und brülle: »Frauen aller Länder vereinigt euch – MIT UNS!«
Fiete ringt sich ein Grinsen ab. »Und was war nach dem Geküsse?«
Es ist, als wenn er Geküsse mit »Gekröse« verwechselt – … und was war nach dem Gekröse?
Ich bleibe ruhig. »Sie saß mir die ganze Zeit auf dem Schoß, das musst du dir mal vorstellen. Mein Schwanz hat also ununterbrochen durch die Hose durch bei ihr angeklopft. Irgendwann hab ich es nicht mehr ausgehalten und hab sie vor mich

auf den Tisch gesetzt, so ein Pantry-Tisch, weißt du, festgeschraubt wegen dem Seegang und so.« Mein Mund wird trocken.

Fiete breitet die Arme auseinander und fängt an, sich einmal um sich selbst zu drehen. Ja, er macht den Feuerschläger, klatscht in die Hände und hält mir die Faust unter die Nase. »Nun erzähl schon!«

»Also gut«, fahre ich mit belegter Stimme fort. »Sie hat sich den Pullover über den Kopf gezogen, und darunter hatte sie nix an – mein lieber Onkel Schalli! Sie hat einen kleinen, festen Wahnsinnsbusen, und ich hab ihn … geküsst … und …«

Ich merke, dass ich nicht mehr darüber sprechen mag.

»Und? Wieso hörst du auf zu reden!?«, mault Fiete sofort.

»Weil … Ich könnte dir jetzt was vom Pferd erzählen, von Pferd und Reiter, aber es ist gar nichts losgegangen, jedenfalls nicht so, wie du dir das vorstellst.«

»Wie stelle ich mir das denn vor?«

»Dass ich auf dem festgeschraubten Pantry-Tisch meine erste Nummer schiebe!«

»Genau!«

»Als ich aber aufgestanden bin und meine Hosen runtergelassen habe, da hat sie ihn angefasst, und sofort ist er explodiert.«

»Ach, du Scheiße!«

»Dann ist mir die Beschreibung von dem Boxer durch den Kopf geschossen.«

»Das kann doch jedem passieren.« Fiete gibt mir einen freundschaftlichen Stoß.

»Fünfhunderttausend Samen sind durch die Luft geflogen!«, jammere ich.

»Weißt du, wie der Fachmann das nennt?«

»Ich hatte auch gar keine Präser dabei.«

»Scheiße!«, wiederholt Fiete. »Aber nun mal echt: Weißt du, was der Profi dazu sagt?«

Wenn Fiete vom Profi spricht, meint er seinen Cousin.
»Ich hab' vergessen, welche zu besorgen!« Ich hasse seinen Cousin!
»Was ich meine, ist Folgendes.« Fiete lässt sich nicht davon abbringen. »Wenn es dafür sogar einen Fachausdruck gibt, beweist das doch, dass so was öfter mal vorkommt – oder?«
»Nachdem wir alles sauber gemacht haben, was schwierig war, so ohne Wasser ... – na, ja, da haben wir noch 'ne Runde geknutscht. Aber irgendwie war die Luft raus. Sie musste dann auch bald nach Hause.«
»Der Fachmann nennt das einen Rohrkrepierer.«

Es ist, als wenn man mir in die Eier tritt. Sofort schießen mir Tränen in die Augen, ich kann nichts dagegen machen. Ich setze zwar noch einen Fuß vor den anderen, aber die scheinen so weit entfernt, als betrachte ich sie durch ein umgedrehtes, beschlagenes Fernglas.
Ich versuche, Zeit zu gewinnen, bleibe stehen und schnäuze in ein Taschentuch, das ich neuerdings bei mir habe.
Fiete beobachtet mich dabei. Ich verzichte darauf, ihm zu erklären, dass mich Murksi, dieser Drecksack, einer Art Gehirnwäsche unterzogen hat, bei der offenbar das Wort »Rohrkrepierer« eine Schlüsselfunktion einnimmt.
Wir gehen wortlos weiter.
»Egal ...«, denke ich, »Hauptsache, ich piss mir nicht in die Hose.«
Nach einer Weile legt mir Fiete die Hand auf die Schulter und sagt: »Falls es dich beruhigt, mir ist so was Ähnliches passiert.«
»Was!? Nicht gevögelt?«
»Kein Stück.«
Plötzlich muss ich lachen, ich kann mich gar nicht wieder einkriegen. »Scheiße!«, stöhne ich. Aber es ist mir lieber, wenn meine Augen vom Lachen als vom Weinen tränen. »Dann hat der tapfere Jüngling seinen Namen wohl doch noch nicht in die Geschichte der Herbertstraße eingetragen?«

»Du wirst es nicht glauben«, sagt Fiete, »aber sein Name war da schon bekannt, jedenfalls der seiner Vorfahren. Der stand ihm sogar im Weg.«

»Du verarschst mich!«

»Nein, ehrlich! Ich bin natürlich von der Davidstraße aus reingegangen, damit mich die Agentin nicht sieht. Dann habe ich mir eine ausgesucht, die ganz nett aussah, also nicht so einen aufgetakelten Feger, sondern eine einigermaßen Normale, Anfang dreißig vielleicht.

Die ist mit mir raufgegangen, auf's Zimmer. Sie hat gesagt, sie würde mich von irgendwoher kennen, ob ich von St. Pauli wäre.

Ich hab gesagt, dass ich in der Erichstraße wohne. Ich dachte, dann weiß sie, dass sie mich nicht über'n Tisch ziehen kann.

Sie sagte, sie heiße Herta, und ob es für mich das erste Mal sei – ich weiß gar nicht, wie sie drauf gekommen ist. Ich habe genickt, weil ich dachte, ich kriege vielleicht 'ne Art Bonus … na, ja, dass sie's ganz nett macht und so.

Sie sagte, dass es ganz richtig sei, ihr das zu sagen, denn für das erste Mal hätten sie 'ne Spezialistin, die würde sie mir vorbeischicken. Damit ist sie abgezogen.

Dann hab ich da eine ganze Zeit auf dem Bett gesessen, auf so einer Flickendecke, und ich dachte noch, die könnte hier ja auch Fickendecke heißen. Das Zimmer war eigentlich ganz gemütlich. Eine Ewigkeit hab ich da gewartet. Ich dachte schon, die hätten mich vergessen, da kam plötzlich eine reingefegt, ich sage dir, so was hast du noch nicht gesehen: solche Kawensmänner, mit geschnürtem Mieder, hohen Stiefeln und 'nem Hundehalsband, alles in schwarzem Leder!

So hatte ich mir die Spezialistin für das erste Mal nun mal gar nicht vorgestellt. Sie war schon älter, vielleicht fünfzig. Sie sagte, sie sei die Mutti von Nummer vier, und ob ich auch wirklich schon achtzehn sei. Sie müsse das überprüfen, damit

ihre Mädels keine Schwierigkeiten bekämen, ich solle ihr mal meinen Ausweis zeigen.
Natürlich bin ich achtzehn, hab ich gesagt, hätte aber keinen Ausweis dabei.
Daraufhin sagte sie, dass sie jetzt wieder rausgehen würde, damit ich mir das noch mal genau überlegen könnte. Wenn ich noch keine achtzehn sei, so wäre das Unzucht mit Minderjährigen. Damit ist sie wieder abgerauscht.
Ich wusste nun gar nicht mehr, was ich davon halten sollte. Aber ich bin sitzen geblieben, weil ich mir auch irgendwie verarscht vorgekommen bin. Nach ungefähr einer viertel Stunde ist die Leder-Mutti wieder aufgekreuzt und hat sich gewundert, dass ich immer noch da war.
›Ja und?‹, hab ich gesagt. ›Ihre Kollegin hat mir ’ne Spezialistin angekündigt, auf die warte ich.‹
›Spezialistin wofür?‹, wollte sie wissen.
›Fürs erste Mal.‹
›So was gibt’s nicht‹, sagte sie. Die einzige Spezialistin sei sie, aber nicht für’s erste, eher für’s letzte Mal.
Dann fragte sie mich, welche Nummer ich in der Erichstraße wohnte, ob ich was mit der alten Schnakenburg zu tun hätte.
Ich sagte, dass das meine Oma sei, aber dass die auf keinen Fall wissen dürfe, dass ich hier bin.
›JOHO!‹, rief sie, dann hätten sie wohl den richtigen Riecher gehabt, das heißt, Herta hätte den gehabt. Sie würden sich mit mir doch keine Laus in ’n Pelz setzen. Es wäre nicht das erste Mal, dass ihnen die alte Schnakenburg dumm käme und die Polizei oder die Sitte auf ’n Hals hetzte. Wenn ich also nicht eindeutig nachweisen könne, dass ich achtzehn sei, gäbe es keinen Verkehr, jedenfalls nicht für mich, hastalavista!
Das fand ich nun echt bescheuert. Endlich hatte ich mich durchgerungen, in den Puff zu gehen, da machte mir ausgerechnet meine Oma einen Strich durch die Rechnung. Prompt hatte ich

ihren ewigen Schnack im Ohr: ›*Wi wohn hier, aver hingeheuern doot wi woanners, dat dörvst du nie nich vergeten!*‹
Wie konnte ich das vergessen, wenn einen ihr Scheiß-Ruf sogar bis hier, bis in'n Puff verfolgte? Ich wurde wütend und schwor bei der Gesundheit meiner Oma, dass ich achtzehn sei. Wie aus der Pistole geschossen nannte ich meinen Geburtstag, um ein Jahr nach vorne verschoben, versteht sich.
Die Leder-Mutti sagte, da müsse sie erst mal drüber nachdenken, in der Küche.
Sie nahm mich mit, und wir schälten Kartoffeln, einen ganzen Eimer voll. Das sei hier ja wie in der Jugendherberge, sagte ich.
Eher nicht, sagte sie, Verkehr ohne Lust und Liebe sei ein Schlauch und mache – kuck mich an – großen Hunger.«

Wir sind jetzt hinter den Landungsbrücken, auf der Brücke von Fähre VII gelandet. Hier spucken Fiete und ich immer ins Wasser: wer am weitesten kommt, mit Schwungholen. Heute aber lehnen wir uns nur über das Geländer und lassen unsere Spuke einfach so ins Wasser fallen. Ich glaube, wir denken uns meistens was dabei, reden aber nicht darüber. Für mich ist es so was wie eine Verbindung, die ich mit der Elbe herstelle, demselben Fluss, der auch auf der anderen Seite gegen den Deich dümpelt, dort, wo Anna ins Wasser spuckt.

»Ich hatte dann so 'ne Idee«, sagt Fiete.
»Ich sagte zu der Leder-Mutti, dass ich nun gar nicht wüsste, was ich den Anderen erzählen soll.
›Welchen Anderen?‹, biss sie an.
›Na, den Jungs aus meiner Klasse. Wir haben zusammengelegt. Sie haben mich ausgekuckt, weil ich hier ja sowieso wohne. Ich sollte rausfinden, wie das hier so läuft, in der Herbertstraße.‹
›Auch das noch‹, sagte sie, ›in welcher Klasse gehst du denn?‹

Ich sagte – Holzauge sei wach – ›Zwölfte‹.
Sie könne aber keines ihrer Mädchen diesem Risiko aussetzen, erklärte sie, das müsse ich verstehen. Also würde sie die Sache selbst in die Hand nehmen, das sei sie ihrem schlechten Ruf schuldig.
Dann gab sie mir einen Briefumschlag mit Fotos, schickte mich wieder in das Zimmer zurück und sagte, ich solle schon mal den Motor warmlaufen lassen.
Nach dieser Ankündigung dachte ich daran, doch besser zu verschwinden. Dann aber warf ich einen Blick auf die Fotos und ... so was von schweinisch hast du noch nicht gesehen, ehrlich: zu zweit, zu dritt, zu viert, und immer alle schwer am Rumpimpern! Ich bekam ’nen Mordsständer und setzte mich schnell wieder auf die Flickendecke.
Als die Leder-Mutti reinkam, stellte sie mir – wie sie sagte – eine Quizfrage: ›Wie lange brauchen die Kartoffeln?‹
›Zwanzig Minuten‹, sagte ich.
›Richtig‹, meinte sie, und dass auch mir zum Garwerden genau so viel Zeit bliebe. Dafür müsste ich jetzt erst mal die Hose runterlassen.
Als ich das tat, wurde ER ganz klein, ich setzte mich schnell wieder hin. Sie fragte, ob ich vielleicht Angst vor ihr hätte.
Das wohl eher nicht, sagte ich, aber das sei hier alles ganz schön gewöhnungsbedürftig, besonders ihre Erscheinung.
Das Wort ›Erscheinung‹ gefiel ihr. Sie fragte, ob sie sich mit ihrer Erscheinung neben mich setzen dürfe. Das tat sie dann einfach, drückte meinen Oberkörper nach hinten, auf’s Bett zurück und sagte, ich solle mich mal schön entspannen.
Dann reichte sie mir ein paar von den Fotos nach hinten. Sie zog mir die Unterhose über’s Knie, legte ein Handtuch auf Hemd und Jacke, suchte mit der Hand etwas unter dem Bett und begann meinen halb garen Schwanz – ich schwör’s dir! – mit grüner Seife einzuschmieren.

Es dauerte nicht lange, bis ihr Waschfrauengriff Wirkung zeigte und mein Schwanz einen halben Liter Sperma in das Universum schleuderte.
Als ich löhnen wollte, sagte sie ›GESCHENKT! – wir sind nämlich netter als deine Großmutter dir und der Welt einreden will. Deine Klassenkameraden aber müssen dafür zwanzig und für einen Stoßverkehr vierzig bis fünfzig Mark berappen. Vor allem sollten sie ihren Ausweis mitbringen.‹«

Fiete hat seinen Bericht genau abgezirkelt: Mit dem letzten Satz stehen wir bei Tante Hermine vor der Kneipe.
Ich hab ein flaues Gefühl im Magen, aber ich muss zum Glück nicht mehr heulen. Ich frage mich, ob es der Wind ist, der meine Tränen getrocknet hat, oder der Vergleich unserer beider Ergüsse, der wohl eher Fiete die Tränen in die Augen treiben müsste, allein schon wegen der grünen Seife.
»Die Nutten von da unten, im Fenster«, sagt Fiete noch, »haben mir nachgerufen: einmal ist keinmal!«
»Dann ist ein halbes Mal ja weniger als nix«, sage ich, ziehe die Tür auf und schiebe den schweren, verräucherten Vorhang zur Seite. Wenn es in diesen aufreibenden Zeiten etwas Verlässliches gibt, dann ist es Tante Hermine, wie sie allabendlich direkt neben der Tür hinter dem Tresen auf ihrem Riesenhintern thront und sagt: *»Lang nich hier wehn, Kalle, wo geit?«*
»Muss ja«, antworte ich.
»Muss jo?«, nimmt sie die Begrüßungsformel wieder auf. *»Di ward dat ja wohl good gein mit ner negen Fründin, drüben, op de annern Siet!«*
Mir verschlägt es die Sprache. Ich kucke Fiete fragend an, ob er aus der Schule geplaudert hat. Der zuckt mit den Schultern.
»Un noch wat!« Tante Hermine hat das ›chinesische Lächeln‹ der Allwissenden aufgesetzt. *»Wenn du dat nächste Mol den Damper in Altona noch to foten kriegen wills, dann stells du*

diene Dasch hier, achtern Tresen aff, un ik geef bi de HADAG Bescheed, se schull 'n poor Minuten op di teufen, so löpt dat un nich anners!«
Meine Sprachlosigkeit hat sich auf den Bewegungsimpuls ausgeweitet, Fiete gibt mir einen Stoß in Richtung unseres Stammplatzes.
»N'abend, Friedrich! Un wat löpt bi di?«
»Muss ja.«

Als das Bier endlich vor uns steht, flüstere ich: »Und wieso weiß sie nix von deinem Puffbesuch?«
»Weil sie nicht der Liebe Gott ist!«
»Da bin ich nicht so sicher. Auf jeden Fall hat sie 'n guten Draht nach oben.« Dann spreche ich die Frage aus, die den ganzen Abend in der Luft liegt: »Wer von uns hat denn nun eigentlich die Wette gewonnen?«
»Die tapferen Jünglinge haben sich beide nicht gerade mit Ruhm bekleckert«, sagt Fiete, »ich würde mal sagen, keiner.«
»Du musstest nicht mal löhnen. Und in beiden Fällen hatte eindeutig die holde Weiblichkeit die Hand im Spiel«, gebe ich zu bedenken. »Ich finde, wir haben beide gewonnen.«
»Worauf wirkt sich das denn aus, gewonnen oder nicht gewonnen?«, will Fiete wissen.
»Auf unsere Standesehre … und die Anzahl der Biere, die wir uns heute Abend genehmigen dürfen.«
»Machen wir's doch wie immer«, sagt er, »Zing-Zang-Zung, ohne Brunn', Gewinner ist Bestimmer.«

Samson und Dolores

Ein- bis zweimal die Woche kommen die Jenseitigen zu spät. »Neebel!«, ruft Samson, wenn sie gegen Ende der zweiten Stunde ins Klassenzimmer stürmen. Er betont es so, wie man es bei Naturkatastrophen tut, mit einer schicksalsergebenen Resignation in der Stimme: »Knüp-pel-dick!«

Wenn ein Fachlehrer Unverständnis zeigt, so erklärt er auch schon mal: »Die Elbe war dicht, Herr Wagner, kein Durchkommen, kein Fährverkehr, nix! Schreiben Sie's ruhig ins Klassenbuch – tut unser Klassenlehrer auch –, höhere Gewalt, Herr Wagner, eine einzige Waschküche, die Süderelbe heute Morgen, tut uns echt leid!«

Natürlich tut es ihnen überhaupt nicht leid. Das sei eben, so freuen sie sich in der Pause, der gerechte Ausgleich für ihre tagtägliche Weltreise, die sie zu bewältigen haben.

Tatsache ist, dass sie dieses Nebel-Szenario bei der entferntesten Nebelbank, der verschwommensten Schlecht-Wetter-Prognose und der geringsten Fährverspätung hereinbrechen lassen.

Bald ist das Wort Nebel nur noch ein Synonym für jede Art von Zuspätkommen, Notlügen und Pauker-hinters-Licht-führen. Selbst wenn sich ein Schüler für eine Magenverstimmung oder einen Zahnarztbesuch entschuldigt, ruft ein anderer aus dem Hintergrund mit der gleichen Schicksalsergebenheit wie Samson: »Neebel!«

Die Jenseitigen finden das gar nicht zum Lachen.

»Das ist doch große Scheiße, was ihr da macht«, schimpft Samson. »Wenn ihr bei jeder Gelegenheit Nebel schreit, sind wir doch mit unserem echten Nebel angeschmiert, den nimmt uns dann keiner mehr ab!«

»Mit eurem ECHTEN Nebel?«, haken wir nach. »Echter Nebel würde euch wohl kaum in Bedrängnis bringen!«

»Was soll das denn«, mischt sich jetzt auch der Ochse ein. »Seid ihr neidisch? Gönnt ihr uns den Nebel nicht? Dabei habt ihr doch auch was davon, wenn die Termine für Klassenarbeiten und Hausaufgaben platzen – ist doch so, oder?«
Wo er Recht hat …
»Die sind nämlich gezwungen, darauf Rücksicht zu nehmen, wenn zwanzig Prozent der Klasse im Nebel feststeckt.«
»Aber ihr steckt doch gar nicht fest!«
»Ja, und?«
»Was macht ihr denn überhaupt?«
»Wir gehen spazieren.«
»Wie … wo spazieren?«
»Im Neebel.«

Wir einigen uns darauf, das Wort Nebel nicht mehr zu benutzen, das heißt, es einfach umzudrehen. Wenn nun zum Beispiel jemand einwirft: »Leben und Leben lassen«, dann wissen alle, dass Nebel und Nebel lassen gemeint ist.
Wir sehen also einer Zeit lebendiger, um nicht zu sagen nebulöser Zwischenrufe entgegen. Denn das Vergnügen über eine solche Doppel-, ja, Dreifachdeutigkeit ist umso größer, je weniger die Lehrer etwas damit anfangen können.

Nach dem Besuch des Maskenfestes in Altenwerder sind Teufelauch, Fiete und ich den Jenseitigen noch einen Gang durch unsere Gemeinde schuldig.
Wie sich herausstellt, ist St. Pauli auch das geheime Ziel ihrer Nebelspaziergänge: die Hafenstraße rauf, ein Stück die Davidstraße runter und dann immer ums Karree, Erichstraße, Gerhardstraße, Friedrichstraße. Nur das Zentrum, die Herbertstraße, die gleichermaßen Neugier und Abscheu in ihnen weckt, sparen sie aus: Betreten erst ab achtzehn.
Etwa zwei Wochen nach Fietes und meinem zeitgleichen, aber

halbherzigen Verlust unserer Unschuld einigen wir uns auf einen Nachmittag und empfehlen den Jenseitigen, lange Hosen anzuziehen.

»Und einen Hut!«, ruft Teufelauch hinter ihnen her. »Am besten einen Jägerhut!«

Wir stoßen ihn in die Seite und sagen, er dürfe nicht immer so übertreiben, die glaubten das womöglich noch.

»Teufel auch«, sagt er. »Hut kommt gut im Puff!«

Es ist einer dieser grauen, nassen Tage, an denen man nur unter Protest das Haus verlässt, um die Wege, die man zu bewältigen hat, im Indianertrab zurückzulegen.

Schon wollen wir unsere Verabredung sausen lassen – im Schulflur, kopfschüttelnd kleine Regentropfenfontänen verbreitend, sehen wir, wie sich auch die Jenseitigen aus ihren triefnassen Windjacken schälen –, da springt sie uns wieder an, wie die amtliche Vorladung zu einem Staatsakt: Unter den Jacken tragen Schnarcher und der Ochse ihre Konfirmationsanzüge. Pit hat eine Baskenmütze auf dem Kopf, steckt in einem grauen, zwei Nummern zu großen Tweed-Jackett und wirkt wie ein Zirkuskind vor seinem Auftritt »der Franzose in der Westentasche«. Nur Samson sieht in seiner Cordhose und dem dunkelblauen Rollkragenpullover normal aus, nein, noch etwas lässiger als sonst. Rolle fehlt, er hat die Grippe.

»Das wird ja 'n Karnevalszug«, flüstert Fiete.

Wir müssen lachen. Doch unser Gelächter ist nicht mehr so spontan, so ungezwungen. Die Aufmachung der Jenseitigen zeigt uns ja auch, wie wichtig ihnen dieser Termin ist und welche Erwartungen sie haben.

Wir sind zwar auf St. Pauli groß geworden, spielen uns auch gerne mal als die Milieukenner auf, aber wirkliche Berührungspunkte mit der Herbertstraße haben wir nicht, wenn man mal von Fietes Ausrutscher und unseren paar Kleine-Jungs-Spurts durch die 80

Meter absieht. Damals gingen wir noch in der Taubenstraße zur Schule. Es galt als Mutprobe, einmal die Woche durch den Puff zu wetzen. Wir entschieden uns auf dem Nachhauseweg immer erst kurz davor. Dann liefen wir zu zweit oder zu dritt hindurch, ohne Ränzel. Die trugen die anderen außen rum.
Wir rannten, so schnell wir konnten, ohne nach links oder rechts zu kucken. Manchmal machten sich die Nutten einen Spaß, rissen die Fenster auf, klatschten in die Hände und riefen: »Ihr verflixten Gören! Wehe, wir kriegen euch zu fassen!« Dann liefen wir neuen Rekord.
Einmal hatten wir Pech. Als Fiete und ich atemlos unten ankamen, standen links und rechts vor den beiden schmalen Durchgängen der Sichtwand je ein Zuhälter, die uns erwarteten. Wir mussten die ganze Strecke wieder zurücklaufen. Sie taten auch noch so, als würden sie uns verfolgen. Der eine brüllte, dass er uns den Arsch grün und blau hauen würde, und der andere rief dauernd: »Gleich hab ich euch! Gleich hab ich euch!«
Als wir oben wieder rauskamen, waren wir so fertig, dass wir uns auf den Gehweg setzen mussten. Die Straßennutten lachten. Eine alte Frau, die vorbeiging, schimpfte: »Euch gehört der Hintern versohlt! Ein Puff ist doch kein Spielplatz!«
Danach wollten Fiete und ich das nicht mehr machen, nie mehr. Aber Ewu sagte, dass es doch erst dadurch, dass sie uns fast gekriegt hätten, eine echt starke Mutprobe gewesen sei.
Wir waren ja auch hin- und zurückgelaufen, so wurde die Aktion doppelt gezählt. Und nach zwei Wochen sah die Sache schon wieder ganz anders aus.

Wir wissen nur, dass man dort mit bloßen Erwartungen nicht weit kommt. Die müssen versilbert werden. Dabei hat man sich an die Gepflogenheiten zu halten und verflucht auf das Wechselgeld zu achten. Reklamationen bringen nur Ärger.

»Mensch, was hat euch die Mutti heute rausgeputzt«, fällt auch ein paar anderen Schülern auf, »habt ihr noch was vor?«
Darauf sind die Jenseitigen vorbereitet. Mit ernsten Gesichtern berichten sie von einer Beerdigung, der sie nach der Schule beiwohnen müssen.
»Hoffentlich haben sie nicht recht damit«, murmelt Teufelauch mir zu.

Ich glaube, es gibt keine Prachtstraße, die trostloser ist als die Reeperbahn mittags um zwei im Nieselregen.
Auf der Höhe von Knopfs Lichtspielhaus stelle ich die Kardinalfrage: »Was wollt ihr überhaupt? Wollt ihr … so richtig, ich mein … wollt ihr 'ne Nummer machen?«
»Kommt ganz drauf an«, sagt der Ochse.
Samson zieht sich schweigend den Kamm durch das nasse Haar.
»Ich schon«, nuschelt Schnarcher.
»Kommt wo drauf an?«, will ich wissen.
»Auf das Angebot natürlich.«
»Habt ihr denn genug Mäuse?«, fragt Teufelauch.
»Zwölfachtzig!«, verkündet Pit stolz. Man sieht förmlich, wie er mit dem Küchenmesser seinem Sparschwein zu Leibe gerückt ist.
»Zwanzig«, sagt Schnarcher.
Samson und der Ochse halten sich bedeckt.
»Das reicht ja grade für einen im Steh'n«, sagt Fiete.
»Oder fürn Schlach hacken mit Grüner Seife«, ergänzt Teufelauch.
Fiete tritt nach ihm, aber Teufelauch hat mit einer Retourkutsche gerechnet und weicht geschickt aus.
Nach einer Schweigeminute schlage ich vor: »Ihr könnt ja auch zusammenlegen.«
»Wie … verstehe ich nicht«, sagt Schnarcher.
»Ihr lost einen aus und gebt dem das ganze Geld. Dann kommt wenigstens der zum Stich.«

Schweigend trotten sie die Reeperbahn weiter runter, so, als hätten sie andere Sorgen und den Vorschlag gar nicht richtig begriffen.

Der Straßenstrich ist wie leer gefegt. Bei solchem Wetter lassen die Zuhälter den Mädchen mehr Freiraum, sie sind doch keine Unmenschen.

Wir versuchen Optimismus zu verbreiten. Es sei gut, sagen wir, dass so wenig los sei. Konkurrenz belebe zwar das Geschäft, erhöhe aber auch die Auswahlmöglichkeiten der Mädchen. Teufelauch bringt es auf den Punkt: »Die paar Nutten, die an solchem Tag anschaffen gehen, freuen sich über jeden Penner.«

Das scheint die Jenseitigen nicht gerade zu beflügeln. Je näher wir der Davidstraße kommen, umso ausdrucksloser werden ihre Gesichter. Pits Augen, die jeden Blickkontakt meiden, verraten sogar Angst.

Nur Samson scheint das alles kaltzulassen. In alter Gewohnheit kontrolliert er im Fenster jedes zweiten Striplokals den Sitz seiner Haare.

»Also gut. Von hier aus müsst ihr allein gehen.«

»Was!? Wieso? – Wir haben gedacht, ihr kommt mit rein.«

»Quatsch! Die kennen uns doch. Die wissen auch, wie alt wir sind. Außerdem müssen wir eure Taschen übernehmen.«

»Unsere Taschen?«

»Ihr könnt da doch nicht mit Schultaschen aufkreuzen. Vor allem dürft ihr nicht so lange vor der großen Blechwand rumeiern, ihr müsst sofort reingehen. Und um ›Nummer vier‹ müsst ihr einen Bogen machen. Die wollen nämlich die Ausweise sehen.«

Sie stehen da wie vier begossene Pudel.

»Wir treffen uns danach bei Dolores, hinter der Herbertstraße links, dann rechts in die Erichstraße, erster Torweg auf der rechten Seite. Also – macht's gut, ihr Landeier. Was sagt ihr immer? Landeier sind die besten? Das könnt ihr jetzt beweisen!«

Es dauert eine Ewigkeit, bis sie endlich ihre Taschen zu uns rüberschieben.

»Die Regenjacken könnt ihr uns auch geben«, sagt Teufelauch. »Da sehen sie gleich, mit was für feschen Stechern sie's zu tun kriegen.«

Sie rühren sich nicht.

Der Ostwind trägt den süßen Malzgeruch von der Bavaria-Brauerei herüber.

»He, ihr müsst lächeln! Ja, zeigt her eure Zähne! So ist es schon besser. Ihr geht doch auf keine Beerdigung, ihr geht in'n Puff!« Teufelauch öffnet die Arme und macht ein kleines Dem-Himmel-sei-Dank-Tänzchen. »Es hat sogar aufgehört zu pissen. Teufel auch, wenn das kein gutes Zeichen ist!«

Wenn ich mal was über Initiationsriten oder Mannbarkeitsprüfungen lese, muss ich immer an das Bild denken, wie die Jenseitigen in ihren Sonntagsklamotten quer über die Reeperbahn rennen, wie der Wind Pit die Baskenmütze vom Kopf reißt, sodass ein Auto abbremsen muss, wie er erst nach mehrmaligem Bücken die Mütze endlich wieder zu fassen bekommt und hinter den anderen hersprintet, so, als gelte es, ja nicht den Anschluss zu verlieren, den Anschluss an die größte Entdeckung seines bisherigen Lebens.

Wir sind viel zu sehr mit unseren Rollen als Expeditionsführer, Eingeborenenexperten und Gepäckträger befasst und machen uns keine Gedanken darüber, dass die Jenseitigen hinterher nicht mehr dieselben sein werden, nicht mehr jenseits von Gut und Böse, sondern irgendwo dazwischen, so wie wir alle auf dieser Seite der Elbe.

Im Nachhinein betrachtet, könnte man sagen, sie haben an diesem denkwürdigen Nachmittag ihren unschuldigen Blick verloren.

Im Torweg von Dolores müssen wir eine ganze Weile auf sie warten. Dolores wartet mit, sie steht hier sowieso, immer schon. Solange wir zurückdenken können, steht sie hier.
Zuerst wussten wir gar nicht, warum sie da stand. Später, als wir's herausgefunden hatten, interessierte es uns nicht mehr.
Dolores wartete auf uns in ihren farbenfrohen Kleidern, etwas aufgedonnert vielleicht, mit diesen karminroten Lippen und dem superoxydblonden, hochtoupierten Haar. Das hielten wir damals für normal, für echt und machten unseren Müttern insgeheim den Vorwurf, nicht auch solche Frisur, solche Kleider zu tragen. Dolores wartete, um mit uns ein kleines Schwätzchen zu halten, uns über die Lehrer auszufragen, über das letzte Diktat, das gestrige Mittagessen und den Film am Sonntagmorgen im Kinderkino. Ja, sie wusste mehr über uns als Mütter, Väter, Lehrer, mehr als alle zusammen. Sie war für uns ein bisschen wie eine große Schwester, die wir gerne gehabt hätten, bis auf Fiete vielleicht, der ja schon eine hat, aber die war – im Gegensatz zu Teufelauchs uralter Schwester – eine blöde Kuh.
An den Sommertagen, an denen wir hitzefrei hatten und früher aus der Schule kamen, fragten wir sie auch schon mal, ob sie nicht mit uns ins Freibad, ins »Kaifu« kommen wolle.
Das stellten wir uns irgendwie lässig vor: sie mit uns auf der großen Decke von Fietes Mutter. Zur Abkühlung würden wir ab und zu mit einer Arschbombe ins Wasser springen. Sicher würde sie sich nicht lumpen lassen und ein Eis oder eine Brause ausgeben. Die anderen Kinder würden vielleicht Augen machen, neidisch würden sie rüberlinsen zu uns und unserer Busenfreundin.
Sie lachte dann ihr karminrotes Doloreslachen: »Das ist nett von

euch, Jungs, ehrlich. Aber ihr wisst doch, ich muss anschaffen. Karl der Große sieht es nicht gern, wenn ich blaumache.«

Das ist die andere Seite von Dolores.

Fietes Oma, die Agentin, sagt – und die muss es ja wissen, denn sie hängt den ganzen Tag oben am Fenster –, sie sei die fleißigste Nutte von der Erichstraße, rauf und runter.

Wenn ein Freier auftaucht, macht sie nicht viel Federlesens: »Tut mir leid, Jungs, aber das Geschäft geht vor.« Meistens sind es Stammkunden, zum Beispiel Hafenarbeiter, die mit dem Fahrrad auf einen Sprung vorbeikommen. Auch Karl der Große, ihr Angetrauter, wie sie ihn gerne nennt, arbeitet als Schauermann im Hafen.

»Das ist ja mal 'ne Überraschung!«, freut sie sich, als wir an diesem verregneten Nachmittag bei ihr auftauchen. Seit unser Schulweg nicht mehr durch die Erichstraße führt, sehen wir sie selten, bis auf Fiete, der schräg gegenüber wohnt.

»Wie läuft's denn in der neuen Schule?«

»Ganz gut.«

»Was ist denn das?« Sie weist auf die Jacken und die vier Extra-Taschen, die wir zu unseren eigenen Sachen an die Wand des Torwegs stellen. »Rennt da etwa wieder jemand von euch durch die Herbertstraße? Ich dachte, aus dem Alter seid ihr raus? Das heißt … wartet mal, ihr kommt gerade wieder rein, verflucht! Das darf doch nicht wahr sein!« Ihr karminroter Mund wird kreisrund und spuckt die Worte wie ein Pistolenlauf die Projektile aus: »Das sind doch alles Halsabschneider, da drinnen, und das wisst ihr. Wie könnt ihr nur so blöd sein und jemanden von euch da reinlaufen lassen, zu diesen Drecksäuen! Karl!«, sie wendet sich an mich, »hast du schon vergessen, wie Murksi und Konsorten dich abgezockt haben?«

»Hab ich wohl«, höre ich mich sagen, und sofort bekomme ich ein schlechtes Gewissen, denn auch die zwanzig Mark habe

ich vergessen, die ich Dolores zurückzahlen wollte. Abgesehen davon, stehen die mir gar nicht so einfach zur Verfügung! Meine sechzig liegen irgendwo auf einem Konto, da komm ich so nicht ran. Und mein Taschengeld reicht vorne und hinten nicht. Wenn mir Bertha nicht ab und zu einen Heiermann zustecken würde … »Mit 'ner Freundin«, sagt sie mitfühlend, »ist die Mark ja nur noch fünfzig Pfennig wert.«
»Übrigens«, Dolores' Gesicht hellt sich etwas auf, »Murksi ist wieder im Bau. Natürlich haben wir der Polizei gesteckt, dass sich dieser Idiot gleich wieder als Bürgerschreck aufführen musste. Dann hat er im Suff – der hat ja noch tagelang weitergesoffen, denn er kann überall anschreiben lassen, weil sie alle Schiss vor ihm haben –, dann hat dieser Blödmann auch noch dem erstbesten Udel, der ihn angesprochen hat, sein Klappmesser unter die Nase gehalten. Ist das nicht bescheuert? Aber so was wie der gehört doch auch weggeschlossen – oder?«
Ich empfinde große Erleichterung und nicke heftig.
»Und du, Friedrich?« Ihr Blick verdüstert sich wieder. Wenn sie sauer ist, nennt sie uns immer bei unseren richtigen Vornamen. »Von dir hätte ich das am wenigsten gedacht. Du weißt doch, wie das da drinnen läuft.«
»Na, ja«, Fiete versucht sich rauszureden. »Die Jungs kommen vom Lande und wollen da nur mal reinkucken. Was hätten wir denn machen sollen?«
»Sie aufhalten! Sie über die Machenschaften von diesen Abzockern da drinnen aufklären! Grade weil sie vom Lande kommen, könnt ihr sie doch nicht ins offene Messer laufen lassen! Ich weiß nicht, was deine Oma dazu sagen würde.« Sie macht einen Schritt aus dem Torweg raus, ihr Schmollmund wechselt zu einem Clownsgrinsen, und sie winkt zur Agentin rauf.
»Bitte!«, Fiete taucht erschrocken tiefer in den Torweg ein. »Halt meine Oma da raus. Die darf gar nicht wissen, dass ich hier bin.«

Pit ist der Erste, der in den Torweg geschossen kommt, dann folgen Schnarcher und dicht hinter ihm der Ochse. Wenn man ihren Gesichtern glauben will, so sind sie auf der Flucht. Und wenn man von ihren klatschnassen Klamotten ausgeht, so sind sie durch mannshohes Gewässer gewatet, um die Bluthunde von ihrer Spur abzubringen.
Dolores überschaut die Situation sofort. »Ihr müsst die nassen Jacken ausziehen, Jungs, sonst holt ihr euch noch den Tod.« Sie riecht daran. »Nur Wasser«, sagt sie beruhigend, »keine Pisse.« Entschlossen knallen ihre Hochhackigen über das Hinterhof-Pflaster. Dann kommt sie mit drei Handtüchern zurück.
Beim Kopfrubbeln fängt Pit an zu heulen. Manchmal, wenn die Wut überwiegt, unterbrechen Schimpfworte sein Gejammer.
Es dauert seine Zeit, bis wir uns aus ihren Flüchen, Selbstvorwürfen und Erinnerungssplittern ein zusammenhängendes Bild machen können.

Sie sind die einzigen Besucher in der Herbertstraße gewesen. Es war auch nur ein Schaufenster besetzt mit zwei – Schnarcher überlegt, wie er sie in Gegenwart von Dolores nennen soll: »Zwei Damen. Die waren ja auch schon etwas älter, jedenfalls die eine.«
»Damen?«, fährt der Ochse dazwischen, »das waren keine Damen, das waren hundsgemeine Weiber!«
Jedenfalls beachteten die beiden Frauen die Vier gar nicht, sondern rauchten und unterhielten sich miteinander, so, als seien die Jungen, die vor ihrem Fenster standen, gar nicht vorhanden. Die Jenseitigen glaubten ihren Augen nicht zu trauen: Die saßen in Unterwäsche da! – Der Ochse korrigiert: »Reizwäsche!«
Pit erklärt aufgeregt: »Eine in Rot, die andere in Schwarz, mit Rüschen und Strapsen und bauchfrei und so.«
»Die jüngere …«, ergänzt nun Schnarcher, »die andere aber, die Dicke, trug hohe Stiefel und 'ne Korlage, oder wie so'n Ding

heißt, da quoll oben alles über.« Er schaut zu Dolores hinüber. Und sie, die ihre schlimmsten Befürchtungen bestätigt sieht, nickt ihm aufmunternd zu.
»Ich sag euch«, seine erhobenen, nach innen geöffneten Hände deuten einen beeindruckenden Abstand an, *»sonne Kavents-männer!«*
Als die Jenseitigen begriffen, dass die Damen keine Notiz von ihnen nehmen wollten, schlenderten sie weiter. Es war aber kein anderes Schaufenster belegt, so kamen sie bald wieder zurück. Da die Damen ihre Zigaretten inzwischen ausgedrückt hatten, fassten sich die Jungen ein Herz, das heißt, Samson war es, der verhalten an die Scheibe klopfte.
»Samson?«, fragt Dolores, »welcher Samson?«
»Der fehlt noch«, sagt Pit weinerlich.
Dolores verdreht die Augen, so, als wenn es schlimmer nicht hätte kommen können.
Die Jenseitigen fangen an zu erzählen.

Die Jüngere der beiden Dirnen machte ihren Fensterflügel auf und begann leise mit Samson zu reden. Die drei anderen konnten nichts verstehen, begriffen aber, dass es hier nach der Reihe ging. So stellten sie sich hintereinander auf, wie an einem Postschalter.
Als die Dicke das bemerkte, bekam sie einen Lachanfall, der ihren ganzen Körper zum Erbeben brachte. Besonders ihr Busen schien sich zu verselbstständigen und presste mit seinem wogenden Auf und Ab immer neue Piepser und Grunzer aus ihrer Kehle.
Die Jungen lachten nicht. Sie starrten wie gebannt auf diese Erscheinung vibrierender Fleischeslust, als müssten sie jede Schwingung, jeden Ton registrieren, um später beschwören zu können, dass es so etwas wahrhaftig gab und nicht etwa ihrer Einbildung entsprang.

Endlich tupfte sich die Dicke mit einem Spitzentaschentuch, das sie aus einem ihrer Stiefelschäfte gefischt hatte, die Tränen aus den Augenwinkeln. *»So isset jut!«*, schnaufte sie. *»Wenner euch nur vernünftich aanstellt, ihr Rotznase, dann lass isch für üch ming Möpsjer danze!«* Damit öffnete sie auch den anderen Fensterflügel und hievte ihre massige Oberweite auf die Fensterbank.

Pit, der vorn gestanden hatte, wich zurück, konnte aber die Augen nicht von den offen vor ihm liegenden Brüsten lösen.

Die Dicke verdrehte den Kopf und rief die Jüngere zurück, die gerade nach hinten verschwinden wollte. Hinter vorgehaltener Hand flüsterte sie ihr etwas zu. Fast gleichzeitig kreischten die beiden auf, sodass die Jungen zusammenfuhren, bis sie begriffen, dass das nur eine Variation vom Lachen und Frohsinn dieser Straße war.

Als die Jüngere die grüne Tür neben dem Schaufenster von innen aufzog, gluckste sie noch immer. Irritiert sahen die Jungen, dass Samson, der gerade noch in der Fensterscheibe seine Frisur überprüft hatte, hinter ihr verschwand.

»Un jetz zu üch, ihr drei Lümmel«, sagte die Dicke. Ihre Perücke hatte sich beim Lachen verschoben, unter den tizianroten Haarwallungen schimmerte an der linken Schläfe ein fremdartig grauer Streifen. *»Nu ens ehrlich, wie alt seider?«* Ihre Augenlider und Lippen waren dunkelblau, Wangen und Brustwarzen rosarot geschminkt. Die Farben kontrastierten mit der teigig-schlaffen Haut wie ein Cola-Plakat in der Wüste. *»Vielleech fuffzehn un 'n Keks, höchsens sechzehn.«*

»Acht – achtzehn«, stotterte Pit. Und die beiden hinter ihm nickten bekräftigend, »wir auch.«

»Wenn ihr achtzehn seid, bin isch aachunzwanzisch«, grunzte sie. *»Un wat meent ihr wohl, wie alt bin isch wirklich?«*

»Dreißig«, sagte Pit prompt, alle wunderten sich, er selbst auch.

»Ho-ho-ho!«, lachte die Dicke anerkennend. *»Da hammer jo*

nen richtichen Witwentröster. Da!« Sie ergriff ihre rechte Brust und streckte sie ihm entgegen. *»Willse ens anfasse? Oder vill besser!«* Sie drückte sie schlauchförmig hoch und fuhr sich mit der pelzig-weißen Zungenspitze über die Brustwarze. *»Willste ens lecke, Kleener, willste mal an de schönste Möpse von St. Pauli lutsche?«*

Wie angewurzelt standen die drei da, fasziniert und abgestoßen zugleich.

»Ha! Ihr seht aus, als hättet ihr 'nen Steifen in de Butz! – Jo-ho!« Jetzt ergriff sie wieder beide Brüste und ließ die rosaroten Warzen auf- und niederhüpfen. *»Dat issu bei sunne Kabentzmänner!«* Stolz schaute sie darauf hinab: *»Dat iss ming Kapital, ming Geschäftsgrundlage. Un jut versichert – dat sach isch üch.«*

Sie wandte sich wieder an Pit: *»Nu komm schon, Jung. Dat krisse su schnell nich nochens, dat erleevst de nur eimool.«* Sie beugte sich noch etwas vor und schob die Brüste an den äußeren Rand der Fensterbank.

Tatsächlich machte Pit einen Schritt auf sie zu.

»Die sehne sich no dir, Kleener, no dinge weiche Patschehängscher …« Wenn sie sprach, brachte sie die Brüste mithilfe der darunter liegenden Finger zum Erzittern, *»dinge heiße Lippen …«*

Er machte einen weiteren Schritt und seine rechte Hand schwebte jetzt direkt vor ihrem linken Brustmassiv.

»Un dingem haate …« Bei *»Schwanz«* griff sie zu. Es kam so unerwartet, dass Pit keine Chance hatte, die Hand zurückzureißen. Panisch stemmte er sich mit der linken gegen die Fensterbank. Doch im gleichen Moment hatte sie auch die gepackt.

Er versuchte sich loszureißen, warf sich hin und her, vergeblich. Mit gnadenloser Bestimmtheit zog sie ihn Zentimeter für Zentimeter zu sich heran. Als sein Kopf fast schon ihre Brüste berührte, gab er auf und schaute ihr bettelnd in die Augen. Doch da war kein Mitleid, nur Triumph und Bosheit.

»Jung, du muss nämlich eens wisse«, zischte sie ihm ins Gesicht, während sie seine zitternden Fäuste auf ihre Brüste drückte, *»dat Berühre der Fijüre koss Jebühre!«* Im gleichen Moment ließ sie ihn los, sodass er rückwärts stolperte und auf die Pflastersteine gefallen wäre, hätte Schnarcher ihn nicht aufgefangen.
Sie erhob sich, verstaute ihre Geschäftsgrundlage in der Korsage und trat in den Raum zurück. Ihr Gesichtsausdruck ließ das Vorgefallene undenkbar erscheinen, ja, strafte es Lügen.
Mit einem Seufzer ließ sie sich auf dem Polstersessel nieder und schlug die schwarzen Lederstiefel übereinander. Allein die nackten Schenkel, die breit und massig aufeinander lagen, verrieten sie. *»Walter!«*, flötete sie und griff nach einer Zeitschrift.
»Das – das glaub ich nicht«, stammelte Pit.
Der Ochse flüsterte: »Kommt, lasst uns von hier verschwinden!«
»Und Samson?«, wollte Schnarcher wissen.
In diesem Moment erschien Walter in der Auslage. Er mochte Ende fünfzig sein, hatte schwarz gefärbtes, schütteres Haar, das wie ein Fremdkörper quer auf seinem breiten Schädel klebte, trug ein fleckiges Unterhemd und eine ausgebeulte, dunkelblaue Trainingshose. Die nackten Oberarme waren tätowiert.
»Walter, mein Alter«, empfing die Dicke ihn leutselig. *»Die Kerle do drusse sinn frech jeworde. De Kleene hätt sojar minge Möpse anjegrabsch. Du weeß, dat isch dat nit ligge kann. Die bruche 'ne ordentlich Trachprüjel. Un außerdem müsse se jetz bezahle – du weeß schon.«*
Die Jungs waren noch ganz mit dieser so fremdartig vorgetragenen Falschaussage befasst, ja, sie waren nicht mal sicher, ob sie alles verstanden hatten, da stand Walter auch schon neben ihnen. Mit einer Flanke – er war wohl doch noch nicht Ende fünfzig – hatte er über die Fensterbank gesetzt. Zwei Köpfe größer als Pit, packte er den sofort mit der Rechten im Nacken.
»Du kleiner Wichser hast Rosas Titten begrapscht?!«

Der Ochse und Schnarcher riefen fast gleichzeitig: »So war das nicht! Das stimmt nicht! Sie hat doch selbst …«
»Auuua!«, schluchzte Pit, »sie hat sie mir – rü-rübergereicht, ehrlich!«
»Rübergereicht!?«, brüllte Walter, »Ro – sa – hat – dir …« bei jeder Silbe trat er Pit mit dem Knie in den Hintern, »ih – re – Tit – ten – rü – ber …«
Jetzt griffen Schnarcher und der Ochse ein. Sie packten Walter an den Oberarmen und versuchten, ihn von Pit loszureißen. Walter ließ es geschehen, verpasste Schnarcher aber mit der freien Rechten eine schallende Ohrfeige und trat dem Ochsen zwischen die Beine. Der klappte zusammen wie ein Taschenmesser.
Nun war Walter in Fahrt gekommen. Er sprang vor den Jungen herum wie ein Boxer vor dem Punchingball. Doch es gab nichts mehr zu punchen. Als er das feststellen musste, hielt er enttäuscht inne und schimpfte: »Was seid denn ihr für Flaschen!«
Dann wendete er sich an Rosa, die die ganze Zeit gelangweilt in der Zeitschrift geblättert hatte, und fragte: »Willste 'ne Entschuldigung?«
Sie nickte abwesend.
Walter packte Pit wieder im Nacken, schob ihn vor das Fenster und raunte ihm ins Ohr: »Ich möchte …«
»Ich möchte nach Hause«, jammerte der.
»Nachsagen!«, fuhr Walter ihn an: »Ich möchte …«
»Ich möchte …«, wiederholte Pit halblaut.
»Lauter! … mich dafür entschuldigen, dass …«
»Mich dafür entschuldigen, dass …«
»Weiter!«
»Dass Sie mir Ihren Busen …«
Walter verstärkte den Druck in Pits Nacken,
»… dass ich Ihren Busen – angefasst habe.«
»Ist o.k. so?«, fragte Walter.

Rosa verzog das Gesicht, nickte aber gnädig.
»Und wie viel soll er abdrücken?«
»Zwanzich.«
Walter ließ ihn los. »Du hast es gehört.« Er legte den linken Ellenbogen auf die Fensterbank und wies mit der Rechten daneben: »Hier hin.«
»Zwanzig Pfennig?«, fragte Pit ungläubig.
Walter grinste. »Zwanzig Pfennig?«, gab er die Frage an Rosa weiter.
Die verdrehte die Augen.
»Mark natürlich, du Blödmann!«, polterte Walter.
»Aber ich hab nur zwölfachtzig.«
»Aber er hat nur zwölfachtzig!« Walter imitierte seinen weinerlichen Tonfall.
Rosa schleuderte die Zeitschrift auf den Fußboden. »Pffffff«, machte sie, als hätte sie ein Ventil geöffnet. *»Dat Janze weed me zu blöd!«* Sie erhob ihr farbenfrohes, luftleeres Gesicht: *»Walter, weeß de wat, du schnapps de jetz dä Rotzlümmel und brings ihn runter bei de Davidswach. Solln sich doch de Udels mit ihm rumärjere!«*
Pit begann wieder zu jammern. »Das erfährt bestimmt mein Vater und dann …«
Schnarcher, der die ganze Zeit neben dem Ochsen auf den Pflastersteinen gehockt hatte, richtete sich auf. »Ich hab die Zwanzig!«, rief er und begann in den Hosentaschen zu stöbern. Dann entknüllte er einen Schein, trat ans Fenster und knallte ihn neben Walter auf die Fensterbank.
»He, hee!«, machte der, »hast du noch nicht genug?«.
»Et iss jetz jut, Walter«, sagte Rosa, stand auf und brachte die Geschäftsgrundlage in die richtige Position. *»Du biss dä Größte. – kannst dir en Bier auf ming Rechnung schrieve oder zwei.«*
Walter war zufrieden. Er bewegte sich wieder wie ein Boxer im Trainingslager. Als er beim Ochsen vorbeikam, der immer

noch auf der Straße hockte, bot er dem sogar die Hand. Der blinzelte ihn ungläubig von unten an. Walter nickte bekräftigend. Doch als der Ochse zugreifen wollte, zog er blitzschnell die Hand zurück, strich sich über die spärlichen Haare und tänzelte weiter zur Tür. Dabei wirkte er selbst wie ein Junge, ein kleiner, uralter Junge.

Rosa trat wieder an das Fenster und ließ den Geldschein im Schaft ihres rechten Stiefels verschwinden. *»Keene Krach, Jungs«*, flötete sie versöhnlich. *»Nu kommens mal her, bei de Mama.«*

Der Ochse stand vorsichtig auf, man sah ihm die Erleichterung darüber an, dass der Schmerz nachgelassen hatte.

»Jetz, wo alles jeklärt iss, jeff ich üch wat mit op de Wäch.«

Misstrauisch kamen die Jungen näher, hielten aber so viel Abstand, dass Rosa sie nicht erreichen konnte.

»Et is ne – sachens – kleene Schweinerei. Wejen dä kleene Schweinereien sidder doch jekumme, oder?« Sie ließ ihre Zunge wie die eines Chamäleons beim Beutefang rein- und rausschnellen, schloss Daumen und Zeigefinger der Rechten demonstrativ zu einem Ring, legte den auf ihre weiß belegte Zungenspitze, ließ beides in dem dunkelblau umrandeten Mund verschwinden und – pfiff.

Im gleichen Moment flog über ihnen ein Fenster auf, und der Inhalt eines Sieben-Liter-Eimers ergoss sich über sie. Bevor sie, nach Luft schnappend, begriffen, wie ihnen geschah, folgte der zweite.

Auf ihrer kopflosen Flucht begleitete sie die lauteste Variation von Lachen und Frohsinn, die eine Freudenstraße wie diese zu bieten hat.

Endlich erscheint auch Samson im Torweg, er rennt nicht, er geht, oder besser, er taucht auf, so wie einer jener Freier, denen die Nutten aus dem Weg gehen, weil mit ihnen was nicht stimmt.

Die Arme eng am Körper, die Hände tief in den Hosentaschen vergraben, wirkt er hölzern, irgendwie teilnahmslos. In seinem Gesicht ist – nichts, Sendepause, nicht mal der Anflug seines sonst so typischen Grinsens.

Dann sehen wir, was mit ihm nicht stimmt, verflucht: Sie haben ihm die Haare abgeschnitten. Oh Gott, seine Haarpracht, sie ist weg, zerstört. Sein Schädel erinnert an eine Südseeinsel, über die ein Taifun gerast ist. Es stehen nur noch Stoppeln und Stümpfe, dort wo das Paradies geherrscht hat, das beneidenswerte Paradies einer wogenden, gepflegten Palmenlandschaft.

Er erschrickt über unsere Blicke. Wie zur Entschuldigung greift er sich an den Kopf. »Ich – ich hatte nicht genug Geld«, sagt er und grinst nun doch. »Ich dachte, ich krieg das schon irgendwie hin, aber …«

Wie ein gerupftes Huhn steht er da, nein, wie ein Hahn, den man seines Attributes und damit seines ganzen Stolzes beraubt hat. Wie soll er jemals wieder sein Spiegelbild suchen, der Sonne ins Gesicht krähen und den Hühnern unter die scharfen Schnäbel treten?

Als Dolores ihn sieht, weiß sie sofort, dass hier mehr geschehen ist, als das Fell gegerbt und übergossen, hier ist einer tief verletzt worden.

Zu wenig Geld? Ein Grundsatz jeder Nutte ist es, sich bei den jungen Kerlen ihres Geldes vorher zu vergewissern. Die haben oft zu wenig.

»Klack, klack, klack«, hallen Dolores' Schritte unter dem Torbogen. »Du bist also der Samson …«

Er ist über einen Kopf größer als sie.

»Freut mich, Samson, ich bin Dolores.« Ihre Stimme klingt einen Hauch dunkler und volltönender als sonst. Mit überraschender Geste nimmt sie seinen Kopf zwischen die Hände. »Was für ein großer Kerl du bist, Samson. Sicher bist du auch schon achtzehn, oder?«

Er nickt.
Dann fährt sie ihm durch die Haare oder vielmehr durch das, was davon übrig geblieben ist.
Er hält ganz still.
»Das kriegen wir schon wieder hin, das mit deinen Haaren. Das gleichen wir aus, und außerdem«, beschwörend lässt sie die lackierten Finger auffliegen, »wächst das wie verrückt, denn«, rötlich flatternd stehen sie über dem verwüsteten Schädel, »denn wenn es so kurz ist, wächst es ja doppelt so schnell.«
Samson versucht sein altes Grinsen. Gleichzeitig steigen ihm die Tränen in die Augen.
»Was für ein Sternzeichen bist du, Samson?«
»Widder.«
»Is' nich' wahr!« Ihre Finger setzen zur Landung an und umfangen seine linke Hand. »Das hab ich mir doch gleich gedacht, als ich dich gesehen hab. Immer mit dem Kopf durch die Wand, der Widder, was?« Sie lacht ihr Doloreslachen und zieht ihn in den Innenhof. »Da wollten diese Pissnelken von da drinnen dir tatsächlich die Hörner stutzen? Da müssen sie aber früher aufstehen, was Samson? Die haben doch überhaupt keine Ahnung von euch Widdern.« Damit verschwindet sie mit ihm hinter ihrer abgestoßenen, windschiefen Tür, die einmal marineblau gewesen ist.
Samson muss den Kopf einziehen. Er tut es so, als trüge er immer noch eine besonders hohe und gepflegte Fassonfrisur.
Später werde ich noch oft an dieses Bild denken. Vielleicht, weil es das letzte Mal ist, dass ich Samson sehe. Vielleicht aber auch, weil Dolores ihn so selbstverständlich mit sich nimmt, und ich ihn für diese Geste des Sich-Klein-machens, um in ihre Wohnung zu kommen, beneide. Wir alle beneiden ihn darum. Uns hat sie noch nie mitgenommen. Wie gerne hätten wir bei ihr mal ein Glas warme Milch getrunken und mehr von ihr erfahren.

Oft schon haben wir uns ihr Zuhause vorgestellt. Einigkeit hat darüber geherrscht, dass es bestimmt eine saugemütliche Wohnküche und zwei Schlafzimmer gibt, eines für die Freier und eines für Karl den Großen.
»Und wollen wir wetten«, hatte Teufelauch natürlich das letzte Wort, »dass über'm Ehebett ein röhrender Hirsch hängt?«

Der Ochse schaut auf seine Armbanduhr und sagt, dass sie jetzt gerade noch den Dampfer in Altona bekämen. Sie schnappen sich ihre Sachen, und weg sind sie. Das geht so schnell, dass ich einen Moment später schon glaube, die Jenseitigen seien gar nicht da gewesen, alles sei erfunden, wir würden gleich anfangen zu ditschen, so wie früher: Die Groschen so nah wie möglich an die gegenüberliegende Wand werfen, sie auf den Fingerspitzen stapeln, auf dem Handrücken landen lassen und fangen, alles mit einer Hand – und wenn das gelingt, alles in eine Tasche.
Doch da geht die windschiefe Tür noch einmal auf und – »klack, klack, klack« – Dolores kommt zurück. Sie lässt sich von uns die Handtücher und Samsons Regenjacke und Tasche geben. Sie sagt, sie müsse sich jetzt erst mal um unseren Freund kümmern, wir brauchten nicht mehr auf ihn zu warten. »Ihr habt ja gesehen, was die mit ihm gemacht haben. Tut mir einen Gefallen, Jungs, geht da nicht mehr rein und schickt auch keine Anderen hin, versprochen?«
»Versprochen«, sagen wir, aber wir sind nicht bei der Sache. Uns beschäftigt die Frage, was das wohl zu bedeuten hat, wenn sie sagt, dass sie sich nun erst mal »um unseren Freund kümmern« muss.

Als ich mit Teufelauch nach Hause gehe, sage ich: »Sie macht ihm jetzt wohl die Haare, jedenfalls hat sie das gesagt.«
»Und weshalb hat sie ihn gefragt, ob er schon achtzehn ist?«
»Du glaubst doch nicht, dass sie mit ihm …«

»Aber das ist ihr Beruf, damit verdient sie ihr Geld.«
»Ihr Geld, ihr Geld!« Ich werde wütend. »Samson hat keinen Pfennig mehr. Sie kümmert sich um ihn als Freundin, nicht als Nutte.«
»Sie kennt ihn doch gar nicht.«
»Aber sie kennt uns. Das macht sie für uns.«
Als wir uns trennen und Teufelauch in die Lange Straße einbiegt, ruft er: »Meinetwegen braucht sie das nicht zu machen!«
»Deinetwegen macht sie das ja auch nicht, Nachkümmerling«, murmele ich. Aber das kann er schon nicht mehr hören.

Am nächsten Tag fehlt Samson in der Schule. Auch am übernächsten und überübernächsten.
»Der geht jetzt auf die Schule des Lebens«, sagt Fiete.
»Du meinst wohl die Schule des Vögelns«, verbessert Teufelauch, wofür ich ihm eine reinhauen könnte.
Als Samson auch am vierten Tag noch nicht auftaucht, bittet der Direktor den Ochsen, nach dem Unterricht einen Brief in Finkenwerder vorbeizubringen.
Am darauf folgenden Morgen bestürmen wir ihn, doch er hat nur die Geschwister angetroffen. Die Mutter machte auf der Werft die zweite Schicht als Angelernte. Und Samson war angeblich noch nicht von der Schule zurück. »Der geht drüben in Hamburg auf die Technische Oberschule«, hat die kleine Schwester stolz verkündet.
»Also schwänzt er«, sage ich, »ist doch klar. Und zu Hause tut er so, als wenn er ganz normal zur Schule geht.«
»Natürlich schwänzt er«, sagt Teufelauch. »Die Frage ist doch nur, warum?«
»Na, wegen der Haare.«
»Haare? Sicher: Fot-zen-haa-re!«
»Du bist eine solche blöde Sau!« Ich stürze mich auf ihn.
»Ihr könnt doch wetten«, geht Fiete dazwischen.

»Oh, bitte, bitte, tu mir nix!«, Teufelauch hält flehend die Hände vor's Gesicht. »Lass uns machen Wette, fix!«
Ich lass ihn los. »Meinetwegen.«
»Um einen Eisenherz-Band«, sagt Teufelauch prompt. »Der Gewinner kann ihn sich beim Anderen aussuchen.«
Natürlich sammelt jeder von uns die Prinz-Eisenherz-Hefte vom Badischen Verlag.
Um sie nicht verstecken oder woanders deponieren zu müssen, habe ich meine Mutter davon überzeugen können, dass es sich dabei um eine Art illustrierter Weltgeschichte handelt. Rückendeckung bekam ich von meiner Großmutter, die ihr das erste Heft, das von dem Kampf des Prinzen gegen die Hunnen handelt, unter die Nase hielt und sagte: »Hier, diesen Schund hab ich bei dem Jungen gefunden.«
Meine Mutter hatte nun einen entgegengesetzten Standpunkt einzunehmen. Das war durch den Krieg und ihre versäumte Pubertät vorgegeben. Wir wollten es ihr leicht machen und hatten eine Seite aufgeschlagen, auf der es über die Schlachtenordnung des Prinzen und seiner Mitstreiter heißt: »Die gleiche Kriegslist wurde im Jahre 1066 von den Normannen während der Schlacht von Hastings angewendet.«
Prompt sagte meine Mutter: »Hier wird ja sogar auf ein geschichtliches Ereignis hingewiesen. Außerdem ist das Ganze richtig gut gezeichnet. Da kann man doch froh sein, wenn sich der Junge für so was interessiert.«
Natürlich hätte ich das nun auf sich beruhen lassen müssen, aber mich ritt der Teufel. »Wenn das so ist«, sagte ich, »dann schuldest du mir noch das Geld für diesen ersten Band, den hast du nämlich damals verbrannt.«
Meine Großmutter verdrehte die Augen.
»Gut, dass du mich daran erinnerst«, sagte meine Mutter. »Dann muss ich das mit diesem wohl auch tun. Nur ein Geschichtsverweis …? Oder gibt's noch mehr?«

Ich schwieg.
»Ein einziger scheint mir ein büschen dürftig, oder?«
Ich war wütend über mich selbst. »Unser Lehrer hat nichts gegen solche Bildbände ...«, ich vermied das Wort Bildergeschichten, »über's Mittelalter!« Das war eine rein taktische Behauptung.
Sie blätterte das erste Mal in einem Eisenherz-Band. »Also gut«, sagte sie nach einer Weile. Dann wendete sie sich an meine Oma. »Man wird doch wohl seine Meinung mal überdenken dürfen, oder?«
»Wenn es nach mir geht ...«, sagte meine Großmutter.
»Aber nach dir geht's ja nicht!«, unterbrach meine Mutter sie.

Das war knapp gewesen.
Ich rührte nicht mehr daran. Aber ich ließ auch keines meiner Prinz-Eisenherz-Hefte einfach so rumliegen. Meine Mutter war unberechenbar. Es konnte immer noch passieren, dass sie in einem Anfall von Schund-Literatur-Vernichtung einen solchen Band im Küchenherd verbrannte.
Und nun geht das schon wieder los!
Ich weiß genau, dass Teufelauch auf den ersten Band scharf ist, denn der fehlt ihm in seiner Sammlung. Ich dagegen habe die bisherigen Ausgaben von eins bis acht komplett. Die ersten drei Bände aber gibt es nicht mehr, sie sind vergriffen.
Ich zögere einen Moment.
Noch ist ja nichts entschieden. Wenn ich die Wette gewinne (wovon ich überzeugt bin), kann ich ja auch die Nummer zwei oder drei von ihm verlangen und woanders gegen zwei der noch ausstehenden Ausgaben eintauschen. Denn das ist der Kurs: einen alten gegen zwei neue Bände. Ich höre ihn in Gedanken schon aufjaulen, wenn ich diese Forderung stelle.
»Abgemacht«, sage ich, »aber woher wissen wir, was tatsächlich mit Samson los ist?«

Fiete dreht sich einmal um sich selbst, schlägt in die Hände und lässt einen eingebildeten Funken auf seinen Kopf überspringen. »Ich hab' da so eine Idee«, sagt er.
Wir bekommen aber nichts weiter aus ihm raus, als dass eine gute Idee wie ein anständiges Feuer vorsichtig angeblasen und mit kleinen, trockenen Ästen versorgt werden müsse, bis es zuverlässig brennt. Er ist eben der Feuerschläger!

Dann überschlagen sich die Ereignisse.
Nach der großen Pause baut sich unser Lehrer, Herr Paulsen, genannt Paule, wie ein Boxer vor der Klasse auf: Schwergewicht, Halbglatze, graue Wolljacke, geöffneter Schlipsknoten, vorgerecktes Kinn, leicht zusammengekniffene Augen.
Seine besten Jahre hat er schon hinter sich, aber es sind nicht die besten gewesen, sondern Kriegsjahre. Mit der Linken nimmt er die Brille ab, mit Daumen und Zeigefinger der Rechten streicht er sich über die glänzende Nasenwurzel, ein untrügerisches Zeichen für einen bevorstehenden Schlagabtausch: »Was glaubt ihr, wie ich mir vorgekommen bin, als ich eben erfahren habe, dass die Mädchen aus Altenwerder und Finkenwerder, die in der Seilerstraße zur Schule gehen, in den letzten vier Monaten nur dreimal wegen Nebel zu spät gekommen sind?«
Paule hat mit der Mädchenschule telefoniert, um Näheres über Samson und seine Familie zu erfahren. In der gleichaltrigen Mädchenklasse sind einige Schülerinnen, die aus derselben Barackensiedlung kommen. Dabei hat er sich mit dem anderen Lehrer auch über Unterrichtsausfall durch den Nebel austauschen wollen.
»›Ich weiß gar nicht, Herr Kollege, wovon Sie da reden‹ – wie ein Idiot bin ich mir vorgekommen, ein vertrauensseliger Idiot.« Er fischt das Klassenbuch aus der Schublade und knallt es auf das Pult. »Wir wollen doch mal sehen, wie oft die Herren von der anderen Elbseite den Nebel vorgeschoben haben, oh ja, im wahrsten Sinne des Wortes, vorgeschoben.« Er setzt die Brille

wieder auf und beginnt halblaut die Eintragungen durchzuzählen. Dann richtet er sich auf. »Sie sind sage und schreibe dreizehnmal zu spät gekommen.« Mit gestreckten Armen stützt er sich auf das Pult, »Dreizehn minus drei, also zehnmal vorgeschoben. Das ergibt etwa zwanzig Ausfallstunden …«, ganz langsam lässt er sich auf den Stuhl sinken, »also rund vier geschwänzte Unterrichtstage. Ich möchte nicht in deren Haut stecken. Der Rektor erwartet diese – diese Lumpenkerle in der nächsten großen Pause.«
Lumpenkerl ist Paules Schimpfwort für die schweren Fälle.
Er nimmt die Brille wieder ab und streicht sich abermals über die Nasenwurzel. Er wirkt angeschlagen. »Und für einen dieser Lumpenkerle«, murmelt er, »hat nun wohl der Dauernebel eingesetzt.« Doch dann ergreift eine Idee von ihm Besitz. Die bringt ihn wieder auf die Beine: »Hefte raus!« Er geht zum Gegenangriff über. »Was haltet ihr von einer kleinen Spontan-Interpretation zu der Frage: Verändert der Hafennebel die Wahrnehmung oder die Realität?«
Unserem Konter mit der Kollektivstrafe weicht er geschickt aus. »Ich bin tatsächlich enttäuscht von diesen Lumpenkerlen. Aber sie haben mich zu diesem – wie ich finde – interessanten Thema inspiriert. Nun lasst uns das Beste daraus machen: Eine Doppelstunde, alle Hilfsmittel sind erlaubt. Ihr wisst ja, eine saubere Gliederung bringt Extrapunkte.«
Gong!
Ich zieh mich in meine Ecke zurück und stelle mir die völlige Stilllegung des Hafens durch den Nebel vor. Andere, die sich dem vorgeschobenen Nebel der Jenseitigen nähern, liefern Paule zwar die Informationen, die er sich erhofft hat (ich glaube, allein deshalb hat er dieses Thema gewählt, er ist nämlich ein Taktiker im Ring), werden sich bei der Beurteilung aber über »Thema verfehlt« ärgern müssen.
Damit ist für uns das Nebeldesaster abgehakt.

Für die Jenseitigen aber fängt es erst an und steigert sich bis zu einer zwanzigstündigen, gemeinnützigen Tätigkeit, von der Pit behauptet, sie sei eher gemein als nützlich. Sie müssen den etwa 300-Zentner-Kohlenhaufen für die Heizungsanlage zweimal umschichten. Offiziell heißt es, näher an den Verwendungszweck heranbringen. So lautet jedenfalls der Vorschlag, der in dem Blauen Brief steht, dem die Eltern der Jenseitigen ohne Ausnahme zugestimmt haben. Der letzte Satz darin ist bezeichnend (Pit zitiert ihn im Tonfall von Adsche): »… denn körperrliche Arrrbeit schadet nicht!«

Am Tag nach dem Nebeldesaster kommt Samsons Mutter in die Schule. Gleich morgens ist sie in Finkenwerder auf den Dampfer zugestiegen, den auch die Jenseitigen nehmen. Der Ochse hat sie angesprochen, einfach weil sie die gleiche Nase wie Samson hat. »Genau derselbe Zinken, müsst mal darauf achten, ehrlich.«

Sie ist nicht sehr gesprächig gewesen. Aber so viel hat der Ochse aus ihr rausgekriegt: Samson liegt mit einer Gehirnerschütterung im Bett.

Als der Ochse wissen wollte, wie das passiert ist, hat sie ihn angefahren: »Das müsst ihr doch am besten wissen! Und überhaupt, wieso habt ihr ihm die Haare abgeschnitten!? Aber wartet es nur ab, ich bin auf dem Weg zur Schule, und da wird sich schon rausfinden lassen, wer das meinem Manfred angetan hat.«

Darauf ging der Ochse lieber nicht ein, sondern er fragte, ob sie denn nicht den Brief bekommen habe, den er ihr vorgestern von der Schule aus vorbeigebracht hat.

Sie sah ihn an, als verstehe sie nur Bahnhof.

»Vom Rektor so'n Schreiben … Ich hab's Ihren Kindern gegeben.«

Dong, das war ein Schlag, der sie ins Wanken brachte.

»Ei… einen Brief?«, stotterte sie. »Ich hab kei… keinen Brief … Oh Gott! Den muss er abgefangen haben. Was ist nur los mit dem Bengel? Redet kein Wort, liegt nur so da und starrt an die Decke.«
Der Ochse hat sich dann mit der Bemerkung verzogen, er müsse noch seine Schularbeiten machen. Das ist so üblich an Bord. Ebenso üblich ist es, dass die Jenseitigen an den Landungsbrücken vor dem Festmachen an Land springen. Schon lange vor Samsons Mutter waren sie in der Schule.

Aus dem Fenster unseres Klassenzimmers sehen wir sie mit wehendem Mantel den Holstenwall raufkommen. Ich habe sie mir ganz anders vorgestellt: Sie trägt einen grauen Regenmantel mit Kapuze und klammert sich an eine Kunstledertasche. Sie wirkt wie ein großer, unförmiger Vogel, der zu schwer zum Fliegen ist.
Für mich ist klar: Die Schwänzerei von Samson hat bei Eisen & Metall stattgefunden. Inzwischen hat dort vielleicht schon der Zerstörer festgemacht, von dem er gesprochen hat.
Diese Werft ist ein magischer Ort, nicht nur, weil ich dort Anna verführt habe, oder besser gesagt: sie mich verführt hat.
Genau dort ist Samson gegen ein Schott gelaufen. Oder der Geist eines Storekeepers hat ihm was auf die Birne fallen lassen. Denn natürlich muss man an solchen Orten einen Helm tragen. Samsons Haare bieten ja nun auch nicht mehr das an Volumen, was ihn vor Erschütterungen, inneren wie äußeren, schützen kann.
Ich muss also nur darauf warten, dass Samson wieder zur Schule kommt, um uns zu berichten, was für eine nette, hilfsbereite Person Dolores sei. Ich habe schon Teufelauchs blödes Gesicht vor Augen, wenn ich ihm den zweiten Prinz-Eisenherz-Band seiner Sammlung abknöpfe.

Samson aber erscheint nicht mehr in der Schule.
Nach etwa einer Woche eröffnet uns Herr Paulsen: »Manfred fährt jetzt zur See, Westafrika, Decklaufbahn. Nicht die

schlechteste Lösung, wie ich finde. Er ist ja ein handfester Kerl, und geschickt ist er auch. Er war eben ein Sonderfall, ein Schulexperiment. Nun ja, Experiment gescheitert, Versuchskaninchen auf und davon!«
»Wohl eher Versuchsrammler«, flüstert Teufelauch.

Auf dem Nachhauseweg fängt er wieder so an: »Ist doch klar: Samson ist bei Dolores auf'n Geschmack gekommen und rammelt sich jetzt durch Afrika.«
»Sag mal, denkst du eigentlich auch mal an was anderes?«
»Wieso, du etwa?«
»Also gut«, stöhnt Fiete. »Wenn ihr damit fertig seid, sag ich euch mal, wie's weitergeht.«
Er lässt uns noch drei Häuserblocks schmoren. Dann macht er den Feuerschläger, »ich sage nur eines«, eine Abwandlung davon, bei der er sich nach der Drehung, »ich sage …«, an den Kopf schlägt: »DIE AGENTIN!«
Natürlich! Wieso sind wir nicht selbst darauf gekommen?
»Und was musste daran so lange vorbereitet werden?«, will Teufelauch wissen.
»Damit die Glut nicht baden geht, müssen die kleinen, trocknen Äste vorher da sein. Und das ist die Spätschicht meiner Mutter und das Handballtraining meiner Schwester.«
Seine Mutter arbeitet bei der Straßenbahn als Fahrerin, ausgerechnet auf der Linie 31. Man muss höllisch aufpassen, dass man nicht zufällig in ihrem Triebwagen landet. Dann hat man zwar nix zu bezahlen – »Krista, der Junge hier fährt auf lau!«, aber man muss sich neben sie stellen, und dann geht es los: Wie geht's Mama, wie geht's Oma, wie geht's Vadder und wie geht's Onkel Max (in dieser Reihenfolge). »Und hat Onkel Max mal wieder den Einarmigen Stehgeiger gemacht?«
Das Ätzende daran ist: All die morgendlichen Muffköppe von Fahrgästen hören insgeheim zu!

Dann wendet sich Fiete noch mal an mich: »Du musst meiner Oma die Tafel Schokolade mitbringen, die du ihr noch schuldest. Und nicht wieder vergessen, sonst klappt das nicht!«
So weit Fietes wie ein anständiges Feuer vorbereiteter Plan.

Die Agentin nimmt die gesamte Breite des Fensters ein: Ein lebender Berg, ein Dinosaurier, der allein in dieser Haltung, dieser soziologischen Nische, die Evolution überdauert hat. Wo auf der Welt gibt es eine Fensterbank von genau dieser Höhe, eine Schwiegertochter von genau dieser Opferbereitschaft und eine Handvoll Nutten von genau diesem Unterhaltungswert, einem, der die höheren, die Beschützerinstinkte, und die niederen, die eines Spanners, gleichermaßen aktiviert?
»Hallo!«, rufe ich, »Frau Schnakenburg, ich möchte mich noch bei Ihnen bedanken, für neulich, Sie wissen schon, als mich Dolores aus der Kneipe gerettet hat. Ich hab Ihnen auch was mitgebracht.«
Es dauert eine Ewigkeit, bis sich der Berg gedreht und mir seine spärlich bewachsene Kuppe, sein aufgedunsenes, steingraues Gesicht und seinen weißen Damenbart zugewandt hat. Ich denke, wann mir wohl endlich ein richtiger Bart wächst.
Überraschend zielgenau schnappt der Berg nach meinem Päckchen und schnüffelt daran. *»Aver du weetst doch«*, schreit er dann, und in mir steigt ein lange vergessener Schrecken auf, *»dat ik Schokolood nich dörv – oder!?«*
Es ist ihre Stimme, diese kreischende und vorwurfsvolle Kopfstimme: Du gehst nichts ahnend durch die Erichstraße, und plötzlich ist sie über dir, diese Stimme, die alle Welt aufhorchen lässt, die sie zu Mitwissern macht, Mitwissern von Dingen, die nur jemand kennt, der darübersteht, sie gewissermaßen aus der Vogelperspektive heraufbeschwört und ans Licht befördert.

Einmal – ich ging in die vierte Klasse und werde es nie vergessen – war ich von Frau Iversen eher nach Hause geschickt worden, weil ich Kopfschmerzen vorgetäuscht hatte. Es war das erste Mal, dass ich schwänzte. Ich wusste, es war keiner zu Hause, der mir bohrende Fragen stellen konnte. Ich hatte zwei von Fiete geliehene Mickey-Maus-Hefte im Ränzel. Als ich voller Vorfreude durch die Erichstraße rannte, kam ihre Stimme über mich wie die Stimme des Herren: *»He, Lütter, wat hüpps'u denn hier rum? Höörs'u nich inne School?«*

Erschrocken blieb ich stehen und schaute hinauf.

Da glotzte ein Wesen mit den Augen eines Rieseninsektes auf mich herab und schrie: *»Wenn'u hüt schon schwänzen deist, wat schall denn laater ut di warrn, außa Räubaa, Pennaa oder Zuhältaa!?«*

Ich habe mich nicht mehr umgesehen, bin gerannt und gerannt, bis ich zu Hause war. Dort schloss ich hinter mir zweimal um.

Der Berg lässt die Schokolade in einer Falte seiner ausladenden unteren Regionen verschwinden. Bei gleich bleibender Lautstärke lenkt er ein: *»Liekers – dat lütte Leckermul in mi seggt Dank, Dank un noch mol Dank!«*

Erleichtert will ich mich zurückziehen, aber sie brüllt noch weiter: *»Töögst mokst'u um solk en Kaschemme as de von Klausi 'nen groten Bogen, klor!? Dat is, wat ik ook jümmer to Fiete segg: Wi wohn hier, aver hinhöörn deit wi woanners, dat dröffs'u nie nich vergeten!«*

Fiete gibt ihr zehn Minuten. Nach acht hören wir sie über den Flur schlurfen und im Treppenhaus verschwinden. Die Toilette liegt auf halber Höhe der Etagen und wird von mehreren Parteien benutzt. Der Weg dahin ist für die Agentin ein beschwerlicher, langwieriger Akt. Doch genau das muss das ›lütte Leckermul‹ in ihr jetzt bewältigen.

»Wir können uns Zeit lassen«, sagt Fiete. »Sie kommt erst

wieder, wenn sie den Beweis vernichtet hat.« Er öffnet leise die Haustür, hinter der sie gerade verschwunden ist, und lässt sie angelehnt.
»Welchen Beweis?«, frage ich.
»Den Beweis ihrer Naschsucht.«

Ihr Aussichtsplatz ist penibel ordentlich. Rechts vom Kissen liegen Notizheft, Kugelschreiber und Wecker, links davon Opernglas und Kaffeepott. Ihr Stuhl ist ihren Bedürfnissen angepasst: Auf die Sitzfläche ist ein doppelt so breites Brett geschraubt, die Beine sind verlängert, und zwar hinten höher als vorne. Wir können zu zweit darauf sitzen, unsere Oberkörper rutschen automatisch gegen das Kissen auf der Fensterbank. Teufelauch nimmt hinter uns Aufstellung. Die Fensterflügel, jeder mit einem rostigen Eisenhaken fixiert, stehen weit offen.
Für einen Augenblick bin ich von der Perspektive überrumpelt. Mir kommt die Idee, dass das Geschehen da unten, diese kleinen, statischen Frauenfiguren und die Männchen, die um sie herumstreichen, dieses ewige Getue und Gefeilsche eine Art Tanz ist, der nur für uns stattfindet. Wir aber sind nicht die Zuschauer, sondern die Jury, die den Plan, das Notizheft, in dem der Ablauf, die Form dieser Annäherung festgeschrieben worden ist, vor sich liegen hat. Allein die Paarungen, die diesen Vorgaben entsprechen und somit füreinander bestimmt sind, dürfen zusammen auf's Zimmer gehen, um den Tanz dort zu beenden.
Fiete muss nicht lange suchen.
Am Mittwoch vor zwei Wochen steht da mit der etwas krakeligen Kinderschrift der Agentin in der Reihe von DOLORES: »Nicht da! Habe mit Inge-Lore gesprochen. Sieht nach ihr.«
Teufelauch kneift mir in den Oberarm.
»Na und?«, sage ich. »Das hat noch gar nix zu bedeuten.«

Am Donnerstag steht bei Dolores: »Immer noch weg. Inge-Lore sagt: Kopfschmerzen. Lässt keinen rein – wo sie doch sonst jeden reinlässt.«

Weiter unten hat sie noch etwas mit ihrer immer enger werdenden Kinderschrift an den Heftrand gekritzelt: »17 Uhr 50: Junger Kerl mit Pudelmütze kommt aus Dolores' Torweg. 18 Uhr 10: Karl kommt von Doppelschicht.« Weil die Seite voll war, hat sie senkrecht an den Rand geschrieben: »Zufall?« (Großes Fragezeichen).

»Ha! Ich hab's doch gewusst!« Teufelauch versetzt mir einen Schlag in den Nacken. »Was glaubst du, wer da unter der Pudelmütze gesteckt hat?« Er macht einen Stepptanz auf dem Linoleum, ohne wirklich Steppen zu können. »Such schon mal deine gesammelten Eisenherz-Bände zusammen!«

Tatsächlich sehe ich meine Felle, sprich, den ersten Band der Prinz-Eisenherz-Sammlung davonschwimmen. Es scheint mein Schicksal zu sein, dieses Heft immer wieder loszuwerden. Ich könnte heulen vor Wut. Was hat sich Dolores nur dabei gedacht? Ausgerechnet mit einem der Jenseitigen, einem, den sie doch gar nicht gekannt hat!

Die nächste Seite, der Freitag, bringt endgültige Gewissheit:

Diesen Tag hat die Agentin ganz normal begonnen – bis 14 Uhr 30. Um die Zeit hat Lotti den letzten Freier empfangen. Dahinter (die Durchlaufzeit fehlt) hat die Agentin eine senkrechte Linie gezogen und den übrig gebliebenen eineinviertel Seiten, links neben dem Datum, eine Überschrift verpasst: »St. Pauli-Theater«. Und dann geht es los, von oben nach unten eine chronologische Abfolge von Beobachtungen, die ihrem Ruf als Geheimagentin alle Ehre macht:

»14 Uhr 42: Karl der Große geht mit Zampelbüdel in Klausis Kneipe. Schicht ist doch noch nicht zu Ende ...?

15 Uhr 16: Karl geht ohne Zampelbüdel nach Hause.

15 Uhr 19: Dolores kommt aus Torweg gerannt und schreit: Er bringt ihn um! Ruf die Polizei!
Gebe der Schwarzen Käthe, Ecke Davidstraße, das Hol-die-Polizei-Zeichen.
15 Uhr 20: Karl kriegt Dolores am Morgenrock zu fassen und haut ihr welche rein.
15 Uhr 21: Junger Kerl in Unterhose und kurze Haare geht dazwischen. Karl schreit: Hast du immer noch nicht genug!?
15 Uhr 22: Junger Kerl liegt unten und Karl haut ihm den Kopf auf das Pflaster.
15 Uhr 23: Dolores und Inge-Lore reißen Karl zurück. Karl brüllt: Scheißweiber und rennt hinter Inge-Lore her. Inge-Lore ist schneller.
Karl verschwindet fluchend wieder in Klausis Kneipe.
15 Uhr 30: Dolores sitzt heulend auf der Straße, den blutigen Kopf des Jungen im Schoß. Um sie rum ein Haufen Gaffer.
15 Uhr 32: Peterwagen kommt mit Sirene durch die Gerhardstraße.
15 Uhr 33: Dolores spricht mit Polizei, zeigt auf die Kneipe und schreit: Ich bring das Schwein ins Gefängnis, und wenn es das Letzte ist, was ich tu.
Polizei sucht Zeugen. Keiner hat was gesehen. Inge-Lore weg, Schwarze Käthe weg, alle weg. Auch ich verschwinde vom Fenster. Man kennt das ja: Pack schlägt sich, Pack verträgt sich.
16 Uhr 11: Krankenwagensirene. Bringen den Jungen ins Hafenkrankenhaus. Wird seine erste große Liebesnot schon überleben.«

Für ihren Schlusssatz aber – selbst wenn er nicht auf dem Mist der Agentin gewachsen ist – habe ich ihr fast schon wieder verziehen. Sogar der Verlust meines ersten Prinz-Eisenherz-Bandes wiegt nicht mehr ganz so schwer, wenn ich dort lese: »Doch der Liebe Wunden kann nur heilen, wer sie schlug.«

Die Ablösung

Morgens, beim Frühstück, erfahr ich es von Bertha: Mein Vater kommt nach Hause, nicht auf Landurlaub, er kommt für immer! Bertha fragt sich, ob ihm meine Mutter wieder ein Ultimatum gestellt hat. »Mit der Liebe«, überlegt sie laut, »zieht das nicht, er ist ja nicht greifbar. Genauso wenig funktioniert die Ich-schmeiß-dich-sonst-raus-Methode. Vielleicht hat er ja auch die Schnauze voll von der Seefahrt. Das kann ich mir bei ihm aber gar nicht vorstellen.«

Manchmal träumte mein Vater von einem kleinen Tabakladen, Tabakwaren und Zeitschriften.

»Quatsch!«, rüttelte ihn meine Mutter wach. »Da musst du den ganzen Tag im Laden stehen und jeden Groschen, den du einnimmst, einmal, und den du ausgibst, zweimal umdrehen. Nicht mit mir!«

»Vielleicht muss sie ja nun wieder 'n büschen mitarbeiten«, sagt Bertha grinsend. »Dann ist das morgens hier aber vorbei mit der Ruhe, wo sie doch so'n guter Frühaufsteher ist.«

Meine Mutter steht immer erst gegen zehn Uhr auf. Manchmal bin ich schon ein bisschen neidisch, wenn ich daran denke. Es ist jetzt kurz nach fünf. Um sieben geht bei Menck die Sirene. Ich bin in der Lehrwerkstatt, da wird man vom Meister mit Handschlag begrüßt.

Ich hab mich gestern schon gewundert: Die Stube war aufgeräumt, als ich spät nach Hause kam. Und es roch nach frisch gebackenem Kuchen.

Auch ist Bertha in einer gewissen Erwartungsstimmung: Sie redet morgens sonst nicht so viel.

Und ich? In was für einer Stimmung bin ich?

Sagen wir mal so: Es haut mich nicht vom Hocker, so wie früher, wenn ich den Landurlaub meines Vaters kaum erwarten konnte, und er Gefühle wie Weihnachten weckte.
Ich hab jetzt keine Zeit mehr für solche Kindereien. Ich mach meine Maschinenbau-Lehre und habe eine Freundin: Anna. Ich muss sehen, dass ich das alles auf die Reihe kriege, das mit meinen anderen Freunden und mit ihr.
Ich kuck auf die Uhr. »Wird Zeit«, sage ich.
Auf der Treppe dreh ich mich noch mal um: »Komme heut später, geh noch in den Club!«
»Das ist ja mal ganz was Neues!«, flüstert Bertha hinter mir her.

Es hat auch seine guten Seiten, dass ich bei Menck & Hambrock in die Lehre gehe: Ich komme mal raus aus dem Stadtteil, lerne Jungs aus Ottensen, Bahrenfeld, ja sogar aus Eidelstedt kennen. Sie reden anders als wir auf St. Pauli, aber etwas verbindet uns: die Wut auf den ›Blechkopp‹, unseren Lehrmeister, und das Interesse am Jazz (»Jatz« gesprochen).
Einer von den Bahrenfeldern kennt einen, der einen kennt, der gerade einen Hochbunker in der Sierichstraße zum Jazzclub umfunktioniert. Der Club heißt ›Mardi Gras‹ und wird mit alten Möbelstücken und Teppichen bewohnbar gemacht. Jeder, der etwas ranschleppt oder irgendeine Fähigkeit einbringt, kann Mitglied werden. Oldtime-Jazzbands und Skifflegroups, die wie Pilze aus Böden und Kellern emporschießen, steht der Club mit seinen zahlreichen Übungsräumen zur Verfügung. Dafür müssen die Bands am Wochenende ohne Gage spielen.
Das Konzept ist ein Bombenerfolg, denn Geld ist unwichtig: Nach jedem Konzert geht ein Hut rum. Die geringe Miete wird durch Spenden aufgebracht.
Auch die Minderjährigkeit (erst ab 21 Jahren ist man volljährig), die in jedem popeligen Tanzschuppen der Stadt nach 22 Uhr kontrolliert wird, spielt hier keine Rolle. Es gibt nur eine Erwachsene,

eine Mutter, die auch den Mietvertrag unterschrieben hat. Sie wird von uns skeptisch beäugt, bald aber als Faktotum mit Alibi-Funktion akzeptiert, da der Club sonst um 22 Uhr schließen müsste. Auch macht sie in der Nachbarschaft durch launige Reden (»Wo sollen die Kinder denn hin? Gibt doch nix. Und wenn, so ist es sauteuer!«) und durch große Einkaufsmengen gut Wetter.

Uns geht es darum, anders zu sein als all die ›Blechköppe‹, die uns umgeben und die uns sagen, was wir zu tun und was wir zu lassen haben. Jeder, der hier rumwuselt, hat freiwillig eine Aufgabe übernommen und fühlt sich wichtig, nein, er IST wichtig! Und so ganz nebenbei kann er Gleichaltrige (Mädchen) kennen lernen und Jazz hören.

Teufelauch zum Beispiel, den ich mitgeschnackt habe und der bei einem kleinen Krauter in seiner Straße Elektriker lernt, kontrolliert und erneuert die elektrischen Leitungen. Ich bin für die Wandmalereien zuständig. Ich übertrage die Schwarz-Weiß-Fotos unserer Jazz-Kalender mit schwarzer Plakafarbe auf die geweißten Wände. Ob Mulligan, Fitzgerald, Baker, Getz oder Davis, bald schon habe ich meinen Stil gefunden: Von Nahem betrachtet, sieht man nur ein Gewirr dunkler Flecken, aus drei, vier Metern Entfernung aber erkennt man den Musiker und wie er das Letzte aus seinem Instrument rausholt: ekstatisch, atmosphärisch, eben echt jazzig.

Mein Markenzeichen wird das Gesicht des trompetenden Armstrong im Halbprofil auf nur einer Wand. Wenn ich ihm schließlich die Lichter mit Deckweiß aufsetze, fängt er an zu schwitzen, und man glaubt, seine Trompete zu hören!

Seitdem bin ich der Mann, der Louis Armstrong hörbar an die Wand zaubert. Ich werde weitergereicht, denn jeder kennt einen, der einen Keller, eine Garage oder die eigene Bude auszumalen hat. Ich nehme zwanzig Mark für die Wand und werde ganz langsam ganz schön ›betucht‹. Das muss ich auch, denn ich verbringe fast jedes Wochenende mit Anna.

Die Krönung aber ist, als mich unser Lehrmeister, Herr Blech, genannt Blechkopp, darauf anspricht, ob es tatsächlich stimmt, dass ich mit diesem Kaffer, diesem Neger-Krakeler Louis Armstrong befreundet sei.
Ein größeres Kompliment kann mir dieser verkappte Nazi gar nicht machen!
»Der ist Amerikaner!«, sage ich. »Und befreundet ist vielleicht zu viel gesagt, aber ich hab schon mal 'n Bier mit ihm getrunken.«
Beim Blechkopp bin ich nun ganz unter durch, aber für die anderen bin ich der Mann, der mit Satchmo ein Bier getrunken hat. Das ist so ähnlich, wie der einzige Junge gewesen zu sein, der vom ›Würger‹ ein Autogramm bekam. So was passiert ja nicht von ungefähr und hat meistens – wie man weiß – eine nicht ganz astreine Vorgeschichte. Natürlich habe ich mit Satchmo kein Bier getrunken – aber fast! Denn er hat nach mir gefragt, sagt Tante Hermine.

Als es sich herumgesprochen hat, dass ich die Jazz-Götter aus dem amerikanischen Olymp auf die Wände übertrage, schnackt Willi mich an, der Wirt von den Riverkasematten. Er sagt, er würde auch ganz gern mal ein paar Bilder von mir in seiner Tropfsteinhöhle haben, aber da der Laden zweimal im Jahr absaufe, wäre es besser, diese beweglich zu gestalten, weil die Fische ja kein Kunstverständnis hätten und er jedes Mal alles neu streichen lassen müsse.
Also male ich ein paar Jazz-Größen auf Leinwand, natürlich auch mein Markenzeichen, Satchmo. Dabei geht es mir immer flinker von der Hand.
Willi ist ein aalglatter, dünner Hecht, Mitte vierzig vielleicht, Kettenraucher. Ihm gefallen die Bilder gut, und er schlägt vor, einen Preis darauf zu kleben.
Er ist eben Geschäftsmann, und als solcher weint er mir gleich

wieder was vor: »Bei jedem Hochwasser steh ich kurz vor der Pleite, weil mich keine Scheiß-Versicherung mehr nimmt!«
Man muss ihn bedauern, sonst hört das Gejammer nicht auf.
»Du bist und bleibst ’ne arme Kanalratte!«, sage ich mitfühlend.
»Zehn Prozent!«, sagt Willi daraufhin.
»Was … Wie?«
»Von den Bildern, zehn Prozent für die arme Kanalratte.«
»Zehn Prozent von was?«
»Ich sag mal Unterkante …«, er steckt sich eine neue Zigarette an und kneift beim ersten Zug die Augen zu, »also min-destens zweihundert!«
»Du spinnst!«
»Ich weiß gar nicht, was du hast, das ist Kunst!«
Ich muss lachen. »Du hast doch von Kunst keine Ahnung!«
»Mehr als die Fische. Ich bin zwar nur eine arme Kanalratte, aber was mir gefällt, gefällt allen Ratten.«
»Kunst mol en utgeben!«, sage ich
»Mook ik!«, sagt Willi und hält zwei Gläser schräge unter den Zapfhahn. *»Un dormit is dat afmookt!«*

Zwei Wochen später spricht es sich an der Küste wie ein Lauffeuer rum: Louis Armstrong hat bei Tante Hermine ein Bier getrunken.
Als ich abends bei ihr am Tresen sitze, will ich das natürlich genau wissen: »Letzten Mittwoch soll Satchmo hier gewesen sein?«
»Du meenst den lütten, dicken Swatten mit de Trompeede?«
Ich nicke.
Das ›chinesische Lächeln‹ macht sich auf Tante Hermines Gesicht breit. *»Dor wo du jetzt seten deis, hät he ok seten.«*
»Ehrlich?«
»Wenn ik di dat säch!«
»Und worüber habt ihr gesprochen?«

»Arthritis.«
»Auf Englisch?«
»Op Chinesisch.«
»Wie heißt denn Arthritis auf Englisch?«
»Arthritis!«
»Und … habt ihr … hat er gespielt?«
»Du menst Koorten?«
»Ich meine Trompete!«
»Wi häbt sungen, de ganze Loden hät sungen.«
»Und was?«
»Anne Alster, anne Elbe, anne Bill …« Sie wendet sich wieder dem Zapfhahn zu. *»De hät villicht 'ne heesterige Stimm.«*
In Gedanken beende ich den Vers: *»Dor kann jeder ener moken wat he will …«*, und weiß immer noch nicht so genau, ob Satchmo nun hier, auf diesem Hocker, tatsächlich gesessen hat.
Auf jeden Fall hat er an dem besagten Tag ein Konzert in der Musikhalle gegeben. Die Jazzgrößen gehen anschließend gerne mal in einen Club. Willi hat eine ganze Wand voller Fotos prominenter Jazzmusiker, die bei ihm eingekehrt sind. Und da man am Ende gerne noch auf einen Kurzen zu Tante Hermine raufgeht …
»Ik häb noch wat vergeten«, sagt sie plötzlich, und ihr Grinsen wird noch etwas breiter. *»He hät no di froogt.«*
»Er hat was? Der kennt mich doch gar nicht!«
»He hät no den Künstler froogt, de ünnen, inne Kasematten, sien Bild mokt hät.«
Ich bekomme eine trockene Kehle. »Und …?« Ich bin ganz aufgewühlt und greife nach dem Bier. Meine Hand zittert.
»Kenn ik nich, häf ik seggt. Verkehrt hier nich!«
Ich sacke innerlich zusammen. Ich nehme noch einen Schluck. »Hat ihm …«, ich verschlucke mich fast, »hat ihm das Bild denn gefallen?«

»Ik häf gor nich wusst, dat du dor ünnen Biller utstells, dat heppt mi de Jungs eers achteran vertellt – und wieso vertells du mi dat nich?«
»Läuft noch nicht so lange. Hat es ihm gefallen, das Bild?«
»Anners harr he sachs nich no di froogt, oder? Wullu nich hier, bi mi, ok 'n poor Biller ophäng?«
»Das sind Bilder von Jazzern.«
»Menst du, dat passt in son Havenkroog nich? Du schullst de Duld un Düer vonne Seelüt nich unnerschätzen« Sie zeigt an die Decke, unter der u. a. ein Walpenis hängt, der an eine Flüstertüte erinnert. *»Un de annern Gäst kunn dat mienenthalven för ne Trompede holn, de Trompede von … wie, hässu secht, heet de lütte Swatte?«*
»Satchmo.«
»Von Satchmo …« Sie imitiert seine unverwechselbare Stimme: *»Anne Alster, anne Elbe, anne Bill …«*

Mein Vater kommt drei Tage später als erwartet. Meine Mutter ist stinksauer. Er ist auf einem Lkw mitgefahren, der was für die Reederei von Rotterdam nach Hamburg zu transportieren hatte.
Bertha hält mich morgens auf dem Laufenden. Das hat den Vorteil, dass ich nix dazu sagen, nur kauen und zuhören muss. Ich kann dabei sogar noch ein paar Minuten die Augen zumachen.
Er ist nicht etwa mitgefahren, um das Fahrgeld zu sparen, sondern weil er mal Land sehen und dem Lkw-Fahrer Gesellschaft leisten wollte. Jedenfalls hat er das am Telefon gesagt.
»Er ist doch noch nie pünktlich gewesen«, sage ich. »Ist doch auch keine schlechte Idee, jetzt, wo er den Rest seines Lebens mit euch zusammenhocken muss.«
»Ach, findest du!?«
Ich sollte mich lieber da raushalten, sonst kann ich mir bald das Frühstück alleine machen.

»Jedenfalls näht sie jetzt wieder«, sagt Bertha.
»Sag bloß? Was näht sie denn?«
»Na, das, was sie immer näht!«
Der Schlafzimmerschrank hängt voll von Kleidern, die meine Mutter kaum trägt. Immer, wenn sie einen Rappel bekommt, ihren »Seemannsfrauen-Rappel« – wie Bertha das nennt –, näht sie sich ein Kleid.
»Am liebsten würde ich mal 'n paar verkloppen. Vor Kurzen hab ich sie gezählt: sechsundzwanzig. *Da bissu platt, wa?* Hoffentlich zieht sie die alle mal an, wenn er wieder zu Hause ist, jede Woche ein anderes.« Sie lacht. »Der muss ja denken, wir haben irgendwo einen Geldschieter sitzen.«
»Höchste Zeit«, sage ich.
Sie bringt mich zur Tür. »Soll ich raten?«, fragt sie.
»Was?«
»Du gehst nach der Arbeit noch in den Club und kommst später.«
Ich nicke und donnere die Treppen runter.
»Nicht so laut!«, zischt sie hinter mir her. »Die schlafen doch noch alle.«

Natürlich hat es seinen Grund, dass ich immer so spät nach Hause komme: Meine Mutter geht mir fürchterlich auf die Nerven.
Wenn ich zum Beispiel auf dem Flur stehe und mit einem Freund telefoniere (aus organisatorischen Gründen muss ich oft telefonieren, ich weiß gar nicht, wie das früher ohne ein Telefon gegangen ist), wenn ich also telefoniere, habe ich plötzlich so ein Gefühl, dass meine Mutter hinter der Wohnzimmertür steht und lauscht.
Manchmal, wenn mein Gesprächspartner aufgelegt hat, rede ich noch weiter, vereinbare zum Beispiel mit ihm, morgen Abend das Uhren- und Juweliergeschäft Wempe auf der Reeperbahn mit der ›Beretta‹ von Fietes Vadder zu überfallen. »Wir brauchen das Geld«, sage ich, »für Chet, denn der ist gerade in Europe, in

Paris, glaube ich. Und das wäre doch echt der Hammer, wenn Chet Baker bei uns im Club spielen würde!«

Doch meine Mutter fällt nicht darauf rein, sie rührt sich nicht. Tue ich ihr vielleicht Unrecht?

Erst wenn ich mit Anna telefoniere und mir plötzlich bewusst wird, dass sie mit dem Ohr am Schlüsselloch hängt, werde ich wütend. Ich hauche in die Muschel: »Bis zum Wochenende, Annaaastaasiaaa«, und lege ganz leise den Hörer auf. Dann schleiche ich zur Tür und stoße sie unvermittelt auf.

»Rumms!«

In einem Dick-und-Doof-Film hätte man jetzt was zu lachen. Meine Mutter aber kommt aus der Stube geschossen und will mir eine reinhauen.

Ich halte sie an den Handgelenken fest.

»Lass mich sofort los!«, brüllt sie. »Ich bin deine Mutter!«

»Muhuudder!«, heule ich, »und ich dachte schon, du bist der böse Wolf!« Ich weiß, wie sauer sie werden kann, wenn man sie nicht respektiert, besonders in ihrem Zorn.

»So lange du hier wohnst …«, faucht sie und versucht die Arme aus meinem Griff zu winden, »hast du dich an MEINE Spielregeln zu halten!«

Ich muss meine ganze Kraft aufwenden, um sie festzuhalten. »Schöne Spielregeln …«, stöhne ich, »das ist doch … die reine … die reine Bespitzelung ist das!«

»Quatsch! Ich möchte nur mal wissen, was das für 'n komischer Club ist, in den du da dauernd rennst, und was ihr da so treibt!« Sie gibt ihren Widerstand auf.

»Das ist ein Jazzclub! Wie oft muss ich das noch sagen. Und wir treiben es mit den dicken Negerweibern, die dort singen!«

»Siehst du? Siehst du? Es ist kein normales Gespräch mit dir möglich. Und dann wunderst du dich, wenn ich lausche.«

Ich lass ihre Handgelenke los. Es ärgert mich, dass sie kein Bedauern, kein Schamgefühl empfindet.

Sie tastet die Beule ab, die sich an ihrer Stirnseite bildet.
»Und die Briefe?«, frage ich sie.
»Was für Briefe?«
»Denkst du, ich merke nicht, dass du die Briefe, die ich bekomme, über Wasserdampf aufmachst und sie mit Uhu wieder zuklebst? Da muss man nur mal dran riechen.«
Darauf geht sie nicht ein. »Und diese Negerweiber«, sagt sie plötzlich, »sind die eigentlich überall schwatt?«
Ich kucke sie überrascht an: Sie hat einen Witz gemacht, der von mir und meinen Konsorten hätte sein können.
Ich muss trotzdem lachen.
Wir lachen beide: Waffenstillstand. Aber der kalte Krieg geht weiter. Er hat sich verlagert: Die neuen Erzfeinde sind nicht mehr Großmutter und Mutter, sie sind jetzt Mutter und Sohn.

Am dritten Nachmittag steht mein Vater endlich mit seinem Seesack und seinem Bord vor der Tür.
»Mit dem alten, seegrünen Bordsche?«, frage ich. Dabei muss ich Grinsen und werde fast wach.
»Das hat er wohl die ganze Zeit in seiner Kammer an der Wand gehabt. Und weißt du, was deine Mudder sagt?«
Ich kann es mir schon denken: Sie hat ihn nicht begrüßt, nicht in die Arme genommen, sie hat gesagt: »Das Bord ...« – Nein, ich halt mich da raus, es ist noch vor halb sechs, da brauche ich meine Dröhnzeit.
»Das Bord kommt mir nicht in die Wohnung, hat sie gesagt.«
Nun muss ich doch lachen.
»Und weißt du, was er gemacht hat?«
»Er hat kehrtgemacht und ist wieder abge...« Beim letzten Wort verschlucke ich mich.
»Genau. Und sie hat die Tür hinter ihm zugeknallt. Ich sag dir, do...«
Ich weiß nicht, ob ich husten oder lachen soll.

»Hier, nimm schnell 'n Schluck Milch! Also: Ich hinterher und nehme ihm das Bord aus der Hand.« Während sie spricht, schenkt sie mir Milch nach. »›Ludwig‹, sag ich, ›nun komm doch erst mal rein!‹ Ich schieb ihn die Treppe wieder rauf, durch die Tür durch. ›Un lass das Bord im Treppenhaus steh'n. Du kennst sie doch‹, sag ich. ›Sie hat sich so auf dich gefreut, und nun kommst du so spät! Willst du 'n Stück Kuchen? Puffer – selbst gebacken!‹«

Plötzlich setzt sich Bertha mir gegenüber hin, schiebt die Arme halb über den Tisch, legt die geäderten, alten Hände aufeinander und hat einen Tonfall, wie ich ihn morgens, vor sechs, noch gar nicht gut abkann: »Ich weiß nicht, wie oft ich ihre Ehe gerettet hab! Nur ein einziges Mal möchte ich erleben, dass sie das bemerken, das anerkennen tut! Aber sie schreit mich nur an: Ich soll mich um meinen eigenen Mist kümmern! Ich soll mir meine bescheuerten Ratschläge – das hat sie wörtlich gesagt – sonst wohin stecken! Ich …« Sie fängt an zu schluchzen, »ich weiß nicht, wie lange ich das noch aushalte …«

Ich lege meine Hände auf ihre und kuck dabei unauffällig auf die Uhr. »Oma …«, sage ich, »es tut mir echt leid, aber ich muss nun los, du weißt doch, der Blechkopp, dieser Idiot …«

»Oh ja«, sie wischt sich über das Gesicht, »weiß ich doch.« Sie steht auf, geht vor mir auf den Flur hinaus und hält mir die Haustür auf: »Ab mit dir!«

»Und was ist nun mit den beiden, ich meine, kommen die klar?«

»Weiß nicht! Sie reden ja noch nicht miteinander.«

»Das fängt ja gut an«, sage ich. »Grüß mal den Alten. Und sag mal, er soll nicht so stur sein, sie ist eben schwierig … verletzt … nein, lass man«, ich hample unschlüssig vor der Tür rum, »ich sag ihm das lieber selbst.«

»Das wäre gut. Nur … du kommst ja immer so spät.«

»Ich versuch mal 'n büschen eher zu kommen.«

»Du musst ihn doch auch mal begrüßen, mal in Arm nehmen.«
»Na klar! Sonst am Wochenende. Was ist heut noch für ’n Tag?«
»Donnerstag.«
»Morgen ist endlich Wochenende! Also morgen, ich sehe ihn dann morgen, bevor ich abends weggehe. Wird aber jetzt echt Zeit für mich ...«
Ich bin froh, dass ich wegkomme und donnere die Stufen runter.
»Nicht so ...«, sie winkt ab und macht leise die Tür zu.

Sonnabend auf Sonntag verbringe ich meistens mit Anna. Offiziell schlafe ich im Club. Und von Anna, die bei einem Anwalt in der Innenstadt lernt, glauben die Eltern, dass sie bei einer Freundin übernachtet.
Die Wirklichkeit sieht anders aus. Sie muss gut vorbereitet werden, denn ein gemeinsames Hotelzimmer zu bekommen, ohne verheiratet und volljährig zu sein, ist eine Herausforderung. Es fängt schon mit dem Geld an.
Doch es geschehen noch Zeichen und Wunder: Eines Abends drückt mir Willi in den Riverkasematten 470 Mark in die Hand.
»Na?«, sagt er, »verstehe ich nun was von der Kunst oder nicht?«
»Willi!«, rufe ich begeistert, »du bist der größte Kunstkenner von der Küste, ehrlich.«
»Und die zehn Prozent sind da auch schon runter!«, gibt er sich kauf- und großmännisch.
So viel Geld habe ich noch nie auf einem Haufen gehabt. Ich muss an Großonkel Franz denken: »Einmal ein betuchtes Tier, immer ein betuchtes Tier.« Der lebt inzwischen in einer Villa an der Alster, – im Keller, in der Hausmeister-Wohnung.
Das Geld ist also das geringere Problem.
Das größere Hindernis ist das Hotelzimmer. Ich gehe die Sache schon vorher an, damit wir uns nicht – was schon passiert ist – die Nacht um die Ohren schlagen müssen.

Dabei spiele ich eine Rolle, übernehme eine neue Identität, um mit einem bestimmten Auftreten ein überzeugendes Selbstverständnis vermitteln zu können.
Ich ziehe meinen Fischgrätenmantel an (den ich eigentlich gar nicht mehr trage) und setze eine Brille und einen Hut meines Vaters auf. Ich wirke jetzt oberflächlich betrachtet spießig und vier, fünf Jahre älter. Das sind genau die Jahre, die ich für eine Zimmerreservierung brauche. Aber das A und O ist das Auftreten. Ich habe das »Abendblatt« unter dem Arm, das ich auf den Tresen knalle, während ich sage: »Meine Frau kommt übers Wochenende. Ich brauche von Sonnabend auf Sonntag ein Doppelzimmer.«
Was jetzt kommt, ist entscheidend.
Die meisten, die im Hotelgewerbe arbeiten, halten sich für Menschenkenner. Wenn sie es tatsächlich sind, mustern sie mich genauer.
Ich lenke ab und verweise auf die Headline der Zeitung: »Haben Sie das gelesen?« Ich warte nicht auf eine Antwort, sondern ziehe eine altkluge Schlussfolgerung. Dann schaue ich auf die Uhr und sage: »Ich muss los, zum Bahnhof, meine Frau abholen. Ich möchte nur schnell reservieren und gleich bezahlen.« Dabei blättere ich ein paar Scheine hin. »Dreißig, ist das genug?«
Wenn sie darauf eingehen, habe ich gewonnen.
Höre ich aber: »Moment, junger Mann!«, oder »Eines nach dem anderen!«, dann kann ich gleich wieder abziehen. Denn nun verlangt man nach meinem Ausweis, ja, man behält ihn sogar ein. Nimmt man dabei mein Alter zur Kenntnis, bekomme ich ihn gleich wieder zurück, mit einem süffisanten Lächeln und dem Bedauern, dass man mir leider kein Doppelzimmer geben kann, ohne sich der Kuppelei schuldig zu machen. »Da müssen Sie sich schon was anderes suchen, junger Mann: entweder hier, um die Ecke, die Bernhard-Nocht-Absteige oder an der Alster das Vierjahreszeiten, solche Etablissements nehmen es nicht so genau mit der Meldepflicht.«

Doch eigentlich läuft mein Auftritt ja darauf hinaus, eine eher oberflächliche Vereinbarung zu treffen, die erst später, nachdem meine Frau eingetroffen ist, besiegelt werden soll.
Die schönsten Abende, egal, wo wir hingehen, ja, wir zögern sie sogar hinaus, sind die mit einem Doppelzimmer im Hinterkopf. Wir verbringen sie schwerelos auf dem Weg dahin.
Wenn wir endlich auf den Nachtportier treffen, geht der davon aus, dass alles geregelt und unser Gepäck bereits auf dem Zimmer ist. Verschlafen sucht er meinen, nein, unseren Namen im Register, gibt mir den Schlüssel und wünscht uns eine angenehme Nacht.
Auf dem Weg in unser Zimmer haucht mir Anna ins Ohr: »Ob der eine Ahnung hat, wie angenehm?«
»Findest du«, flüstere ich zurück, »dass ›angenehm‹ das richtige Wort dafür ist?«
Schon in dem Moment, in dem hinter uns die Tür zuschlägt, fallen wir übereinander her, um das richtige Wort dafür rauszufinden.

Am Freitag komme ich doch nicht nach Hause, um meinen Vater zu begrüßen, sondern gehe gleich nach der Arbeit ins Mardi Gras. Danach lande ich mit einigen anderen Lehrlingen auf der Reeperbahn im Top Ten. Da komme ich umsonst rein, weil Klinge dort den viel zu schnellen Kellner macht.
Später werden hier sogar mal die Beatles spielen, mit kurzen Haaren und einem Sound, der sich noch kaum von den anderen Bands abhebt.
Am Ende dieses langen Tages treffe ich mich noch mit den St. Pauli-Konsorten in unserer Stammkneipe bei Tante Hermine. Das ist am Wochenende ungeschriebenes Gesetz.
Um zwei, halb drei Uhr nachts bin ich zu Hause. Ich schmiere mir in der Küche noch ein paar Butterbrote, da höre ich durch das Fenster den Gesang von zwei Männern, die die Trommelstraße raufkommen: »Das letzte Hemd hat keine Taschen!«

Ich muss nicht lange warten, dann dreht sich der Schlüssel im Haustürschloss, die Küchentür fliegt auf, und mein Vater steht leicht schwankend vor mir. Wir nehmen uns in die Arme und sind dabei so unbeholfen wie zwei Tanzbären, die den Tanz verabscheuen. Er ist etwas massiger geworden, ich überrage ihn um eine Kopflänge. Seine Haare werden immer weniger.

»Mensch«, sagt er, »du bist aber groß geworden.« Er hat noch das schiefe, ansteckende Dauergrinsen von Onkel Max im Gesicht.

»Pui, pui«, sage ich, »ich hab eher das Gefühl, du bist geschrumpft!«

Er lacht und lässt sich auf einen Stuhl fallen. »Du hast recht«, sagt er. »Ich bin an Bord immer kleiner und kleiner geworden. Mein Lebensraum war nur noch Kammer, Maschine, Kammer, Maschine. Und mein Ausblick ein Bullauge. Ich muss mich mal wieder woanders breitmachen.«

»Und was macht Onkel Max?« Er ist nach Barmbek gezogen. Nach einigen Jahren hat er für sich und seine Familie doch noch eine Wohnung besorgt.

»Immer dasselbe: Hamburg – Lüneburg.«

»Und seine Leber?«

»Duckt sich.«

»Und Engelchen und Teufelchen?«

»Sind ganz schöne Granaten geworden. Beide bei Karstadt: Eine verkauft Miederwaren, die andere steht an der Wursttheke.«

»Tante Käte in Barmbek, das kann ich mir gar nicht vorstellen.«

»Sie vermisst auch die Elbe – oder umgekehrt?«

»Meinst du nicht, dass du die See auch vermissen wirst?«

»Weiß nicht ...«

»Kein Seebegräbnis?«

»Das letzte Hemd hat keine Taschen ...«, singt er leise. »Aber nun mal zu dir: Du hast jetzt 'ne Freundin?«

»Anna«, sage ich stolz, »von drüben.«

»Aus der DDR?«
Ich muss lachen. »Von der anderen Elbseite.«
»Man schnackt platt?«
»Zwei-spra-chig«, sage ich.
Er winkt ab, denn er hat sofort meine Abwehr rausgehört. So viel kann er also nicht getrunken haben.
»Wo wart ihr überhaupt?«, will ich wissen.
»Kennst du nicht.«
»Sag doch mal!« Er hat ja keine Ahnung, wie viele Kneipen ich inzwischen auf St. Pauli kenne.
»Bei Eggi«, sagt er, »Eggi Schmidtchen.«
»Kenn ich nicht.«
»Sag ich doch. Und in welchem Lehrjahr bist du jetzt?«
»Im dritten.«
»Dann hast du's ja bald geschafft. Und dann?«
»Bundeswehr.«
»Du zur Bundeswehr!?«
»Hab doch keine Wahl.«
»Wieso keine Wahl? Du kannst zur See fahren, – Seefahrt tut not. Seeleute werden nicht eingezogen.«
»Echt?«
»Wenn ich dir das sage! Ich hatte schon zwei Assis, die auf diese Weise den Barras umschifft haben.«

Ein halbes Jahr später gehe ich tatsächlich auf große Fahrt. Mein erstes Schiff ist ein Bananenjäger von Sloman.
So gesehen habe ich meinen Vater bei der Seefahrt – das hätte ich mir früher auch nicht träumen lassen: bon Travaiiii! – abgelöst.

Tante Hermine

Die erste und genau genommen einzige Stammkneipe meines Lebens ist die von Tante Hermine. Eigentlich heißt sie ›Zur Kuhwerder Fähre‹ und liegt in der Hafenstraße, gegenüber der Fähre VII, gleich neben den Häusern, die später, in den achtziger Jahren, besetzt und für großes Aufsehen sorgen werden. Wir entdecken Tante Hermine Mitte der Fünfziger.
Es ist für uns Halbwüchsige (böse Zungen nennen uns ›Halbstarke‹) nicht das Schlechteste, ein Refugium zu finden, das den experimentellen Biertresen, das häusliche Wohnzimmer und die Rampe zur großen, weiten Welt miteinander verbindet. Die Gaststube ist überschaubar, gemütlich und geheimnisvoll. Das Ofenrohr eines Bollerofens stößt in einer Ecke senkrecht unter die Decke, krümmt sich diagonal durch den Raum und qualmt aus der linken oberen Fensterecke hinaus ins Freie. Die sechseckigen Lampen, deren Seiten Scherenschnitte von Hamburger Originalen darstellen, kann man so niedrig runterholen, dass sie auf den vier Tischen und dem Tresen ein verschwörerisches Licht verbreiten. Die hohen Wände werden von Sammlerstücken verziert, welche Seeleute aus aller Herren Länder mitgebracht haben. Da gibt es den berühmten Walpenis, der an eine Flüstertüte erinnert, und über dem Tresen hängt ein ausgestopfter, melancholisch dreinblickender Fisch, der die Form und die Größe eines Rugby-Balls hat. In der Schrankwand hinter dem Tresen steht eine Schiffsuhr, die nicht die Stunden, sondern Glasen anzeigt, halbstündige Schläge für die Wachgänger an Bord. Gegenüber vom Eingang stößt eine Stiege auf einen Vorhang, hinter dem sich eine Tür mit der Aufschrift ›Seemannsruh‹ verbirgt. Dahinter gibt es einen Abstellraum nebst Pritsche, auf der Stammgäste ihren Rausch ausschlafen können.

Früher diente dieser Raum Tante Hermines Vater als Büro. Der hatte 1923 die Kneipe übernommen und nebenbei ein Transportunternehmen betrieben: Er ließ die Seesäcke der Seeleute an Bord der Segelschiffe bringen. Rechts neben dieser Tür klebt in der Ecke der Gaststube wie eine Bienenwabe die Empore, auf der sich ein verstimmtes Klavier festklammert. Darunter führt eine zweite Treppe in den Keller zu den Toiletten und zu einer Kammer, in der es eine improvisierte Kochnische gibt und in der der Nachschub an harten Getränken gelagert wird.

Wir finden Tante Hermines Kneipe urig, auch kommt es uns gelegen, dass sie nicht gut besucht ist.

Nur der Tresen ist manchmal von einigen Seeleuten belegt, die für die ›Jungkerls‹, wie Tante Hermine uns einführt, gerne mal einen ausgeben, wenn wir ihnen unsere Aufmerksamkeit schenken. So erfahren wir was über die Seefahrt und finden bald heraus, wie viel wir vertragen können von Lütt-un-Lütt, Bier, Rumgrog oder alles durcheinander und dass das Zuhören und Trinken am Tresen und das ›Fischefüttern‹, unten, an der Elbe, ganz nah beieinander liegen können.

Noch etwas zeichnet Tante Hermines Kneipe aus – und das, obwohl vor ihrer Tür der Autostrich vorbeiführt –, sie ist ›nuttenfreie Zone‹.

Was für uns aber das Wesen einer Stammkneipe ausmacht, ist das Gefühl einer gewissen Geborgenheit und die Überzeugung (nach zwei, drei Bieren), dass die Welt da draußen auf uns wartet. Natürlich erfährt man auch das Neueste über die Küste und über die Gleichaltrigen, die einen anderen Weg als die weiterführende Schule gewählt haben und im Hafen arbeiten oder zur See fahren. Ewu zum Beispiel, der auf der Werft Schiffszimmermann lernt, hat sich mit der Tochter eines Barkassenschippers verlobt. Wenn man die drei Barkassen von Krücke, seinem Vater, dazurechnet, ist er wahrscheinlich im Begriff, eine neue Barkassen-Dynastie zu gründen. Seine Verlobte heißt Jutta, Jutta Hix.

Es ist eine ähnliche Herausforderung, wie wenn einer in der Schule »Ricarda!« ruft und die anderen brüllen erschrocken: »Huch!« (wir haben gerade deren Lyrik zu fassen). Ja, es bedarf einer gewissen Disziplin, bei »Jutta« nicht mit einem Spontan-Schluckauf zu reagieren. Dafür hätte die Wirtin kein Verständnis, es sei denn, man kann auf eine zwanzigjährige Kneipenzugehörigkeit zurückblicken. Kommentare oder gar Witze zu den Neuigkeiten, die sie einem anvertraut, werden ausschließlich von IHR abgegeben. Dabei thront sie auf einem besonders hohen und gepolsterten Barhocker über allem, arthritisch, ironisch, plattdeutsch: Tante Hermine, die Allwissende, das ›Tageblatt des Hamburger Hafens‹.

Wenn man reinkommt, ist gleich vorne rechts der Tresen. Man steht Tante Hermine also unmittelbar gegenüber, denn sie verlässt so gut wie nie ihren Platz. Jeder Schritt verursacht ihr Schmerzen. Abgesehen davon kommt man, wenn sie sich vor der Theke aufhält, wegen ihres Umfanges nicht an ihr vorbei. Also hat sie es sich am hinteren Ende des Tresens neben dem Fenster so eingerichtet, dass für sie alle Vorkehrungen und Handreichungen ohne große Bewegungsabläufe zu bewältigen sind und dass sie gleichzeitig die Brücke zur Fähre VII und einen Teil der Hafenstraße überblicken kann.

Sie macht sich einen Spaß daraus, den eintretenden Gast, noch bevor er den inneren Vorhang zur Seite gezogen und Blickkontakt aufgenommen hat, mit seinem Vornamen zu begrüßen. Dabei nimmt sie sich die Freiheit, jeden zu duzen.

Natürlich verirrt sich hin und wieder auch mal eine der Nutten, die ja direkt vor der Tür auf vorbeifahrende Freier warten, in die Kneipe.

Sind auch wir gerade anwesend, so schließen wir sofort Wetten mit der Fragestellung ab: UNTER oder ÜBER? Das bezieht sich darauf, ob Tante Hermine unter oder über fünf Minuten

brauchen wird, um das Straßenmädchen wieder vor die Tür zu setzen.
Hat sie schon durch die Gardine das Mädchen reinkommen sehen, so hält sie ihm sofort das immer griffbereite Schild ›nuttenfreie Zone‹ unter die Nase.
Es gibt welche, die drehen wortlos ab, andere aber fühlen sich herausgefordert und verlangen nach einem Kaffee, »denn dies ist ja wohl ’n freies Land und ’ne öffentliche Kaschemme – oder was!?«
»Eine, in der ich das Hausrecht vertrete«, sagt Tante Hermine dann ruhig und bestimmt. »Und deine Anwesenheit ist nicht erwünscht. *Also bidde … und noch ’n gedeihlichen Törn.*«
Ist es kalt und nicht sehr ergiebig vor der Tür, so kann es geschehen, dass das Mädchen mit der Polizei droht. Darauf hat Tante Hermine nur gewartet: Sie schiebt ihr das Telefon rüber. Bedient sich das Mädchen nicht sofort, übernimmt Tante Hermine das Wählen und beginnt mit dem Wachhabenden von der Davidwache zu plaudern. Sie kennt natürlich die meisten Polizisten beim Vornamen.
Sucht das Straßenmädchen jetzt immer noch nicht das Weite, wendet sich Tante Hermine ihr bald wieder zu: *»Du hassoch ’n Persilschein, oder?* Jedenfalls will der Hauptwachtmeister den gerne mal überprüfen. Gib mir doch mal deine Nummer.«
Das ist der Augenblick, an dem jedes halbwegs plietsche Mädchen, ob registriert oder nicht, auf Nimmerwiedersehen verschwindet.
Fiete, der bei einer solchen Aktion schon mal neben Tante Hermine hinter dem Tresen gestanden hat, da er gerade den Job des ›Hilfsstewards‹ ausübte, schwört, dass sie meistens gar keine Bullen an der Strippe hat: »Ich hab die ganze Zeit das Besetztzeichen gehört, ehrlich, die hat sich einfach selbst angerufen.«
Diese Haltung gegenüber den Prostituierten, erklärt uns Tante Hermine, habe sie von ihrem Großvater übernommen.

Der hatte eine Kellerkneipe in der Davidstraße. Er wollte dem Seemann einen ungestörten und geschützten Rückzugsort bieten, auch wenn der mal zu viel getrunken hatte. War Hein Seemann auf was anderes aus, so konnte er ja jederzeit eine der vielen anderen Kneipen St. Paulis aufsuchen, in denen die Mädchen ein- und ausgingen.
Hermines Großvater war Norweger und wurde ›Elefant von Deutschland‹ genannt. Einmal hatte er von einem Seemann eine Ansichtskarte erhalten. Sie war an den Elefanten von Deutschland gerichtet, ohne Angaben der Stadt und der Straße. Sie kam tatsächlich an.
Tante Hermines Großvater wog über 400 Pfund. Als sie noch ein kleines Mädchen war, sagte er zu ihr: »So berühmt wie ich musst du auch mal werden. Wenn nicht anders, dann mit einem Schmerbauch!« Dabei schubste er sie mit seiner enormen Wampe.
»Ik bün ob'en besten Weeg.« Grinsend trommelt sich Tante Hermine auf den Wanst. *»Aver nuttenfreie Zone, un dat to allen Tieden, ok nach'm Krieg, dat is för St. Pauli schon wat Gediegenes.«*

Nach der Begrüßung mit dem Vornamen stellt Tante Hermine die Frage: *»Wo geiht?«*
Man hat dann zu antworten: »Muss ja.«
Das ist die Formel, die einen als Stammgast ausweist, gleichzeitig aber auch das Stichwort für eine weiterführende Befragung: Wie die letzte Mathearbeit ausgefallen sei, und wann ich endlich mal meine Freundin mitbringen würde. *»Oder hät se 'n Glasoog un jü verkehrt nur op de anner Siet? Häbt de dor dröben achtern Diek överhaupt schon Elektrizitäääät?«*
Man ist jedes Mal wieder überrascht und erschrocken, was sie alles von einem weiß und mit welcher Selbstverständlichkeit sie einem die persönlichsten Dinge aus den Rippen leiert. Doch das ist wohl der Preis, den man für eine Stammkneipe zu zahlen hat.

»Dat Gedeck geit an Disch twe. Un de beden Pils kricht de Veer, sei so good!« Sind auch ein paar Tische besetzt, ernennt sie einen kurzerhand zum Hilfssteward. Seit unseren regelmäßigen Besuchen verzichtet sie auf eine offizielle Hilfskraft. Wir fühlen uns geschmeichelt, wenn wir die Bedienung übernehmen dürfen.
Doch wie es mit den lebenden Legenden so ist, Tante Hermine hat auch eine Macke, eine elementare Schwachstelle, die für eine Wirtin ihres Kalibers eigentlich undenkbar ist: Sie schreibt mit dem Kamm.

Es dauert Monate, bis wir uns klar darüber werden. Selbst dann wollen wir es nicht wahrhaben: Eine Frau von ihrem einnehmenden Wesen, ihrer massigen Freundlichkeit und ihrem schlagfertigen Humor rechnet falsch ab? Und dann dieses Lachen in dem von Cortison gezeichneten Gesicht. Wir nennen es ihr chinesisches Lächeln. Kann jemand, der so bedeutungsvoll lächelt, seine Gäste bescheißen?
Und doch kommt es immer wieder vor, dass wir mehr bezahlen sollen, als wir glauben getrunken zu haben. Wir fluchen innerlich, aber wir wagen es nicht, dagegen aufzubegehren. Lieber geben wir uns die Schuld: Wahrscheinlich haben WIR uns mal wieder zu unseren Gunsten verrechnet.

Mein Vater ist es schließlich, der die letzten Zweifel ausräumt. Als er mitbekommt, dass ›Zur Kuhwerder Fähre‹ unsere Stammkneipe geworden ist, sagt er: »Grüß Hermine von mir.«
Und dann erzählt er mir, dass das auch seine Stammkneipe gewesen sei, damals, als er noch auf dem Seeschlepper fuhr.
»Ihr Laden brummte fast wieder wie vor dem Krieg. Vor der Zerstörung des Hafens – musst du wissen – löschten ungefähr 20.000 Hafenarbeiter 50 Seeschiffe pro Tag. Die Fähre VII brachte bis zu 12.000 Fahrgäste in den Ostteil des Hafens rüber.

Und wenn sie zum Schichtende überfüllt am Anleger ›Hafenstraße‹ festmachte, erwartete Hermine die Männer bereits mit einem vollen Tresen vorgezapfter Biere.
Nach dem Krieg lagen die Hafenschlepper an dem Anleger, der jetzt Fähre VII heißt. Und plötzlich hatte Hermine den großen Überblick vom Kommen und Gehen der Schiffe, ja, sie war besser informiert als die Schlepperzentrale. Daher auch ihr Spitzname: Tageblatt des Hamburger Hafens. Man sagte, sie habe aus der Erfahrung ihrer Mutter gelernt, die vor dem Krieg ein Kontor für Schiffsmeldungen hatte. Zur Nachkriegszeit aber unterlagen solche Informationen alliierter Geheimniskrämerei. Wie sie da rangekommen ist, blieb ihr Geheimnis. Das Geheimnis ihrer doppelten Abrechnung aber konnte sie nicht bewahren.
Der Seemann an sich ist ja gutgläubig und großzügig, weil die Zeit, die er an Land verbringt, viel zu kurz ist, um nachzurechnen. Deshalb ist es eine Sauerei, wenn er in einer Hafenkneipe, die einen absolut soliden Eindruck macht, ja, die sich sogar das Attribut ›nuttenfreie Zone‹ auf die Fahnen schreibt, über's Ohr gehauen wird. Als das die Runde machte, gingen die Schlepperleute woanders hin, und Hermine blieb auf ihren Informationen und ihrem Köm sitzen. Eigentlich schade, denn sie ist eine bemerkenswerte Frau.«

Als ich Tante Hermine den Gruß meines Vaters ausrichte, fragt sie *»Wie kümmt denn dien Modder domit trecht, dat he nu wedder to Huus is?«*
»Muss ja«, weiche ich aus. Ich habe keine Lust, darüber zu reden. Ich zermartere mir gerade den Kopf, ob es nicht noch eine andere Möglichkeit gibt, von zu Hause wegzukommen (aber nicht von Anna!), außer mit der Seefahrt oder der Bundeswehr.
Keine Frage, meine Mutter hat bei uns das letzte Wort. Meine

Großmutter hat sie so erzogen und liegt sich nun ein Leben lang mit ihr darüber in den Haaren.
Jetzt, da mein Vater wieder zu Hause ist, beginnt auch mit ihm der Kampf um das letzte Wort, das Machtwort.
Ich versuche, mich da rauszuhalten, aber ich hasse meine Mutter dafür, dass sie alles wissen, alles bestimmen muss. Ich verschaffe mir einen Freiraum, indem ich sie mit Halb- und Viertelwahrheiten füttere. Ein Rausschmiss ist damit nicht zu bewirken, der bedarf der ganzen Wahrheit, welche aber mit einbezieht, dass mir dafür das Geld fehlt.
Und mein Vater? Dem möchte ich beweisen, dass ich auf eigenen Füßen stehen kann, wenn ich ausziehe.
Der materielle Erfolg mit den Wandmalereien war leider nur sporadisch. Ich spiele zwar mit dem Gedanken, nach der Lehre auf die Kunstschule ›Lerchenfeld‹ zu gehen (außerdem macht sich ein solches Ansinnen in Jazzkreisen gut), aber dann schwebt sofort wieder das Damoklesschwert des Wehrdienstes über meinem rauchenden Kopf.
»Sag mal, ist das eigentlich wahr«, frage ich Tante Hermine, »dass man nicht zur Bundeswehr muss, wenn man zur See fährt?«
Sie wird hellhörig. *»Sech mol, hät dat nu endlich bi di bimmelt? Na klor is dat wohr! Wohr is aver ok, dat dat goot for di is: Mol rutkomen ut de Puschen unner den Disch von dine beden Frunslüt, un sik den Seewind um'e Nääs weien loten!«*
Das kenne ich auswendig! Dazu sag ich nix mehr.
»Wat is!?« Sie beobachtet mich mit ihren kleinen Schweinsaugen. *»Is dat wegen dien Deern?«*
Noch bevor ich gewichtig abwägend den Kopf hin und her bewege, sagt sie: *»Eerst mol'n poor Reisen for en, twe Maanden ob'n Bananenschipp. Dat sind ne'e, snelle Scheep. Dor harrs'u nich veel unttostahn. Un de groote Leev mut dat utholen.«*
Ich sage immer noch nix.
»Ik häf'n gooten Droht to Sloman. Gev mi Bescheed!«

Ich wundere mich nur, wie schnell sie auf den Punkt gekommen ist.
Dann sagt sie noch überraschend: *»Mien Karl hört ja nu ok mit de Seefohrt op.«*

Sie hat Karl 1925 kennen gelernt, er war Matrose und kam wegen des Transportes seines Seesacks in die Kneipe. 1931 heirateten sie. Als er Kapitän geworden war, nahm er Tante Hermine ein paar Mal mit auf seine Reisen. Daraus schöpft sie bis heute ihre seemännische Tauglichkeit.
Bald sitzt Karl (*»för jo ONKEL Karl«,* betont Tante Hermine) allabendlich am selben Tisch und liest die Zeitung. Er ist alt, groß, schlank, glatzköpfig und schweigsam. Die letzten zehn Jahre hat er als Kapitän auf einem Stückgutfrachter verbracht. Manchmal setzt sich ein anderer Fahrensmann zu ihm, und sie fachsimpeln über Schifffahrtsrouten und Reedereien. Aber meistens sitzt er allein und verschanzt sich hinter der Zeitung. Er verkörpert eine Mischung aus Onkel-, Vater- und Großvaterfigur und flößt uns durch seine bloße Anwesenheit Respekt ein. Das hat uns gerade noch gefehlt: Die meisten von uns haben sich von ihren Vätern verabschiedet, Väter, die irgendwann verstummt, versteinert oder verschwunden sind. Ist ein Vater aber greifbar gewesen, so war das, einer Studie zufolge, für neun Minuten pro Tag. Das reichte gerade für eine von den Müttern heraufbeschworene Standpauke oder Tracht Prügel: der Vater als Schreckgespenst.
Onkel Karl scheint uns nicht weit davon entfernt. Plötzlich sind wir nicht mehr so unbefangen, so selbstverliebt und albern. Und wenn wir nach dem zweiten Bier anfangen, über Mädchen zu reden (die meisten von uns suchen immer noch händeringend eine Freundin), werden wir uns seiner Gegenwart bewusst und fangen an zu flüstern. Eine Stammkneipe aber, in der man flüstern muss?

Einmal die Woche kocht Onkel Karl seine Spezialität: Labskaus. Dieses Gericht aus der Segelschiffszeit besteht aus einer Grundmasse, die an Bord am längsten haltbar war: durchgedrehtes und aufgekochtes Pökelfleisch mit gestampften Kartoffeln.
Es gibt Leute, Juristen, die legen ihren wöchentlichen Stammtisch extra auf diesen Tag. Und wir (jedenfalls einer von uns) müssen das Zeug auch noch servieren.
»Keinen Kommentar!«, knurren die Juristen, denn als lukullische Banausen liegt es uns jedes Mal auf den Lippen: »Das Zeug sieht ja aus wie schon mal gegessen.«

Als Tante Hermine mal wieder mit einem Gast Zoff wegen der Abrechnung hat, kommt Onkel Karl an unseren Tisch. »Ihr wisst ja, Jungs, Hermine ist schwach im Kopfrechnen«, sagt er leise. »Was haltet ihr davon, wenn ihr bei mir, an meinem Tisch, abrechnet. Bezahlen müsst ihr aber nach wie vor am Tresen, sonst schmeißt mich Hermine raus.«
Wir wissen gar nicht, wie uns geschieht: Aus einem autoritären Scheißer wird urplötzlich ein Verbündeter? Sind wir etwa käuflich?
Doch wir sollten uns da nichts vormachen: Seine Generation hat zwar gnadenlos den Krieg angezettelt und verloren, aber sie ist es auch, die es uns ermöglicht, heute hier rumzusitzen und ideologische Purzelbäume zu schlagen, während wir darüber nachdenken, ob wir gerade das dritte oder das vierte Bier trinken.
Für uns beginnt nun die beste Zeit in unserer Stammkneipe. Wir müssen nicht mehr um unsere paar Kröten bangen. Auch beeinträchtigt die überfällige Auseinandersetzung mit Tante Hermine nicht mehr unseren Durst. Und Onkel Karl verrechnet sich oft zu unseren Gunsten. »Kopfrechnen schwach«, flüstert er, »liegt in der Familie.«

Als Onkel Karl eines Tages nicht mehr an seinem Platz sitzt – es stellt sich heraus, dass er nicht wegen des Alters, sondern wegen einer schweren Krankheit mit der Seefahrt aufgehört hat –, da fehlt er uns, echt!

Tante Hermine geht ein paar Monate in Schwarz. Sie ähnelt einem sizilianischen Klageweib, aber sie klagt nicht. Wir haben Grund zur Klage, denn ihre Abrechnungen werden immer undurchschaubarer.

Sonst ändert sich kaum etwas, bis auf die Begrüßungsformel, die sich nun umkehrt. Wir sind es, die fragen: *»Wo geiht, Tante Hermine?«*

Und sie antwortet: *»Mut jo.«* Dabei bleibt es. Ihr Ehrgeiz, über alles und jeden an der Küste Bescheid zu wissen, eingebettet in ihr ›chinesisches Lächeln‹, liegt auf Eis.

Kurze Zeit später erlebe ich am eigenen Leib, was es heißt, aus der Kneipe rausgeholt zu werden.

Es ist kurz vor Mitternacht. Gerade will ich nach Hause gehen, weil ich am nächsten Tag meine Gesellenprüfung bei Menk & Hambrook zu bewältigen habe, da kommt meine Großmutter reingeschossen.

»Ach, du Scheiße!«, denke ich, denn nun muss ich noch ein paar Runden ausharren, um bei meinen Konsorten nicht als ein gefügiges Großmuttersöhnchen zu gelten und ihren ewigen Sticheleien ausgesetzt zu sein.

Tante Hermine kennt meine Oma. *»Bertha!«*, ruft sie, *»goot datt du endlich mol rinkiekst!«* Damit gebietet sie ihr, sich auf einem der Barhocker am Tresen niederzulassen. *»Ik mook uns beeden mol 'n Pikkolo op, un keene Widerrede, de geit op dat Huus.«*

Das leise und für mich nicht vernehmbare Gespräch unter den beiden Frauen stelle ich mir wie folgt vor.

Hermine: »*Wieso kapiert jü dat nich? Du kanns em hier nich rutholen! So dwingst du em to bliven, um siene Mackers to bewiesen, dat he sülven seggt, wenn genoog is!*«
Bertha: »*Du hess goot snacken. He mokt morgen siene Gesellenprüfung. He brukt sien Slop!*«
Hermine: »*Wegen de Prüfung hebt se sik jüst dropen. Wieso hebt jü keen Vertruun to juun Jung un bringt em in sonne Schiet-Situatschon?*«
Bertha: »*Vertruun? Wi hebt Vertruun, solang keen Alkohol in Speel is!*«
Hermine: »*De hebt 'n poor lütte Beer drunken, na un? Ik seg di wat: Du tüchst di wedder ganz diskret trüch, un ik versprech di, dat he in'ner Stünn tohuus is!*«

Als meine Großmutter mit todernster Mine an unseren Tisch tritt, verstummen unsere Gespräche. Meine Hoffnung, Tante Hermine habe die Konfrontation abwenden können, ist geplatzt. Und schon tut meine Oma etwas so Ungeheuerliches, das ich ihr niemals zugetraut hätte: Sie spuckt mich an!
Mir gefriert das Blut in den Adern.
Dann grinst sie und sagt: »Toi, toi, toi für morgen, falls wir uns nicht mehr sehen.« Schon schlurft sie linkslastig aus der Tür hinaus, begleitet von Tante Hermines chinesischem Lächeln und meinem ungläubigen Staunen.
Ich hole Bertha in unserem Treppenhaus ein. Sie stampft vor mir die Stufen rauf und lässt mich nicht an sich vorbei. »Kannst du dir nicht denken, dass wir uns Sorgen wegen der Prüfung machen, wenn du nicht an Laden kommst?«
»Du hast mir 'n ganz schönen Schreck eingejagt, weißt du das?«
»Hattest du auch verdient!«
Ich greife ihr so unerwartet in die Hüften, dass sie aufkreischt. »Nun lass mich schon vorbei, ich brauch meinen Gesellenprüfungsschlaf!«

Anfang der sechziger Jahre gibt es wieder eine Veränderung. Wenn wir nun in unsere Stammkneipe kommen, sind oft alle Tische besetzt von jungen Leuten wie uns, häufig sogar von Bekannten. Wir wissen nicht, ob wir uns darüber freuen oder ärgern sollen. Sicher sind wir auch eifersüchtig, denn mit ihrem Elefantengedächtnis nennt Tante Hermine jeden Gast beim Vornamen. Natürlich übernimmt auch immer einer von denen mit Begeisterung den Hilfssteward.

Wir, die wir uns nun zu den Alteingesessenen zählen, beobachten dieses Treiben argwöhnisch und machen uns über die Gefügigkeit dieser jungen Männer lustig. Dass wir selbst einmal so gewesen sind, betrachten wir als Jugendsünde und lassen die unter den Stammtisch des Vergessens fallen. Jetzt jedenfalls haben wir den Durchblick, machen für jedes Bier, das wir trinken, einen Strich auf dem Bierdeckel und lassen die jungen Hüpfer, wie wir sie nennen, für uns flitzen: »Was!? Du weißt nicht mal, was 'n Lütt un Lütt ist? Und denn machst du hier den Handlanger? Lass dich erst mal von Tante Hermine anständig anlernen. Und dann ruck, zuck, zwei Lütt un Lütt – klaro!?«

Zu jener Zeit hat es sich eingebürgert, dass man, bevor man runter in die Riverkasematten geht, bei Tante Hermine ein paar Biere trinkt. Und es kann passieren, dass man zu später Stunde gemeinsam mit der Jazzband wieder bei ihr landet. Das sind die Sternstunden in unserer Stammkneipengeschichte. Nicht selten wird auf der Empore das Klavier wachgerüttelt, und die wahre Jam Session findet erst jetzt, bei Tante Hermine, statt.

Bald darauf mache ich meine erste große Fahrt als Assi auf einem Bananenschiff von Sloman. Tante Hermine hat mir diesen Törn vermittelt.

Während der Reise nach Südamerika werde ich 21 Jahre alt. An diesem Tag kommt der Funker während meiner Wache in die

Maschine und wünscht mir von Tante Hermine alles Gute. Sie werde einen auf mein Wohl trinken, und ich solle die Ohren steifhalten. Als ich ihn frage, wie gut er sie kenne, wundert er sich. »Ich kenne Hermine seit dreißig Jahren.«

»Aber ich hab dich noch nie bei ihr gesehen.«

»Ich kenn sie nur über Kurzwelle und Norddeich Radio. Und über einen Kollegen, der für sie arbeitet.«

»Sie hat ’nen eigenen Funker?«

»Kann man so sagen.«

Natürlich! Das ist ihr Geheimnis, das Geheimnis des Tageblatts des Hamburger Hafens.

Ich erinnere mich daran, dass ihr die Schiffsbewegungen meistens übers Telefon mitgeteilt werden. Und dann sitzt da oft so ein alter, blasser Mann am Tresen, der nie den Mantel auszieht und der mit ihr rumsäuselt und UMSONST trinken kann, was er will! Dieser Kauz aber bestellt immer nur Kaffee.

Wie oft haben wir die Augen verdreht und uns ausgemalt, was wir wohl alles probieren würden, wenn uns Tante Hermine EINMAL fragen würde.

»Die doch nicht …«, flüsterte Fiete. »So ein Angebot macht sie nur passionierten Kaffeetrinkern.« Und damit kratzten wir unser allerletztes Geld für die aller-allerletzte Runde zusammen.

Es ist komisch, aber prompt bekomme ich Heimweh, nicht nach meinem Zuhause, sondern nach meiner Stammkneipe.

Das nächste Mal kehre ich als waschechter Seemann bei Tante Hermine ein – und erlebe wieder eine Überraschung. Die Gäste – Männer und Frauen meines Alters – stehen bis auf die Straße raus. Ich denke an ein Klassentreffen oder an eine Studentenveranstaltung: Exkursion zum Tageblatt des Hamburger Hafens.

Als ich mich endlich zum Tresen durchgedrängelt habe, nimmt Tante Hermine meine Hand in ihre geschwollenen Finger und grinst: *»He, Kalle, wie wor de erste groote Törn?«*

»Geit so.«

Ich habe mir in Ecuador einen Tripper geholt und weiß nicht, wie ich das Anna, meiner Freundin, klarmachen soll. Jedenfalls darf ich noch nicht mit ihr schlafen.

»Da warst du di schon dran gewöhn, an dat Bordleven«, sagt Hermine, als sie mein Gesicht sieht. *»Dat hätt een jeder möt.«*

»Meinst du?«

»Wenn ik di dat seggen do. Un wat hessu nu vör, hessu Landgang?«

»Ich hab mit dem anderen Assi die Hafenwache getauscht und zwei Tage frei.«

»Un nu?«

»Ich fahr zu Anna rauf. Überraschung! Sie arbeitet auf Sylt.«

»Wat mookt se denn op Sylt?«

»Stubenmädchen in Kampen. Sie will sich auch mal den Wind um die Nase wehen lassen, den Seewind!«

»Stuvenmäken? Anna, dat Stuvenmäken lot sik in Kampen de Nordseebries um de smucke Snut weihen … Wenn dat man goot geit, ik meen, dat mit son unversehens Vorbikieken.«

»Sie liebt meine Überraschungen!«, sage ich und denke: »Hoffentlich … Hoffentlich auch die eines ›Verkehrshindernisses‹«, wie es der Zweite zu nennen pflegte, wenn er mir (»Hose runter!«) das Penicillin verpasste! Nur allzu gerne lass ich mich von der allgemeinen Hochstimmung ablenken: »Sag mal, was ist hier heute eigentlich los?«

»Ob du dat gläufst oder nich, so süht dat hier jeeden Avend ut!«

Tante Hermine hat es geschafft. Sie ist zu einer lokalen Berühmtheit aufgestiegen. Der Elefant von Deutschland, ihr Großvater, wäre stolz auf sie gewesen: »Zur Kuhwerder Fähre« ist die erste und zu dieser Zeit einzige Szene-Kneipe St. Paulis. Tante Hermine residiert nur noch, hält das Jungvolk mit ihren Schnacks bei Laune und kassiert. Die Arbeit, auch hinter dem

Tresen, wird von mehreren begeisterten Hilfsstewards erledigt.
Ich frage den Jungkerl, der neben mir steht, wo er wohnt.

»Ottensen.«

»Und habt ihr da keine Kneipen?«

»Keine, in der der Bär tanzt wie hier.«

»Mit Bär meinst du wohl Tante Hermine?«

»Ist doch Spitze, die Frau – oder?«

Es liegt eine gewisse Ironie darin, dass ausgerechnet jetzt, als ich als frisch gebackener Seemann in diese uralte Seefahrerkneipe zurückkomme, keine Seeleute hier mehr verkehren. Denen ist es zu voll, zu laut. Eine neue Musikanlage dröhnt, für die speziell ein Jungkerl zuständig ist. Laufend werden ihm Musikwünsche zugerufen.

Ich frage Tante Hermine nach meinen Konsorten.

»Komm' nich mehr oft – un Fiete …« Sie ist mit einer Abrechnung befasst und ruft dem Typ in der zweiten Reihe zu: *»Gif mi 'n Teihner!«*

Kommentarlos reicht der ihr den Schein rüber.

»Gröt mi de Hilde un toi, toi, toi för ehr Exomen!«

Dankbar winkend verschwindet er aus der offenen Tür.

Zweifellos hat sich für Tante Hermine ein Traum erfüllt: gerammelt voller Laden, sprühendes Elefantengedächtnis und Abrechnung über den Daumen.

»Du warst bei Fiete«, hake ich nach, »was ist mit ihm?«

»Fiete wull ik hier nich mehr sehn.«

»Wie bitte?«

»Ik mok dor hüt nich dröber snacken – du sühst jo, wat hier los is … Heiner! HEINER! Disch dree! Schall de verdörsten!?«

»Da kann man doch nicht mehr hingehen«, mault Fiete, als wir uns treffen und unsere Runde um den Block machen, »viel zu vollgerammelt. Abgesehen davon – was hat sie gesagt? Sie will mich nicht mehr sehen? Das beruht aber auf Gegenseitigkeit, das sag ich dir!«

Und dann erzählt er mir die Geschichte:
Er sollte zu vorgerückter Stunde eine Flasche Aquavit aus dem Keller holen. Tante Hermine gab ihm den Schlüssel, den sie immer um den Hals trägt, ebenso wie ihre Armbanduhr.
Als er im Allerheiligsten, der gut sortierten Reservekammer, stand, dachte er, dass er sich für all die zu Unrecht abgerechneten Biere eigentlich schon lange eine Wiedergutmachung verdient hätte. Er machte den Feuerschläger, öffnete das Kellerfenster, legte zwei Flaschen Köm in den Fensterschacht und schloss das Fenster wieder leise und sorgfältig.
Oben genehmigte er sich noch ein Bier auf die ausgleichende Gerechtigkeit und zahlte.
Dann machte er einen kleinen Spaziergang, kam zurück und schlich hinter das Haus. Es war stockfinster.
Der Kellerschacht war schmal und tief, tiefer, als er sich das vorgestellt hatte. Er beugte sich hinein und fischte nach den Flaschen. Er musste sich oben mit den Beinen verkeilen, um tiefer reinzukommen, noch tiefer – gleich würde er sie zu fassen kriegen, nur noch ein paar Zentimeter …
Da verlor er den Halt und rutschte kopfüber in den nassen, dreckigen Schacht hinein. Spinnenweben legten sich ihm vor Mund und Nase. Aufgeschreckte Kellerasseln liefen ihm über das Gesicht. Er steckte fest, kam weder vor noch zurück. Durch sein Eigengewicht drückte ihm eine der Flaschen eine leichte Delle in die Schädeldecke.
»›Hoffentlich geht die Scheiß-Flasche nicht kaputt‹, dachte ich. Das Blut schoss mir in die Birne, und es drehte sich alles. Ich rief ›Hilfe‹, zuerst ganz leise, aber dann immer lauter, denn ich bekam Todesangst, echt!
Zum Glück hörte mich Tante Hermine.
Wusstest du, dass sie manchmal in ›Seemannsruh‹ pennt? Du kannst dir vorstellen, wie lange es dauerte, bis sie endlich unten in der Kammer auftauchte. Sie machte Licht und sah mein

Halbprofil. Ich hatte keine Stimme mehr und konnte nur noch krächzen. Sie sagte kein Wort, machte nicht mal das Fenster auf. Sie löschte das Licht wieder, ging raus und schloss die Tür hinter sich zu, so, als sei für sie die Sache erledigt. Ich dachte, sie lässt mich da jetzt verrecken.
Ich glaube, ich bin zwischendurch mal ohnmächtig geworden. Dann zogen mich zwei Polizisten raus. Die brachten mich nach vorne, wo Tante Hermine im Morgenmantel in der Kneipentür stand. Die Polizisten fragten sie, ob sie mich kenne.
Sie sagte: ›Nee‹, – das musst du dir mal vorstellen!
Die Polizisten sagten, sie könne ja morgen früh auf der Davidwache eine Anzeige erstatten. Mich würden sie jetzt erst mal mitnehmen.
Sie steckten mich in die Ausnüchterungszelle. Angezeigt hat mich Tante Hermine nicht. Aber am nächsten Tag musste mich meine Mutter von der Wache abholen. Du kannst dir ja vorstellen, was da bei uns zu Hause los war.«

Als St.Pauli-Konsorten haben wir es nie wieder geschafft, uns bei Tante Hermine zu treffen. Irgendwie hat die Welt da draußen tatsächlich auf uns gewartet, nur nicht so, wie wir uns das vorgestellt haben: die Lehre, die Bundeswehr, die Seefahrt, die Ferne, die Nähe, der Ehrgeiz, die Liebe, die Verzweiflung, die Familie … und manchmal alles auf einmal.
Der Einzige von uns, der echt auf einen Karriere-Törn kommt, ist Fiete. Er lernt Bankkaufmann und wird nach zwei, drei Jahrzehnten Bankdirektor. Aber er wird auch Alkoholiker, ein Kavaliersdelikt, das man in den Zeiten des Aufbruchs noch verschleiern kann, wenn man clever ist. Und clever, das ist Fiete, der Feuerschläger, immer gewesen.
Teufelauch wird nicht alt, er stirbt am Hodenkrebs, kurz bevor er volljährig ist.
Das ist eine verflucht traurige Geschichte.

Wir wissen nicht, was wir auf die Schleife von seinem Kranz schreiben lassen sollen, und einigen uns auf den Spruch vom alten Meyering:
»Wo man raucht, da kannst du ruhig harren,
böse Menschen haben nie Zigarren.«

Bei Tante Hermine versaufen wir sein Fell, mit Gretchen, seiner Schwester. Sie sagt, das sei der beste Spruch von den ganzen Beileidsbekundungen gewesen, den hätte er auch ausgesucht.
Dann sagt sie noch: »Er wollte doch nie, dass unsere alten Eltern irgendwo mit auftauchen. Heute hätte er ihnen das eigentlich auch ersparen müssen.«
Kurz darauf laufen Fiete, Ewu und ich beim Dokter auf, um uns die Eier untersuchen zu lassen, allerdings ohne miteinander darüber geredet zu haben.
Der Boxer sagt zu mir: »Schlimme Sache, das mit Theo. Deine beiden Kumpels waren auch schon hier. Ich kenne das. Als ich in der Ausbildung war, habe ich die meisten Krankheiten, über die ich mich schlaumachen musste, durchlebt. So was macht barmherzig.«
Diesmal trau ich mich (das Leben kann so kurz sein): »Was ich immer schon fragen wollte … Haben Sie – eigentlich mal – geboxt?«
Er grinst und sagt: »1928 war ich Hamburger Vizemeister im Weltergewicht.«
Wir haben es doch immer gewusst! Teufel auch!

Anfang der siebziger Jahre verschwindet Tante Hermine von der Bildfläche der Küste.
Erst viel später erfahre ich, dass sie gestorben ist, mit 66 Jahren. Aus ihrem Privatleben hat sie ja immer ein Geheimnis gemacht, ganz im Gegensatz zu uns, ihren Stammgästen, die für sie ein offenes Buch waren.

Aber kann man denn den Abschied einer Seemannswirtin ihres Kalibers so einfach unter den Tresen fallen lassen?
Heute dient ihre Kneipe einer Zimmerei als Lager. Wenn du das Tageslicht abschirmst und durch die blinden Scheiben linst, kannst du das endlose Ofenrohr ausmachen, wie es immer noch die Decke unterquert. Und seit Kurzem – du glaubst es nicht! – hängt links neben der Tür eine Gedenktafel, gestiftet und angebracht von ein paar uralten Fahrensleuten, die Tante Hermine, 37 Jahre nach ihrem Ableben, noch nicht vergessen haben.

Auch über ihre Krankheit hat sie kaum ein Wort verloren. Das ist nicht gut für's Geschäft, meinte sie nur.
Einmal, an einem Sylvesterabend, verriet sie uns, was sie sich für das neue Jahr wünschte: ein Bad im Toten Meer, schmerzfrei.
Schon lange gab es das Gerücht, dass sie steinreich in Bergedorf ein großes Haus bewohne. Wir fragten uns nur, wieso Bergedorf und nicht Elbchaussee, und warum (wenn es denn mit dem Reichtum stimmte) sie ihre Zeit in der Hafenstraße verbrachte und nicht auf einem Musikdampfer unterwegs zum Jordangraben.
Wir hätten ihr das gegönnt, ehrlich.
In Gedanken sahen wir sie walfischartig im Toten Meer den Auftrieb genießen. Und wir sagten uns: »Wenn tatsächlich ein paar zu Unrecht abgerechnete Biere dazu beigetragen haben, – was soll's, man hat uns schon für viel windigere Investitionen Geld aus der Tasche geleiert.«

Das schöne Tier

Ich fahre mit dem Taxi – genau wie mein Vater, denke ich – zum Bahnhof Altona und nehme dort den Zug nach Westerland.
Ich sitze allein im Abteil, was gut ist, denn ich muss nachdenken, muss mir eine Strategie überlegen.
Häuser fliegen vorbei: Pinneberg?
Der Storekeeper kommt aus Pinneberg. Da will er aber nix von wissen. Er tut so, als sei er auf See geboren und mit Salzwasser getauft.
Ich lehne mich auf der Bank zurück und schließe die Augen.
Die Gleisstöße hämmern unter die Räder.
Mir will keine Strategie einfallen, bei einem solch offensichtlichen (tropfenden) Beweisstück. Das heißt, eine Schlussfolgerung ergibt sich schon, ja, ich muss Anna einfach alles erzählen ...
Einfach?

Da drüben ist alles ganz anders, weißt du.
Wenn du da drüben an Land gehst, ist es wie in einem Tarzanfilm, Pardon, wir sind ja in Südamerika – wie in einem Piratenfilm, kein historischer, einer von ... von vor dem Krieg.
An der Pier huschen riesige Kakerlaken umher. Wenn du drauftrittst, knallt es wie bei einem Schweizer-Kracher. Ebenso gibt es haarige Spinnen, so groß wie deine Hand.
Alles ist voluminöser, tropisch feucht und platzt aus allen Nähten. Die zentnerschweren Bananenstauden werden von den Arbeitern in langer Reihe über Gangways durch seitliche Schotten in die Kühlräume des Schiffes getragen. Manchmal brüllt einer der Träger auf, und alle schmeißen ihre Stauden hin, um schreiend davonzulaufen. Dann hat der, der Alarm geschlagen hat, eine solche Spinne in einer der Stauden entdeckt.

Der Storekeeper sagt, dass sie das meistens tun, um eine Extra-Pause rauszuschinden.
Nun müssen die Leute von der Mannschaft die Spinne suchen, die natürlich über alle Berge ist, wenn es überhaupt eine gegeben hat. Für den Fall hat der Funker, ein Hobby-Präparator – er hat in seiner Kammer sogar einen ausgestopften Schneewolf stehen! –, eine präparierte Vogelspinne griffbereit.
Einer der Decksleute schreit: *»Hier issie!«*
Ein anderer kommt mit einem Brett angerannt und schlägt damit auf den Boden. Dann halten sie freudestrahlend die ausgestopfte Spinne hoch, und die Bananenschlepperei kann weitergehen.

Ich weiß, ich lenke ab. Das Problem ist nicht die Spinne und das Stemmen von zentnerschweren Bananenstauden (was auf originelle Weise jedes Mal gelöst wird), das Problem ist (wie Storekeeper sagt) das Stemmen von zentnerschweren Nutten.
Ich schwöre dir, ich wollte nicht mit an Land gehen. Ich sagte: »Ich hab überhaupt keine Lust auf diese einschlägigen Kneipen.«
Storekeeper lachte.
»Assi«, sagte er, »hör zu! Dies ist dein erster Hafen. Und ich brauch kein Prophet zu sein, um dir zu sagen, dass dieser Landgang für deine weitere Fahrenszeit wichtig ist im Hinblick auf den Umgang mit Land und Leute und Lust und Liebe. Also kommst du mit dem ollen Storekeeper mit und *ferdich!*«

Vielleicht sollte ich dir Storekeeper erst mal vorstellen …
Er ist der Stapel zerlesener, grellfarbiger Hefte (»jeden Tag einen Roman!«), der ruhelose Schlaf, die krächzenden Hustenanfälle, das fluchende Aufstehen, das Speien und wieder das anhaltende Quietschen der unteren Koje. Er ist der musternde Blick in den Spiegel, das Abtasten der Falten im Gesicht, am Hals, das Prüfen des spärlichen Haaransatzes, das Anspannen und Abschätzen eingebildeter Muskeln unter seiner schon altersfleckigen Haut.

Und er ist – wenn er bemerkt, dass ich wach bin und ihn von der Koje aus beobachte – »Reise, Reise!«, dieses plötzliche Loslachen, das einen mitreißen kann wie ein Wasserschwall, bevor es glucksend versickert.
Genauso ist er: das Gleichgewicht bewahrend zwischen abstoßend und einnehmend, pfiffig und bescheuert, diplomatisch und Sprüche klopfend. Ein Auslaufmodell, gewöhnungsbedürftig – sag ich dir.

»Wenn ich das echt wollte«, sagte ich zu ihm, »in einer solchen Hafenkaschemme landen, dann hätte ich doch besser auf St. Pauli bleiben können, oder?«
»Du bist hier aber nicht auf deinem Scheiß-St.Pauli, du bist hier auf der anderen Seite der Erdkugel: Süd-a-me-ri-ka, Ramba-Zamba, comprende?«
»Ja und? Ich stehe nun mal nicht auf Nutten, weder auf brasilianische noch auf hamburgische!«
»Ecuador, Junge, nix Brasilien. Es gibt zwei Sorten von Frauen, überall auf der Welt: Nonnen und Nutten. Und nun rate mal, welche Sorte für uns arme Sünder vorgesehen ist.«
»Und was ist mit Ehefrauen?«
»Fifty, fifty.«
»Und deine Mutter?«
»Nonne.«
»Weißt du, was du bist?«
»Wenn ich das in meinem Alter noch nicht wüsste …«
»Du bist ein Schwarz-Weiß-Maler.«
»Nicht ich bin der Schwarz-Weiß-Maler, sondern das Leben. Das Leben ist nämlich farbenblind.« Storekeeper lachte.

Was wusste er schon von mir?
Ja, was wusste er davon, woran ich dachte, wenn ich am frühen Morgen nach der Wache (ich hatte natürlich als jüngster Assi

die zwölf bis vier, die Hundewache) mit einem Bier auf dem Oberdeck die Sonne aus dem Meer auftauchen, sie den Horizont verfeuern und die riesige Wasserfläche in flüssig-glühendes Eisen verwandeln sah.
Was wusste er davon, dass ich mit der Ölkanne deinen Namen auf die Gleitbahn spritzte, der Gleitschuh ihn verwischte, ich ihn abermals spritzte, im Rhythmus der Maschine, immer wieder ANNA.
Und natürlich wusste auch keiner, wenn ich hinter den Kondensatoren hockte, um dir zu schreiben, dort, wo mich die Isolation der Rohre an Borkenschokolade erinnerte. Hier, ich hab dir Borkenschokolade mitgebracht …

Du musst mir glauben: Ich bin nicht seinetwegen mitgegangen. Ich bin mitgegangen, um dem langsam einsetzenden Stumpfsinn zu entkommen.
Weißt du, du gehst Wache – ich meine, auf Wache hast du gut zu tun, da sorgt schon der Dritte für –, dann schläfst du, dann isst du, gehst wieder Wache, schläfst, isst, gehst Wache, schläfst, isst … Tag und Nacht, Montag, Dienstag, Mittwoch, Donnerstag (Donnerstag ist Seemannssonntag, da gibt's Kuchen), du isst Kuchen, gehst Wache, schläfst und immer so weiter. Wochenende gibt's nicht an Bord. Da ist eine kleine Abwechslung, um nicht stumpfsinnig zu werden, schon mal angesagt, verstehst du, das ist einfach so.

Die Kneipe in Guayaquil, in der man früher oder später landet, ist eher ein kleiner Zirkus, mit der Tanzfläche als Manege. Es sind die Gäste, die Seeleute, die auftreten. Sie sind schon etwas angeknallt, wenn sie sich als Tanzbären, Jongleure (mit dem vollen Bierglas) und Clowns präsentieren. Das Publikum sind die Mädchen, die sich insgeheim über die Akteure kaputtlachen. Wenn ich Storekeeper richtig verstanden habe, ist ihre

Devise: Wenn schon einen Freier, dann einen liebenswerten oder wenigstens einen besoffenen Trottel.
An diesem Abend saß ein Mädchen an der Bar, das die Begierden und Fantasien und damit die unglaublichsten Verrenkungen bei fast allen Akteuren auslöste. Sie trug ein langes, hautenges, grün changierendes Kleid, hatte silberne Fingernägel und ein Gesicht wie von der Titelseite einer Illustrierten.
Alle scharwenzelten um sie rum: der Dritte, der Smutje, ja sogar der Zweite, jeder wollte ihr einen ausgeben.
Sie aber lächelte unergründlich, schüttelte den seidig glänzenden Pferdeschwanz und kaufte sich ihren Cocktail selbst.
»Sie ist die Attraktion in diesem Laden«, sagte Storekeeper, »das schönste Tier, eigenwillig und unnahbar.«
Neugierig beobachtete ich sie. Sie schaute immer mal zu uns rüber und lachte. Ich sah mich um: Da war sonst keiner …
»Nun sei kein Schwachkopp«, sagte Storekeeper, »die meint DICH! Sie liebt die Jungen, die Neuzugänge, die noch grün hinter den Ohren sind.« Dann winkte er sie an unseren Tisch.
»Du hältst sie jetzt frei«, sagte er, »und dann sollst du mal sehen!«
Sie kam tatsächlich, das heißt, sie schritt durch einen fiktiven Käfigtunnel und ließ sich raubtierhaft an meiner Seite nieder. Sie lachte viel, eigentlich immer, denn auch ihre Rede war wie Gelächter. So kicherte sie zum Beispiel: »You my man, I'm your think over. So you have to give your think over a little kiss!«
»Du sollst sie küssen!«, knurrte Storekeeper.
»Weiß ich«, zischte ich zurück. »Mach ich aber nicht vor den Glotzaugen all dieser Neidhammel.«
»Recht so«, auch Storekeeper lachte, »denn der wahre Neid ist der Fotzenneid!«

Sie schlürfte Cocktails, tupfte sich ab und zu einen Tropfen davon hinter die zierlichen Ohren und roch nach Melonen.

Irgendwann nahm sie mich bei der Hand, sie fragte nicht, verhandelte nicht, sie nahm mich einfach mit auf ein Zimmer. Sie öffnete ihre endlosen schwarzseidenen Haare und gebot mir mit dem silbernen Zeigefinger, den endlosen Reißverschluss auf ihrem Raubtierrücken aufzuziehen. Darunter war sie nackt.
Und plötzlich ritt ich das schöne Tier, das heißt, eigentlich ritt es mich, denn auch ich war wie von Zauberhand nackt.
Zwischendurch hockte sie sich in die Ecke, dort, wo der Lehmboden aufgebrochen war, und pisste. Ich wunderte mich über gar nichts mehr. Auch das hatte etwas von einem schönen Tier.

Auf dem Hindenburgdamm schrecke ich hoch, weil ich mich schon wieder auf See wähne.
In Westerland, am Bahnhofsplatz, rufe ich ein Taxi. Muss ich jetzt mein Leben lang denken: wie mein Vater?
Der Fahrer – ein Einheimischer, was für mich wie ›Eingeborener‹ klingt – glaubt, mir was über SEINE Insel erzählen zu müssen, die wir durchlängen, wie er sagt, nicht durchqueren.
Ich höre nicht hin, denn ich bin viel zu aufgeregt. Es gibt noch so viel zu bedenken. So bin ich mir jetzt erst sicher, dass ich Anna nicht von einem schönen Tier oder einer zentnerschweren Nutte, sondern von einem leichten Mädchen berichten sollte, oder noch besser: von einer Einheimischen, die anschaffen geht. »Das tun da alle, echt, denn die sind da ja sooo arm …« Dabei kommt mir das Wort ›Eingeborene‹ wieder in den Sinn.

Das Hotel ist eher ein großes Bauernhaus. Umso hotelbetriebsamer gibt sich das Personal. Als ich den etwa gleichaltrigen Mann an der Rezeption nach Anna Fricke frage, die hier arbeiten soll, schüttelt er nur den hotelsachverständigen Kopf.
»Wie bitte!?«, hake ich nach.
Er schaut beiläufig auf und sagt: »Haben wir nicht!«

»Ich will keinen Rosenkohl, keinen Rhabarber«, sage ich grantig, »der hier bestimmt angebaut wird …«
Er lässt von seiner Tätigkeit ab, die eigentlich seiner ungeteilten Aufmerksamkeit bedarf.
»Ich will nur Frau Fricke, meine Spätverlobte sprechen!«
Seine Augen sind durchdringend geworden. Er muss sich sehr zusammennehmen, denn der größte Fauxpas, der einem Hotelfachmann widerfahren kann, ist der, aus der Haut zu fahren.
»Die arrrbeitet hier nicht mehr!«, sagt er angestrengt und wendet sich wieder seiner bedeutsamen Beschäftigung zu.
Damit habe ich nicht gerechnet. Ich wende mich ab. Aber auf halbem Weg zur offenen Diele drehe ich wieder bei. Ich hasse mich dafür, aber vor allem hasse ich meine Mutter, die wieder mal Recht bekommen wird.
Ich lege einen Zehnmarkschein auf den Tresen, der so geräuschlos dahinter verschwindet, wie er aufgetaucht ist. »Pension Seeblick«, sagt der Hotelfachexperte ohne aufzublicken, »Wenningsstedt.«

Der Taxifahrer klönt zum Glück noch mit dem Gärtner, einem anderen Eingeborenen. Er freut sich, dass er mir noch mehr über die Insel erzählen kann, doch meine Aufmerksamkeit ist nun noch stärker beeinträchtigt.

Die nächste Hotelsachverständige ist zum Glück einer Pension zugehörig und als solche zugänglicher und sehr beflissen, eine Frau Anna Fricke ausfindig zu machen. »Wie alt ist die Dame denn?«, will sie wissen.
»Mein Alter«, sage ich.
Sie mustert mich. »Da haben wir hier nur eine Frau Anna Neuss, aber die ist mit dem bekannten Schauspieler liiert, Sie wissen schon …«
»Nö«, sag ich, »aber das ist sie bestimmt nicht.«

»Dann tut es mir leid«, sagt sie, und ich nehme ihr das ab, denn sie ist jenseits der vierzig und am Menschen interessiert, nicht an seinen Maleschen.
Ich weiß nicht, was ich jetzt machen soll. Unschlüssig stehe ich noch vor der Pension, da kommt mir Anna entgegen, zusammen mit einem Mann mittleren Alters, Hand in Hand.
Es gibt einhundertacht Möglichkeiten, eine Hand zu nehmen …
»Kalle!«, ruft sie, »das ist aber 'ne Überraschung!«
»Jo«, sage ich.
Sie lässt ihn los und gibt mir ihre Hand wie eine kurze Leihgabe. Ebenso der Macker. »Neuss«, sagt er.
»Angenehm …«, murmele ich, kuck ihn an und … Scheiße! Dieses Lausbubengrinsen … das ist eindeutig Wolfgang Neuss! Für einen, der eine solche Kotterschnauze hat, ist er angenehm zurückhaltend. »Ich lass euch mal allein«, sagt er, und an Anna gewendet: »Essen auf dem Zimmer?«
»Gern«, sagt sie.
Essen-auf-dem-Zimmer geht mir nicht mehr aus dem Kopf.

Sie steuert durch eine Ansammlung verkrüppelter Bäume. Man hört aus der Ferne das Meer rauschen. Ich folge ihr automatisch. Sie sagt: »Mit Wolfgang und mir, das ist nix Weltbewegendes. Aber ich war … ich bin sehr beeindruckt von ihm, immer noch.«
Ich stolpere hinter ihr her und fühle meine Beine kaum.
»Er war in dem Hotel, in dem ich gearbeitet habe, Gast. Und als er mich gefragt hat, ob wir uns nicht ein paar schöne Tage … ausgerechnet Räuber Knoll aus dem Wirtshaus im Spessart!«
»Und was ist mit uns?«, frage ich.
»Mit uns … das war echt der Wahnsinn, Kalle, ehrlich … Aber – tut mir leid – das ist nun mal vorbei.«
Ich werde wütend: »Weißt du, das gibt zwei Sorten von Frauen: Nonnen und Nutten.« Ich höre Storekeeper lachen. »Und ich hätte nie gedacht, dass du …«

Sie macht kehrt und lässt mich stehen.
Ich schrei ihr hinterher: »Du bist so was von einer Scheiß-Nutte! Und dass du's nur weißt …«
Es hat eher was von einer Nonne, wie sie davongleitet.
»… ich hab mir in Ecuador einen Tripper geholt!« Ich erschrecke über mich selbst und wiederhole leise, so, als kann ich es nicht glauben, »… einen Tripper, echt.«

Fortan sehe ich Wolfgang Neuss, den »Mann mit der Pauke«, wie eines seiner früheren Kabarettprogramme hieß, das Anna und ich begeistert im Audimax miterlebt haben, mit anderen Augen. Er ist und bleibt für mich – selbst im Alter, als er meiner Großmutter immer ähnlicher wird – der Räuber Knoll, der mich meiner ersten großen Liebe beraubt hat.

Das letzte Hemd hat keine Taschen

Als ich das nächste Mal von See nach Hause komme, ist alles anders. Das fängt schon mit der Fußmatte an: Dieses alte, ausgefranste Ding, das den Krieg überstanden und sich mir mein Leben lang klaglos unter die Schuhe geschoben hat, ist verschwunden. Da liegt eine neue Matte, ein dickes, aufdringliches Teil, auf dem sogar WILLKOMMEN draufsteht.

Sofort ahne ich, dass was nicht stimmt.

Meine Mutter kommt den halbdunklen Flur runter. Mit ihren mädchenhaften Bewegungen wirkt sie immer noch wie eine junge Frau. Sie trägt ein schwarzes Kleid und ist von einem feinen Hauch Lavendelseife umgeben.

Erst als ich ihr in der Stube gegenübersitze, sehe ich, dass sie mehr graue Haare gekriegt hat. Oder hat sie die nur nicht nachgetönt? Aber da sind auch Tränensäcke unter ihren Augen, die sie früher nicht hatte. Wie lange war ich denn auf See? Ein halbes Jahr? Das ist doch keine Zeit. Und ihre Augen, sie lächeln gar nicht, nur der Mund.

»Wo ist denn Oma?«, frage ich und blicke zur Tür.

»Die kommt später«, sagt sie, wobei ihr Mundwinkel zuckt.

»Wieso später?« Normalerweise würden wir jetzt alle drei am Küchentisch sitzen. Ich müsste was von meiner Reise erzählen, wobei ich mir Mühe geben würde, nicht so ausführlich zu sein, aber auch nicht so viel rumzuspinnen.

Na, ja, sie würden sich auch beharken, so, wie sie es immer getan haben. Sonst würde ja auch echt was fehlen. Und erst danach würden wir zum Kuchenessen hierher, in die Stube, kommen.

»Wo ist sie denn?«, frage ich beunruhigt, »ist sie nicht zu Hause?«

»Doch, doch.« Auch ihr Mund lächelt jetzt nicht mehr, er hat einen harten Zug bekommen.
Ich erhebe mich langsam.
»Warte …« Sie greift nach meiner Hand und hält mich fest.
»Ich muss sie doch begrüßen!«
»Setz dich wieder!«
»Ist sie in der Küche?«
»Setz dich!«
»Ich versteh das nicht.«
»Deshalb sollst du dich ja setzen. Ich erklär's dir.«

Es wird eine lange, undurchschaubare Erklärung, die darauf hinausläuft, dass sie nicht mehr miteinander reden, oder besser, nur das Allernötigste. Auch leben sie jetzt getrennt (»Wie soll denn das in solch einer Wohnung gehen?«): meine Mutter in der Stube und dem ehemaligen Schlafzimmer meiner Eltern, meine Großmutter in der Küche und dem Einlogiererzimmer. Das Schlafzimmer von meiner Oma und mir, das vor langer Zeit schon mein Zimmer geworden war, wird als neutraler Fernsehraum genutzt. Aber nach Möglichkeit wird nicht zusammen ferngesehen, nur, wenn es sich nicht umgehen lässt, auf zwei weit auseinander stehenden Sesseln, kommentarlos.

Damit habe ich nicht gerechnet. Als mein Vater starb, war ich auf See. Natürlich habe ich mir – er ist an einem Herzinfarkt gestorben – so meine Gedanken über die beiden Frauen gemacht. Aber immer, wenn es in ihrem Leben darauf ankam, wenn die Existenz von Mutter und Tochter infrage gestellt worden war, haben sie sich zusammengerauft und wurden – wie mein Vater immer sagte – »ein Kopp und ein Arsch«.
»Wo ist Oma denn jetzt?«, will ich wissen.
»Drüben, im Einlogiererzimmer.«
Ich fahre auf: »Dann … dann lass sie uns rüberholen!«

Fast gleichzeitig stellt sich meine Mutter mit ausgebreiteten Armen vor die Tür. »Das – tun – wir – nicht!« Jedes einzelne Wort rollt aus ihrem Mund, wie die Tränen, die ihr gleichzeitig aus den Augen quellen. »Verstehst du denn nicht!? Wir müssen uns aus dem Weg gehen. Diese Trennung ist eine von uns beiden gewollte Entscheidung, die letzte wahrscheinlich.«
»Quatsch!«
»Ich mein, die letzte gemeinsame.«
»So ein Quatsch aber auch.«
»Nun lass dir doch erst mal erklären, warum wir das gemacht haben: Es ging einfach nicht anders. Wir hätten uns gegenseitig die Augen ausgekratzt, ehrlich! Die Frage war: SIE oder ICH?«
»Das glaub ich nicht …«
»Wieso glaubst du das nicht? So was kann doch ganz schnell passieren – das ist dir doch auch schon passiert.«
»Was? Was ist mir passiert?«
»Na, dass du jemand … jemandem was Schlimmes angetan hast.«
»Wovon sprichst du?«
»Von Uroma natürlich.«
»Das war ja wohl was ganz anderes! Das war' echtes …« Der Schluckauf trifft mich wie ein Messerstich, »ein Versehen, ein Unfall war das, ich war noch ein halbes Baby!«
»Denkst du denn, ich würde mir vornehmen, Oma abzumurksen? Ich bin nur manchmal so wütend auf sie, weil sie Ludwig auf dem Gewissen hat. Und Wut … Wut ist so was Ähnliches wie ein Versehen, nur ein büschen … wütender eben.«
»Wut ist was …«, – zuerst ist der Schluckauf immer so schmerzhaft wie die Vorstellung, für Uromas Treppensturz verantwortlich zu sein – »was ganz anderes. Und bei dir hat das wohl eher was mit Rachegefühlen zu tun, oder?«
»Wer sagt denn, dass du damals nicht auch wütend gewesen bist. Hättest dich mal brüllen hören sollen, wenn Uroma nicht tat, was du wolltest.«

»Hör mal, ich hab dir schon Tausend mal gesagt, dass ich sie nicht geschupst hab, ich war so klein, dass ich mich nicht mal mehr richtig erinnern kann. DU hättest besser auf mich … HUKS! – aufpassen müssen!«
»Wir sind damals um unser Leben gerannt! Ich konnte doch nicht ahnen, dass du mit ihr auf der Treppe zusammenrasselst.«
Es hat sowieso keinen Zweck. Ich gebe mich dem Schluckauf und dem schlechten Gewissen hin. Das heißt, etwas interessiert mich noch: »Wieso glaubst du eigentlich, dass Oma Papa auf dem Gewissen hat?«

Dann erfahre ich es:
Mein Vater klingelte gegen Mittag von unten Sturm. Er war eher von seiner Arbeit nach Hause gekommen, weil er sich nicht wohlfühlte.
Bertha rief ins Treppenhaus runter, wer da sei. Doch er konnte nicht antworten, weil er zu große Schmerzen im Arm und im Brustbereich hatte. Danach rief sie aus dem Fenster. Er konnte aber auch nicht wieder auf die Straße gehen, denn er war froh, auf den unteren Stufen einen Sitzplatz gefunden zu haben.
Als sie endlich die Treppen runterkam, hätte sie sofort den Krankenwagen rufen müssen. Er wollte das aber nicht, denn er hasste es, Aufsehen zu erregen, selbst wenn es ihm so schlecht ging.
Natürlich hätte sie sich darüber hinwegsetzen müssen. Stattdessen hat sie ihn die drei Treppen hochgeschleppt und ins Bett gebracht, so, wie er es sich gewünscht hat.
»Vielleicht wollte er ja in seinem Bett sterben?«, werfe ich ein.
»Quatsch! Der wollte noch nicht sterben!«
Dann hat Bertha den Boxer angerufen. Aber auch da hat sie sich falsch verhalten: Sie hat ihm am Telefon erzählt, dass sie Ludwig in den dritten Stock gebracht und ins Bett gesteckt hat. Und der hat wahrscheinlich angenommen, dass es nicht so schlimm um ihn stehen kann, wenn sie das hingekriegt haben. Der Boxer ist

jedenfalls erst nach seiner Sprechstunde gekommen. Er hat ihn sofort ins Krankenhaus eingewiesen, aber da war es schon zu spät. Kurze Zeit darauf ist er gestorben, schwerer Herzinfarkt.
»Und wo warst du?«, frage ich meine Mutter.
»Ich hab an dem Tag gerade mal Tante Käte in Barmbek besucht.«
»Siehst du!« Ich versuche eine vermittelnde Erklärung zu finden. »Das war dann wohl Schicksal, ebenso wie bei Oma. Sie hat das sicher falsch eingeschätzt, sie wollte ihn aber nicht umbringen, das kannst du doch nicht im Ernst glauben!«
»Ich bin mir sicher, wenn ich da gewesen wäre, wäre das nicht passiert! Und ich sag dir noch was: Der-Fal-sche-ist-ge-stor-ben!« Ihr kullern wieder ein paar Tränen aus den Augen.
Ich erhebe mich langsam.
Sie gibt die Tür frei.
Ich bin fast einen Kopf größer als sie. Das habe ich noch nie so richtig wahrgenommen. Ich sage: »Ich hoffe inständig, ihr kriegt das wieder hin«, beuge mich runter und küsse sie auf die feuchte, salzige Wange. »Mach's gut!«
Sie hält mich am Ärmel fest. »Noch was«, sagt sie. Dabei bekommt sie einen leisen, verschwörerischen Tonfall. »Lass dich nicht von ihrem ewigen Gejammer einwickeln: alles Berechnung, sag ich dir.«
Ich bekomme ein unwohles Gefühl.
»Sie hat früher mal in der Davidstraße ihren Ehering weggeworfen, über die Schulter, denn der hatte ihr kein Glück gebracht. Einen Monat später hab ich den in Schnee und Matsch wieder gefunden und freudestrahlend nach Hause gebracht. Ich wusste nicht, dass der von ihr war. Später hat sie sich daraus einen Goldzahn machen lassen …«
»Ja, und?«
»Überleg doch mal: Solch einen Zufall kann es gar nicht geben. Damals hab ich mir auch nix dabei gedacht, aber heute sag ich dir: alles Berechnung.«

Mein unwohles Gefühl wächst.
»Manchmal kocht sie eine meiner Lieblingssuppen. Davon nimmt sie sich dann zwei Teller ...«, sie unterstreicht das mit zwei erhobenen Fingern, »mit in ihr Zimmer und lässt einen Rest im Topf vor sich hinköcheln, damit das ganze Haus danach riecht. Wenn ich dann in die Küche schleiche, ist dieser klitzekleine Rest schon am Topf festgebrannt. Ich sag dir: alles Berechnung. So war sie schon immer, sie war schon immer 'ne olle Hexe!«

In dem Moment, in dem ich mich neben Bertha setze, fängt sie leise an zu weinen. Sie wartet nicht, bis ich ihre Hand nehme, sie ergreift meine und lässt sie nicht wieder los.
»Ich hab schon gedacht«, flüstert sie, »sie lässt dich nicht rein zu mir. Vorhin hat sie die Tür aufgerissen und geschrieen, dass ich mir ja nicht erdreisten soll, rauszukommen, wenn du da bist.«
Es ist fast dunkel im Einlogiererzimmer, nur eine Klemmlampe an dem riesigen eisernen Bettgestell, auf dem ich mit meinem Vater den totalen Kurzen abgeritten bin, leuchtet.
Mein Vater ist plötzlich so gegenwärtig, dass ich ihn aus der Tiefe des Bettes sagen höre: »Starke Isolation, mordsgefährlich!«
Tränen schießen mir in die Augen.
Neben dem Bett steht ein Stapel Bücher.
»Was liest du denn grad so?«, frage ich schnell.
»Ich les nicht mehr viel«, sagt sie. »Die Augen machen nicht mehr so mit. Immer mal 'ne halbe Stunde. 'n büschen Fernsehen, das geht besser. Nur ... das gönnt sie mir nicht, dieses Monster!« Sie schluchzt auf: »Und ich hab sie dazu gemacht!«
Diese Erkenntnis trifft sie manchmal wie mich mein Schluckauf, der jetzt zum Glück aufgehört hat. »Ich weiß, ich hab sie als Kind viel zu viel verwöhnt.« Umständlich sucht sie in der Schürze nach einem Taschentuch. »Ich trau mich ja erst ins Fernsehzimmer, wenn sie schon weg ist. Aber weißt du, was

sie oft macht? Sie dreht die Sicherung im Flur raus und nimmt die mit ins Bett. Sie sagt, Fernsehen ist nix für alte Leute, da werden die tüdelig von.«

Auch sie wirft meiner Mutter vor, meinen Vater auf dem Gewissen zu haben.
»Sein Sterben«, sagt sie, »ist doch viel früher angefangen, das fing schon in dem Moment an, als sie ihn überredet hat, an Land zu bleiben. Einen, der so lange zur See gefahren ist, den verpflanzt man nicht mehr an Land, ohne ihn zu demolieren.« Sie schnäuzt sich die Nase. »Wenn sie ihm wenigstens sein grünes Bordsche gelassen hätte. Der brauchte was Überschaubares, so was wie seine Kammer oder die Maschine an Bord, in der er jede Schraube kannte … Hier an Land war alles viel zu unübersichtlich, zu hektisch. Du hättest mal sein Notizheft sehen sollen. Das bestand nur aus Listen, was er alles noch zu erledigen hatte. Und die wurden nicht kürzer, wenn er sie tagtäglich abarbeitete, die wurden immer länger. Er war viel zu penibel, zu genau für solch eine Stelle als Betriebs-Ing. an Land. Manchmal hat er zu mir gesagt, er würde am liebsten alles hinschmeißen und wieder zur See fahren. Und warum tust du das denn nicht, hab ich ihn gefragt. Das würde SIE nicht mitmachen, hat er gesagt. Und da hatte er ja Recht mit. Du kennst sie ja: Immer muss alles nach ihrem Kopp gehen, und immer hat sie das letzte Wort. Der arme Kerl kriegte kein Bein auf die Erde, zu Haus nicht und auf der Arbeit nicht. So was nagt am Körper, das sag ich dir, du …«

Es ist verrückt, aber schon bin ich wieder in der Lage des kleinen Jungen, vor dem sich die Frage auftürmt: Auf welcher Seite stehst du überhaupt? Gibst du der Recht, die du insgeheim lieber hast? Oder ist das Ganze komplizierter, und diejenige, die du weniger gern magst, bekommt von dir einen Bonus?

Nun sag schon! Diesmal geht es auch um deinen Vater. Der steht zwar nicht mehr im Wettbewerb, aber wie lieb hattest du eigentlich den?
Und wie immer hülle ich mich in Betroffenheit und Schweigen.
»Starke Isolation«, höre ich meinen Vater wieder sagen, »mordsgefährlich!«

Als ich Bertha zum Abschied in den Arm nehme, fängt sie wieder leise an zu weinen. Ich fühle, dass sie meiner Uroma immer ähnlicher wird. Ich sage: »Du wirst Uroma immer ähnlicher.«
Sie schluchzt auf.
Es passiert nichts weiter. Ich denke: »Uroma! Uroma! Uroma!«
Nichts! Kein Schluckauf. Ich bin geheilt!
Weshalb habe ich mir das nicht schon früher bewusst gemacht: Uroma lebt. Sie lebt in ihrer Tochter weiter.
Doch dann bekomme ich einen gehörigen Schreck: Wenn Bertha ihrer Mutter im Alter immer ähnlicher wird, wie steht es denn mit mir? Denn eines weiß ich: Ich möchte niemals, NIEMALS so werden wie meine Mutter!

Auf der Straße atme ich tief die schwere, feuchte Luft. Die Nebelhörner der Schiffe dröhnen gedämpft von der Elbe rüber. Wie oft bin ich bei diesen Tönen eingeschlafen. Sie hatten immer etwas Tröstliches für mich. Sie sagten: Wir sind da! Und wenn alle Stränge reißen, kannst du mit einem von uns dicken Pötten das Weite suchen, das weite Meer.
Wie war noch der Trick von Anna? Man muss nur die Augen zusammenkneifen, und schon wird aus der Bedrückung des Nebels ein Glitzern.
Funkeltier heiß ich, von Einsamkeit weiß ich.
Was Anna wohl macht?

Ich denke oft an sie. Manchmal wünsche ich mir, sie möge irgendwo an der Küste stehen, wenn mein Schiff einläuft.
Die Uhr der St. Pauli-Kirche schlägt sieben: auch so ein Klang, der mich mein Leben lang begleitet hat. Und wenn am Sonntagmorgen die Glocken läuteten, warf einen ihr Gedröhn fast aus dem Bett.
Ich muss wieder an die beiden Frauen da oben denken. Ich habe das Gefühl, einer Art Vorhölle entronnen zu sein. Und die Nebelhörner – hörst du? –, sie rufen nach mir.

Nachbemerkung des Autors

Meine Mutter betonte immer gerne, dass sie eine »echte Hamburger Deern« sei, dass sie aber auf St. Pauli wohnte, verschwieg sie lieber.

Meinem Vater war das egal. Bei der Seefahrt gingen die Uhren anders, dort wurde St. Pauli mit dem Hafen in Verbindung gebracht, nicht nur mit dem Amüsierviertel.

Wer auf St. Pauli wohnte, verkehrte kaum in den einschlägigen Kneipen und schon gar nicht in der Herbertstraße. Bestenfalls gab es zwischen dem »Gewerbe« und den Bewohnern eine friedliche Koexistenz.

Für uns, die wir hier aufwuchsen, war das Umfeld eine Herausforderung und, genauer gesagt, wohl eher eine Überforderung. Die sechziger Jahre, die Beatnik- und Hippie-Zeit, selbst ein Oswald Kolle waren noch weit entfernt. Unsere Aufklärung fand auf der Straße statt. Und dafür war das »Gewerbe«, das ja nur ein Zerrspiegel seines spießbürgerlichen Umfeldes sein konnte, wenig geeignet.

Alle in diesem Roman auftretenden Figuren hat es in der Realität gegeben, einige sind auf meinen Fotos hinten im Buch zu sehen. Die Personen wurden von mir, bis auf einige Ausnahmen, wie unsere Lehrerin Frau Iversen, Großonkel Franz und Tante Hermine, rausgepickt, mit anderen Namen versehen und unter Berücksichtigung der Dramatik wieder in das Geschehen entlassen. Die Handlung schrieb das Leben selbst, wenn auch nicht ganz in der vorliegenden Reihenfolge.

Der Autor

Konrad Lorenz wurde 1942 in St. Pauli am Hein-Köllisch-Platz (damals Paulsplatz) geboren. Dem Schulbesuch in der Taubenstraße und am Holstenwall folgte eine Lehre als Maschinenschlosser, dann Seefahrt und Studium zum Schiffsmaschinenbau-Ingenieur. Lorenz lebt in Hamburg, seit den 1960er Jahren erschienen zahlreiche Kurzgeschichten, 1991 sein fantastischer Roman »Das Nachtschattenspiel«.

Mit der Urgroßmutter

Mit dem Vater

Mit der Mutter

Mit der Großmutter

Mit Ewu (rechts)

Die »Eintracht«, vorn links »Teufelauch«

Annas Zuhause

Bei »Tante Hermine«

Mit dem »schönen Tier«

Inhalt

Covergestaltung unter Verwendung eines Ausschnitts aus dem ersten Hamburg-Falk-Plan (1946) © 2011
Mit freundlicher Unterstützung des Falk Verlags, 73751 Ostfildern

Die Deutsche Bibliothek verzeichnet diese Publikation in der Deutschen Nationalbibliografie; detaillierte bibliografische Daten sind im Internet unter http://dnb.ddb.de abrufbar.

4. Auflage 2015

Hohenlohestraße 21 - 28209 Bremen
Tel. 0421-34843-0 - Fax 0421-348094
info@edition-temmen.de
www.edition-temmen.de

Gesamtherstellung: Edition Temmen
ISBN 978-3-8378-2005-8